*Das Buch*

Anne Perrys Spezialität sind spannende Kriminalromane, die im viktorianischen England spielen. In ihren berühmten Thomas-Pitt-Krimis beschwört sie gekonnt die Atmosphäre Londons im späten 19. Jahrhundert herauf: das London der feinen Gesellschaft und der Armenhäuser, das London der Gaslaternen und des undurchdringlichen Nebels.

In *Frühstück um Mitternacht* gilt es zwei Morde gleichzeitig zu klären. Auf dem St. Mary's Friedhof in Bloomsbury macht eine ältere Dame einen grausigen Fund – den in Packpapier eingewickelten Oberkörper einer jungen Frau. Die organisierte Suche der Polizei fördert im Umkreis einer Meile die restlichen Leichenteile zu Tage, alle sorgfältig verpackt. Inspektor Thomas Pitt von Scotland Yard ist mit dem gräßlichen Fall betraut, aber es scheint aussichtslos, den babarischen Mord, der in die Slums führt, zu klären. Der andere Mord, der Pitt und seine Ehefrau Charlotte persönlich berührt, geschieht in den höchsten Kreisen der Londoner Gesellschaft: Charlottes Schwager George, Lord Ashworth, ist vergiftet worden. Seine herablassende Familie verdächtigt nur zu gerne seine Ehefrau Emily – Charlottes Schwester, die weit „über ihren Stand" geheiratet hatte. Und da der gute George sich in den Tagen von seinem Tod auffallend intensiv um die schöne Lady Sybilla bemühte, scheint offensichtlich das Tatmotiv Eifersucht zu sein. Charlotte eilt Emily zur Hilfe ...

*Die Autorin*

Anne Perry ist die erfolgreiche Autorin spannender Krimis aus dem viktorianischen England. Mit ihrem Detektiv-Gespann Thomas und Charlotte Pitt begeistert sie mittlerweile ein Millionenpublikum. Anne Perry lebt in Portmahomack in Schottland.

Im Wilhelm Heyne Verlag liegen vor: *Die Frau in Kirschrot* (01/8743), *Die dunkelgraue Pelerine* (01/8864), *Die roten Stiefeletten* (01/9081), *Ein Mann aus bestem Hause* (01/9378), *Der weiße Seidenschal* (01/9574), *Schwarze Spitzen* (01/9758).

ANNE PERRY

# FRÜHSTÜCK NACH MITTERNACHT

*Ein Thomas-Pitt-Kriminalroman
aus der viktorianischen Zeit*

Deutsche Erstausgabe

WILHELM HEYNE VERLAG

MÜNCHEN

HEYNE ALLGEMEINE REIHE
Nr. 01/8618

Titel der Originalausgabe
CARDINGTON CRESCENT
Aus dem Amerikanischen übersetzt
von Jörn Ingwersen

7. Auflage

Redaktion: Renate Schuckmann

Copyright © 1987 by Anne Perry
Copyright © der deutschen Ausgabe 1992 by
Wilhelm Heyne Verlag GmbH & Co. KG, München
Printed in Germany 1996
Umschlagillustration: Walter Wyles/Agentur Luserke, Stuttgart
Umschlaggestaltung: Atelier Ingrid Schütz, München
Satz: (1219) IBV Satz- und Datentechnik GmbH, Berlin
Druck und Bindung: Elsnerdruck, Berlin

ISBN 3-453-06121-7

*Für Ed und Peggy Wells, voller Dank für ihre Liebe
und Treue über all die Jahre.*

# 1

Mrs. Peabody war erhitzt und außer Atem. Es war Hochsommer. Ihr Korsett engte sie unnachgiebig ein, und ihr Kleid mit der modischen Tournüre war viel zu schwer, als daß sie damit einem eigensinnigen Hund, der gerade behende durch die schmiedeeiserne Friedhofspforte verschwand, über den Bürgersteig hätte nachjagen können.

»Clarence!« rief Mrs. Peabody wütend aus. »Clarence! Sofort kommst du hierher!«

Aber Clarence, der fett und schon etwas älter war und es hätte besser wissen müssen, wand sich durch den Spalt und stürmte in das hohe Gras und die Rhododendren auf der anderen Seite des Gitterzauns hinüber. Mrs. Peabody, die vor Verärgerung keuchte und mit einer Hand ihren breiten Hut hielt, wobei er ihr keck über die Augen rutschte, suchte die Pforte mit der anderen Hand so weit zu öffnen, daß sie ihre ausgesprochen stattliche Figur hindurchzwängen konnte.

Der verblichene Mr. Peabody hatte eine Vorliebe für großzügige Proportionen gehabt. Wiederholt hatte er darauf angesprochen. Die Frau eines Mannes sollte seiner Stellung im Leben entsprechen: würdevoll und gewichtig.

Es bedurfte jedoch mehr Aplomb als Mrs. Peabody besaß, um sich die Würde zu erhalten, wenn man, den Hut schief auf dem Kopf, die Brust in einer Friedhofspforte verklemmte und der Hund dabei nur ein Dutzend Meter entfernt wie ein Dämon jaulte.

»Clarence!« kreischte sie erneut, holte mit wogendem Busen tief Luft, was den genau gegenteiligen Effekt hatte. Sie stieß ein verzweifeltes Wehklagen aus und kämpfte sich hindurch, wobei die Tournüre ihrer Hüfte beängstigend nah kam.

Clarence kläffte hysterisch und scharrte in den Rhododendronbüschen. Nach einer regenlosen Woche war der Boden

7

trocken, und er warf Staubfontänen in die Luft. Aber er hatte seine Beute, ein sehr großes, aufgeweicht wirkendes Paket in braunem Papier, das ordentlich mit einer Schnur zusammengebunden war. Durch die entschlossenen Bemühungen des Hundes war es an mehreren Stellen eingerissen und begann sich aufzulösen.

»Aus!« befahl Mrs. Peabody. Clarence ignorierte sie. »Aus!« wiederholte sie und rümpfte angewidert ihre Nase. Es war wirklich äußerst unerfreulich. Es schien sich um Küchenabfälle zu handeln – unbrauchbares Fleisch. »Clarence!«

Der Hund riß ein großes Stück Papier ab, blutdurchtränkt und leicht zu lösen. Dann sah sie es – Haut. Menschliche Haut, blaß und weich. Sie schrie; dann, als Clarence mehr davon entblößte, schrie sie wieder und wieder und wieder, bis ihr beinah die Lungen platzten und sie keine Luft mehr bekam und sich die Welt um sie herum in rotem Nebel drehte. Sie fiel zu Boden, nahm weder Clarence wahr, der unentwegt an dem Paket zerrte, noch die Passanten, die sich besorgt durch das verklemmte Tor zwängten.

Inspector Thomas Pitt sah von seinem Schreibtisch auf, der von Papieren übersät war, froh über die Unterbrechung. »Was gibt es?«

Police Constable Stripe stand im Türrahmen, das Gesicht ein bißchen rosafarben über dem steifen Kragen. Er blinzelte mit den Augen.

»Es tut mir leid, Sir, aber wir haben eine Meldung über eine Ruhestörung auf dem St. Mary's Friedhof in Bloomsbury. Eine ältere Person hat hysterische Anfälle. Durchaus respektabel, lokale Persönlichkeit – und sie rührt keinen Tropfen an. Ihr Mann war Abstinenzler, bevor er starb. Hat bisher nie zu Ärger Anlaß gegeben.«

»Vielleicht ist sie krank?« warf Pitt ein. »Dafür braucht man nur einen Constable, oder? Vielleicht einen Arzt?«

»Nun, Sir.« Stripe wirkte bekümmert. »Sieht so aus, als sei ihr Hund ihr weggelaufen und habe dieses Paket in den

Büschen gefunden, und sie glaubt, es wären Teile eines Menschen. Deswegen ist sie hysterisch geworden.«

»Was um alles in der Welt meinen Sie mit ›Teilen eines Menschen‹?« bohrte Pitt gereizt. Er mochte den jungen Wilberforce Stripe. Gewöhnlich war er eifrig und verläßlich. Diese vage Geschichte sah ihm gar nicht ähnlich. »Was ist in diesem Paket?«

»Nun, das war's schon, Mr. Pitt, Sir. Der Constable, der dort Streife geht, sagt, er will nicht mehr als nötig anrühren, bevor sie eintreffen, Sir, aber nach seiner Einschätzung ist es genau das: ein Teil einer Frauenleiche. Die... äh...« Er war ganz offensichtlich peinlich berührt. Er wollte nicht taktlos sein, war sich jedoch darüber im klaren, daß ein Polizist präzise sein mußte. Er legte sich eine Hand auf die Taille und die andere um den Hals. »Die obere Hälfte, Sir.«

Pitt stand auf, und Papiere rutschten von seinem Schoß auf den Boden und blieben dort liegen. Hier vergnügte sich der prunkvolle und elegante Kern des Empire nur einen Steinwurf von den Elendsvierteln entfernt, die vor Armut so überquollen, daß verrottende Mietskasernen einander stützen mußten. Fünfzehn Menschen lebten und starben hier in einem Zimmer. Trotz seiner siebzehn Jahre in London war er immer wieder schockiert von der Barbarei des Verbrechens. Er konnte es nicht fassen. Der Verstand versagte ihm. Aber das Leiden des Einzelnen hatte immer noch die Macht, ihn zu rühren.

»Dann sollten wir besser gehen und nachsehen«, erwiderte er, ignorierte die Unordnung um sich herum und ließ seinen Hut auf dem Ständer, wohin er ihn bei seiner Ankunft am Morgen geworfen hatte.

»Ja, Sir.« Stripe reihte sich hinter ihm ein, folgte Pitts vertrauter, abgerissener Gestalt über den Korridor, die Treppe hinab an mehreren anderen Constables vorbei und auf die heiße und staubige Straße hinaus. Eine leere Kutsche klapperte an ihnen vorbei, hielt Pitt mit seinen flatternden Rockschößen und der losen Krawatte nicht für einen beachtenswerten Fahrgast. Stripe war in seiner Uniform nicht einmal eine Überlegung wert.

Pitt winkte mit dem Arm und lief ein paar Schritte weit. »Kutscher!« rief er. Seine Wut war nicht gegen die persönliche Kränkung, sondern gegen das Verbrechen ganz allgemein gerichtet, und dieses würde er ganz besonders hartnäckig verfolgen.

Der Kutscher hielt und betrachtete ihn ungnädig. »Ja, Sir?«

»St. Mary's Friedhof. Bloomsbury.« Pitt kletterte hinein und hielt für Stripe hinter sich die Tür auf.

»Darf es die Ostseite oder die Westseite sein?« erkundigte sich der Kutscher.

»Die hintere Pforte, an der Allee«, schob Stripe hilfsbereit dazwischen.

»Danke«, sagte Pitt, und dann zum Kutscher: »Machen Sie schon, Mann!«

Der Kutscher knallte mit der Peitsche, gab anfeuernde Geräusche von sich, und sie fuhren an, beschleunigten schnell in den Trab. Sie schwiegen, jeder für sich mit seinen eigenen Mutmaßungen beschäftigt, was sie wohl vorfinden würden.

»Ist es hier richtig, Sir?« fragte der Kutscher unschlüssig und beugte sich herab.

»Ja.« Pitt hatte die kleine Menschentraube mit dem überforderten Constable in ihrer Mitte längst gesehen. Es war ein gewöhnlicher, ziemlich schäbiger Vorstadtfriedhof. Staubig war es hier, das Gras trocken in der Sommerhitze, die Grabsteine uneben und überladen, marmorne Engel und drüben rechts bei den Eiben ein Dickicht aus dunklen Rhododendren.

Er kletterte hinaus, zahlte den Kutscher, dann schritt er über das Trottoir und sprach mit dem Constable, der offenbar überglücklich war, ihn zu sehen.

»Was gibt es hier?« fragte Pitt mürrisch.

Der Constable deutete mit dem Ellbogen ruckartig auf den hohen, mit Eisenspitzen versehenen Gitterzaun, drehte aber nicht den Kopf herum. Sein Gesicht war blaß, und dicke Schweißperlen standen ihm auf Oberlippe und Stirn. Er sah elend aus. »Oberteil einer Frauenleiche, Sir.« Er schluckte fest. »Ziemlich gräßlich, das alles. Sie war unter den Büschen da.«

»Wer hat sie gefunden, und wann?«

»Eine Mrs. Ernestine Peabody beim Ausführen ihres Pekinesen mit Namen Clarence.« Er sah auf sein Notizbuch herab. Pitt las es auf dem Kopf; *15. Juni 1887, 3:25 p. m., zum St. Mary's Friedhof gerufen worden, schreiende Frau.*

»Wo ist sie jetzt?« fragte Pitt.

»Sitzt im Vestibül auf der Bank, Sir. Sie ist ziemlich mitgenommen, und ich hab' ihr gesagt, sie könnte gehen, sobald Sie mit ihr gesprochen haben. Ich hielt es für das beste, Sir, da sie uns keine große Hilfe sein wird.«

»Wahrscheinlich nicht«, stimmt Pitt ihm zu. »Wo ist dieses – Paket?«

»Wo ich es gefunden habe, Sir! Ich hab' es nur angerührt, um sicherzugehen, daß sie keine . . . so was wie Wahnvorstellungen gehabt hat. Vom Schnaps.«

Pitt trat an die Pforte. Sie war aus schwerem Schmiedeeisen und festgeklemmt, etwas mehr als einen Fuß weit offen, verkeilt in den Furchen des getrockneten Schlamms. Er zwängte sich hindurch und ging innen am Zaun entlang, bis er zu den Rhododendren kam. Er wußte, daß Stripe direkt hinter ihm lief.

Das Paket war etwa fünfzig Zentimeter im Quadrat und lag da, wo Clarence es zurückgelassen hatte. Das Papier war zerrissen und abgezogen, gab den Blick auf kadaverähnliches Fleisch und einige Zentimeter feinporiger, weißer Haut frei, die mit Blut verschmiert war. Fliegen begannen sich zu sammeln. Er mußte das Stück nicht berühren, um sagen zu können, daß es Teil einer weiblichen Brust war.

Er richtete sich auf. Ihm war so übel, daß er meinte, ohnmächtig werden zu müssen. Er atmete tief ein und aus, ein und aus und hörte, wie Stripe davonstolperte, hustete und sich hinter einem Grabstein mit geschnitzten Engelsköpfen erbrach.

Nachdem er einen Augenblick lang auf die staubigen Steine, das zertrampelte Gras und die stecknadelgroßen, gelben Punkte auf den Rhododendronblättern gestarrt hatte, zwang er sich, das gräßliche Paket wieder anzusehen. Es gab Details, die zu notieren waren. Die Sorte und Farbe des Papiers, die Schnur, mit der es umwickelt war, die Art der Knoten. Menschen hinterließen ihre Kennzeichen, banden Schnüre lose oder fest, Länge und Breite zuerst, machten Laufknoten oder Schifferknoten, an jedem Kreuz verbunden oder einfach nur geschlungen. Und es gab ein Dutzend verschiedene Möglichkeiten, den Knoten abzuschließen.

Er verbot sich jeden Gedanken an den Inhalt des Pakets, kniete nieder, um es zu untersuchen, und drehte es vorsichtig um, als er alles gesehen hatte, was von oben zu sehen war. Es war dickes Papier, ein bißchen glänzend auf der Innenseite, zwei Schichten davon. Er hatte oft gesehen, wie solches Papier zum Zusammenbinden von Wäschepaketen genommen wurde. Es war stabil und knisterte gewöhnlich ein bißchen, wenn man es berührte, nur war dies hier feucht vom Blut und machte kein Geräusch, auch nicht, als er es umdrehte. Unter dem braunen Papier war klares, eingefettetes Küchenpapier, wiederum zwei Schichten, die Sorte, wie sie Schlachter manchmal benutzen. Wer auch immer dieses grauenhafte Ding eingewickelt hatte, mußte sich gedacht haben, daß auf diese Weise kein Blut herausfließen würde.

Die Schnur war ungewöhnlich: grober, haariger Bindfaden, eher gelb als weiß, doppelt der Länge und Breite nach gewickelt, an jedem Kreuz verknotet und schließlich mit einer Schlinge und zwei fransigen Enden von etwa vier Zentimetern Länge zusammengebunden.

Er nahm sein Notizbuch hervor und schrieb es auf, aber am liebsten hätte er alles wieder vergessen, vollständig aus seiner Erinnerung gelöscht. Wenn er es nur gekonnt hätte.

Stripe kam zurück, verlegen, peinlich berührt, weil er die Fassung verloren hatte. Er wußte nicht, was er sagen sollte.

Pitt sagte es für ihn: »Es muß noch mehr geben. Am besten organisieren wir eine Suche.«

Stripe räusperte sich. »Mehr... Ja, Mr. Pitt. Aber wo sollen wir anfangen? Könnte überall sein!«

»Wahrscheinlich nicht sehr weit von hier.« Pitt stand auf, mit steifen Knien. »Solche Sachen trägt man nicht länger als nötig herum. Mit Sicherheit nicht weiter als man laufen kann. Selbst ein Geistesgestörter steigt mit so einem Bündel unter dem Arm nicht in eine Kutsche oder einen öffentlichen Omnibus. Müßte in einem Umkreis von höchstens einer Meile liegen.«

Stripes Augenbrauen hoben sich. »Würde man eine Meile damit laufen, Sir? Ich würde es nicht tun. Eher vielleicht fünfhundert Meter, wenn überhaupt.«

»Fünfhundert in alle Richtungen«, antwortete Pitt. »Irgendwo fünfhundert Meter von hier.« Er schwenkte seinen Arm in die Runde.

»In alle...« Stripes blaue Augen wirkten verwirrt.

Pitt formte den Gedanken in Worte. »Es muß doch insgesamt ein ganzer Körper sein. Das wären etwa sechs Pakete, mehr oder weniger von dieser Größe. Er konnte sie nicht alle mit einem Mal tragen, es sei denn, er hätte ein Faß benutzt. Und ich bezweifle, daß er damit die Aufmerksamkeit auf sich lenken wollte. Es ist ganz sicher unwahrscheinlich, daß er sich eins ausleihen würde, und wer außer Ladeninhabern und Straßenhändlern besitzt schon Fässer? Aber wir werden nachprüfen, ob in dieser Gegend welche gesehen wurden, gestern oder heute.«

»Ja, Sir.« Stripe war ausgesprochen erleichtert, daß er etwas zu tun hatte. Alles war besser als hilflos dazustehen, während die Fliegen um den entsetzlichen Packen im Gras summten.

»Schicken Sie eine Nachricht ans Revier, daß wir ein halbes Dutzend Constables brauchen. Und den Leichenwagen, und den Leichenbeschauer.«

»Ja, Sir.« Stripe zwang sich dazu, noch einmal zu Boden zu sehen, vielleicht weil er sich als gefühllos empfand, wenn er der Greueltat keine Beachtung schenkte, wenn er ohne eine Art von Betroffenheit fortging. Es war derselbe Instinkt, der einen beim Anblick eines Leichenwagens den Hut abnehmen läßt, wenn er auf der Straße an einem vorüberfährt, selbst wenn man keine Ahnung hat, wer gestorben ist.

Pitt ging zwischen Grabsteinen umher, verschnörkelt und überladen, von Unkraut verschandelt, und kam zum kiesbestreuten Eingang zur Kirche. Die Tür stand offen, und drinnen war es kühl. Seine Augen brauchten einen Moment, bis sie sich an die Dunkelheit und die verschwommenen Farbspritzer der Glasmalereien auf den Steinen gewöhnt hatten. Eine große Frau saß auf einer Holzbank zusammengesunken, halb hingestreckt, den Hut am Boden neben sich, das Kleid am Hals geöffnet. Die Frau des Küsters hielt ein Glas Wasser in der einen Hand und eine Flasche mit Ammoniak-Riechsalz in der anderen und murmelte irgend etwas Beruhigendes. Beide drehten sich erschrocken um, als Pitts Schritte zu hören waren. Ein gelblicher Pekinese schlief im Gang in der Sonne und ignorierte ihn vollkommen.

»Mrs. Peabody?«

Sie starrte ihn mit einer Mischung aus Mißtrauen und Erwartung an. Es war ihr nicht gänzlich unangenehm, der Mittelpunkt eines solchen Dramas zu sein, vorausgesetzt natürlich, jedermann verstand, daß sie in keinem anderen Zusammenhang mit der Sache stand, als daß sie eine unschuldige Frau war, die rein zufällig mit hineingezogen wurde.

»Ich bin es«, sagte sie unnötigerweise.

Pitt hatte schon viele Mrs. Peabodys kennengelernt, und er wußte nicht nur, wie ihr zumute war, sondern auch welche Alpträume ihr bevorstanden. Er setzte sich neben sie auf die Bank, in einem Meter Abstand.

»Sie müssen sehr bedrückt sein«, beeilte er sich zu sagen, als sie tief Luft holte, um ihm exakt zu erklären, wie sehr, »also werde ich Sie so wenig wie möglich bemühen. Wann haben Sie Ihren Hund zum letztenmal an diesem Friedhof vorbeigeführt?«

Ihre sorgsam gewölbten Brauen zuckten unter den rotblonden Haaransatz. »Ich glaube, Sie verstehen nicht, junger Mann! Es ist keineswegs einer meiner Angewohnheiten, eine solche – solche…« Sie fand keine Worte für das aufrichtige Entsetzen, das sie heimgesucht hatte.

»Dessen bin ich mir sicher«, sagte Pitt düster. »Ich unterstelle, daß Ihr Hund es gefunden hätte, wenn es beim letztenmal schon dort gewesen wäre.«

Mrs. Peabody war trotz ihres Schocks nicht ohne gesunden Menschenverstand. Sie verstand den Gedanken sofort. »Oh. Gestern nachmittag bin ich diesen Weg entlanggekommen, und Clarence hat nicht...« Sie sprach nicht weiter, wollte eine derart unnötige Bemerkung nicht vollenden.

»Ich verstehe. Danke. Wissen Sie, ob Clarence das Paket unter den Büschen herausgezogen hat, oder war es schon draußen?«

Sie schüttelte den Kopf.

Es machte keinen Unterschied, nur daß es wahrscheinlich früher entdeckt worden wäre, wenn es im Freien gelegen hätte. Mit großer Wahrscheinlichkeit hatte sich derjenige, der es dort abgelegt hatte, die Zeit genommen, es zu verstekken. Es gab wirklich nichts weiter, wonach er sie fragen mußte, nur nach ihrem Namen und ihrer Adresse.

Er ließ sie dort sitzen, ging wieder hinaus in die Hitze und begann über die Organisation einer Suche nachzudenken. Es war halb fünf.

Gegen sieben Uhr hatten sie alles gefunden. Es war ein finsteres Geschäft. Die Treppen in verlassenen Kellervorhöfe hinabzusteigen, den Abfall in Mülltonnen zu durchsieben, wenn man sie von der Straße aus erreichen konnte, hinter Büsche und Zäune zu spähen. Paket für Paket wurde der Rest zusammengebracht. Das Schlimmste lag in einer schmalen und stinkenden Gasse, etwas mehr als eine Meile vom Friedhof entfernt, in den verwahrlosten Mietskasernen von St. Giles. Es hätte den ersten Hinweis auf ihre Identität liefern können, aber, wie auch bei zwei weiteren, hatten streunende Katzen sie vorher entdeckt, angelockt vom Geruch und ihrem verzehrenden Hunger. Nur langes, blondes Haar und eine Schlagverletzung am Kopf waren zu erkennen.

Der lange Sommertag dunkelte erst gegen zehn Uhr abends. Pitt schleppte sich von Tür zu Tür, fragte, bat, schüchterte von Zeit zu Zeit einen unglückseligen Diener ein, ein Schuldgeständnis für irgendein Dienstvergehen abzugeben, etwa für einen unerlaubten Flirt, der ihn länger als üblich an der Hintertreppe aufgehalten hatte, aber niemand gestand, etwas auch nur entfernt Erwähnenswertes gesehen zu haben. Da waren keine neuen Straßenhändler gewesen, nur die altbekannten und zugelassenen, kein Anlieger oder Fremder hatte verdächtige Pakete herumgetragen, niemand hatte es verstohlen eilig gehabt und niemand war als vermißt gemeldet.

Pitt war wieder auf dem Revier, als die Sonne kirschrot über den Dächern versank und die Gaslaternen in den vornehmen Hauptverkehrsstraßen wie hunderte verirrter Monde aufleuchteten. Drinnen im Revier roch es nach geschlossenen Türen, Hitze, der Strenge von Tinte und brandneuem Linoleum auf dem Boden. Der Leichenbeschauer wartete auf ihn, die Hemdsärmel aufgerollt und fleckig, seine Weste schief geknöpft. Er sah erschöpft aus, und er hatte sich Blut über die Nase geschmiert.

»Also?« fragte Pitt müde.

»Junge Frau.« Der Mann setzte sich ohne zu fragen. »Blondes Haar, helle Haut. Soweit man das beurteilen kann, könnte sie ganz hübsch gewesen sein. Mit Sicherheit war sie keine Bettlerin. Die Hände waren sauber, keine abgebrochenen Fingernägel, aber sie hat etwas Hausarbeit gemacht. Meine erste Vermutung wäre ein Stubenmädchen, aber das ist nur eine Vermutung.« Er seufzte. »Und sie hat ein Kind bekommen, aber nicht während der letzten Monate.«

Pitt setzte sich hinter seinen Schreibtisch und stützte sich auf die Ellbogen. »Wie alt?«

»Großer Gott, Mann! Woher soll ich das wissen?« sagte der Doktor wütend, und sein Mitgefühl, seine Abscheu und schiere Hilflosigkeit ergossen sich über das einzig verfügbare Opfer. »Sie präsentieren mir eine Leiche in einem halben Dutzend Teilen, fast wie Innereien von einem gottverfluchten Schlachter, und Sie verlangen, daß ich Ihnen sage, wer sie war! Nun, ich kann es nicht!« Er stand auf, warf seinen Stuhl um. »Sie war eine junge Frau, wahrscheinlich ein Hausmädchen, und irgendein Wahnsinniger hat sie ermordet, indem er ihr auf den Hinterkopf geschlagen hat und sie dann, Gott weiß wie, in Stücke zersägt und über Bloomsbury und St. Giles verstreut hat. Sie dürften verdammtes Glück haben, wenn Sie jemals herausfinden sollten, wer sie ist, geschweige denn, wer ihr das angetan hat. Manchmal frage ich mich, warum Sie sich die Mühe machen. Von den tausend verschiedenen Möglichkeiten, jemanden zu ermorden, könnte ein Schlag über den Schädel auf lange Sicht weniger grausam sein als einige der Möglichkeiten, von denen wir keine Notiz nehmen. Sind Sie in den Mietskasernen und Pensionen von St. Giles gewesen, von Wapping, Mile End? Die letzte Leiche, die ich mir angesehen habe, war ein zwölfjähriges Mädchen. Bei der Entbindung gestorben...« Er hielt inne. Seine Stimme war von Tränen erstickt, für die er sich nur halb schämte. Er warf Pitt einen wilden Blick zu, marschierte hinaus und knallte mit der Tür.

Pitt erhob sich langsam, richtete den Stuhl auf und folgte ihm. Normalerweise wäre er nach Hause gelaufen; es waren nur ein paar Meilen. Aber es war schon fast elf, und er war müde und hungrig, und seine Füße schmerzten mehr als sonst. Er nahm eine Kutsche und verschwendete keinen Gedanken an diese Ausgabe.

Die Vorderseite des Hauses war dunkel, und er öffnete die Tür mit seinem Schlüssel. Gracie, das Hausmädchen, war sicher längst zu Bett gegangen, aber er konnte Licht in der Küche sehen, und er wußte, daß Charlotte auf ihn warten würde. Seufzend und erleichtert zog er seinen Stiefel aus und lief über den Korridor, spürte das kühle Linoleum durch seine Socken.

Charlotte stand im Türrahmen. Die Gaslampe hinter ihr beleuchtete das Kastanienbraun ihres Haars und zeichnete die warme Rundung ihrer Wangen nach. Ohne ein Wort legte sie die Arme um ihn und drückte ihn ungewohnt fest. Einen Moment lang fürchtete er, irgend etwas wäre geschehen, eines der Kinder wäre krank; dann fiel ihm ein, daß sie wahrscheinlich eine Abendzeitung gelesen hatte. Falls sein Name nicht erwähnt war, hatte sie aus seiner späten Heimkehr geschlossen, daß er damit zu tun hatte.

Er hatte nicht die Absicht gehabt, ihr davon zu erzählen. Trotz all der Fälle, mit denen sie sich befaßt hatte, glaubte ein Teil von ihm immer noch, daß sie vor solchem Grauen beschützt werden mußte. Die meisten Männer hielten ihr

17

Heim für eine Zuflucht vor der Härte und oft genug vor der Häßlichkeit der Außenwelt, ein Ort, an dem man sowohl Körper als auch Geist regenerieren konnte, bevor man sich wieder in den Kampf stürzte. Frauen waren Teil dieser sanfteren, besseren Welt.

Aber Charlotte hatte nur selten getan, was von ihr erwartet wurde, schon bevor sie ihre gebildete Familie vor den Kopf gestoßen hatte, indem sie in die Polizei einheiratete. Es war ein radikaler Abstieg gewesen, und sie konnte sich glücklich schätzen, daß man sie nicht enterbt hatte.

Jetzt ließ sie etwas locker und sah zu ihm auf, das Gesicht vor Sorge ganz zerknittert.

»Du arbeitest an diesem Fall, nicht wahr, Thomas? Diese arme Frau, die man auf dem St. Mary's Friedhof gefunden hat?«

»Ja.« Er küßte sie sanft, dann noch einmal, hoffte, sie würde nicht davon sprechen. Er war so müde, daß es schmerzte, und es gab nichts, was er ihr sagen konnte.

Mit zunehmendem Alter lernte Charlotte, wann sie ihre Meinung besser für sich behalten sollte, aber dies war keine solche Situation. Voller Entsetzen und Mitgefühl hatte sie die Sonderausgabe der Zeitung gelesen, zwei Abendessen für Pitt gekocht, beide umsonst, und sie erwartete zumindest, daß er die Gedanken und einige seiner Gefühle, die ihn im Laufe des Tages ereilt hatten, mit ihr teilte.

»Wirst du herausfinden, wer sie war?« fragte sie, zog sich zurück und machte sich auf in die Küche. »Hast du gegessen?«

»Nein, natürlich nicht«, sagte er müde und folgte ihr. »Aber mach dir nicht die Mühe, jetzt noch zu kochen.«

Sie hob ihre Augenbrauen, aber diesmal sah sie in sein Gesicht und biß sich auf die Zunge. Hinter ihr, auf dem geschwärzten, polierten Herd, blähten sich Dampfwolken über dem Kessel auf.

»Möchtest du kaltes Hammelfleisch, Pickles und frisches Brot?« fragte sie liebenswürdig. »Und eine Tasse Tee?«

Unwillkürlich mußte er lächeln. Auf lange Sicht wäre es einfacher und angenehmer, sich zu ergeben.

»Ja, das möchte ich.« Er setzte sich und hängte seine Jacke über die Stuhllehne.

Sie zögerte, dann beschloß sie, daß es klüger wäre, erst den Tee anzurichten, bevor sie noch etwas sagte, aber ihre Mundwinkel zuckten leicht.

Fünf Minuten später hatte er drei Scheiben krümeliges Brot, einen Haufen selbstgemachtes Chutney (Charlotte konnte Chutney und Marmelade sehr gut zubereiten), mehrere Scheiben Fleisch und einen Frühstücksbecher dampfenden Tee vor sich.

Charlotte hatte sich lang genug zurückgehalten. »Wirst du herausfinden, wer sie war?«

»Ich bezweifle es«, sagte er und begann zu essen.

Sie starrte ihn eindringlich an. »Wird sie denn niemand als vermißt melden? Bloomsbury ist eine ziemlich angesehene Gegend. Leute, die Stubenmädchen haben, merken doch, wenn sie weg sind.«

Trotz ihrer sechsjährigen Ehe und all der Fälle, in die sie auf die eine oder andere Weise verwickelt gewesen war, trug sie noch immer Reste der Unschuld in sich, in der sie aufgewachsen war, beschützt von Unannehmlichkeiten, unbehelligt von den Härten und Aufregungen der Welt, wie es sich für junge Damen aus vornehmen Hause ziemte. Anfangs hatte Charlottes Erziehung Pitt eingeschüchtert und ihn in unbesonnenen Augenblicken wütend gemacht. Aber meist verschwand sie unter all den unendlich viel wichtigeren Dingen, die sie teilten: ihr Lachen über die Absurditäten des Lebens, Zärtlichkeit, Leidenschaft, Wut über dieselben Ungerechtigkeiten.

»Thomas?«

»Meine liebste Charlotte, sie muß nicht aus Bloomsbury kommen. Und selbst wenn es so wäre, was glaubst du, wie viele Stubenmädchen entlassen worden sind, aus welchen Gründen auch immer, von Unehrlichkeit bis dahin, daß sie in den Armen des Hausherrn erwischt wurden? Andere werden durchgebrannt sein, oder man nimmt es zumindest an, oder sie haben das Familiensilber mitgehen lassen und sind im Dunkel der Nacht verschwunden.«

»Stubenmädchen sind nicht so!« protestierte sie. »Willst du denn nicht nach ihr fragen?«

»Haben wir schon«, erwiderte er mit kraftloser Schärfe in der Stimme. Hatte sie denn keine Vorstellung davon, wie aussichtslos es war, und daß er längst alles getan hatte, was er tun konnte? Wußte sie denn so wenig von ihm, nach all der Zeit?

Sie neigte ihren Kopf, sah auf die Tischdecke hinab. »Es tut mir leid. Ich nehme an, du wirst es nie erfahren.«

»Wahrscheinlich nicht«, stimmte er ihr zu und nahm seinen Becher. »Ist das ein Brief von Emily, dort auf dem Kaminsims?«

»Ja.« Emily war ihre jüngere Schwester, die soweit über ihrer Stellung geheiratet hatte wie Charlotte abgestiegen war. »Sie wohnt bei Großtante Vespasia in Carddington Crescent.«

»Ich dachte, Großtante Vespasia wohnt in Gadstone Park.«

»Tut sie auch. Sie sind alle zu Besuch bei Onkel Eustace March.«

Er brummte. Dazu gab es nichts weiter zu sagen. Er hegte eine tiefe Bewunderung für die elegante, reizbare Lady Vespasia Cumming-Gould, aber weder hatte er jemals von Eustace March gehört, noch verspürte er den Wunsch danach.

»Sie klingt sehr unglücklich«, fuhr Charlotte fort und sah ihn besorgt an.

»Das tut mir leid.« Er sah ihr nicht in die Augen, sondern angelte sich ein weiteres Stück Brot und den Teller mit dem Chutney. »Aber es gibt nichts, was wir daran ändern könnten. Ich wage die Behauptung, daß sie sich langweilt.« Diesmal sah er auf, fixierte sie mit fast wütendem Blick in den Augen. »Und du wirst dich auf keinen Fall in die Nähe von Bloomsbury begeben, auch nicht um einen lang vergessenen Freund zu besuchen, weder von dir noch von Emily. Haben wir uns verstanden, Charlotte?«

»Ja, Thomas«, sagte sie mit weit aufgerissenen Augen. »Ich glaube, ich kenne sowieso niemanden in Bloomsbury.«

# 2

Emily war fürwahr zutiefst unglücklich, trotz der Tatsache, daß sie in ihrem schimmernden, aquamarinblauen Kleid mit gewagtem und elegantem Schnitt großartig aussah und im Savoy in der Privatloge der Marches saß. Auf der Bühne wurde mit köstlicher, lyrischer Anmut die Oper *Jolanthe* der Herren Gilbert und Sullivan gegeben, die sie ganz besonders verehrte. Die bloße Vorstellung von einem jungen Ding, das, an der Hüfte geteilt, halb Mensch, halb Elfe war, sprach gewöhnlich ihren Sinn für das Absurde an. Heute abend ging es an ihr vorüber.

Der Grund für ihren Kummer lag darin, daß sich ihr Mann George schon seit einigen Tagen jede Mühe ersparte, den Umstand zu verhehlen, daß er Sybilla Marches Gesellschaft der Emilys offensichtlich vorzog. Er war von tadelloser Höflichkeit, auf eine etwas mechanische Weise, was schlimmer war als Grobheit. Grobheit hätte zumindest bedeutet, daß er sich ihrer auf das Schärfste bewußt war, nicht nur dumpf, als wäre seine Wahrnehmung beeinträchtigt. Es war Sybillas Gegenwart, die sein Gesicht leuchten ließ, sie war es, der seine Augen folgten, sie, deren Worte seine Aufmerksamkeit bei sich hielten, deren Esprit ihn zum Lachen brachte.

Jetzt saß er hinter ihr, und für Emily sah sie pompös wie eine verblühende Blume aus, in ihrem feuerfarbenen Kleid, mit ihrer weißen Haut, den torfwasserschwarzen Augen und ihrer üppigen Mähne. Trotz des Schmerzes und der Torheit, die darin lag, blickte Emily oft genug seitlich zu ihm hinüber, um zu wissen, daß George kaum zur Bühne sah. Die Misere des Helden schien ihn nicht im geringsten zu bewegen, ebensowenig das gewinnende Liebäugeln der Heldin, die Feenkönigin oder Jolanthe selbst. Aber er lächelte und bewegte seine Finger zum ›Peer's Song‹ im Takt, der sicher jeden berühren würde, und einen Moment lang war seine Aufmerksamkeit hocherfreut von dem tanzenden Trio gefangen, bei dem der Lord High Chancellor mit hemmungsloser Begeisterung seine Beine in die Luft warf.

Emily spürte, wie Kummer und panischer Schrecken in ihr aufstiegen. Alles um sie herum war Farbe, Frohsinn und Getöse. Jedes Gesicht, das sie sehen konnte, lächelte. George lächelte Sybilla an, Onkel Eustace March lächelte über sich selbst, Sybillas Mann William über das Fantasiegebilde auf der Bühne. Seine jüngste Schwester Tassie, gerade neunzehn und dürr wie ihre Mutter es gewesen war, mit einem Haarschopf in der Farbe des Sonnenlichts auf Aprikosen, lächelte zweifellos über den ersten Tenor. Die alte Mrs. March, ihre Großmutter, zuckte am Rande ihrer schmalen Lippen unwillkürlich mit den Mundwinkeln. Sie hatte kein Interesse daran, amüsiert zu werden. Großtante Vespasia, Tassies Großmutter mütterlicherseits, war dagegen begeistert. Sie besaß einen ausgeprägten Sinn für das Lächerliche und hatte vor langer Zeit schon aufgegeben, auch nur einen Deut darauf zu geben, was irgend jemand von ihr dachte.

Blieb nur noch Jack Radley, der einzige nicht zur Familie gehörende Gast des Abends, der momentan ebenfalls in Cardington Crescent wohnte. Er war ein hinreißend gutaussehender, junger Mann mit ausgezeichneten Verbindungen, unglücklicherweise jedoch keinem erwähnenswerten Vermögen und einem höchst zweifelhaften Ruf, was Frauen betraf. Er war ebenfalls ein Außenseiter, und schon aus diesem Grund hätte er Emily gefallen können, ungeachtet seines Charmes oder seines Humors. Es war einigermaßen offensichtlich, daß man ihn im Hinblick auf eine mögliche Heirat mit Tassie eingeladen hatte, der einzigen der zehn Töchter der Marches, die noch unverheiratet war. Der Sinn dieser Liaison war noch nicht klar, da Tassie mitnichten den Eindruck machte, als hätte sie Gefallen an ihm gefunden, und sie erfreute sich bedeutend kapitalkräftigerer Aussichten als er. Obwohl seine Familie mit jenen verwandt war, welche die Macht in Händen hielten, besaß er selbst nur wenig Aussichten. William hatte herzlos bemerkt, daß es Eustace nach dem Ritterstand hungerte, und beizeiten vielleicht nach einer Peerswürde, als höchste Auszeichnung für den Aufstieg seiner Familie vom Handel zum Ansehen. Aber das war sicher eine eher gehässige als wahre Beobachtung. Es bestand eine Spannung zwischen Vater und Sohn, eine Schärfe, die hin und wieder eindrang wie ein plötzlicher Glassplitter, klein aber überraschend schmerzhaft.

Im Augenblick befand sich William hinter Emilys Stuhl, und er war der einzige, den sie nicht sehen konnte.

Während der Pause war er es, der ihr Wein und einen Schokoladenbonbon brachte, nicht George. George stand in der Ecke und lachte über etwas, das Sybilla gesagt hatte. Emily zwang sich, irgendeine Konversation zu beginnen, merkte jedoch sofort, als die Worte in erhitztes Schweigen fielen, daß es ein Fehlschlag war, und in der darauf folgenden Minute wünschte sie sich, sie hätte besser nichts gesagt. Sie war erleichtert, als sich der Vorhang wieder hob.

»Ich kann mir nicht vorstellen, woher Mr. Gilbert derart alberne Verwicklungen nimmt!« Die alte Mrs. March trommelte gereizt mit den Fingern, als der Schlußapplaus verebbt war. »Es hat absolut keinen Sinn und Verstand!«

»Das soll es auch nicht, Großmama«, sagte Sybilla mit einem verträumten Lächeln.

Mrs. March starrte sie über ihren Kneifer hinweg an, und das schwarze Samtband baumelte an ihrer Wange herab. »Jemanden, der dumm ist, weil die Natur ihn so geschaffen hat, bedaure ich. Jemanden, der absichtlich dumm ist, kann ich beim besten Willen nicht verstehen«, sagte sie kalt.

»Das kann ich mir gut vorstellen«, murmelte Jack Radley hinter Emilys Ohr. »Und ich wette, Mr. Gilbert würde sie gleichermaßen unverständlich finden. Nur wäre es ihm egal.«

»Meine liebe Lavinia, er ist nicht dümmer als einige der Fantastereien von Madam Ouida, die ich dich unter braunem Einschlagpapier lesen sehe.«

Mrs. March's Gesicht erstarrte, aber es waren rosafarbene Flecken darauf, wo bei einer jüngeren Frau Rouge gewesen wäre. Sie mißbilligte die Unsitte, sich das Gesicht zu bemalen. Frauen, die dies taten, gehörten zu ›einer bestimmten Sorte‹.

23

»Da täuschst du dich, Vespasia«, zischte sie. »Es ist eine
Schande, daß dir deine Eitelkeit verbietet, eine Brille zu tragen. Eines Tages wirst du die Treppe hinunterfallen oder
dich sonstwie unrühmlich zum Gespött machen. William!
Du reichst deiner Großmama besser den Arm. Ich wünsche
nicht, zum Mittelpunkt der Aufmerksamkeit zu werden,
wenn wir gehen.« Sie stand auf und wandte sich der Tür zu.
»Besonders nicht solcherart Aufmerksamkeit!«

»Das dürfte dir kaum gelingen«, gab Vespasia zurück.
»Nicht, solange Sybilla darauf besteht, scharlachrot zu tragen.«

»Äußerst kleidsam für sie«, sagte Emily, bevor sie nachgedacht hatte. Es hatte unhörbar sein sollen, aber gerade in diesem Augenblick hörten alle um sie herum auf zu sprechen,
und ihre Stimme klang ganz deutlich in die Pause hinein.

Georges Gesicht nahm einen Hauch von Farbe an, und sie
sah augenblicklich zur Seite, wünschte, sie hätte sich eher auf
die Zunge gebissen, daß es blutete, als sich so unverblümt zu
offenbaren.

»Wie schön, daß es dir gefällt«, antwortete Sybilla eher still
und erhob sich ebenfalls. Ihr Selbstbewußtsein schien uner-
schöpflich zu sein. »Wir alle haben Farben, die uns schmeicheln und andere, die es nicht tun. Ich bezweifle, daß ich in
diesem Blauton so gut aussehen würde wie du.«

Das machte es nur noch schlimmer. Anstatt zurückzufau-
chen, war sie charmant gewesen. Selbst jetzt noch lächelte
George sie an. Wie von einer unsichtbaren Strömung getrieben, wurden sie aus ihrer Loge in den Strudel der Menschen
hinausgeschwemmt, die ins Foyer drängten. George ging
neben Sybilla, bot ihr seinen Arm an, als wäre alles andere
unschicklich.

Emily fand sich stolpernd und mit rotem Gesicht wieder,
als sie vorwärtsgeschoben und -gestoßen wurde, Jack Radleys Arm um ihre Schultern und Großtante Vespasias schönen, silbernen Kopf vor sich.

Als sie das Foyer erreichten, war es unausweichlich, daß
sie mit Leuten zusammentrafen, die sie kannten und Mei-
nungen und Erkundigungen austauschen mußten, was die

Gesundheit betraf, dazu der übrige Klatsch bei einem solchen Anlaß. Sinnlos spülte das Gewirr über ihren Kopf hinweg. Sie nickte und lächelte und stimmte allem zu, das in ihre Gedankenwelt eindrang. Jemand erkundigte sich nach Edward, ihrem Sohn, und sie erwiderte, daß er zu Hause wäre und es ihm sehr gut ginge. Dann stieß George sie heftig an, und ihr fiel ein, sich nach der Familie des Fragestellers zu erkundigen. Alles um sie herum plapperte.

»Herrliche Vorstellung!«

»Haben Sie *Pinafore* gesehen?«

»Wie geht das Stück noch?«

»Werden Sie in Henley sein? Ich liebe die Regatta. Eine so herrliche Beschäftigung an heißen Tagen, finden Sie nicht auch?«

»Ich ziehe Goodwood vor. Diese Rennen haben so etwas an sich... all die seidenen Gewänder!«

»Aber meine Liebe, wie steht es mit Ascot?«

»Ich persönlich bin mehr für Wimbledon.«

»Ich habe absolut *nichts* anzuziehen! Ich muß umgehend meinen Schneider aufsuchen – ich brauche dringend eine vollkommen neue Garderobe.«

»War die Royal Academy in diesem Jahr nicht einfach zu gräßlich!«

»Meine Liebe, ich stimme Ihnen zu! Absolut öde!«

Unbeholfen überstand sie fast eine halbe Stunde solcher Begrüßungen und Kommentare, bis sie sich am Ende allein in der Kutsche wiederfand, mit George neben sich, steif und distanzierter als ein Fremder.

»Was um alles in der Welt ist los mit dir, Emily?« sagte George, nachdem sie zehn Minuten schweigend dagesessen hatten, während vor ihnen Kutschen ihre Besitzer einsammelten. Schließlich war der Weg den ›Strand‹ hinunter frei.

Sollte sie lügen, sich diesem Moment der Bereitschaft zu einem Streit entziehen, von dem sie wußte, daß er ihm jetzt nicht gefallen würde? George war tolerant, großzügig, von umgänglicher Art, aber er wünschte Gefühle nur in Augenblicken seiner Wahl und mit Sicherheit nicht jetzt, wenn eine derart kultivierte Vergnügung noch in ihm nachklang.

Eine Hälfte in ihr wollte ihm gegenübertreten, all ihren kochenden Schmerz herausplatzen lassen, fordern, er möge sich und sein schändliches und verletzendes Benehmen erklären. Aber als sie gerade ihren Mund zu einer Erwiderung öffnete, wurde sie von Feigheit übermannt. Wenn sie es erst einmal gesagt hatte, war es zu spät, es zurückzunehmen. Sie hätte sich ihre einzige Rückzugsmöglichkeit abgeschnitten. Es war so untypisch für sie. Gewöhnlich hatte sie sich so gut im Griff, zeigte so wohlüberlegte Reaktionen. Das war es zum Teil gewesen, was ihn einmal angezogen hatte. Jetzt verriet sie all das und wählte einfach die Lüge, verachtete sich dafür und haßte ihn, weil er sie dazu erniedrigte.

»Ich fühl' mich nicht wohl«, sagte sie steif. »Ich glaube, es war vielleicht etwas heiß im Theater.«

»Davon habe ich nichts gemerkt.« Er war immer noch verärgert. »Und auch niemand anders.«

Es lag ihr auf der Zungenspitze, darauf hinzuweisen, wie sehr er anderweitig beschäftigt gewesen war, aber wiederum ging sie der Auseinandersetzung aus dem Weg.

»Vielleicht bin ich fiebrig.«

»Dann bleib morgen im Bett.« In seiner Stimme lag kein Mitgefühl.

Er will nur, daß ich ihm nicht im Weg bin, dachte sie, bevor ich ihm noch mehr zum Ärgernis werde und ihn in Verlegenheit bringe. Tränen stachen in ihren Augen, und sie schluckte fest, unendlich froh, in der engen, gespannten Dunkelheit der Kutsche zu sein. Sie sagte nichts, für den Fall, daß ihre Stimme sie verriet, und George verfolgte das Thema nicht weiter. Sie fuhren durch die Sommernacht, ihr Weg erleuchtet von den hundert gelben Monden der Gaslaternen, hörten nichts weiter als das gleichmäßige *klapp-klapp* der Pferdehufe und das Rumpeln der Räder.

Als sie Cardington Crescent erreichten, öffnete der Diener die Türen, und Emily stieg aus und ging die Stufen unter dem Säulengang hinauf und durch die Eingangstür, ohne sich auch nur umzudrehen, ob George hinter ihr war. Es war üblich, vor der Oper einer ›Dinner Party‹ beizuwohnen und hinterher einer ›Supper Party‹, aber die alte Mrs. March fühlte sich beidem gesundheitlich nicht gewachsen – obwohl ihr tatsächlich, abgesehen von ihrem Alter, nichts fehlte – also hatten sie auf letztere verzichtet. Jetzt wurde im Salon ein spätes Mahl gerichtet, aber Emily konnte das Gelächter, das helle Licht der Kronleuchter und die durchdringenden Blicke nicht ertragen.

»Wenn ihr mich entschuldigen würdet«, sagte sie zu niemand Bestimmten. »Es war ein herrlicher Abend, aber ich bin ziemlich müde, und ich würde mich gern zurückziehen. Ich wünsche euch allen eine gute Nacht.« Ohne eine Erwiderung abzuwarten, ging sie zur Treppe, bevor irgend jemand sie zurückhielt. Es war nicht George, wie sie es sich so sehr gewünscht hatte, sondern Jack Radley, nur einen Schritt hinter ihr.

»Geht es Ihnen nicht gut, Lady Ashworth? Sie sehen ein bißchen blaß aus. Sollen wir Ihnen etwas nach oben schikken?« Schon war er an ihrem Ellbogen.

»Nein, danke«, sagte sie hastig. »Sicher wird mir besser sein, wenn ich etwas geruht habe.« Man durfte sie nicht für grob halten. Es war so kindisch. Sie zwang sich, ihn anzusehen. Er lächelte. Er hatte wirklich höchst bemerkenswerte Augen. Er verstand es, vertraulich zu wirken, obwohl sie ihn kaum kannte, und ohne dabei jemals aufdringlich zu werden. Sie konnte ganz gut verstehen, woher er seinen Ruf bei den Frauen hatte. Es würde George nur recht geschehen, sollte sie sich so sehr in Radley verlieben wie George in Sybilla!

»Sind Sie sicher?« wiederholte er.

»Vollkommen«, antwortete sie ausdruckslos. »Danke.« Und sie ging die Treppe so schnell hinauf, wie sie konnte, ohne dabei den Anschein zu erwecken, daß sie lief. Sie war gerade auf dem Treppenabsatz, als sie hörte, wie die Konversation wieder aufgenommen wurde, erneut Gelächter erschallte, der lebhafte Schwung von Menschen, die sich immer noch im Banne völlig sorgloser Vergnügungen befanden.

Als sie erwachte, war sie allein, und Sonnenlicht fiel durch einen Spalt in den unvollständig zugezogenen Vorhängen herein. George war nicht da, und er war es auch nicht gewesen. Seine Seite des gewaltigen Bettes war unberührt, das Laken frisch. Sie hatte vorgehabt, sich ihr Frühstück heraufbringen zu lassen, aber jetzt war ihr die eigene Gesellschaft unerträglicher als die irgendeines anderen, und sie läutete ungeduldig nach ihrem Dienstmädchen, verweigerte den Morgentee und schickte sie, ein Bad einzulassen und die Kleider für den Morgen bereitzulegen.

Sie legte sich einen Mantel um die Schultern und klopfte energisch an die Tür des Ankleidezimmers. Nach einigen Augenblicken wurde sie von George geöffnet, der schläfrig und zerknittert aussah, das dicke Haar zerwühlt, die Augen groß und dunkel.

»Oh«, sagte er und blinzelte sie an. »Da es dir nicht gut ging, wollte ich dich nicht stören, also hab' ich mir mein Bett hier drinnen machen lassen.« Er fragte nicht, ob es ihr besser ging. Er sah sie nur an, ihre milchige Haut mit der leichten Röte und das Gewirr aus hellem, honigfarbenem Haar, kam zu seinem eigenen Schluß und zog sich zurück, um sich auf den Tag vorzubereiten.

Das Frühstück war grauenhaft. Eustace hatte wie immer sämtliche Fenster im Eßzimmer aufgerissen. Er war ein großer Verfechter des ›kraftvollen Christentums‹ und all der energischen Gesundheit, die dazu gehörte. Mit demonstrativem Wohlbehagen aß er Tauben in Aspik und stapelweise heißen Toast mit Butter und Marmelade, dann verbarrikadierte er sich hinter der *Times*, die der Diener bügelte und ihm dann brachte und die er mit niemandem zu teilen anbot. Nicht daß irgendein Mann seine Zeitung einer Frau angeboten hätte, aber Eustace ignorierte ebenso William, George und Jack Radley.

Trotz Eustaces unendlicher Mißbilligung hatte Vespasia ihre eigene Zeitung.

»Es hat einen Mord in Bloomsbury gegeben«, bemerkte sie bei den Himbeeren.

»Was hat das mit uns zu tun?« Eustace sah nicht auf. Die

Bemerkung war als Kritik gedacht. Frauen sollten keine Zeitungen lesen, geschweige denn, sie beim Frühstück diskutieren.

»Etwa soviel wie alles andere, was hier steht«, erwiderte Vespasia. »Es hat mit Menschen zu tun, und mit Tragödien.«

»Unsinn!« schimpfte die alte Mrs. March. »Wahrscheinlich irgendeine Person aus den kriminellen Klassen, die es gründlich verdient hat. Eustace, wärst du so gut, mir den *Court Circular* zu reichen? Ich möchte etwas erfahren, was von Bedeutung ist.« Sie warf Vespasia einen angewiderten Blick zu. »Ich hoffe doch, niemand hat vergessen, daß wir heute auf einer ›Luncheon Party‹ bei den Withingtons sind und daß wir am Nachmittag bei Lady Lucy Armstrong Krocket spielen?« fuhr sie fort und betrachtete Sybilla mit fragendem Blick und leicht gekräuselten Lippen. »Lady Lucy wird natürlich ausschließlich von dem Cricket-Match zwischen Eton und Harrow erzählen, und es wird uns obliegen, ihren endlosen Prahlereien über ihre Söhne zuzuhören. Und *wir* werden absolut nichts zu sagen haben.«

Sybilla errötete. Ihre Augen leuchteten. Sie starrte die Großmutter ihres Mannes mit einem Ausdruck an, der ein Dutzend Dinge bedeuten konnte.

»Wir werden warten müssen, ob es ein Junge oder ein Mädchen ist, bevor wir über eine Schule nachdenken«, sagte sie sehr deutlich.

William erstarrte, die Gabel auf halbem Weg zum Mund, ungläubig. George sog seinen Atem mit einem leisen Zischen der Überraschung ein. Eustace senkte seine Zeitung zum ersten Mal, seitdem er sich gesetzt hatte und starrte sie mit erstaunter Miene an, dann mit allmählich heraufdämmerndem Jubel.

»Sybilla! Mein liebes Mädchen! Meinst du damit, du bist... mh...?«

»Ja!« sagte sie keck. »Ich hätte es euch noch nicht so bald gesagt, aber ich habe genug von Großmutters Bemerkungen.«

»Du kannst mir keine Vorhaltungen machen!« verteidigte sich Mrs. March scharf. »Zwölf Jahre habt ihr euch Zeit gelassen. Es ist doch kein Wunder, daß ich mich in meiner Verzweiflung um den Erhalt des Namens March sorge. Gott weiß, der arme William hat seine Geduld bis zum Zerreißen strapaziert, damit du ihm einen Erben schenkst.«

Williams Kopf fuhr herum, um seiner Großmutter einen wütenden Blick zuzuwerfen, mit flammenden Wangen und erhitzten blauen Augen.

»Das ist absolut nicht deine Angelegenheit«, sagte er abrupt. »Und ich finde deine Bemerkungen unsäglich vulgär.« Er schob seinen Stuhl zurück, stand auf und verließ das Zimmer.

»So, so.« Eustace faltete seine Zeitung und schenkte sich noch eine Tasse Kaffee ein. »Gratuliere, meine Liebe.«

»Besser spät als nie«, räumte Mrs. March ein. »Wenn ich auch bezweifeln möchte, daß du noch viel mehr bekommen wirst.«

Sybilla war noch immer rot, und jetzt zutiefst verlegen. Zum ersten Mal seit ihrer Ankunft hatte Emily Mitleid mit ihr.

Allerdings war das Gefühl von kurzer Dauer. Die nächsten Tage verbrachte man im gewohnten Lebensstil der Gesellschaft während der Saison. An den Morgenden ritten sie im Park, wobei sich Emily bemühte, dabei sowohl anmutig als auch geschickt auszusehen. Leider jedoch besaß sie nicht das unerhörte Flair von Sybilla, und da George der geborene Reiter war, schien es beinah unausweichlich, daß die beiden oft genug Seite an Seite ritten, in einiger Entfernung von den anderen.

William hielt sich davon fern, zog es vor, an seiner Malerei zu arbeiten, was sowohl sein Beruf als auch seine Berufung war. Sein Talent reichte soweit, daß er von Mitgliedern der Akademie bewundert und von Kennern gesammelt wurde. Nur Eustace stellte sein Mißfallen darüber zur Schau, daß sein einziger Sohn es vorzog, sich in sein Atelier zurückzuziehen, das man ihm im Wintergarten eingerichtet hatte, um lieber das Morgenlicht zu nutzen als auf dem Rücken eines Pferdes zu paradieren, damit ihn die Welt der feinen Gesellschaft bewunderte.

Wenn sie nicht ritten, fuhren sie mit der Kutsche, gingen einkaufen, machten engeren Freunden die Aufwartung oder besuchten Galerien und Ausstellungen.

Lunch gab es gewöhnlich gegen zwei Uhr, oft in kleiner Gesellschaft im Hause von Bekannten. Am Nachmittag besuchten sie Konzerte oder fuhren nach Richmond oder Hurlingham, oder machten ansonsten jenen Damen, die sie nur flüchtig kannten, ihre notwendige, eher förmliche Aufwartung, hockten verlegen wie die Hühner in Salons herum, die Rücken steif, und gaben idiotisches Geschnatter über Leute, Kleider und das Wetter von sich. Die Männer empfahlen sich bei diesen Aktivitäten und zogen sich in einen ihrer Clubs zurück.

Um vier gab es den Nachmittagstee, manchmal zu Hause, manchmal im Rahmen einer Gartengesellschaft. Einmal nahmen sie an einem Krockettspiel teil, bei dem George und Sybilla als Partner auftraten und unter schallendem Gelächter und mit einer Wonne hoffnungslos verloren, die Emilys Vergnügen weit überstieg, obgleich sie gewann. Der Geschmack des Siegens war wie Asche in ihrem Mund. Nicht einmal Eustace, der ihr Partner war, schien sie wahrzunehmen. Sämtliche Augen waren auf Sybilla gerichtet, in Kirschrosa gekleidet, die Wangen gerötet, ihre Augen strahlend, und sie lachte mit einer Leichtigkeit über ihre eigene Unbeholfenheit, daß jeder gern mit ihr lachte.

Wiederum fuhr Emily in bitterem Schweigen nach Haus, um mit bleiernen Füßen die Treppe hinaufzusteigen und sich für Dinner und Theater umzuziehen.

Am Sonntag konnte sie es nicht länger ertragen. Am Morgen waren alle gemeinsam in der Kirche gewesen. Eustace hatte darauf bestanden. Er war der Patriarch einer gottesfürchtigen Familie, und das sollte auch dokumentiert werden. Da sie in seinem Haus zu Gast waren, gingen alle pflichtschuldig mit, sogar Jack Radley, für den es weitab von seinen persönlichen Neigungen lag. Er hätte seine Sommersonntage weitaus lieber bei einem ordentlichen Galopp verbracht, um Vögel, Hunde und Zuschauer gleichermaßen über den Park zu scheuchen, in dem die Sonne durch die

Bäume schimmerte und ihm der Wind durch das Haar strich, wie es eigentlich auch George gern getan hätte, normalerweise. Heute jedoch schien George absolut zufrieden damit zu sein, auf der Bank neben Emily zu sitzen und seine Augen ständig zu Sybilla hinüberwandern zu lassen.

Das Mittagessen wurde damit zugebracht, über die Predigt zu diskutieren, die ernst und weitschweifig gewesen war, und man analysierte sie auf ihre ›tiefere Bedeutung‹ hin. Als sie zu den Früchten kamen, hatte Eustace gerade erklärt, daß das eigentliche Thema die Tugend der Seelenstärke und die Fähigkeit, allen Kummer mit Haltung zu ertragen, gewesen sei. Nur William war entweder interessiert oder wütend genug, sich die Mühe eines Widerspruchs zu machen und darauf hinzuweisen, daß sie im Gegenteil vom Erbarmen gehandelt habe.

»Unsinn!« sagte Eustace barsch. »Du warst schon immer zu weich, William. Immer bereit, den einfachsten Weg zu gehen! Zu viele Schwestern, das ist dein Problem. Hättest selbst ein Mädchen werden sollen. Schneid!« Er schlug mit der Faust auf den Tisch. »Das braucht man, um ein Mann zu sein – und ein Christ.«

Der Rest der Mahlzeit wurde schweigend eingenommen. Den Nachmittag verbrachte man mit Lesen und Briefeschreiben. Der Abend war sogar noch schlimmer. Sie saßen herum und bemühten sich um eine Konversation, die dem Sabbat angemessen war, bis man Sybilla aufforderte, Klavier zu spielen, was sie ganz gut und mit offensichtlichem Vergnügen tat. Alle außer Emily wurden einbezogen, sangen Balladen und gelegentlich ernsthaftere Soli. Sybilla hatte eine ausgesprochen volle Stimme, ein bißchen heiser und leicht stokkend.

Endlich oben, die Kehle wund vor lauter Mühe, nicht weinen zu müssen, schickte Emily ihr Dienstmädchen fort und begann, sich allein auszuziehen. George kam herein und schloß die Tür mit unnötig lautem Geräusch.

»Hättest du dir nicht etwas mehr Mühe geben können, Emily?« sagte er kalt. »Deine mürrische Art grenzt an schlechtes Benehmen.«

Es war zuviel. Die Ungerechtigkeit war unerträglich.

»Schlechtes Benehmen!« stieß sie hervor. »Wie kannst du es *wagen*, mich des schlechten Benehmens zu bezichtigen! Du hast die vergangenen vierzehn Tage damit zugebracht, die Schwiegertochter deines Gastgebers zu verführen, vor den Augen aller, sogar der Diener. Und weil ich kein Interesse habe, dich dabei zu unterstützen, beschuldigst du mich, ungezogen zu sein!«

Röte stieg ihm ins Gesicht, aber er war vollkommen regungslos. »Du bist hysterisch«, sagte er leise. »Vielleicht solltest du besser allein sein, bis du dich gesammelt hast. Ich werde im Ankleidezimmer schlafen. Das Bett ist noch gemacht. Ich kann den anderen ohne weiteres sagen, daß du dich nicht wohl fühlst und ich dich nicht stören möchte.« Seine Nasenflügel bebten ganz leicht, und ein Anflug von Verärgerung zog über sein Gesicht. »Es dürfte ihnen kaum schwerfallen, es zu glauben. Gute Nacht.« Und einen Moment später war er verschwunden.

Emily stand da, betäubt von der Ungeheuerlichkeit. Es war so zutiefst unfair, daß sie einige Augenblicke brauchte, bis sie es in sich aufgenommen hatte. Dann warf sie sich auf das Bett, schlug mit aller Kraft in ihr Kissen und brach in Tränen aus. Sie weinte, bis ihre Augen brannten und die Lungen schmerzten, und immer noch fühlte sie sich nicht besser, nur zu müde, um großen Schmerz zu empfinden.

# 3

Früh am Morgen, noch vor den Hausmädchen, wachte Emily auf und überdachte ihre Situation. Die Auseinandersetzung des vergangenen Abends hatte die lähmende Unentschlossenheit mit sich fortgeschwemmt, das Abwehren der Gewißheit, die sich samt all ihrer Trübsal einstellen mußte. Sie faßte einen Entschluß. Sie würde kämpfen! Sybilla sollte nicht siegen, weil Emily nicht den Verstand oder die Kraft besaß, ihr die Stirn zu bieten, egal wie weit es schon gegangen war. Und sie sah sich genötigt zuzugeben, kurz und schmerzlich, daß es wahrscheinlich bis zum Äußersten gegangen war, wenn man bedachte, wie bereitwillig George die Ausrede provoziert hatte, im Ankleidezimmer zu schlafen. Dennoch wollte Emily ihre ganze Geschicklichkeit einsetzen, um ihn zurückzugewinnen. Und sie war ausgesprochen geschickt. Schließlich hatte sie ihn irgendwann einmal für sich gewinnen können, und das trotz beträchtlicher Widrigkeiten.

Wenn sie weiterhin so deprimiert auftrat, wie sie sich fühlte, würde sie den Rest des Haushalts in Verlegenheit bringen und sich einem Mitleid aussetzen, das man nicht ohne weiteres vergessen würde, auch wenn die Affäre vorüber wäre und sie gesiegt hätte. Am allerwichtigsten aber war, daß sie auf George nicht im mindesten attraktiv wirken würde. Wie die meisten Männer liebte George eine fröhliche und charmante Frau, die vernünftig genug war, ihre Probleme für sich zu behalten. Bei einem Gefühlsausbruch, besonders in der Öffentlichkeit, mußte er sich zutiefst unwohl fühlen. Anstatt ihn von Sybilla zurückzugewinnen, würde es ihn immer weiter in ihre Arme treiben.

Aus diesem Grunde würde Emily die Rolle ihres Lebens spielen. Sie würde so vollendet charmant und reizend sein, daß George in Sybilla nur einen blassen Abklatsch, einen Schatten und in Emily das einzig Wahre erkennen mußte.

Drei Tage lang hielt sie ihre Farce ohne erkennbaren Fehltritt aufrecht  Wenn sie wieder den Tränen nah war, ging sie sicher, daß kein anderer es sah, außer vielleicht Großtante Vespasia, die alles sah. Aber das machte ihr nichts. Hinter der unbeschreiblichen Eleganz und dem derben Humor war Tante Vespasia der einzige Mensch, der sich für sie interessierte.

Allerdings erwies es sich zu Zeiten als derart schwierig, daß sie beinah von der Sinnlosigkeit ihres Vorhabens übermannt wurde. Es mußte fehlschlagen. Sie wußte, daß ihre Stimme ausdruckslos klang, ihr Lächeln mußte gezwungen wirken. Aber da es nichts weiter gab, was Hoffnung auf Erfolg versprach, erneuerte sie nach einem Moment der Abgeschiedenheit, indem sie etwa von einem Raum in den nächsten ging, ihre Anstrengung, suchte mit aller Kraft, die sie besaß, amüsant, aufmerksam und liebenswürdig zu sein. Sie zwang sich sogar, der alten Mrs. March gegenüber höflich zu erscheinen, selbst wenn sie es nicht lassen konnte, in ihrer Abwesenheit Scherze über sie zu machen, unter dem ausgelassenen Gelächter Jack Radleys.

Bis zum Abendessen des dritten Tages war es extrem schwierig geworden. Alle waren höchst formell gekleidet, Emily in hellem Grün, Sybilla in Indigo, saßen um den monströsen Mahagonitisch im Eßzimmer. Rostrote Samtvorhänge, schwer behängt und verziert, und zuviele Bilder an den Wänden gaben Emily das Gefühl, sie müßte ersticken. Es war ihr beinah unerträglich, sich ein Lächeln auf die Lippen zu zwingen, aus ihrer trägen und verängstigten Vorstellungskraft eine leichte und spritzige Bemerkung herauszuholen. Sie schob das Essen auf ihrem Teller herum, ohne davon zu kosten, und trank mehr und mehr Wein.

Sie durfte nicht etwas derart Offensichtliches wie einen Flirt mit William beginnen. Das würde man als Vergeltung auffassen. Selbst George, desinteressiert wie er war, würde es tun und ganz sicher alle anderen. Den stechenden Blicken der alten Mrs. March entging nichts. Seit vierzig Jahren war sie Witwe, herrschte mit eisernem Willen und unersättlicher Neugier über ihr heimisches Reich. Emily mußte zu jedem, Sybilla eingeschlossen, ebenso unterhaltsam wie zuvorkommend sein, wie es einer Frau in ihrer Stellung anstand, und wenn sie daran erstickte. Sie achtete darauf, die Geschichten anderer nicht zu übertrumpfen und zu lachen, wenn sie ihnen in die Augen sah, um glaubwürdig zu wirken.

Sie suchte nach einem passenden Kompliment, gerade wahr genug, daß man es glaubte, und lauschte aufmerksam Eustaces unendlich langweiligen Anekdoten über die athletischen Heldentaten seiner Jugend. Er war ein großer und lautstarker Verfechter ›eines gesunden Geistes in einem gesunden Körper‹ und hatte keine Zeit für Ästheten. Seine Enttäuschung schwang in jedem Satz mit, und als Emily Williams angespanntes Gesicht auf der anderen Seite des Tisches sah, fiel es ihr zunehmend schwer, die Ruhe zu bewahren und ihre Miene höflichen Interesses aufrechtzuerhalten.

Nach der Süßspeise, als nur noch Vanilleeis, Himbeerwasser und etwas Obst auf dem Tisch stand, sagte Tassie etwas von seiner Soirée, bei der sie gewesen sei und wie sehr sie sich gelangweilt habe, was ihr einen strafenden Blick ihrer Großmutter einbrachte. Das rief in Emily eine plötzliche Erinnerung wach. Mit einem leisen Lächeln sah sie zu Jack Radley hinüber.

»Sie können entsetzlich sein«, stimmte sie zu. »Andererseits aber auch sehr superb.«

Tassie, die auf derselben Tischseite saß und Emilys Gesicht nicht sehen konnte, nahm nicht wahr, wie sie es meinte. »Dort hat eine schwergewichtige Sopranistin ziemlich schlecht gesungen«, erklärte sie. »Und so furchtbar ernst.«

»Die beste Soirée, bei der ich je gewesen bin, war genauso.« Die Bilder in Emilys Kopf wurden plastischer, je mehr sie sich an die Szenerie erinnerte. »Charlotte und ich haben Mama einmal mitgenommen. Es war wunderbar...«

»Tatsächlich?« sagte Mrs. March kalt. »Ich hatte keine Ahnung, daß du musikalisch bist.«

Emily behielt ihre freundliche Miene und sah direkt zu Jack Radley hinüber. Mit schmerzlichem Vergnügen merkte sie, daß sie seine Aufmerksamkeit in einem Maße erhielt, wie sie es sich von George gewünscht hätte, und mit exakt der gleichen Erregung.

»Sprechen Sie weiter!« drängte er. »Was kann an einer übergewichtigen Sopranistin, die ernst und schlecht singt, wunderbar sein?«

William erschauerte. Wie Tassie war auch er schmal und empfindsam, mit leuchtend rotem Haar, etwas dunkler vielleicht, und seine Züge waren schärfer, geformt von einem inneren Schmerz, der sie noch nicht erreicht hatte.

Emily erinnerte sich genau, wie es damals gewesen war. »Sie war eine umfangreiche Dame, ausgesprochen eifrig, mit rosafarbenem Gesicht. Ihr Kleid war über und über mit Perlen verziert und gefranst, daß es bebte, wenn sie sich bewegte. Miß Arbuthnot spielte für sie das Pianoforte. Sie war sehr hager und ganz in Schwarz. Sie steckten einige Minuten lang die Köpfe über den Noten zusammen, und dann kam die Sopranistin nach vorn und kündigte an, sie würde ›Home Sweet Home‹ singen, was bekanntermaßen schwer und ausgesprochen sentimental ist. Danach würde sie uns Yum-Yums entzückendes, heiteres Lied aus *The Mikado* vortragen, ›Three Little Maids‹.«

»Viel besser«, stimmte Tassie zu. »Das schreitet so wundervoll vor sich hin. Auch wenn sie sich nicht gerade wie meine Vorstellung von Yum-Yum anhört.« Und fröhlich summte sie einen oder zwei Takte.

»›Fabelhaft‹ hieße doch, es ernstlich zu übertreiben«, sagte Eustace kritisch. »Ein gutes Stück ist schnell ruiniert.«

Emily ignorierte ihn. »Sie baute sich vor uns auf«, fuhr sie fort, »ordnete ihre Miene zu einem Ausdruck tiefster Empfindung und begann langsam und sehr feierlich mit einem Ausbruch an Gefühlen. Nur das Piano tänzelte mit dem Trillern und Flöten ausgelassener Rhythmen auf und davon!«

Lediglich Jack Radleys Gesicht zeigte Verständnis.

»›Be it ever so hu-u-mble‹«, ahmte Emily volltönend nach, wild und klagend.

»Da-di-di-dum-dum, da da di di«, sang Jack freudig.

»Oh, nein!« Tassies Augen leuchteten vor Vergnügen, und sie fing an zu kichern. Sybilla schloß sich ihr an, und selbst Eustace mußte unwillkürlich lächeln.

»Sie verloren sich, puterrot«, erzählte Emily begeistert.

»Die Sopranistin stammelte ihre Entschuldigungen, fuhr herum und stürzte zum Piano, wo Miß Arbuthnot wild in den Notenblättern wühlte und sie dabei über den Boden verteilte. Sie sammelten alle wieder auf, murmelten wutentbrannt miteinander und drohten sich gegenseitig mit dem Finger, während wir alle dabei saßen und so zu tun versuchten, als hätten wir es gar nicht richtig bemerkt. Niemand sagte etwas, und Charlotte und ich wagten uns nicht anzusehen, aus Angst, die Kontrolle über uns zu verlieren. Schließlich kamen sie zu einer Einigung. Neue Noten wurden auf das Piano gestellt, und die Sopranistin trat wiederum entschlossen vorn an die kleine Bühne und sah uns an. Sie holte furchtbar tief Luft, die Perlenkette spannte sich um ihren Hals und zerplatzte beinah, und mit kollossalem Selbstbewußtsein begann sie ihren energischen Vortrag: ›Three Little Maids from school are we, filled to the brim with girlish glee...‹«, Emily zögerte einen Moment lang, starrte geradewegs in Jack Radleys dunkelblaue Augen. »Unseligerweise haute Miß Arbuthnot mit einem Ausdruck tiefster Sehnsucht die gewichtigen Akkorde von ›Home Sweet Home‹ in die Tasten.«

Diesmal zuckten sogar die Mundwinkel der alten Dame. Tassie wußte sich vor Kichern nicht zu helfen, und alle anderen glucksten vor Freude.

»Volle drei Minuten haben sie sich durchgekämpft«, sagte Emily schließlich, »wurden lauter und lauter, versuchten sich gegenseitig zu übertönen, daß die Kronleuchter rasselten. Charlotte und ich konnten es nicht länger aushalten. Wir sind im selben Moment aufgestanden und durch die Stuhlreihen hinaus geflüchtet, über die Füße der Leute gestolpert, bis wir in der Tür zusammenstießen und draußen beinah stürzten, so daß wir uns aneinander festhielten. Wir ließen uns gehen und lachten, bis uns die Tränen kamen. Sogar Mama konnte uns nicht böse sein, als sie uns eingeholt hatte.«

»Oh, wie ich das kenne!« sagte Vespasia mit einem breiten Lächeln und tupfte sich dabei die Tränen von den Wangen. »Ich bin schon bei so vielen entsetzlichen Soirées gewesen.

Ab jetzt kann ich keinem ernsthaften Sopran mehr zuhören, ohne daran denken zu müssen! Es gibt soviele furchtbare Sänger, denen ich etwas Derartiges wünsche – es wäre eine Gnade für uns alle.«

»Ich auch«, stimmte Tassie zu. »Angefangen mit Mr. Beamish und seinen Liedern über die unberührte Weiblichkeit. Ich nehme an, mit Überlegung ließe sich etwas Ähnliches arrangieren«, fügte sie hoffnungsvoll hinzu.

»Anastasia!« sagte Mrs. March mit eisiger Stimme. »Du wirst nichts dergleichen tun. Es wäre unverantwortlich und ein Zeichen denkbar schlechten Geschmacks. Ich verbiete dir, dich überhaupt mit dem Gedanken zu befassen.«

Aber Tassies Lächeln strahlte weiter, die Augen verträumt und glänzend.

»Wer ist Mr. Beamish?« fragte Jack Radley neugierig.

»Der Vikar«, sagte Eustace frostig. »Sie haben am Sonntag seine Predigt gehört.«

Großtante Vespasia erstickte ein tiefes Glucksen in ihrer Kehle und begann, emsig mit einem silbernen Messer und der Gabel die Steine aus ihren Trauben zu entfernen und legte sie mit eleganten Bewegungen an den Rand ihres Tellers.

Mrs. March wartete ungeduldig. Schließlich stand sie auf, raschelte laut mit ihren Röcken und riß am Tischtuch, daß das Silber klapperte und George nach einem schwankenden Glas griff und es fing, kurz bevor es umkippte.

»Für die Damen wird es Zeit, sich zurückzuziehen«, verkündete sie laut, fixierte erst Vespasia und dann Sybilla mit eisigem Blick. Sie wußte, daß Tassie und Emily es nicht wagen würden, ihr den Gehorsam zu verweigern.

Vespasia erhob sich mit der Anmut, die sie nie verloren hatte, der Art und Weise, sich mit ihrer ureigensten Geschwindigkeit zu bewegen, und der Rest der Welt möge ihr folgen oder nicht, ganz nach Belieben. Widerstrebend erhoben sich auch die anderen: Tassie sittsam, Sybilla kultiviert, lächelte über ihre Schulter hinweg den Männern zu, Emily mit einem flauen Gefühl im Magen, dem Geschmack eines Pyrrhus-Sieges, der schnell seinen Reiz verlor.

»Ich bin mir sicher, irgend etwas ließe sich einrichten«, sagte Tante Vespasia leise zu Tassie. »Mit etwas Fantasie.«

Tassie sah verwirrt aus. »Weswegen, Großmama?«

»Mr. Beamish natürlich!« fuhr Vespasia sie an. »Seit Jahren schon möchte ich ihm dieses alberne Grinsen vom Gesicht reißen.«

Sie schwebten an Emily vorüber, Seite an Seite, flüsternd, dann in den Salon hinaus. Ausladend und kühl in hellem Grün war es einer der wenigen Räume im Haus, in dem Olivia March die Einrichtung der alten Dame hatte verändern dürfen, die noch von einem Zeitgeschmack diktiert worden war, als das Gewicht der Möbel die Bedeutung und die Ernsthaftigkeit ihres Besitzers dokumentieren sollte. Später hatte sich die Mode gewandelt, und Status und Modernität waren zu Kriterien geworden. Olivias Geschmack jedoch hatte während der Orientalischen Periode geblüht, um die Internationale Ausstellung 1862, und der Salon war vornehm, voll sanfter Farben und mit gerade genug Möbeln, um komfortabel zu sein, ganz anders als das Boudoir der alten Mrs. March. Das andere Wohnzimmer im Erdgeschoß war voll leuchtender Rosatöne, mit Draperien über Kaminsims und Piano, und Jardinieren, Fotografien und Sesselschonern.

Emily folgte ihnen und setzte sich auf ihren Platz, nachdem sie der alten Mrs. March symbolisch Beistand angeboten hatte. Sie mußte ihre Rolle in jedem Augenblick beibehalten, bis sie allein in ihrem Zimmer war. Besonders Frauen merkten alles. Sie würden das leiseste Flackern im Gesichtsausdruck oder im Tonfall der Stimme erkennen und es mit minuziösem Scharfsinn interpretieren.

»Danke«, sagte Mrs. March knapp, ordnete ihre Röcke, damit sie eleganter fielen, und drückte ihr Haar an. Es war dick und mausgrau, sorgfältig mit einer Kappe bedeckt, wie es vor dreißig Jahren, während des Krimkrieges, Mode gewesen war. Emily fragte sich flüchtig, wie lange das Dienstmädchen gebraucht hatte, es so hinzurücken. Keine Strähne war am falschen Platz und war es auch beim Frühstück oder beim Lunch nicht gewesen. Vielleicht handelte es sich um eine Perücke? Sie hätte gern daran gezogen, um es herauszufinden.

»Wirklich nett von dir«, fuhr Mrs. March fort. »Zu viele junge Leute haben die Achtung verloren, die man sich wünschen würde.« Sie sah niemand Bestimmtes an, aber ihre zusammengepreßten Mundwinkel verrieten, daß ihre Verärgerung keineswegs unpersönlich war. Emily wußte, daß Tassie eine kurze Lektion über die Pflichten einer guten Tochter erhalten würde, sobald sie allein waren, vor allem über den Gehorsam und die Aufmerksamkeit Älteren gegenüber, und darüber, alles nur Mögliche zu tun, die Familie dabei zu unterstützen, ihr eine angemessene Partie zu verschaffen. Zumindest stellte man sich solchen Bemühungen keinesfalls in den Weg. Und auch Sybilla würde einige erbitterte Zurechtweisungen erfahren.

Emily lächelte sie freundlich an, auch wenn es verstecktes Amüsement war und kein Mitgefühl. »Ich nehme an, sie sind nur zu beschäftigt«, sagte sie salbungsvoll.

»Sie sind nicht beschäftigter, als wir es waren!« gab Mrs. March in einem giftigen Blick zurück. »Wir mußten unseren Weg genauso finden. Ein Kind zu tragen ist eine Entschuldigung dafür, in Ohnmacht zu fallen und zu weinen, aber nicht für bloße Achtlosigkeit. Ich habe selbst sieben Kinder zur Welt gebracht. Ich weiß, wovon ich spreche. Nicht, daß ich nicht zufrieden wäre. Gott weiß, es wurde höchste Zeit! Wir fingen schon an zu verzweifeln. Was für eine Tragödie für eine Frau, unfruchtbar zu sein.« Sie warf einen kritischen Blick auf Emilys schlanke Taille. »Sie war dem armen Eustace sicher eine große Enttäuschung; er hatte sich so sehr einen Erben für William gewünscht. Die Familie, mein Kind, die Familie ist alles.« Sie schniefte.

Emily war still. Es gab nichts weiter zu sagen, und dieses seltsame Mitleid kehrte zurück, absolut unerwünscht. Sie wollte nicht daran erinnert werden, daß Sybilla in dieser Familie ebenfalls eine Außenseiterin gewesen war, ein Fehlschlag in Bezug auf die einzige Leistung, die zählte.

Mrs. March sank ein bißchen tiefer in ihren Sessel. »Besser spät als nie, würde ich sagen«, wiederholte sie. »Jetzt wird sie zu Haus bleiben und ihre Pflicht tun, die eigene Erfüllung finden, anstatt albernen Moden hinterherzujagen. So oberflächlich und unwürdig. Jetzt wird sie William glücklich machen und ihm ein Heim schaffen, wie er es haben sollte.«

Emily hörte nicht zu. Natürlich, wenn Sybilla schwanger war, mochte das ihr Benehmen zumindest teilweise erklären. Emily erinnerte sich recht deutlich an ihre eigene Mischung aus Erregung und Furcht, als sie Edward erwartete. Es brachte eine totale Veränderung in ihr Leben, etwas, das mit ihr geschah und unwiderbringlich war. Sie war nicht mehr allein. Auf einzigartige Weise waren aus ihr zwei Menschen geworden. Aber zur Georges Beruhigung hatte es eine gewisse Distanz zwischen ihnen aufgebaut. Und inmitten all dessen stand ihre Angst, plump und verwundbar zu werden, nicht länger attraktiv für ihren Mann zu sein.

Wenn sich Sybilla, die Mitte Dreißig war, dieser Verwirrung der Gefühle gegenübersah, und dazu vielleicht die Angst vor der Geburt, dem Schmerz, der Hilflosigkeit, der absoluten Erniedrigung und vielleicht sogar der vagen Möglichkeit des Todes kam, mochte dies sehr wohl eine Erklärung für ihre momentane Selbstsucht sein, ihren Drang, die männliche Aufmerksamkeit auf sich zu ziehen, solange sie meinte, es noch zu können, bevor ihre Matronenhaftigkeit sie unbeholfen machte und schließlich ans Wochenbett fesselte.

Aber das war keine Entschuldigung für George! Wut erstickte Emily, als säße ihr ein heißer Kloß in der Brust. Alle möglichen Schritte schossen ihr durch den Kopf. Sie konnte nach oben gehen und warten, bis er kam, und ihn dann beschuldigen, sich wie ein Dummkopf zu benehmen, sie in Verlegenheit zu bringen und zu beleidigen und nicht nur William zu kränken, sondern auch Onkel Eustace, in dessen Haus sie waren, und sogar alle anderen, denn sie waren Gäste wie er. Sie konnte von ihm verlangen, seine Aufmerksamkeit gegenüber Sybilla auf die üblichen Höflichkeiten zu beschränken, oder Emily würde augenblicklich nach Haus fahren und nichts mehr mit ihm zu tun haben wollen, bis er

sich bei ihr in aller Form, und mit der gehörigen Wiedergut-
machung, entschuldigt hatte!

Dann verrauchte die Wut. Eine Fehde konnte ihr kein
Glück bringen. George würde sich entweder einschüchtern
lassen und gehorchen, wofür sie, genau wie er, nur Verachtung übrig hätte, und ihr Sieg wäre bitter und ohne jede
Genugtuung. Oder er würde sich noch weiter in die Jagd
nach Sybilla treiben lassen, nur um Emily zu zeigen, daß sie
nicht über ihn bestimmen konnte. Und das letztere war das
bei weitem Wahrscheinlichere. Diese verfluchten Männer!
Sie biß die Zähne zusammen und schluckte fest. Diese verfluchten Männer mit ihrer Dummheit, ihrer elenden Hals-
starrigkeit und vor allem ihrer Eitelkeit!

Sie spürte, wie der Kloß in ihrem Hals immer größer
wurde, unmöglich, ihn herunterzuschlucken. George hatte
soviel an sich, was sie liebte: er war zärtlich, tolerant, großzügig, und man konnte soviel Spaß mit ihm haben! Warum
mußte er ein solcher Dummkopf sein?

Sie schloß ihre Augen, öffnete sie nur mit Mühe wieder.
Tante Vespasia starrte sie an. »Nun, Emily«, sagte sie mun-
ter. »Ich warte immer noch auf einen Bericht über deinen
Besuch in Winchester. Du hast mir nichts davon erzählt.«

Es gab kein Entrinnen. Sie wurde in das Gespräch einbezogen. Sie wußte, daß Tante Vespasia es absichtlich getan
hatte, und sie wollte sie nicht im Stich lassen, indem sie sich
defätistisch verhielt. Tante Vespasia hätte niemals aufgegeben, sich in die Ecke gesetzt und geweint.

»Natürlich«, sagte sie mit künstlichem Eifer. Und sie
stürzte sich in eine Geschichte, die sie größtenteils während
des Erzählens erfand. Sie war noch immer mit deren Veräste-
lungen beschäftigt, als die Herren sich früher als üblich zu
ihnen gesellten.

Den ganzen Abend hatte sie es geschafft, die Farce aufrechtzuerhalten, und als es schließlich Zeit war, sich zurückzuziehen, hatte sie den kleinen Sieg errungen, die Aufgabe
erfüllt zu haben, die sie sich gestellt hatte. Sie sah das Aufblitzen der Anerkennung in Tante Vespasias silbergrauen
Augen und etwas in Tassies Gesicht, das Bewunderung

gewesen sein mochte. Aber George hatte sie nur einmal angesehen, und sein Lächeln war so künstlich, daß es mehr schmerzte als ein finsterer Blick, denn es war, als sähe er sie gar nicht.

Das Gefühl der Nähe war aus einer Richtung gekommen, an die zu erwarten sie sich gewöhnt, die sie aber, wenn sie darüber nachdachte, nicht gern angenommen hatte. Es war Jack Radley, der in ihr Lachen einfiel, dessen schlagfertiger Humor dem ihren folgen konnte und der am Ende des Abends mit seiner Hand an ihrem Ellbogen die breite Treppe hinaufschritt.

Sie blieb auf dem Treppenabsatz stehen, nahm ihn kaum wahr, wartete auf Georges Schritte, hörte statt dessen das Rascheln von Seide am Geländer hinter sich. Sie wußte, daß es Sybilla war, und dennoch ließ sie ein unwiderstehlicher Drang, ein Hoffnungsschimmer, sich umdrehen, bis sie zu sehen waren, nur für den Fall, daß sie es nicht war. George lächelte. Die Gaslampe an der Wand beschien sein dunkles Haar und die weiße Haut auf Sybillas Schultern.

George zog sich von ihr zurück, als er Emily sah. Die Spontaneität auf seinem Gesicht erstarb, und an ihre Stelle trat eine Spur von Verlegenheit. Er sah Sybilla an.

»Gute Nacht, und vielen Dank für diesen wundervollen Abend«, sagte er unbeholfen, gefangen zwischen dem Wohlgefühl der Vertraulichkeit im Augenblick zuvor und der etwas lächerlichen Formalität, mit der er jetzt endete.

Sybillas Gesicht glühte. Sie war vollkommen von dem vereinnahmt, worüber sie gerade gesprochen, oder was sie getan hatten. Für sie existierte Emily nicht, und Jack Radley war kaum mehr als ein Schatten, Teil des Dekors dieses Wochenendes. Worte waren überflüssig. Ihr Lächeln sagte alles.

Emily wurde übel. All ihre Bemühungen waren reine Zeitverschwendung. Sie war eine Schauspielerin im leeren Theater gewesen, hatte nur für sich selbst gespielt. Soweit es George betraf, war sie gar nicht da gewesen. Ihr Verhalten war für ihn unerheblich.

»Gute Nacht, Mr. Radley.« Sie haspelte die Worte hervor,

44

dann tastete sie nach dem Griff ihrer Schlafzimmertür, öffnete sie, trat ein und schloß sie fest hinter sich. Wenigstens konnte sie die anderen bis morgen aussperren. Sie konnte neun Stunden in Einsamkeit verbringen. Wenn sie weinen wollte, würde es niemand erfahren, und wenn sie etwas von der Verwirrung und dem Schmerz herausgelassen hätte, der in ihr brannte, stünde die Flucht in den Schlaf vor der Notwendigkeit einer Entscheidung.

Das Dienstmädchen klopfte.

Emily schniefte fest und schluckte. »Ich brauche dich nicht, Millicent.« Ihre Stimme klang unnatürlich. »Du kannst ins Bett gehen.«

Es folgte ein Augenblick des Zögerns; dann: »Wie Sie wünschen, M'lady. Gute Nacht.«

»Gute Nacht.« Sie zog sich langsam aus, legte ihr Kleid über die Stuhllehne, dann zog sie die Nadeln aus ihrem Haar. Es war eine Erleichterung, das Gewicht nicht mehr auf dem Kopf zu haben.

*Warum?* Was hatte Sybilla an sich? Ihre Schönheit, ihr Verstand, ihr Charme? Oder lag der Fehler bei ihr selbst? Hatte sie sich verändert, eine Eigenschaft verloren, die George liebte? Sie durchforstete ihr Gedächtnis, versuchte sich zu erinnern, was sie in letzter Zeit gesagt und getan hatte. Worin unterschied es sich von der Art und Weise, wie sie sonst gewesen war? In welcher Hinsicht war sie weniger, als George sie wollte oder brauchte? Sie war nie kühl oder übellaunig gewesen, sie war nicht ausschweifend, sie war seinen Freunden gegenüber niemals rüde gewesen – und Gott im Himmel wußte, daß es sie gereizt hatte! Manche von ihnen waren so oberflächlich, so unglaublich dumm, und dennoch sprachen sie mit ihr, als wäre sie ein Kind.

Es war ein vergebliches Unterfangen, und am Ende verkroch sie sich im Bett und beschloß, statt dessen wütend zu sein. Das war besser als zu weinen. Wütende Menschen kämpfen, und manchmal siegen die Kämpfer!

Sie erwachte mit Kopfschmerzen und der hereinstürzenden Erinnerung an einen Fehlschlag. Es nahm ihr sämtliche Energie, und sie starrte zum Sonnenlicht an der Decke hinauf, empfand es als farblos und hart. Wenn nur noch Nacht wäre und sie mehr Zeit für sich hätte. Der Gedanke, hinunter ins Frühstückszimmer zu gehen und sich all den strahlend lächelnden Gesichtern gegenüber zu sehen, den neugierigen, den anmaßenden, den mitleidigen, und vorgeben zu müssen, daß alles in Ordnung sei... Was alle von George und Sybilla sehen konnten, war unerheblich. Sie wußte etwas, das die anderen nicht wußten, etwas, das alles erklärte.

Sie rollte sich kleiner zusammen, umfaßte ihre Knie und versteckte den Kopf noch einen Moment unter der Decke. Aber je länger sie blieb, desto mehr Gedanken drängten sich in ihrem Kopf zusammen. Die Fantasie ging ihr durch, ließen jede Bedrohung, jedes denkbare Unglück zur Realität werden, bis sie im Elend unterging. In ihrem Kopf pulsierte es, die Augen brannten, und es wurde höchste Zeit, aufzustehen. Millicent hatte bereits zweimal an der Tür geklopft. Der Morgentee würde kalt sein. Beim dritten Mal mußte sie sie hereinlassen.

Emily gab sich besonders große Mühe mit ihrem Äußeren. Je weniger es sie berührte, desto wichtiger war es. Sie haßte Farbe aus dem Topf, aber die war besser als gar keine Farbe.

Sie war nicht als Letzte unten. Sybilla fehlte, und Mrs. March hatte es vorgezogen, ihr Frühstück im Bett einzunehmen, wie auch Großtante Vespasia.

»Du siehst gut aus, meine liebe Emily«, sagte Eustace barsch. Natürlich war er sich der Situation zwischen George und Sybilla vollkommen bewußt, doch mochte sie es auch noch so sehr beklagen: eine wohlerzogene Frau behandelte solche Dinge diskret und gab vor, nichts bemerkt zu haben. Er akzeptierte Emily nicht, aber er gewährte ihr den Beistand seines Mitgefühls, es sei denn, sie machte ihm eine derart nachsichtige Betrachtung unmöglich.

»Es geht mir auch gut, danke.« Emily zwang sich, heiter zu wirken, und ihre Gereiztheit erleichterte es ihr. »Ich hoffe, du hast ebenfalls gut geschlafen?«

»Ausgezeichnet.« Eustace bediente sich verschwenderisch

aus mehreren Wärmepfannen auf der massiven, geschnitzten Eichenanrichte, stellte den Teller an seinen Platz, dann ging er hinüber, riß die Fenster auf und ließ eine Brise kühler Morgenluft herein. Er atmete tief ein, dann wieder aus. »Ausgezeichnet«, sagte er und schenkte dem Frösteln der anderen keine Beachtung, als er am Tisch Platz nahm. »Ich finde immer, für eine Frau ist die Gesundheit enorm wichtig, oder was würdest du sagen?«

Emily wollte kein Grund einfallen, warum das nur Frauen betreffen sollte, aber es schien wohl eher eine rhetorische Frage zu sein, und Eustace beantwortete sie selbst. »Kein Mann, besonders keiner aus gutem Hause, will eine kränkliche Frau.«

»Die Armen wollen es noch weniger«, sagte Tassie spitz. »Es ist sehr teuer, krank zu sein.«

Doch Eustaces ließ sich von derart unbedeutenden Kreaturen wie den Armen nicht belasten. Gütig winkte er ab. »Selbstverständlich tut es das, meine Liebe, aber wenn die Armen andererseits keine Kinder bekommen, macht es keinen Unterschied, nicht wahr? Bei ihnen geht es nicht darum, die Weitergabe eines Titels, sozusagen eine Erbfolge, zu sichern. Gewöhnliche Menschen brauchen nicht so dringend Söhne wie wir.« Er warf William einen säuerlichen Blick zu. »Und vorzugsweise mehr als einen, wenn man denn erleben möchte, daß der Name weiterbesteht.«

George räusperte sich und hob die Augenbrauen, und seine Augen blickten zu William, dann senkten sie sich wieder auf seinen Teller hinab. Williams Miene spannte sich.

»Krank zu sein, hält sie nicht davon ab, Kinder zu bekommen«, argumentierte Tassie mit Flecken auf den Wangen. »Ich glaube nicht, daß Gesundheit eine Tugend ist. Sie ist ein großer Schatz, der sich gewöhnlich bei denen findet, die besser situiert sind.«

Eustace holte tief Luft und stieß sie mit einer geräuschvollen Bekundung seiner Ungeduld aus. »Meine Liebe, du bist bei weitem zu jung, um zu wissen, wovon du redest. Das ist ein Thema, von dem du unmöglich etwas verstehen kannst, geschweige denn verstehen solltest. Es ist unfein für ein

Mädchen in deiner Stellung und überhaupt für jede wohlerzogene Frau. Deine Mutter hätte nicht im Traum daran
gedacht. Aber ich bin mir sicher, Mr. Radley hat viel Verständnis.« Er lächelte zu Jack hinüber und bekam einen Blick
zurück, der von absolutem Unverständnis zeugte.

Tassie beugte ihren Kopf ein wenig. Das Rosarot auf ihrem
Gesicht wurde dunkler, Ausdruck einer Mischung aus Fru-
stration darüber, herablassend behandelt zu werden und
Verlegenheit, weil die Anspielung ihres Vaters auf sie offensichtlich unendlich viel unfeiner war als alles, was sie hatte
sagen wollen.

Aber Eustace blieb unbarmherzig. Indirekt verfolgte er das
Thema währen des gesamten Frühstücks. Zu Speisen und
Gesundheit kamen die Feinheiten der Erziehung, Diskretion, Gehorsam, ein ausgeglichenes Gemüt und die angemessenen Fähigkeiten in Bezug auf Konversation und Haus-
haltsplanung. Das einzige Attribut, das man umging, war
Reichtum, denn das wäre selbstverständlich vulgär gewesen. Und es war für ihn eine empfindliche Angelegenheit.
Seine Mutter stammte aus einer feinen Familie, die ihre Mittel vergeudet hatte, was sie zwang, entweder ihren Lebensstil zu beschränken oder in eine Familie einzuheiraten, die ihr
Vermögen während der Industriellen Revolution in den
Minen und Walzwerken gemacht hatte. In der ›Geschäfts-
welt‹. Sie hatte das Letztere vorgezogen, mit einiger Verachtung. Das erstere war undenkbar.

Voll Zufriedenheit nickte er, als er sprach. »Wenn ich an
mein eigenes Glück mit meiner geliebten Frau denke, möge
sie in Frieden ruhen, sehe ich, wie viel all diese Dinge dazu
beigetragen haben. Was für eine wunderbare Frau! Ich halte
die Erinnerung an sie in Ehren. Ihr wißt nicht, wie sehr. Es
war der traurigste Tag meines Lebens, als sie dieses Jammer-
tal gegen einen besseren Ort eingetauscht hat.«

Emily sah zu William hinüber, der den Kopf gesenkt hatte,
um sein Gesicht zu verbergen, und begegnete unabsichtlich
Jack Radleys amüsiertem Blick. Er rollte ganz leicht mit den
Augen und lächelte sie an. Es war ein heiterer, beunruhigen-
der Blick, und sie war ohne Zweifel, daß, wenn auch ihre

48

gewaltigen Bemühungen der letzten drei Tage bei George fehlgeschlagen hatten, sie bei ihm großartig ihre Wirkung taten. Es war eine bittere Befriedigung, und wertlos, es sei denn, sie konnte George am Ende zur Eifersucht provozieren.

Sie lächelte zurück, nicht warmherzig, doch zumindest mit einem Funken der Verschwörung.

Seltsamerweise wurde George von Eustace ins Gespräch einbezogen. Eustace sprach freundlich mit ihm, wollte seine Meinung hören, drückte eine Bewunderung für ihn aus, die Emily ausgesprochen unangemessen fand. Im Augenblick war George der letzte Mensch im Haus, den irgend jemand zu den Wonnen der Ehe befragen sollte. Aber Eustace verfolgte seine eigenen Interessen in Bezug auf Jack Radley und Tassie, und schenkte den Gefühlen anderer keinerlei Beachtung, ganz zu schweigen davon, daß es ihnen möglicherweise peinlich sein mochte.

Emily verbrachte den Morgen damit, an ihre Mutter zu schreiben, außerdem an einen Cousin, dem sie eine Antwort schuldig war, und Charlotte. Sie erzählte Charlotte alles über George, ihren Schmerz, das Gefühl des Verlustes, das sie überraschte, und die Einsamkeit, die sich wie eine graue, offene Weite vor ihr ausbreitete. Dann zerriß sie den Brief und warf ihn in das Wasserklosett.

Das Mittagessen war noch schlimmer. Sie saßen hinten im rostroten Speisezimmer, und alle waren anwesend, außer Großtante Vespasia, die es vorgezogen hatte, einen Bekannten in Mayfair zu besuchen.

»Also!« Eustace rieb sich die Hände und sah sich der Reihe nach die Gesichter an. »Und was haben wir für den Nachmittag geplant? Tassie? Mr. Radley?«

»Tassie hat einige Besorgungen für mich zu erledigen!« fuhr Mrs. March ihn an. »Wir haben alle unsere Pflichten, Eustace. Wir können nicht ewig herumspielen und uns amüsieren. Meine Familie hat eine gesellschaftliche Stellung. Sie hat immer schon eine gesellschaftliche Stellung gehabt.« Ob diese Bemerkung ein reiner Ausdruck persönlicher Eitelkeit oder ein Hinweis für Jack Radley war, daß sie ganz unbestreitbar mit ihm sozial gleichgestellt waren, wurde daraus nicht deutlich.

»Und Tassie scheint stets diejenige zu sein, die sie aufrecht erhält«, sagte George mit einer Gereiztheit, die bei ihm überraschte.

Mrs. March's Augen wurden eisig. »Und warum nicht, wenn ich fragen darf? Sie hat nichts weiter zu tun. Es ist ihre Funktion, ihre Lebensaufgabe, George. Eine Frau muß etwas zu tun haben. Möchtest du ihr das absprechen?«

»Natürlich nicht!« George wurde ärgerlich, und Emily empfand unwillkürlich etwas Stolz für ihn. »Aber ich könnte mir für sie ein paar sehr viel unterhaltsamere Dinge vorstellen als die gesellschaftliche Stellung der Marches aufrechtzuerhalten«, endete er.

»Das kann ich mir denken!« Die Stimme der alten Dame hätte Steine zerschlagen, Grabsteine, nach ihrer Miene zu urteilen. »Aber kaum etwas, von dem man sich wünschen würde, daß eine junge Dame es zu hören bekommt, geschweige denn zu spüren. Ich wäre dir dankbar, wenn du ihrem Gemüt nicht dadurch schaden würdest, indem du darüber sprichst. Du würdest sie nur aufregen und ihr Ideen in den Kopf setzen. Ideen sind schlecht für junge Damen.«

»Allerdings«, fügte Eustace nüchtern hinzu. »Sie erzeugen Hitze im Blut und Alpträume.« Er nahm eine enorme Scheibe Hühnerbrust und legte sie auf seinen Teller. »Und Kopfschmerzen.«

George war zwischen seinen angeborenen guten Manieren und seiner Entrüstung gefangen; der Konflikt war ihm anzusehen. Er warf Tassie einen Blick zu.

Sie streckte ihre Hand aus und berührte sanft seinen Arm. »Es macht mir wirklich nichts aus, den Vikar zu besuchen, George. Er ist entsetzlich blasiert, und seine Zähne sind feucht und stehen vor, aber eigentlich ist er ganz harmlos ...«

»Anastasia!« Eustace saß kerzengerade. »So spricht man nicht über Mr. Beamish. Er ist ein sehr ehrenwerter Mann, und er verdient eine ganze Menge mehr Respekt von einem Mädchen deines Alters.«

Tassie lächelte breit. »Ja, Papa, ich bin immer sehr nett zu

Mr. Beamish.« Dann hielt ihre Ehrlichkeit sie plötzlich im Zaum. »Na ja, fast immer.«

»Du wirst ihm heute nachmittag deine Aufwartung machen«, sagte Mrs. March kalt, wobei sie mit der Zunge schnalzte, »und fragen, ob du ihm helfen kannst. Es gibt sicher einige weniger Glückliche, die eines Besuches bedürfen.«

»Ja, Großmama«, sagte Tassie demütig. George seufzte und gab für den Augenblick auf.

Emily verbrachte den Nachmittag mit Tassie, tat Gutes. Wenn man sich selbst nicht vergnügen kann, sollen ruhig andere davon profitieren. Wie sich herausstellte, war es tatsächlich ganz angenehm, da Emily Tassie mit jedem Zusammensein lieber mochte, und ihr Besuch bei der Frau des Vikars war wirklich nur sehr kurz. Erheblich mehr Zeit verbrachten sie in Gesellschaft des Hilfspfarrers, eines großen, freundlichen Mannes namens Mungo Hare, der sich entschlossen hatte, seine Heimat im Westen der Grafschaft Inverness zu verlassen und seinen Lebensunterhalt in London zu verdienen. Er war voll Hingabe und ausgesprochen freimütigen Ansichten, die sich eher in Taten als in seinen Worten äußerten. Sie boten den Hinterbliebenen und Einsamen tatsächlich einigen Trost, und Emily kehrte mit dem Gefühl nach Cardington Crescent zurück, etwas Sinnvolles getan zu haben. Hinzu kam das Wissen darum, daß Sybilla ihre Zeit damit zugebracht hatte, mit der Mutter ihres Mannes Besuche abzustatten und davon unendlich gelangweilt sein mußte.

George jedoch sah Emily weder bei ihrer Rückkehr, noch als sie sich zum Dinner umzog. Aus dem Umkleidezimmer hörte man keinen Laut, außer dem Kammerdiener, der hereinkam und dann wieder ging, und das Gefühl der Verlassenheit kehrte zurück.

Beim Abendessen wurde es schlimmer. Sybilla sah in Magentarot, das niemand sonst zu tragen gewagt hätte, einfach hinreißend aus. Ihre Haut war makellos mit nur einem Hauch von Rosa auf den Wangenknochen, und sie war trotz ihres Zustands noch immer schlank wie eine Gerte. Ihre Augen waren haselnußbraun. Zu Zeiten wirkten sie braun, zu anderen golden, wie Brandy im Licht. Ihr Haar war seidig, schwarz und dick.

Emily meinte neben ihr zu verblassen, eine Motte neben einem Schmetterling. Ihr Haar war honigblond, weicher, eher zart als voll, die Augen ein durchaus gewöhnliches Blau. Ihr Kleid hatte einen sehr modischen Schnitt, aber im Vergleich war die Farbe blaß. Sie brauchte allen Mut, den sie besaß, um sich ein Lächeln auf die Lippen zu zwingen, etwas zu essen, das wie Porridge schmeckte, obwohl es Seezunge, geschmortes Hammelfleisch und Fruchteis sein sollte.

Alle anderen waren fröhlich, außer der alten Mrs. March, die nicht so banal sein konnte. Sybilla strahlte. George konnte seinen Blick kaum von ihr lösen. Tassie wirkte ungewöhnlich glücklich, und Eustace redete mit salbungsvoller Zufriedenheit irgend etwas daher. Emily hörte nicht zu.

Stück für Stück verfestigte sich der Entschluß in ihrem Kopf. Passivität brachte keinen Erfolg: Es war Zeit zum Handeln, und es gab nur eine Handlungsweise, die ihr einfallen wollte.

Sie konnte nur wenig tun, bis sich die Herren nach dem Essen zu ihnen gesellten. Der Wintergarten erstreckte sich auf der Südseite über die volle Länge des Hauses, und vom Salon aus gab es Glastüren hinter hellgrünen Vorhängen, die zu Palmen, Weinreben und zwischen exotischen Blumen zu einem versteckten Pfad hinausführten.

Emilys Geduld war vollkommen erschöpft. Sie setzte sich neben Jack Radley und nahm die erste Gelegenheit wahr, ihn in ein Gespräch zu verwickeln, was ihr nicht im mindesten Schwierigkeiten bereitete. Er war nur allzu erfreut. Unter anderen Umständen hätte sie es genossen, denn ganz entgegen ihrem Willen mochte sie ihn. Er sah einfach zu gut aus, und er wußte es, aber er hatte Verstand und einen Sinn für das Absurde. Sie hatte es in den letzten Tagen wohl ein Dutzend Mal in seinen bemerkenswerten Augen gesehen. Und, dachte sie, er verbarg keinerlei Scheinheiligkeit, was

ihr allein schon genügte, ihn nach drei Wochen in Cardington Crescent in ihr Herz zu schließen.

»Sie scheinen Mrs. March furchtbar nervös zu machen«,
sagte er interessiert. »Als Sie das Wort ›entlarven‹ erwähn-
ten, dachte ich, sie würde einen Anfall bekommen und unter
den Tisch gleiten.« Der Anflug eines Lachens lag in seiner
Bemerkung, und sie merkte, wie groß seine Abneigung
gegen die alte Dame war. Vielleicht drängten ihn die Familie
und die Umstände zu einer Geldheirat. Vielleicht wollte er
eine solche Verbindung nicht mehr als die jungen Frauen, die
von ihren Müttern so gnadenlos in eine Standesheirat
manövriert wurden, um nicht als jene erbarmungswürdig-
sten aller Mitglieder der Gesellschaft zurückzubleiben: die
unverheirateten Frauen jenseits ihrer Blüte, ohne die Mittel,
für sich zu sorgen, ohne eine Beschäftigung, mit der sie ihre
letzten Jahre verbringen konnten.

»Es sind nicht meine Fähigkeiten, die sie beunruhigen«,
sagte sie mit dem ersten Lächeln, das sie ehrlich meinte. »Es
ist die Art und Weise, wie ich sie erfahren habe.«

»Erfahren?« Seine Augenbrauen haben sich. »War es
etwas Schreckliches?«

»Schlimmer.« Sie lächelte verschmitzt.

»Anstößig?« fragte er weiter.

»Entsetzlich!«

»Was?« Er war kurz davor, in schallendes Gelächter auszu-
brechen.

Sie beugte sich zu ihm hinüber und hob ihre Hand. Er kam
näher, um sie besser zu hören.

»Meine Schwester hat erschreckend unter ihrer Würde
geheiratet«, flüsterte sie, die Lippen nah an seinem Ohr.
»Einen Detective der Polizei!«

Ruckartig richtete er sich auf und sah sie voll Erstaunen
und Begeisterung an. »Einen echten Detective? Scotland
Yard und das alles?«

»Ja. Das alles und noch mehr.«

»Ich kann es nicht fassen!« Er genoß das Spiel ungeheuer,
und es trug einen Hauch von Realität in sich, der es nur noch
besser machte.

53

»Hat sie!« beteuerte sie. »Haben Sie nicht Mrs. March's Gesicht gesehen? Sie hat furchtbare Angst, daß ich es erwähne. Es ist eine Schande für die Familie.«

»Das möchte ich wetten!« Er gluckste vor Vergnügen. »Armer, alter Eustace – davon wird er sich nie erholen. Weiß Lady Cumming-Gould davon?«

»Tante Vespasia? Oh, ja. Fragen Sie sie, wenn Sie mir nicht glauben. Sie kennt Thomas ziemlich gut, trotz der Tatsache, daß er Kleidung trägt, die ihm nicht paßt, und absolut scheußliche Schals in den grellsten und unpassendsten Farben. Seine Taschen sind immer mit Notizen und Wachs und Streichhölzern und Stücken von Bindfäden und Gott weiß was ausgebeult. Und er hat noch nie in seinem Leben einen anständigen Friseur gesehen...«

»Und Sie mögen ihn auch«, unterbrach er froh. »Sie mögen ihn sogar sehr.«

»Oh, ja, das stimmt. Aber trotzdem ist er Polizist und wird in grauenhafte Mordfälle verstrickt.« Die Erinnerung daran ernüchterte sie einen Moment lang. Er sah es in ihrem Gesicht und ging augenblicklich auf ihre Stimmung ein.

»Wissen Sie davon?« Jetzt war er wirklich fasziniert. Sie hatte seine uneingeschränkte Aufmerksamkeit, und es wirkte auf sie ungeheuer belebend.

»Natürlich! Charlotte und ich stehen uns sehr nah. Manchmal habe ich schon dabei geholfen.«

Seine leuchtenden Augen trübten sich skeptisch.

»Habe ich wirklich!« beteuerte sie. Es war etwas, auf das sie heimlich stolz war: Es war etwas, das mit dem Leben draußen zu tun hatte, außerhalb beklemmender Salons. »Ich habe praktisch einige davon gelöst – zumindest Charlotte und ich zusammen.«

Er war nicht sicher, ob er ihr glauben sollte oder nicht, aber sein Gesicht zeigte keine Kritik. Seine Augen wirkten ehrlich. Wäre sie ein paar Jahre jünger gewesen, hätte sie sich in diesem Blick verlieren können. Selbst jetzt würde sie das Beste daraus machen. Mit einem leichten Zupfen an ihrem Kleid stand sie auf.

»Wenn Sie mir nicht glauben...«

Sofort war er an ihrer Seite. »Sie untersuchen Mordfälle?«
Seine Stimme klang beinah ungläubig, forderte sie auf, ihn
zu überzeugen.

Sie akzeptierte es, ging einen halben Schritt voraus zu den
Türen des Wintergartens und den herabhängenden Reben
und dem süßen Geruch von Erde. Drinnen stand die Luft
heiß und regungslos zwischen den Lilien, trübe wie eine tro-
pische Nacht.

»Wir hatten einen, bei dem die Leiche auf dem Kutschbock
einer Droschke lag«, sagte sie bedächtig. Es war nur allzu
wahr. »Nach einer Vorstellung von *The Mikado*.«

»Jetzt machen Sie Witze«, protestierte er.

»Nein, mach' ich nicht!« Sie wandte ihm ihr offenstes,
unschuldigstes Lächeln zu. »Die Witwe hat ihn identifiziert.
Es war Lord Augustus Fitzroy Hammond. Er wurde mit allen
ihm zustehenden Ehren in der Familiengruft beigesetzt.« Sie
gab sich Mühe, eine ehrliche Miene zu behalten und sah ihm
in seine Augen mit diesen unglaublichen Wimpern. »Er
tauchte in der Kirche im Familienstuhl wieder auf.«

»Emily, das ist grotesk!« Er stand ganz nah bei ihr, und für
einen Augenblick kreisten nicht all ihre Gedanken um
George. Sie wußte, daß sie zu lächeln begann, trotz der Tatsache, daß es absolut stimmte. »Wir haben ihn wiederum
begraben«, sage sie mit einem leisen Kichern. »Es war alles
sehr schwierig und ziemlich widerwärtig.«

»Das ist absurd. Ich glaube Ihnen nicht!«

»Oh, das war es – bei Gott! Wirklich höchst unangenehm.
Sie können von der Gesellschaft nicht erwarten, zweimal in
zwei Wochen zur Beerdigung desselben Mannes zu erscheinen. Es schickt sich nicht.«

»Das ist nicht wahr.«

»Doch! Ich schwöre! Wir hatten vier Leichen, bis wir fertig
waren. Zumindest glaube ich, es waren vier.«

»Und alle waren Lord Augustus sonstwie?« Er versuchte,
sein Lachen zu unterdrücken.

»Natürlich nicht. Seien Sie nicht albern!« protestierte sie.
Sie war ihm so nah, daß sie die Wärme seiner Haut und die
feine Schärfe seiner Seife riechen konnte.

55

»Emily!« Er beugte sich vor und küßte sie langsam, vertraut, als hätte er alle Zeit der Welt. Emily ließ sich gehen, legte die Arme um seinen Hals und erwiderte seine Zärtlichkeit.

»Ich sollte das nicht tun«, bemerkte sie danach. Aber es war eine sachliche Bemerkung, kein Tadel.

»Wahrscheinlich nicht«, stimmte er ihr zu, berührte sanft ihr Haar, dann ihre Wange. »Sag mir die Wahrheit, Emily.«

»Was ?« flüsterte sie.

»Habt ihr wirklich vier Leichen gefunden?« Er küßte sie noch einmal.

»Vier oder fünf«, murmelte sie. »Und den Mörder haben wir auch gefaßt. Frag Tante Vespasia – wenn du den Mut hast. Sie war dabei.«

»Vielleicht tu' ich es.«

Mit leichtem Widerstreben löste sie sich von ihm. Es war schöner gewesen, als es hätte sein sollen: Sie machte sich an den Blumen und Reben vorüber auf den Rücken zum Salon.

Mrs. March erging sich über die Ritterlichkeit der präraffaelitischen Maler, ihre Akribie im Detail und die Feinheit ihrer Farben, und William lauschte ihr.

Tassie und Sybilla saßen so, daß sie zuhören oder sich abwenden mußten, und die Gewohnheit schloß letzteres aus. Eustace dagegen war der Herr im Hause und war zu keiner derartigen Höflichkeit verpflichtet. Er saß mit dem Rücken zu der Gruppe und dozierte über die moralischen Verpflichtungen des Adels. George stellte eine Miene höflichen Interesses zur Schau, die seine vollkommene Abwesenheit verbarg. Er sah zu den Türen des Wintergartens hinüber. Er mußte Emily und Jack Radley gesehen haben.

Emily spürte eine plötzliche, etwas beunruhigende Erregung. Schließlich hatte sie die Krise doch noch provoziert! Sie ging ein Stückchen vor Jack, war sich jedoch seiner Anwesenheit bewußt, seiner Wärme und der Zärtlichkeit seiner Berührung. Sie setzte sich neben Großtante Vespasia und gab vor, Eustace zuzuhören.

Der Rest des Abends verlief in ähnlichem Stil, und Emily wurde sich der Zeit erst um fünf nach halb zwölf bewußt. Sie kehrte aus dem oberen Badezimmer in den Salon zurück, kam an der Tür zum Morgenzimmer vorbei, als sie Stimmen hörte, die in eine leise, aufgebrachte Auseinandersetzung verstrickt waren.

».. . du bist ein Feigling!« Es war Sybilla, und ihre Stimme war heiser vor Zorn und Verachtung. »Erzähl mir nicht...«

»Glaub, was du willst!« Die Antwort schnitt ihr das Wort ab.

Emily blieb stehen. Es war George, und er war wütend. Sie kannte diesen Ton genau. Er hatte dieselbe aufschäumende Wut gezeigt, als sein Jockey auf der Rennbahn eine Abfuhr erhalten hatte. Es war damals zur Hälfte seine eigene Schuld gewesen, und er wußte es. Jetzt redete er wütend auf Sybilla ein, und ihre Stimme antwortete ihm dumpf vor Zorn.

Die Tür zum Boudoire öffnete sich, und Eustace stand mit der Hand auf der Klinke da. Jeden Augenblick würde er sich umdrehen und sehen, daß Emily lauschte. Eilig ging sie weiter, erhobenen Hauptes, strengte sich an, die letzten Worte aus dem Morgenzimmer zu verstehen. Aber die Stimmen waren zu schneidend, zu sehr ineinander verwoben, um die Worte zu verstehen.

»Ah, Emily.« Eustace fuhr herum. »Zeit, sich zur Ruhe zu begeben, würde ich sagen. Du mußt müde sein.« Es war eine Erklärung, keine Frage. Eustace betrachtete es als Teil seiner Privilegien, zu entscheiden, wann jeder zu Bett ging, wie er es seit jeher für seine Familie getan hatte, als noch alle hier gelebt hatten. Er hatte fast alles entschieden und es für sein Privileg und seine Pflicht erachtet. Bevor sie gestorben war, hatte Olivia March ihm brav gehorcht und war dann mit einer Diskretion ihrer eigenen Wege gegangen, daß er nichts davon gemerkt hatte. Viele seiner besten Ideen stammten von ihr, aber man hatte sie ihm auf eine Art und Weise vermittelt, daß er sie für seine eigenen hielt.

Emily hatte nicht die Absicht, heute abend zu streiten. Sie kehrte in den Salon zurück, wünschte eine gute Nacht und ging erleichtert auf ihr Zimmer. Sie hatte sich ausgezogen, das Dienstmädchen mit Anweisungen für den Morgen ent-

57

lassen und wollte gerade ins Bett gehen, als es an der Tür zum Ankleidezimmer klopfte.

Sie erstarrte. Es konnte nur George sein. Sie war erschrocken und wollte schweigen, so tun, als würde sie schon schlafen. Sie starrte den runden Griff an, als würde er sich von allein drehen und ihn hereinlassen.

Es klopfte erneut, härter. Vielleicht war es ihre einzige Chance, ihn hier einzulassen.

»Herein.«

Langsam öffnete sich die Tür. George stand im Durchgang, sah müde und verlegen aus. Sein Gesicht war gerötet. Emily wußte gleich warum. Sybilla hatte ihm eine Szene gemacht, und George haßte Szenen. Ohne nachzudenken wußte sie, was zu tun war. Es würde verheerend sein, ihm Vorhaltungen zu machen. Das letzte, was er jetzt wollte, war eine weitere empfindsame Frau.

»Hallo«, sagte sie mit einem sehr zurückhaltenden Lächeln, gab vor, dies wäre kein wichtiger Anlaß, keine Begegnung, die ihr gemeinsames Leben und alles, was ihr wichtig war, verändern konnte.

Zögernd kam er herein, gefolgt von Mrs. March's Spaniel, der zu ihrem Unwillen eine derartige Zuneigung zu ihm entwickelt hatte, daß er seine Herrin vernachlässigte. Er war unsicher, was er sagen sollte, aus Furcht, sie würde nur den rechten Augenblick abwarten, bevor sie ihm eine Anschuldigung entgegenschleuderte, eine berechtigte Klage, gegen die er sich nicht verteidigen konnte.

Sie wandte sich ab, um es ihm zu erleichtern, als wäre das alles ganz normal. Sie suchte nach Worten, die nichts von dem berührten, was quälend zwischen ihnen stand.

»Ich habe diesen Nachmittag mit Tassie wirklich genossen«, begann sie beiläufig. »Der Vikar ist furchtbar ermüdend, genau wie seine Frau. Ich kann verstehen, warum Eustace sie mag. Sie haben eine Menge gemein, gleiche Ansichten zur Schlichtheit der Tugend«, sie verzog das Gesicht, »und der Tugend der Schlichtheit. Besonders bei Frauen und Kindern, die sie für in etwa dasselbe halten. Aber der Hilfspfarrer war bezaubernd.«

58

George setzte sich auf den Hocker vor dem Toilettentisch, und sie betrachtete ihn mit einem Vergnügen, das sie selbstsicherer werden ließ. Es bedeutete, daß er zu bleiben beabsichtigte, zumindest für ein paar Minuten.

»Ich bin froh«, sagte er mit einem schiefen Lächeln, suchte nach etwas, mit dem er fortfahren konnte. Es war lächerlich. Vor einem Monat hatten sie wie alte Freunde miteinander gesprochen, hätten gemeinsam über den Vikar gelacht. Jetzt sah er sie an, die Augen weit und suchend, aber nur für einen Moment. Dann wandte er sich wieder ab, wagte nicht, zu sehr zu drängen, fürchtete eine Abfuhr. »Tassie habe ich immer gemocht. Sie ist so viel mehr wie die Cumming-Gould-Seite der Familie, nicht wie die Marches. Das trifft wohl auch auf William zu.«

»Das kann gut sein«, sagte Emily aufrichtig.

»Du hättest Tante Olivia gemocht«, fuhr er fort. »Sie war erst achtunddreißig, als sie starb. Onkel Eustace war am Boden zerstört.«

»Nach elf Kindern in fünfzehn Jahren war sie das sicher auch«, sagte Emily scharf. »Aber ich glaube kaum, daß Eustace daran gedacht hat.«

»Das glaube ich auch nicht.«

Sie drehte sich zu ihm um und lächelte, plötzlich froh, daß er so etwas absolut nicht von ihr erwartet hatte. Einen Augenblick lang war die alte Wärme wieder da, zaghaft, unsicher, aber da. Dann, bevor sie zuviel erwarten und enttäuscht werden konnte, wandte sie sich wieder ab.

»Ich habe immer geglaubt, daß Besuche bei den Armen für diese wahrscheinlich beleidigender sind, als sie unaufdringlich allein zu lassen«, fuhr sie fort. »Aber ich glaube, Tassie hat wirklich etwas Gutes getan. Sie wirkt so absolut ehrlich.«

»Das ist sie auch.« Er biß sich auf die Lippe. »Auch wenn sie noch nicht Charlottes Kaliber hat, Gott sei Dank. Aber vielleicht ist es nur eine Frage der Zeit. Sie hat noch nicht so viele Überzeugungen.« Er stand auf, hütete sich, seine Zeit zu überschreiten und das wertvolle Fragment zu riskieren, das zwischen ihnen wieder entstanden war. Er zögerte, und einen Moment lang zeigte sich die Unentschlossenheit auf seinem Gesicht. Durfte er es wagen, zu Kreuze zu kriechen und sie zu küssen, oder war es noch zu früh? Er streckte den Arm aus und berührte ihre Schulter, dann zog er die Hand zurück. »Gute Nacht, Emily.«

Ernst sah sie ihn an. Wenn er zurückkam, mußte es unter ihren Bedingungen geschehen, sonst konnte es wieder passieren, und freiwillig würde sie es nicht noch einmal erleiden. »Gute Nacht, George«, antwortete sie sanft. »Schlaf gut.«

Langsam ging er hinaus, der Hund trappelte hinterher, und die Tür fiel ins Schloß. Sie rollte sich auf dem Bett zusammen und umarmte ihre Knie, spürte, wie die Tränen der Erleichterung in ihren Augen brannten und ihr weich und schmerzlos über die Wangen liefen. Es war nicht vorüber, aber die entsetzliche Hilflosigkeit war nicht mehr da. Sie wußte, was sie tun mußte. Sie schniefte heftig, griff nach einem Taschentuch und putzte sich fest die Nase. Es war laut und keineswegs damenhaft, eindeutig ein Geräusch des Triumphes.

# 4

Zum ersten Mal seit Wochen schlief Emily gut und wachte erst auf, als die Sonne ins Zimmer fiel und Millicent an die Tür klopfte.

»Herein«, sagte sie undeutlich. George war noch immer im Ankleidezimmer. Es gab keinen Grund für Heimlichkeiten. »Komm rein, Millie.«

Die Tür öffnete sich, und Millicent kam ins Zimmer, balancierte das Tablett mit einer Hand, während sie die Tür hinter sich schloß. Dann trug sie das Tablett zur Frisierkommode und stellte es ab.

»Was für ein Durcheinander da oben in der kleinen Küche ist, M'lady«, sagte sie und schenkte vorsichtig den Tee ein. »So was hab' ich noch nicht gesehen. Erst sind sie alle da. Im nächsten Moment ist die ganze Bude voller Dampf von den Kesseln und keine Menschenseele in der Nähe, um sie abzunehmen. Was für ein Theater, und alles nur, weil seine Lordschaft Kaffee statt Tee trinkt, obwohl ich nicht weiß, wie er das morgens gleich kann. Albert hat ihm den Kaffee vor einer Viertelstunde gebracht und gesehen, daß der kleine Hund von Mrs. March noch bei ihm liegt. Hat einen echten Narren an seiner Lordschaft gefressen. Macht die alte Lady nur noch mürrischer.« Sie kam herüber und reichte ihr die Tasse.

Emily setzte sich auf, nahm den Tee und begann, daran zu nippen. Er schmeckte heiß und frisch. Der Tag begann vielversprechend.

»Was würden Sie heute morgen am liebsten tragen, M'lady?« Energisch zog Millicent die Vorhänge auf. »Wie wär's mit dem aprikosenfarbenen Musselin? Traumhaft schöne Farbe. Und nicht jedem steht sie!«

Emily lächelte. Millicent hatte sich offenbar entschieden.

»Gute Idee«, stimmte sie zu. »Ist es warm draußen?«

»Wird es werden, M'lady. Und wie wäre es mit dem Lavendelfarbenen, wenn Sie heute nachmittag ausgehen?«

61

Millicent war voller Idee. »Und das Weiße mit dem schwarzen Samtbesatz für heute abend. Sehr modisch und raschelt so schön, wenn Sie gehen.«

Emily ließ sie gewähren, trank ihren Tee und stand auf, um mit der Morgentoilette zu beginnen. Heute hatte alles etwas Siegreiches an sich.

Als sie fertig und Millicent fort war, trat sie an die Tür zum Ankleidezimmer und klopfte. Niemand antwortete. Sie zögerte, gerade im Begriff ein zweites Mal zu klopfen, aber plötzlich war sie befangen. Was sollte sie zu ihm sagen außer »Guten Morgen?« Sie sollte sich nicht wie eine alberne Braut benehmen! Sie würde George nur in Verlegenheit bringen und sich selbst lächerlich machen. Es war weitaus besser, natürlich zu bleiben. Außerdem hatte er nicht geantwortet; zweifellos war er längst unten.

Aber auch im Frühstückszimmer war nichts von ihm zu sehen. Eustace war wie immer, mondgesichtig und strotzend vor Gesundheit. Er hatte die Fenster aufgerissen, ungeachtet der Tatsache, daß das Zimmer nach Westen lag und daher ausgesprochen frostig wurde. Auf seinem Teller stapelten sich Würstchen, Eier, feinzerhackte, scharfe Nieren und Kartoffeln. Seine Serviette hatte er in die Weste gestopft, und um ihn herum standen frischer Toast, Butter, der silberne Gewürzständer, Milch, Zucker und die silberne Queen-Anne-Kaffeekanne.

Die alte Mrs. March nahm ihr Frühstück wie üblich im Bett ein. Sonst waren alle anwesend, außer George. Und Sybilla.

Emily verließ der Mut, und ihr ganzes Glück erstarb wie ein Kerzenlicht, das jemand ausdrückte. Ihre Hand fühlte sich taub an, als sie den Stuhl an der Lehne hervorzog. Sie mußte sich zusammennehmen.

Es war kein Traum. Sie hatte es nicht geträumt. George *hatte* mit Sybilla gestritten. Der Alptraum war vorüber. Natürlich würde sich die Vertrautheit zwischen ihnen nicht sofort wieder herstellen lassen. Es würde eine Weile dauern, vielleicht sogar zwei oder drei Wochen. Aber sie konnte es schaffen, sicher.

»Guten Morgen, meine Liebe«, sagte Eustace in exakt demselben Ton, in dem er es jeden Tag sagte. »Ich hoffe, es geht dir gut?« Es war keine Frage, lediglich eine Bestätigung, daß er ihre Ankunft wahrgenommen hatte. Er wünschte nicht, von weiblichen Unpäßlichkeiten zu hören. Sie waren sowohl uninteressant als auch unangenehm, besonders morgens, wenn man zu essen wünschte.

»Allerdings«, sagte Emily aggressiv. »Ich hoffe, dir auch?« Die Frage war angesichts der Überfülle auf seinem Teller absolut unnötig.

»Das kann man wohl sagen.« Seine Augen weiteten sich unter seinen kurzen, gerundeten Augenbrauen. Mit einem leisen Geräusch stieß er den Atem durch die Nase aus, und sein Blick fuhr ruckartig über den Rest des Tisches: Vespasia aß vornehm und schweigend ein gekochtes Ei, Tassie war so blaß wie ihre Sommersprossen und das flammend rote Haar es zuließen, mit Schatten unter den Augen. Jack Radley starrte Emily an, die Stirn gerunzelt, zwei farbige Flecken auf den Wangen, und William, am ganzen Körper gespannt, das Gesicht ganz schmal, packte seine Gabel mit beiden Händen, als wollte man sie ihm entreißen. »Mein Gesundheitszustand ist ausgezeichnet«, wiederholte Eustace mit vorwurfsvollem Unterton.

»Da bin ich aber froh.« Emily war fest entschlossen, das letzte Wort zu behalten. Mit Sybilla konnte sie nicht streiten, mit George wollte sie nicht streiten. Eustace kam ihr gerade recht.

Jetzt wandte er sich Tassie zu. »Und was beabsichtigst du, mit deinem Tag anzufangen, mein Kind?« Bevor sie etwas erwidern konnte, fuhr er fort. »Mitgefühl ist ein höchst wünschenswerter Zug an einer jungen Dame. Tatsächlich war deine liebe Mutter, sie soll in Frieden ruhen, stets damit beschäftigt.« Er griff nach dem Toast und bestrich abwesend einige davon mit Butter. »Aber du hast noch andere Pflichten, vor unseren Gästen beispielsweise. Du solltest ihnen das Gefühl vermitteln, willkommen zu sein. Natürlich ist dein Zuhause in erster Linie eine Insel des Friedens und der Moral, welche die Schatten der Welt nicht erreichen können. Aber es sollte außerdem ein Ort behaglicher Gastlichkeit, schicklichen Vergnügens und erhebender Konversation sein.« Er schenkte Tassies wachsendem Unbehagen keine Beachtung, als würde er sie gar nicht wahrnehmen, was er tatsächlich auch nicht tat. Emily verachtete ihn für seine vollkommene Blindheit.

»Ich denke, du solltest mit Mr. Radley eine Kutschfahrt unternehmen«, fuhr er fort, als wäre ihm diese Idee eben erst gekommen. »Das Wetter ist für eine solche Unternehmung ganz ausgezeichnet. Ich bin sicher, deine Großmutter Vespasia würde sich glücklich schützen, euch zu begleiten.«

»Nichts dergleichen würde sie!« herrschte Vespasia ihn an. »Ich habe heute nachmittag meine eigenen Besorgungen zu machen. Tassie darf mich gern begleiten, wenn sie möchte, aber ich werde nicht mit ihr gehen. Mr. Carlisle dürfte sie zweifellos interessieren, und auch Mr. Radley, wenn er mitkommen möchte.«

Eustace legte seine Stirn in Falten. »Mr. Carlisle? Ist das nicht dieser höchst ungehörige Mann, der sich mit politischer Agitation beschäftigt?«

Tassie zeigte augenblicklich Interesse. »Oh?«

Eustace funkelte sie an.

Vespasia wollte sich nicht auf Haarspaltereien über die Beschreibung einlassen, aber ihre kühlen, taubengrauen Augen sahen Emily an. Erinnerung blitzte auf, Bilder der Erregung, der entsetzlichen Armut und des Todes, und Emily spürte, wie sich ihre Wangen erhitzten, als der viel näherliegende Gedanke an den vergangenen Abend im Wintergarten wiederkehrte. Sie hatte damit begonnen, Jack Radley eben jene Affäre zu erzählen, bei der sie Somerset Carlisle kennengelernt hatte.

»Höchst ungehörig« sagte Eustace gereizt. »Es gibt bessere Möglichkeiten, den Unglücklichen zu helfen, als sich zum Gespött zu machen, indem man versucht, die Regierung zu untergraben und das gesamte Fundament der Gesellschaft zu verändern. Der Mann ist unverantwortlich, und du solltest klug genug sein, dich nicht mit ihm einzulassen, Schwiegermama.«

»Hört sich faszinierend an.« Jack Radley wandte sich zum

erstenmal von Emily ab und sah zu Vespasia. »Welches spezielle Sache bearbeitet er im Augenblick, Lady Cumming-Gould?«

»Das Wahlrecht für Frauen«, erwiderte Vespasia knapp.

»Lächerlich!« schnaubte Eustace. »Gefährliche, unsinnige Zeitverschwendung! Gebt den Frauen das Wahlrecht, und Gott weiß, was für ein Parlament wir bekämen. Sollte mich nicht wundern, wenn es voll von Hitzköpfen und Revolutionären und Nichtskönnern wäre. Dieser Mann ist eine Bedrohung für alles, was England ehrbar macht, alles, was das Empire geschaffen hat. Wir ziehen großartige Männer genau deswegen auf, weil unsere Frauen die heiligen Pflichten von Heim und Familie bewahren.«

»Unsinn und Wichtigtuerei«, sagte Vespasia forsch. »Wenn die Frauen so ehrbar sind, wie du sie einschätzt, werden sie genau die Abgeordneten wählen, die du so sehr schätzt.«

Eustace wurde ernstlich böse. Er hielt sich nur mit sichtlicher Mühe unter Kontrolle. »Meine liebe, gute Frau«, sagte er durch seine Zähne hindurch, »es ist nicht eure Ehrbarkeit, die in Frage steht, es ist euer Verstand.« Er holte tief Luft. »Das schöne Geschlecht ist von Gott ausersehen, Frauen und Mütter zu stellen, um zu trösten, zu nähren und aufzurichten. Es ist eine edle und ehrenvolle Berufung. Aber sie haben weder den Geist noch die Stärke im Temperament, um zu regieren, und der Glaube daran, daß sie es könnten, hieße, sich gegen die Natur zu stellen.«

»Eustace, ich habe Olivia schon bei eurer Hochzeit gesagt, daß du ein Schwachkopf bist«, erwiderte Vespasia. »Und im Laufe der Jahre hast du mir immer weniger Grund gegeben, meine Meinung zu revidieren.« Sie tupfte sich die Lippen leicht mit ihrer Serviette und stand auf. »Wenn du glaubst, ich wäre eine ungeeignete Anstandsdame für Tassie, warum bittest du dann nicht Sybilla, sie zu begleiten? Vorausgesetzt, sie kommt früh genug aus dem Bett.« Und ohne sich noch einmal umzusehen, stürmte sie aus dem Zimmer, und das Hausmädchen öffnete die Türen und schloß sie wieder hinter ihr.

Eustaces Gesicht war puterrot. Man hatte ihn in seinem eigenen Reich beleidigt, dem einzigen Ort auf der Welt, an dem er die absulute Autorität besaß und unantastbar sein sollte.

»Anastasia! Deine Schwägerin oder deine Großmutter March werden dich begleiten.« Er fuhr herum. »Du, Emily, nicht. Du bist kaum besser als deine Großtante. Was ich von deinem Benehmen bisher kenne, ist erbärmlich, aber das ist Georges Problem. Ich werde nicht zulassen, daß du Tassie verleitest.«

»Das würde mir im Traum nicht einfallen«, zischte sie mit einem Lächeln zurück. »Ich bin sicher, daß Sybilla sehr viel besser geeignet ist, Tassie ein Beispiel zu geben, wie schicklich und bescheiden sich eine Frau verhalten sollte, viel besser als ich es jemals könnte.«

Tassie hustete in ihr Taschentuch. Jack Radley mühte sich panisch, etwas zu finden, worauf er seinen Blick lenken konnte, und scheiterte. William, kalkweiß bis zu den Lippen, erhob sich unbeholfen, ließ seine Serviette fallen und klapperte mit Tasse und Untertasse.

»Ich mach' mich an die Arbeit«, sagte er schroff, »solange das Licht so gut ist.« Und er ging, ohne auf einen Kommentar zu warten.

Es tat Emily leid; indem sie zugelassen hatte, daß sie mit ihrem Zorn den eigenen Schmerz preisgab, hatte sie dabei auch William verletzt. Er mußte sich ähnlich fühlen wie sie; verwirrt, zurückgestoßen, schrecklich allein und vor allem gedemütigt. Ihn jedoch aufzusuchen und sich zu entschuldigen, würde es nur noch schlimmer machen. Man konnte nichts weiter tun, als vorzugeben, daß man nichts bemerkt hatte.

Sie würgte gerade soviel von ihrem Frühstück herunter, daß es den Anschein hatte, als sei alles ganz normal. Dann entschuldigte sie sich und lief entschlossen nach oben, um George zu finden und von ihm zu fordern, er möge zumindest Diskretion üben, wenn er schon keine Moral zeigen konnte oder wollte.

Sie klopfte energisch an die Tür des Ankleidezimmers und

wartete. Es kam keine Antwort. Sie klopfte erneut, dann, als nichts passierte, drehte sie den Türknauf und trat ein.

Die Vorhänge waren offen, und das Zimmer erstrahlte im Sonnenlicht. George war noch im Bett, die Laken zerlegen, das Tablett mit dem Morgenkaffee stand auf dem Bett, offensichtlich benutzt. Tatsächlich stand eine leere Untertasse am Boden neben dem Fußende des Bettes, wo er seinen Kaffee mit dem Spaniel der alten Dame geteilt zu haben schien.

»George!« sagte Emily böse. Sie verspürte absolut kein Bedürfnis, darüber nachzudenken, was er die ganze Nacht über getan hatte, daß er um zehn Uhr morgens noch schlief. »George?« Sie stand neben dem Bett, blickte auf ihn hinab. Er sah sehr blaß aus, und seine Augen waren eingesunken, als hätte er schlecht geschlafen, wenn überhaupt. Genaugenommen sah er ziemlich krank aus.

»George?« Sie war jetzt wirklich erschrocken. Sie streckte eine Hand aus und berührte ihn.

Er regte sich nicht. Nicht einmal seine Augenlider zuckten.

»*George!*« Sie schrie, was albern war. Er mußte sie doch hören können. Sie schüttelte ihn so grob, daß es jeden geweckt hätte.

Aber er blieb regungslos. Selbst seine Brust schien sich nicht zu heben und zu senken.

Entsetzt ahnte ihr Innerstes schon das Undenkbare, und zu Tode erschrocken lief sie zur Tür, wollte nach jemandem rufen. Aber nach wem?

Tante Vespasia! Natürlich. Tante Vespasia war die einzige, der sie trauen konnte, die einzige, die sich um sie kümmerte. Sie stürmte die Treppe hinunter und über den Flur, stieß beinah mit einem erschrockenen Hausmädchen zusammen und riß die Tür des Morgenzimmers auf. Vespasia schrieb Briefe.

»Tante Vespasia!« Ihre Stimme bebte und war viel lauter als beabsichtigt. »Tante Vespasia, George ist krank! Ich kann ihn nicht wecken! Ich glaube...« Sie atmete erstickt, konnte die Worte nicht sagen, die es real gemacht hätten.

Vespasia wandte sich mit ernster Miene von dem Schreibtisch aus Rosenholz ab, auf dem Papier und Umschläge ausgebreitet lagen.

»Vielleicht sollten wir besser gehen und nachsehen«, sagte sie leise, legte den Federhalter beiseite und erhob sich von ihrem Stuhl. »Komm, meine Liebe.«

Mit Herzklopfen, kaum in der Lage zu schlucken, aus Furcht vor dem, was sie diesmal finden mochte, folgte ihr Emily die Stufen hinauf. Vespasia klopfte forsch an die Tür des Ankleidezimmers, öffnete sie ohne zu warten und ging zum Bett hinüber.

George lag noch genauso, wie Emily ihn zurückgelassen hatte, nur sah sie die weiße Starrheit seiner Züge jetzt deutlicher und wunderte sich, wie sie sich jemals hatte glauben machen können, daß er noch am Leben wäre.

Vespasia berührte seinen Hals sanft mit der Rückseite ihrer Finger. Einen Moment später wandte sie sich Emily zu, das Gesicht müde, die Augen, als wollten sie vor Kummer überfließen.

»Wir können nichts mehr tun, mein Kind. Nach meinem beschränkten Wissen zu urteilen, würde ich sagen, es war sein Herz. Ich nehme an, es hat kaum mehr als einen Augenblick gedauert. Du solltest besser auf mein Zimmer gehen, und ich sage dem Mädchen, sie soll helfen, bis Millicent dir einen steifen Brandy bringt. Ich muß den Rest der Familie informieren.«

Emily sagte nichts. Sie wußte, daß George tot war, und dennoch konnte sie es nicht fassen. Sie war schon früher mit dem Tod konfrontiert worden. Ihre eigene Schwester war vom ›Cater-Street-Henker‹ ermordet worden. Alle Welt war an traurige Verluste gewöhnt: Pocken, Typhus, Cholera, Scharlach, Tuberkulose waren gang und gäbe, und allzu regelmäßig Boten des Todes, wie auch das Kindbett. Aber immer war es jemand anders. Hier hatte es keinerlei Vorwarnung gegeben. George war so *lebendig* gewesen!

»Komm.« Vespasia legte ihren Arm um Emilys Schulter, und ohne es zu merken, ging Emily wieder über den Treppenabsatz an den Farnen vorüber in Vespasias Zimmer, in dem das Dienstmädchen der alten Dame das Bett machte.

»Lord Ashworth ist tot«, sagte Vespasia. »Er scheint einen Herzanfall gehabt zu haben. Würden Sie bitte bei Lady Ashworth bleiben, Digby. Ich werde jemanden mit einem steifen Brandy heraufschicken und die Familie informieren.«

Das Dienstmädchen war eine ältliche Frau aus dem North Country, lebhaft im Gesicht, breit um die Hüften. Ein Leben in Diensten hatte sie diverse Trauerfälle erleben lassen, einige davon betrafen sie selbst. Sie erwiderte nur das Allernötigste, nahm Emily beim Arm, setzte sie auf die Chaiselongue, legte ihr die Füße hoch und strich ihr auf eine Weise über den Kopf, die Emily bei anderer Gelegenheit entsetzlich verärgert hätte. Jetzt war es menschlicher Kontakt und absurderweise beruhigend.

Vespasia verließ das Zimmer und ging langsam nach unten. Sie war gramerfüllt. Sie hatte George seit seiner Geburt gekannt, hatte ihn seine Kindheit und die Jugend hindurch beobachtet, und sie kannte sowohl seine guten Eigenschaften als auch seine Fehler. Sie verzieh ihm durchaus nicht alles, was er getan hatte, aber er war großzügig, tolerant, gern bereit, andere zu loben, und innerhalb seiner Grenzen ehrlich. Diese Besessenheit mit Sybilla allerdings war eine Verirrung ein Akt törichter Zügellosigkeit, die sie ihm nicht verzieh.

Aber nichts davon änderte etwas an der Tatsache, daß sie ihn geliebt hatte, und sie empfand tiefe Trauer, daß er so jung seines Lebens beraubt worden war, kaum halb so alt wie sie.

Sie öffnete die Tür zum Frühstückszimmer. Eustace saß noch immer mit Jack Radley am Tisch.

»Eustace, ich muß sofort mit dir sprechen.«

»Allerdings.« Noch immer war er wegen ihres Affronts gegen ihn böse, und seine Miene war eisig. Er machte keine Anstalten aufzustehen.

Vespasia warf Jack Radley einen starren Blick zu. Er sah augenblicklich, daß irgend etwas ganz und gar nicht stimmte, stand auf, entschuldigte sich und ging, wobei er die Tür hinter sich schloß.

»Ich wäre dir sehr verbunden, Schwiegermama, wenn du etwas höflicher zu Mr. Radley wärest«, sagte Eustace mit eisiger Stimme. »Es ist gut möglich, daß er Anastasia heiratet...«

»Das ist höchst unwahrscheinlich«, schnitt Vespasia ihm

das Wort ab, »und im Augenblick absolut unwichtig. Ich fürchte, George ist tot.«

Eustace fuhr herum, mit leerem Blick. »Wie bitte?«

»George ist tot«, wiederholte sie. »Er scheint einen Herzanfall gehabt zu haben. Ich habe Emily mit einem Dienstmädchen in meinem Zimmer gelassen. Ich glaube, du solltest besser den Arzt rufen.«

Er holte Luft, um etwas zu sagen, fand es dann unpassend. Die ansonsten gesunde Rötung war aus seinem Gesicht gewichen.

Vespasia läutete, und als der Butler kam, sprach sie mit ihm, überging Eustace.

»Lord Ashworth hat heute nacht einen Herzanfall gehabt, Martin. Er ist tot. Lady Ashworth ist in meinem Zimmer. Würden Sie jemanden mit einem steifen Brandy hinaufschicken. Und den Arzt rufen. Diskret natürlich. Es besteht kein Grund, das ganze Haus in Aufruhr zu versetzen. Ich selbst werde die Familie von dem Unglücksfall in Kenntnis setzen.«

»Jawohl, Mylady«, sagte er feierlich.»Darf ich bemerken, wie sehr es mir leid tut. Ich bin sicher, daß ich auch im Namen des restlichen Personals spreche, wenn ich Ihnen mein tiefempfundenes Mitgefühl zum Ausdruck bringe.«

»Danke, Martin.«

Er verneigte sich und ging.

Eustace stand unbeholfen auf, als wäre er plötzlich rheumatisch geworden.

»Ich werde es Mama sagen. Es wird ein furchtbarer Schock für sie sein. Gibt es etwas, was man für Emily, das arme Ding, tun könnte?«

»Ich glaube, ich werde nach Charlotte schicken«, antwortete Vespasia. »Ich muß zugeben, ich bin selbst sehr bedrückt.«

»Selbstverständlich bist du das.« Eustace ließ sich ein Stück weit erweichen. Schließlich war sie weit über siebzig. In seinem Kopf herrschte jedoch ein anderer Gedanke vor. »Ich glaube aber nicht, daß wir nach ihrer Schwester schicken sollten. Soweit ich weiß, ist sie ein eher unglückseliges Ding, dessen Anwesenheit alles andere als hilfreich wäre. Warum lassen wir nicht ihre Mutter kommen? Oder besser noch, wir bringen sie zu ihrer Mutter zurück, sobald sie einer Reise gewachsen ist. Das wäre doch sicher das beste.«

»Möglicherweise«, sagte Vespasia äußerst trocken. »Aber Caroline ist auf dem Kontinent, also werde ich vorläufig Charlotte kommen lassen.« Sie fixierte ihn mit einem derart finsteren Blick, daß der Protest auf seinen Lippen erstarb. »Ich werde ihr heute nachmittag meine Kutsche schicken.«

Vespasia verließ das Zimmer und ging nach oben. Sie hatte sich noch einer weiteren Pflicht zu entledigen, die schwierig werden würde. Und da sie Sybilla trotz des unentschuldbaren Verhaltens der jungen Frau in den vergangenen Wochen gern hatte, wollte sie es ihr lieber selbst sagen, bevor sie es von der Dienerschaft erfuhr, oder schlimmer noch, von Eustace.

Sie klopfte an die Schlafzimmertür und öffnete sie, ohne eine Antwort abzuwarten. Das Frühstückstablett stand benutzt auf einem Beistelltischchen. Sybilla saß aufrecht in dem großen Bett, ein spitzenbesetztes Tuch um sich geschlungen. Das pfirsichfarbene Seidenhemd war ihr ein wenig von der blassen Schulter gerutscht, ihr schwarzes Haar kringelte sich im Nacken und fiel über ihre Schulter auf die Brust herab. Selbst in einem solchen Augenblick setzte ihre Schönheit Vespasia in Erstaunen, überwältigte sie sogar ein wenig.

»Sybilla«, sagte sie leise, trat ein und setzte sich unaufgefordert auf den Rand des Bettes. »Es tut mir leid, mein Engel, aber ich habe eine sehr traurige Nachricht für dich.«

Sybillas Augen weiteten sich ängstlich, und sie setzte sich auf. »William...«

»Nein. George.«

»Was...?« Sybilla war offensichtlich überrascht, verblüfft. Ihr erster Gedanke hatte William gegolten, und sie hatte die Bedrohung, die sie im Sinn gehabt hatte, noch nicht verarbeitet. »Was ist passiert?«

Vespasia beugte sich vor und nahm die weiße Hand, drückte sie fest. »George ist tot, mein Herz. Er hatte irgendwann heute morgen einen Herzanfall. Du kannst nichts tun,

71

außer dich so diskret zu verhalten, wie du es bisher versäumt hast – für Emily und William, wenn schon nicht um deiner selbst willen.«

»Tot?« flüsterte Sybilla, als hätte sie es nicht verstanden. »Das kann nicht sein. Er war so – so gesund! Nicht George...«

»Leider besteht kein Zweifel.« Vespasia schüttelte den Kopf. »Und jetzt schlage ich vor, du läßt dir von deinem Dienstmädchen ein Bad einlaufen, ziehst dich an und bleibst auf deinem Zimmer, bis du dich soweit beruhigt hast, daß du der Familie gegenübertreten kannst. Dann komm herunter und biete deinen Beistand an, wo immer er nützlich erscheint. Ich versichere dir, es ist das beste Mittel der Welt, seinen Kummer zu überwinden.«

Sybilla lächelte so scheu, daß es kaum mehr als ein Schatten war. »Ist es das, was du tust, Tante Vespasia?«

»Ich glaube schon.« Vespasia wandte sich ab, wollte ihren Schmerz nicht offenbaren, der so nah unter der Oberfläche lag. »Das sollte dir Empfehlung genug sein.«

Sie hörte das Rascheln der Laken, als Sybilla aufstand, dann eine Minute später das Geräusch des Klingelzugs. Es würde in der Gesindestube und dem Zimmer ihres Dienstmädchens läuten, und wo immer das Mädchen sein mochte, sie würde kommen.

»Ich muß zu William gehen und es ihm sagen«, fuhr Vespasia fort, versuchte zu überlegen, was es sonst noch zu tun gab. »Und zweifelsohne wird es Dinge zu erledigen geben, Briefe und so weiter.«

Sybilla setzte an, etwas zu sagen. Es sollte um Emily gehen. Aber sie verlor den Mut, bevor der Satz vollständig genug war, ihn auszusprechen, und Vespasia drängte sie nicht.

Der Arzt kam kurz vor Mittag, und Eustace nahm ihn im Empfang und geleitete ihn in das Ankleidezimmer, in dem George noch genauso lag, wie Emily und Vespasia ihn gefunden hatten. Man ließ den Arzt allein, bis auf einen Diener, der alles besorgen sollte, was benötigt wurde, etwa heißes

Wasser oder Handtücher. Eustace hegte keineswegs den Wunsch, bei einer derart bedrückenden Angelegenheit zugegen zu sein, und er wartete mit Vespasia im Morgenzimmer auf den Bescheid des Arztes. Emily und Sybilla blieben in ihren Zimmern. Tassie war vom Schneider zurück und saß tränenüberströmt im Salon. Die alte Mrs. March saß im überhitzten, rosafarbenen Boudoir, das ihr spezielles Reich war, und wurde von Jack Radley getröstet, dessen Aufmerksamkeit sie für sich beanspruchte. William saß im Wintergarten in der Ecke, die man ihm als Atelier freigeräumt hatte. Er war zu seiner Malerei zurückgekehrt, nachdem er darauf hingewiesen hatte, daß es keinen Sinn hätte, händeringend im Boudoir zu sitzen und es ihm weit tröstlicher sei, allein zu sein und mit Pinsel und Farbe zu arbeiten, um einige seiner Gefühle bildlich darzustellen. Er hatte zwei Werke in Arbeit, eine Landschaft, die ein Mäzen in Auftrag gegeben hatte, und ein Porträt von Sybilla, das er zu seinem eigenen Vergnügen malte. Heute arbeitete er an dem Landschaftsbild. Bäume im Frühling, April etwa, voll Sonnenlicht und plötzlicher, beißender Kälte. Es war eine Stimmung, die die Zerbrechlichkeit des Glücks und den ewig drohenden Schmerz plastisch darstellte.

Die Tür zum Morgenzimmer öffnete sich, und der Arzt kam zurück. Er hatte ein enorm faltiges Gesicht, aber es waren liebenswerte Falten, Zeichen von Gewandtheit und Gutmütigkeit. Im Augenblick wirkte er zutiefst unglücklich. Er schloß die Tür und wandte sich von Eustace zu Vespasia und wieder zurück.

»Es war sein Herz, wie Sie angenommen hatten«, sagte er ernst. »Der einzige Funken Trost, den ich Ihnen spenden kann, ist die Tatsache, daß es sehr schnell gegangen sein muß. Eine Sache von Sekunden.«

»Das ist in der Tat ein Trost«, bestätigte Eustace. »Ich bin Ihnen sehr zu Dank verpflichtet. Ich werde es Lady Ashworth mitteilen. Danke, Treves.«

Aber der Arzt rührte sich nicht von der Stelle. »Hatte Lord Ashworth einen Hund, einen kleinen Spaniel?«

»Du meine Güte, was um alles in der Welt macht das

schon?« Eustace war erstaunt über die Nichtigkeit dieser Frage zu einem solchen Zeitpunkt.

»Hatte er?« wiederholte der Arzt.

»Nein, meine Mutter. Warum?«

»Ich fürchte, der Hund ist ebenfalls tot, Mr. March.«

»Nun, das dürfte wohl kaum von großer Bedeutung sein, oder?« Eustace war verärgert. »Ich werde einen der Diener anweisen, ihn fortzuschaffen.« Mit Mühe erinnerte er sich an seine Manieren. »Ich danke Ihnen. Wenn Sie jetzt bitte alles Nötige veranlassen würden, können wir die notwendigen Vorbereitungen für das Begräbnis treffen.«

»Das wird nicht möglich sein, Mr. March.«

»Was soll das heißen, nicht möglich?« verlangte Eustace zu wissen, und seine Wangen färbten sich rot.

Vespasia sah in das grimmige Gesicht des Arztes.

»Was ist los, Dr. Treves?« sagte sie leise. »Warum erwähnen Sie den Hund? Und woher wissen Sie davon? Der Butler hat Sie nicht gerufen, damit Sie sich einen Toten Hund ansehen.«

»Nein, Mylady.« Er seufzte tief, die Falten in seinem Gesicht zogen sich tief bekümmert zusammen. »Der Hund lag unter dem Fußende des Bettes. Er ist ebenfalls an einem Herzanfall gestorben, ich würde sagen, etwa zur selben Zeit wie Lord Ashworth. Es scheint, als ob er ihm etwas von seinem Morgenkaffee, der auf dem Tablett stand, gegeben hätte, und dann hat er selbst etwas davon getrunken. In beiden Fällen sehr kurz vor ihrem Tode.«

Eustace verlor alle Farbe im Gesicht. Er schwankte ein wenig. »Gütiger Gott! Was um alles in der Welt meinen Sie?«

Vespasia sank ganz langsam auf einen Stuhl. Sie wußte, was der Arzt sagen würde, und eine Finsternis ballte sich in ihrem Kopf zusammen.

»Ich meine, Sir, daß Lord Ashworth an einem Gift gestorben ist, das in seinem Morgenkaffee war.«

»Unsinn!« sagte Eustace wütend. »Absoluter Unsinn! Allein die Idee ist lachhaft! Der arme George hatte einen Herzanfall – und – und der Hund muß sich derart erregt

74

haben – der Tod und das alles –, daß er auch starb. Zufall! Nur ein unglücklicher Zufall.«

»Nein, Sir.«

»Natürlich ist es das!« sprudelte Eustace hervor. »Großer Gott, warum um alles in der Welt sollte Lord Ashworth Gift nehmen? Sie haben den Mann nicht gekannt, sonst würden Sie etwas derart Verabscheuungswürdiges kaum annehmen. Und er hätte es sicher nicht erst an dem Hund ausprobiert! George liebte Tiere. Das verdammte Ding hing an ihm. Zum Ärger meiner Mutter. Es ist ihr Hund, aber er zog George vor. Er hätte nicht im Traum daran gedacht, ihn zu verletzen. Verdammt lächerlich, das zu behaupten. Und ich versichere Ihnen, er hatte keinen Grund, sich das Leben zu nehmen. Er war ein Mann, der«, er schluckte, funkelte Treves an, »voll und ganz glücklich war. Reichtum, Ansehen, eine großartige Frau und einen Sohn.«

Treves öffnete den Mund, um es noch einmal zu versuchen, aber Vespasia unterbrach ihn.

»Eustace, ich glaube nicht, daß Dr. Treves annimmt, George hätte das Gift wissentlich genommen.«

»Mach dich nicht lächerlich!« herrschte Eustace sie an, verlor vollkommen die Selbstbeherrschung. »Niemand begeht aus Versehen Selbstmord! Und außerdem besitzt in diesem Haus ohnehin niemand Gift.«

»Digitalis«, schob Treves mit stiller Müdigkeit dazwischen. »Ein ziemlich gängiges Mittel bei Herzbeschwerden. Nach Aussage des Mädchens von Mr. March, besitzt die Dame des Hauses selbst etwas davon, aber es ist auch absolut möglich, es aus Fingerhüten zu destillieren, wenn man will.«

Eustace Sarkasmus war nicht zu überhören. »Und Lord Ashworth ist um sechs Uhr morgens hinausgeschlichen, hat im Garten Fingerhüte gesammelt und Digitalis destilliert?« erkundigte er sich gewichtig. »Hat er es am Herd mit den Küchenmädchen gemacht oder oben in der Teeküche mit den Hausmädchen und Lakaien? Dann, wenn ich Ihre Anspielung richtig verstanden habe, ist er zurück in sein Schlafzimmer gegangen, hat versehentlich den Hund vergiftet und dann sich selbst? Sie sind ein wirrer Geist, Treves! Ein verdammter, inkompetenter Esel! Schreiben Sie eine Todesurkunde und verschwinden Sie!«

Vespasia empfand unerklärlicherweise Mitleid für Eustace. Er würde damit nicht fertig werden. Er war nie so stark gewesen, wie er glaubte.

»Eustace«, sagte sie leise und bestimmt, »Dr. Treves will nicht sagen, daß George es versehentlich genommen hat. Wie du bereits bemerkt hast, wäre es absurd. Die unausweichliche Schlußfolgerung daraus ist, daß irgendein anderer es in seinen Kaffee getan hat. Es wäre nicht schwierig, da alle anderen Tee nehmen. Und der arme George hatte weder eine Ahnung, daß der Kaffee vergiftet war, als er ihn dem Hund gab, noch als er ihn selbst trank.«

Eustace fuhr herum und starrte sie an, plötzlich ganz erhitzt vor Furcht. Seine Stimme war heiser und kam mit einem Krächzen hervor. »Aber das wäre – Mord!«

»Ja, Sir«, stimmte Treves gelassen zu. »Ich fürchte, das ist es. Ich habe keine andere Alternative, als die Polizei zu informieren.«

Eustace schluckte und stieß seinen Atem mit einem langen, schmerzerfüllten Seufzer aus. Der Widerstreit war in seinem Gesicht abzulesen, aber er fand keine Lösung.

»Natürlich«, stimmte Vespasia zu. »Wenn Sie vielleicht so freundlich wären, einen gewissen Inspector Thomas Pitt zu rufen. Er ist erfahren und – und diskret.«

»Wie Sie wünschen, Mylady«, willigte Treves ein. »Es tut mir wirklich sehr leid.«

»Danke. Der Butler wird Ihnen das Telefon zeigen. Ich muß jetzt dafür sorgen, daß Lady Ashworths Schwester kommt und ihr beisteht.«

»Gut.« Treves nickte. »Das wäre das beste, sofern sie eine einfühlsame Frau ist. Hysterische Anfälle würden ihr nicht helfen. Wie geht es Lady Ashworth? Wenn Sie wünschen, daß ich ihr einen Besuch abstatten...?«

»Noch nicht. Vielleicht morgen. Ihre Schwester ist ausgesprochen einfühlsam. Ich kann mir nicht vorstellen, daß sie jemals in ihrem Leben hysterisch geworden wäre, und sie hätte ausreichend Anlaß dafür gehabt.«

»Gut. Dann komme ich morgen wieder. Danke, Lady Cumming-Gould.« Er neigte seinen Kopf ganz leicht.

Emily mußte es wissen. Es ihr zu sagen, würde äußerst quälend sein. Erst wollte Vespasia die alte Mrs. March informieren. Sie würde außer sich sein. Und das war der einzige hauchzarte Faden perverser Genugtuung bei allem, was geschehen war: Mrs. March hatte jetzt etwas Wichtigeres zu tun, als Tassie in Verlegenheit zu bringen.

Sie weilte in ihrem Boudoir. Das Wohnzimmer im Erdgeschoß war für die Damen reserviert, oder war es gewesen, zu den Zeiten, in denen sie über das Haus bestimmt hatte, über ihre Töchter, zwei Nichten und eine verarmte und insofern abhängige Cousine. Sie hatte an ihrer Herrschaft über dieses strategisch gelegene, achteckige Zimmer festgehalten, das erdrückende, rosafarbene Dekor erneuert, die Tücher auf dem Kaminsims und dem Pianoforte beibehalten, ebenso die Reihen von Fotos eines jeden denkbaren Familienmitgliedes und die zahlreichen, mit getrockneten Blumenarrangements verzierten Borde, die Wachsfrüchte, eine ausgestopfte Eule unter Glas und mannigfaltige Stickereien, Zierdeckchen, Tischläufer und Sesselschoner.

Jetzt saß sie da, die Füße auf der rosafarbenen Chaiselongue. Wäre sie in ihrem Schlafzimmer geblieben, hätte sie sich zu weit von der Mitte des Hauses entfernen müssen, und es wäre ihr vielleicht etwas entgangen. Vespasia schloß die Tür hinter sich und setzte sich auf das Sofa gegenüber.

»Soll ich dir einen frischen Tee holen lassen?« fragte Mrs. March und betrachtete sie prüfend. »Du siehst etwas mitgenommen aus – fast zehn Jahre älter.«

»Ich werde kaum Zeit haben, ihn zu trinken«, antwortete Vespasia. »Ich habe eine höchst beunruhigende Nachricht für dich.«

»Du kannst sicher ein Täßchen Tee dabei trinken«, fuhr Mrs. March sie an. »Du kannst ihn trinken und zur selben Zeit reden. Das hast du schon immer getan. Dein Gesicht wirkt fraglos abgespannt. Du warst George seit jeher wohlgesonnen, ungeachtet seines Betragens. Es muß dich sehr hart getroffen haben.«

»Das hat es«, erwiderte Vespasia knapp. Sie wollte nicht über ihren Schmerz sprechen, am allerwenigsten mit Lavinia March, gegen die sie seit vierzig Jahren eine Abneigung hatte. »Wie dem auch sei, wenn ich es dir gesagt habe, werde ich die anderen informieren, sie auf das vorbereiten, was geschehen wird.«

»Um Himmels willen, hör auf, darum herumzureden!« sagte Mrs. March scharf. »Du bist lächerlich eingebildet, Vespasia. Dies ist Eustaces Haus, und er ist sehr wohl in der Lage, mit den Vorbereitungen fertig zu werden. Und was Emily betrifft, so ist das natürlich deine Angelegenheit, aber ich persönlich glaube, je eher du sie zu ihrer Mutter zurückschickst, desto besser wird es sein.«

»Im Gegenteil, ich werde heute nachmittag nach ihrer Schwester schicken. Aber vorher gedenke ich noch ihren Schwager hierher holen zu lassen.«

Mrs. Marches Augenbrauen hoben sich. Sie waren rund und etwas wuchtig, wie bei Eustace, nur waren ihre Augen schwarz.

»Hat dir deine Trauer den Verstand geraubt, Vespasia? Du wirst in meinem Haus keinen ordinären Polizisten empfangen. Der Umstand, daß er mit Emily verwandt ist, mag bedauerlich sein, aber er ist mitnichten eine Last, die wir auf uns nehmen müssen.«

»Das wird die geringste Last sein«, sagte Vespasia rundheraus. »George wurde ermordet.«

Mrs. March starrte sie einige Minuten lang schweigend an. Dann nahm sie die geblümte Porzellanglocke vom Tisch und läutete kurz.

»Ich werde dafür sorgen, daß dein Mädchen sich um dich kümmert. Du solltest lieber mit Ptisane und etwas Riechsalz das Bett hüten. Du bist von Sinnen. Hoffen wir, daß es nur vorübergehend ist. Du solltest dir eine Gesellschafterin nehmen. Ich habe schon immer gesagt, daß du zuviel Zeit allein verbringst. Du bist ein Opfer bedauerlicher Einflüsse. Das alles ist äußerst bedauerlich. Wenn der Doktor noch da ist, werde ich ihn zu dir hinaufschicken.« Sie läutete die Glocke noch einmal so wütend, daß sie Gefahr lief, sie zu zerbrechen. »Wo um alles in der Welt ist dieses dumme Mädchen? Kommt denn keiner, wenn man es will?«

»Gott im Himmel, stell das weg und hör mit dem Spektakel auf!« schimpfte Vespasia. »Treves sagt, George wurde mit Digitalis ermordet.«

»Unsinn! Oder wenn doch, dann hat er sich in einem Anfall von Verzweiflung das Leben genommen. Jeder konnte sehen. daß er in Sybilla verliebt war.«

»Sie hatte ihm den Kopf verdreht«, berichtigte Vespasia, fast ohne nachzudenken. Es war eine bloße Tatsache und jetzt beinah ohne Bedeutung. »Das ist beim besten Willen nicht dasselbe. Männer wie George bringen sich nicht wegen einer Frau um, das solltest du wissen. Er hätte Sybilla haben können, wenn er sie gewollt hätte, und wahrscheinlich hat er das auch.«

»Sei nicht gewöhnlich, Vespasia! Schamlosigkeit ist hier doch eher unangebracht.«

»Er hat außerdem den Hund getötet«, fügte Vespasia hinzu.

»Wovon sprichst du? Welchen Hund? Wer hat einen Hund getötet?«

»Wer auch immer George getötet hat.«

»Welchen Hund? Was hat ein Hund damit zu tun?«

»Dein Hund, leider. Der kleine Spaniel. Tut mir leid.«

»Das beweist, daß du Unsinn redest. George würde niemals meinen Hund töten. Er hatte ihn ganz besonders gern – tatsächlich hat er ihn mir fast genommen!«

»Das will ich damit sagen, Lavinia. Irgend jemand hat sie beide ermordet. Martin hat die Polizei gerufen.«

Bevor Mrs. March darauf eine Entgegnung finden konnte, öffnete sich die Tür, und ein Diener erschien.

»Ja, Ma'am?«

Vespasia stand auf. »Ich brauche nichts, danke. Vielleicht bringen Sie Mrs. March besser eine frische Tasse Tee.« Sie schritt an ihm vorüber und über den Flur zur Treppe.

Emily erwachte aus einem derart tiefen Schlaf, daß sie anfangs ganz verwirrt war und sich nicht erinnern konnte, wo sie sich befand. Der Raum wirkte sehr orientalisch, alles Weiß- und Grüntöne, mit bambusgemusterten Tapeten und Brokatvorhängen mit Chrysanthemen. Die Sonne schien nicht in die Fenster, aber die Luft war voller Licht.

Dann erinnerte sie sich daran, daß es Nachmittag war – Cardington Crescent – sie und George waren zu Besuch bei Onkel Eustace... Alles fiel ihr wieder ein und umfaßte sie mit einer eisigen Woge: George war tot.

Sie lag da und starrte an die Decke, ohne zu sehen, die Augen auf die Verzierungen im Stuck gerichtet. Es hätten ebensogut Wellen im Meer oder Sommerblätter an einem Baum sein können.

»Emily.«

Sie antwortete nicht. Was sollte sie sagen?

»Emily?« Die Stimme klang beharrlich.

Sie setzte sich auf. Vielleicht würde ihr eine Antwort etwas Zerstreuung bringen, eine Flucht vor ihren Gedanken. Sie könnte einen Augenblick lang vergessen.

Tante Vespasia stand vor ihr, Vespasias Dienstmädchen gleich dahinter. Sie schien die ganze Zeit über dagewesen zu sein... Emily erinnerte sich daran, daß ihr weißes Käppchen, die Schürze und das schwarze Kleid das letzte gewesen waren, was sie gesehen hatte, bevor sie die Augen schloß. Sie hatte ihr ein Getränk gebracht, etwas Bitteres. Es mußte etwas Laudanum darin gewesen sein. Deshalb hatte sie geschlafen, obwohl sie es für unmöglich gehalten hatte.

»Emily!«

»Ja, Tante Vespasia?«

Vespasia setzte sich auf das Bett und umfaßte mit einer Hand Emilys Finger auf dem weichen, bestickten Rand der Decke. Sie wirkte sehr dünn und zerbrechlich, eine alte Hand, blauädrig, mit Altersflecken.

»Ich habe Charlotte rufen lassen, damit sie bei dir ist.« Vespasia sprach mit ihr. Emily gab sich Mühe, zuzuhören, zu verstehen. »Ich habe ihr meine Kutsche geschickt, und ich hoffe, sie wird heute abend hier sein.«

»Danke«, murmelte Emily automatisch. Es wäre wohl besser, Charlotte hier zu haben, dachte sie sich. Zwar schien es keinen echten Unterschied zu machen, denn niemand konnte etwas ändern, aber sie wollte nicht genötigt werden, irgend etwas zu tun, Entscheidungen zu fällen, etwas zu fühlen.

Vespasias Griff um ihre Hand wurde fester. Es schmerzte.

»Vorher, mein Herz, wird Thomas da sein«, fuhr Vespasia fort.

»Thomas?« wiederholte Emily stirnrunzelnd. »Du hättest Thomas nicht rufen lassen sollen! Sie werden ihn niemals hereinlassen. Sie werden grob zu ihm sein! Warum um alles in der Welt hast du Thomas rufen lassen?« Sie starrte sie an. War Tante Vespasia so von Kummer geplagt, daß sie ihren gesunden Menschenverstand verloren hatte? Thomas war Polizist, in den Augen der Marches kaum besser als einer der weniger erwünschten Händler, auf einer Stufe mit so nützlichen Übeln wie Rattenfängern oder Abflußreinigern. Sie verspürte plötzlich Mitleid für sie, und die Wut, daß Tante Vespasia, die sie so sehr bewunderte, der Senilität anheimgefallen war, und das ausgerechnet im Hause der Marches. Fest packte sie ihre Hand. »Tante Vespasia...«

»Meine Liebe.« Vespasias Stimme klang sehr gedämpft, als ob ihr das Sprechen schwerfiele, und ihre Augen mit den schweren Lidern standen voller Tränen. »Meine Liebste, George wurde ermordet. Er kann kaum etwas gespürt oder Schmerz empfunden haben, aber es ist unstreitig. Ich habe Thomas in seiner Funktion als Polizist rufen lassen. Ich bete, daß er auch kommt.«

*Ermordet!* Sie formte das Wort mit den Lippen, aber ihre Stimme gab keinen Laut von sich. George? Der arme George! Aber warum sollte irgend jemand...

Dann brachen die entsetzlichen Antworten Woge für Woge über sie herein: Sybilla, weil er sie in jenem Streit zurückgewiesen hatte, dessen Zeuge Emily in der letzten Nacht geworden war, oder William aus Eifersucht, und das wäre nur allzu verständlich...

Oder im schlimmsten Falle Jack Radley. Falls er nach dieser lächerlichen Szene im Wintergarten der irrsinnigen Vorstellungen nachhinge, daß es für Emily mehr als nur ein dummer

Flirt gewesen war, daß sie möglicherweise... Der bloße Gedanke war abscheulich, gräßlich. Sie wäre schuldig, ihn in die Irre geführt, ihn ermutigt zu haben, George zu ermorden!

Sie schloß die Augen, als könnte sie den Gedanken mit der Dunkelheit aussperren. Aber er blieb, häßlich und grauenhaft real, und die heißen Tränen, die ihr über das Gesicht liefen, wuschen nichts fort, selbst dann nicht, als sie den Kopf an Vespasias Schulter legte und spürte, wie sich deren Arme um sie legten und sie sich schließlich das Weinen zugestand, das sie schon viel zu lange zurückgehalten hatte.

# 5

Pitt kam über die heiße, staubige Straße zurück, mitten im Geklapper von Hufen, dem Rollen von Rädern und dem Geschrei von einem Dutzend verschiedener Händler sämtlicher vorstellbarer Waren von Blumen über Schnürsenkel und Streichhölzer bis zur Lumpensammlung. Neun- oder zehnjährige Jungen riefen, wenn sie eine Gasse durch den Pferdekot fegten, damit die Herren von einem Bürgersteig zum nächsten gelangen konnten, ohne ihre Stiefel zu beschmutzen, und die Damen die Säume ihrer Röcke sauber hielten.

Constable Stripe wartete am Eingang zum Revier. »Mr. Pitt, Sir, wir haben überall nach Ihnen gesucht! Ich hab' schon gesagt, daß Sie diesen Ganoven suchen.«

Pitt bemerkte seine Unruhe. »Was ist los? Haben Sie im Bloomsbury-Fall etwas herausgefunden?«

Stripes Gesicht war aschfahl. »Nein, Sir. Es ist viel schlimmer, wenn ich so sagen darf. Es tut mir leid, Sir. Tut es wirklich.«

Pitt überkam eine urplötzliche, grauenhafte Kälte. Charlotte!

»Was?« rief er, packte Stripe so fest, daß der Constable unwillkürlich zusammenzuckte. Aber der wandte sich nicht ab und zeigte auch keinen Anflug von Wut, was Pitt nur um so mehr ängstigte, so sehr, daß seine Kehle austrocknete und er keinen Laut von sich geben konnte.

»Es hat da einen Mord in Cardington Crescent gegeben, Sir«, sagte Stripe vorsichtig, machte keine Anstalten, Pitts schraubstockgleiche Finger abzuschütteln. »Ein Lord Ashworth ist tot. Und Lady Ves- Ves-, Lady Cumming-Gould hat extra gefragt, ob Sie nicht kommen könnten. Und hat gesagt, daß sie schon ihre eigene Kutsche zu Miß Charlotte geschickt hat. Und es tut mir furchtbar leid, Mr. Pitt, Sir.«

Erleichterung durchfuhr Pitt wie eine heiße Woge, daß ihm beinah übel wurde; dann schämte er sich für seine Selbst-

83

süchtigkeit und fühlte schließlich überwältigendes Mitgefühl für Emily. Er blickte in Stripes ernstes Gesicht und empfand es als außerordentlich gutwillig.

Er lockerte seine Finger. »Danke, Stripe. Sehr rücksichtsvoll von Ihnen, es mir selbst zu sagen. Lord Ashworth ist – war mein Schwager.« Es klang absurd. Lord Ashworth sein Schwager! Stripe hatte erstaunlich gute Manieren, nicht laut aufzulachen. »Die Schwester meiner Frau hat...«

»Ja, Sir«, stimmte Stripe eilig zu. »Sie haben darauf bestanden, daß Sie kommen. Und eine Kutsche wartet.«

»Dann sollten wir besser gehen.« Er folgte Stripe über den Bürgersteig, wo jenseits des Reviereingangs eine Droschke am Kantstein stand, das Pferd mit gesenktem Kopf, die Zügel lose. Stripe öffnete die Tür, Pitt kletterte hinein, und Stripe folgte ihm, nachdem er dem Kutscher gesagt hatte, wohin er fahren sollte.

Es war keine lange Fahrt, und Pitt blieb wenig Zeit zum Nachdenken. Seine Gedanken waren in Aufruhr, all seine Vernunft erstickte in Trauer für Emily. Er hatte George gemocht. Seine Offenheit, seine Großzügigkeit der Gedanken, seine Freude am Leben. Wer um alles in der Welt sollte George töten wollen? Einen Überfall auf der Straße hätte er verstehen können, sogar einen Streit in einem Gentlemans Club oder bei einer Sportveranstaltung, die außer Kontrolle geraten war. Aber es war in einem Stadthaus geschehen, bei seiner Familie!

Warum fuhr die Droschke so langsam? Es dauerte ewig, und dennoch war er überrascht, als sie ankamen.

»Mr. Pitt, Sir?« drängte Stripe.

»Ja.« Er stieg aus und stand auf dem heißen Asphalt vor der prachtvollen Fassade von Cardington Crescent. Die georgianischen Fenster waren perfekt gestaltet, drei Scheiben von einer Seite zur anderen, vier von oben nach unten, der quadratische Stein, die schlichten Querbalken und die geschmackvolle Tür. Es strahlte die Behaglichkeit und Sicherheit von Jahrhunderten aus. Das machte es nur noch schlimmer: Es gab nichts Unantastbares mehr.

Stripe stand neben ihm, wartete darauf, daß er sich rührte.

»Ja«, wiederholte er. Er zahlte den Kutscher und trat an die Haustür, zu Stripes Unbehagen. Die Polizei kam gewöhnlich durch den Dienstboteneingang. Aber das hatte Pitt stets verweigert, wenn Stripe dies auch nicht wissen konnte. Er hatte es bisher nur mit der Verbrechenswelt der Mietskasernen und Elendsquartiere zu tun gehabt, den rattenverseuchten Labyrinthen der Slums wie St. Giles, nur einen Steinwurf von Bloomsbury entfernt, oder den Kleinbürgern, Angestellten und Ladenbesitzern, den Handwerkern, die sich um Achtbarkeit bemühten, aber dennoch nur einen Eingang zur Straße aufzuweisen hatten.

Pitt zog an der Glocke, und einen Augenblick später stand der Butler in der Tür, würdevoll und gefaßt, natürlich. Vespasia würde ihm gesagt haben, daß Pitt niemals durch den Hintereingang kam. Er musterte Pitt von oben bis unten, das wirre Haar, die ausgebeulten Taschen, und kam sofort zu seinem Schluß.

»Inspector Pitt? Bitte kommen Sie herein, und wenn Sie im Morgenzimmer warten wollen, wird Mr. March Sie gleich empfangen, Sir.«

»Danke. Aber ich werde Constable Stripe in die Gesindestube schicken, damit er dort mit den Ermittlungen beginnen kann, wenn Sie nichts dagegen einzuwenden haben.«

Der Butler zögerte einen Moment, sah jedoch ein, daß es unumgänglich war. »Ich werde ihn begleiten«, sagte er mit Bedacht, ließ sie beide wissen, daß die Dienerschaft seiner Verantwortung unterstand und er beabsichtigte, diese nach Kräften zu entlasten.

»Selbstverständlich«, stimmte Pitt nickend zu.

»Wenn Sie dann bitte hier entlangkommen wollen.« Er drehte sich um und führte Pitt durch die vornehme, reich verzierte Halle in ein eng möbliertes Zimmer. Maskuline, lederne Lehnsessel an einem Schreibtisch aus Rosenholz, japanische Lacktische in Rot- und Schwarztönen, dazu eine stattliche Reihe indianischer Waffen, Relikte der Dienste eines Vorfahren für Queen und Empire, gegenüber einer chinesischen Seidenwand wahllos über die Tapeten verteilt.

Hier zögerte der Butler etwas unbeholfen, unentschlossen,

wie er mit einem Polizisten im vorderen Teil des Hauses umgehen sollte, und ließ ihn schließlich ohne ein weiteres Wort zurück. Er mußte Stripe am Eingang abholen und ihn zur Gesindestube führen, sicherstellen, daß er die jüngeren Mädchen nicht verschreckte, die nicht älter als dreizehn, vierzehn waren, und daß das Personal seine Pflicht in allen Ehren tat und keinesfalls unpassende Bemerkungen machte.

Pitt blieb stehen; das Zimmer war wie viele andere, die er gesehen hatte, typisch für die Stellung ihrer Besitzer und die Entstehungszeit, abgesehen davon, daß es ein ungewöhnliches Aufeinanderprallen von Stilen enthielt, als hätte es mindestens drei ausgeprägte Persönlichkeiten gegeben, deren Willen hier in Form verschiedenartiger Vorlieben aufeinanderstießen: wahrscheinlich ein robuster, starrsinniger Mann, eine Frau mit einigem kulturellen Wagemut und ein Liebhaber von Tradition und Familienerbe.

Erneut öffnete sich die Tür, und Eustace March kam herein. Er war ein energischer, rüstiger Mann in den Fünfzigern, im Augenblick zerrissen von zutiefst entgegenlaufenden Gefühlen, und in eine Rolle gezwungen, die er nicht gewohnt war.

»Guten Tag, eh...«

»Pitt.«

»Guten Tag, Pitt. Tragödie im Haus. Der Arzt ist ein Idiot. Hätte sie nicht rufen sollen. Ganz und gar Privatangelegenheit. Neffe von mir, so was wie angeheirateter Cousin, um genau zu sein, Großneffe meiner Schwiegermutter...« Er sah Pitt in die Augen, und sein Gesicht verfärbte sich. »Aber ich nehme an, Sie wissen das. Jedenfalls ist der arme Mann tot.« Er holte Luft und fuhr hastig fort. »Ich bedaure, es sagen zu müssen, aber er hatte seine Ehe in eine hoffnungslose Lage gebracht. Scheint so, als ob er sich in einem Anfall von Depression das Leben genommen hat. Furchtbar. Ganze Familie etwas exzentrisch. Aber die anderen werden Sie nicht kennen...«

»Ich kannte George«, sagte Pitt kühl. »Ich habe ihn stets als außergewöhnlich vernünftig eingeschätzt. Und Lady

Cumming-Gould ist die zurechnungsfähigste Frau, die ich kenne.«

Das Blut stieg Eustace nur noch mehr auf die fleckigen Wangen. »Möglich!« knurrte er. »Aber Sie und ich, wir bewegen uns in sehr unterschiedlichen Kreise, Mr. Pitt. Was in Ihren zurechnungsfähig sein mag, könnte man in meinen nicht ganz so wohlgesonnen beurteilen.«

Pitt spürte, wie eine unprofessionelle Wut in ihm aufstieg, die er sich verboten hatte. Er war Unverschämtheiten gewohnt. Sie sollten ihm nichts ausmachen. Und dennoch lagen seine Gefühle bloß, denn es war George, der tot war. Um so wichtiger war es, sich untadelig zu verhalten, Eustace March keinen Grund zu geben, ihn von diesem Fall suspendieren zu lassen, oder schlimmer noch, seinen eigenen Gefühlen zu erlauben, seine Urteilsfähigkeit derart zu trüben, daß er es versäumte, die Wahrheit herauszufinden und sie mit soviel Feingefühl wie möglich zu enthüllen. Jede Ermittlung deckte soviel mehr als das eigentliche Verbrechen auf. Es gab eine Menge kleinerer Sünden, schmerzlicher Geheimnisse, dummer und schmachvoller Vorkommnisse, deren Kenntnis zerstörte, was einst Liebe gewesen war, und Vertrauen lähmte, das ansonsten alle denkbaren Arten der Verwundung überstanden hätte.

Eustace starrte ihn an, wartete auf eine Reaktion, das Gesicht vor Ungeduld gerötet.

Pitt seufzte. »Können Sie mir sagen, Sir, was Lord Ashworth möglicherweise in eine derartige Notlage oder Verzweiflung gestürzt haben mag, daß er sich beim Aufwachen an diesem Morgen umgehend das Leben genommen hat? Wie hat er es übrigens gemacht?«

»Gütiger Gott, hat dieser Idiot Trevis es Ihnen nicht gesagt?«

»Ich habe noch nicht mit ihm gesprochen, Sir.«

»Ach, nein, natürlich nicht. Digitalis. Das ist ein Herzmittel, das meine Mutter nimmt. Und er hat einigen Blödsinn über Fingerhüte im Garten erzählt. Ich weiß nicht mal, ob die jetzt überhaupt in der Blüte stehen. Und ich nehme an, er weiß es auch nicht. Der Mann ist inkompetent!«

»Digitalis wird aus den Blättern gewonnen«, erklärte Pitt. »Es wird gewöhnlich bei gefäßbedingten Herzleiden und Unregelmäßigkeiten im Herzrhythmus verschrieben.«

»Oh... ah!« Eustace sank plötzlich in einen der Ledersessel. »Um Himmels willen, setzen Sie sich!« sagte er gereizt. »Furchtbare Sache. Äußerst bedrückend. Ich hoffe um der Damen willen, daß sie so diskret sind, wie Sie können. Meine Mutter und Lady Cumming-Gould sind beide einigermaßen fortgeschrittenen Alters und entsprechend empfindsam. Und natürlich ist Lady Ashworth außer sich. Wir alle hatten George ausgesprochen gern.«

Pitt starrte ihn an, wußte nicht, wie er den Schutzwall der Verstellung durchbrechen konnte. Er hatte es schon oft tun müssen. Die meisten Menschen weigerten sich, die Tatsache eines Mordes anzunehmen, aber es war noch anders, wenn die Menschen ihm so nah standen. Irgendwo oben in diesem Haus saß Emily, benommen vor Schmerz.

»Was hat Lord Ashworth so entsetzlich gequält, daß er sich das Leben genommen hat?« wiederholte er und beobachtete Eustaces Gesicht.

Eustace saß lange Zeit regungslos, Licht und Schatten fuhren über seine Züge, ein Kampf spielte sich in seinem Inneren ab. Pitt wartete. Wahrheit oder Lüge, es mochte aufschlußreicher sein, wenn er sie reifen ließ, selbst wenn sie nur etwas von Eustaces eigener Angst offenlegten.

»Es tut mir leid, das sagen zu müssen«, setzte Eustace schließlich an, »aber ich fürchte, es war Emilys Verhalten, und – und der Umstand, daß sich George vollkommen, oder darf ich sagen hoffnungslos, in eine andere Frau verliebt hatte.« Er schüttelte den Kopf, um seine Mißbilligung einer solchen Torheit zu bekunden. »Emilys Verhalten war unglückselig, und das ist das mindeste, was man darüber sagen kann. Aber lassen Sie uns nicht schlecht über Emily in ihrer Trauer sprechen«, fügte er hinzu, als er merkte, daß sich seine Nächstenliebe auch auf sie ausdehnen sollte.

Pitt konnte sich nicht vorstellen, daß George wegen einer Liebesaffäre Selbstmord begangen hätte. Es entsprach einfach nicht seiner Natur, sich so sehr auf eine emotionale Ver-

88

wicklung einzulassen. Pitt erinnerte sich an sein Werben um Emily. Es war voller Romantik und Entzücken gewesen. Kein Schmerz, kein Streit, keine Preisgabe zwanghaften oder eingebildeten Mißtrauens.

»Was ist gestern abend geschehen, das eine derartige Verzweiflung heraufbeschworen haben könnte?« fragte er weiter, bemühte sich, Verachtung und Ungläubigkeit aus seiner Stimme zu verbannen.

Eustace war darauf vorbereitet. Er nickte etwas zittrig und spitzte die Lippen. »Ich habe schon befürchtet, daß Sie mich danach befragen würden. Ich ziehe es vor, nichts dazu zu sagen. Lassen wir es dabei bewenden, daß Emily ihre Gunst höchst schamlos vor den Augen des ganzen Hauses einem jungen Gentleman gegenüber offenbart hat, der wegen meiner jüngsten Tochter hier im Haus zu Gast ist.«

Pitts Augenbrauen hoben sich. »Wenn Emily es vor den Augen aller getan hat, kann es kaum besonders ernst gewesen sein.«

Eustaces Lippen wurden schmal, und seine Nasenflügel bebten, als er atmete. Er hatte Schwierigkeiten, die Ruhe zu bewahren. »Es waren meine Mutter und der arme George selbst, die Zeugen waren. Sie werden mein Wort dafür nehmen müssen, Mr. . . . eh, Pitt, daß verheiratete Damen der Gesellschaft nicht mit Herren von zweifelhaftem Ruf im Wintergarten verschwinden und einige Zeit später mit ungeordneten Kleidern und einem schiefen Lächeln im Gesicht zurückkehren.«

Einen kurzen Moment lang dachte Pitt, daß dies exakt das war, was sie taten. Dann wischte seine Wut auf Emily alles derart Unwichtige beiseite.

»Mr. March, wenn sich alle Gentleman jedesmal umbringen würden, sobald eine Frau einen leisen Flirt mit einem netten Mann hat, stünde London bis zur Hüfte in Leichen, und die gesamte Aristokratie wäre schon vor Jahrhunderten ausgestorben. Wahrscheinlich hätten sie es nicht über die Kreuzzüge hinaus geschafft.«

»Ich bin mir sicher, daß Sie in Ihrer Stellung, besonders in Ihrem Gewerbe, nichts gegen eine gewisse Gewöhnlichkeit der Gedanken tun können«, sagte Eustace kalt. »Doch bitte bezähmen Sie sich, diese in meinem Haus zum Ausdruck zu bringen, besonders in dieser Zeit der Trauer. Es gibt hier für Sie wahrlich nichts zu tun, außer sich dessen zu versichern, daß niemand den armen George attackiert hat, was selbst dem größten Dummkopf uneingeschränkt deutlich sein muß! Er hat eine Dosis des Herzmittels meiner Mutter in seinen Morgenkaffee getan. Möglicherweise wollte er eine Bewußtlosigkeit hervorrufen und uns alle in Angst und Schrecken versetzen. Emily wieder zu Verstand bringe...« Er brach ab, war sich Pitts unverblümten Zweifels bewußt und kam bei dem Bemühen um eine bessere Lösung ins Schwimmen. Er schien vergessen zu haben, daß er gesagt hatte, Jack Radley wäre um Tassies willen hier und daß er sich dabei widersprochen hatte, als er ihn wegen seines schlechten Rufes verurteilte. Die moralischen Verrenkungen der Gesellschaft waren Pitt nach wie vor unklar.

Zu einem anderen Zeitpunkt hätte Pitt beinah Mitleid für Eustace empfinden können. Seine geistige Akrobatik war absurd. Aber für dieses Mal war seine Geduld am Ende. Er stand auf. »Danke, Mr. March. Ich werde jetzt mit dem Arzt sprechen, und dann werde ich nach oben gehen und mir den armen George ansehen. Wenn ich das getan habe, möchte ich mit dem Rest des Haushaltes sprechen, wenn ich darf.«

»Absolut nicht nötig!« sagte Eustace eilig, rappelte sich auf. »Würde nur unnötig Schmerz verursachen. Emily ist eben erst Witwe geworden! Meine Mutter ist alt und steht unter schwerem Schock; meine Tochter ist gerade neunzehn und natürlich empfindsam, was ihr Gefühlsleben betrifft, wie es sich für Mädchen gehört. Und Lady Cumming-Gould ist älter als sie zugeben möchte.«

Pitt verbarg ein bitteres Lächeln. Er war ziemlich sicher, daß Großtante Vespasia besser als Eustace wußte, wie alt sie in Wirklichkeit war, und mit Sicherheit war sie mutiger als er.

»Emily ist meine Schwägerin«, sagte er leise. »Ich hätte sie auch ungeachtet der Umstände von Georges Tod besucht. Aber erst möchte ich bitte mit dem Arzt sprechen.«

Eustace ging, ohne noch etwas zu sagen. Er ärgerte sich

über die Lage, in die er geraten war. Man war in sein Haus eingedrungen, und er hatte beinah die Kontrolle über die Ereignisse verloren. Es war ein einzigartiger und erschrekkender Vorgang. Er nahm Anweisungen von einem Polizisten entgegen, hier in seinem eigenen Morgenzimmer! Verfluchte Emily! Sie hatte mit ihrer ordinären Eifersucht all das über sie gebracht.

Treves kam schnell herein. Er mußte irgendwo abrufbereit gewartet haben. Er wirkte müde. Pitt hatte ihn noch nie zuvor gesehen, aber er mochte ihn vom ersten Augenblick an. Seine müden Gesichtszüge zeigten sowohl Humor als auch Mitgefühl.

»Inspector Pitt?« sagte er mit einer hochgezogenen Augenbraue. »Treves.« Er streckte seine Hand aus.

Pitt drückte sie kurz. »Könnte es Selbstmord gewesen sein?«

»Unsinn!« erwiderte Treves mürrisch. »Männer wie George Ashworth stehlen kein Gift und trinken es um sieben Uhr an einem Morgen im Haus eines anderen und sicher nicht wegen einer Liebesaffäre. Wenn er es überhaupt getan hätte, was ich bezweifle, dann in einem Anfall von Verzweiflung über Spielschulden, die er nicht bezahlen konnte, und er hätte sich das Hirn mit einer Pistole weggeblasen. Das wäre einem Gentleman angemessen gewesen. Und ganz bestimmt hätte er nicht gleichzeitig einen niedlichen kleinen Spaniel vergiftet.«

»Spaniel? Mr. March hat nichts von einem Spaniel erwähnt.«

»Würde er auch nicht. Er versucht sich immer noch glauben zu machen, es wäre Selbstmord gewesen.«

Pitt seufzte. »Dann sollten wir am besten nach oben gehen und uns die Leiche ansehen. Der Leichenbeschauer wird sie später untersuchen, aber Sie können mir wahrscheinlich alles sagen, was ich wissen muß.«

»Enorme Dosis Digitalis«, antwortete Treves, als er zur Tür ging. »Kaffee kann es kaschieren. Ich wage zu behaupten, daß Ihr Constable das bereits in der Küche herausgefunden hat. Der arme Kerl muß sehr schnell gestorben sein. Ich nehme an, wenn Sie jemanden umbringen wollten, wäre dies neben einer Kugel durch den Kopf die barmherzigste und wirkungsvollste Möglichkeit. Ich wette, daß der gesamte Digitalis-Bestand der alten Dame verschwunden ist.«

»Hatte sie viel davon?« fragte Pitt und folgte ihm durch die Halle die breite, flach ansteigende Treppe hinauf in das Ankleidezimmer. Betrübt stellte er fest, daß George offenbar von Emily getrennt in einem anderen Zimmer geschlafen hatte. Er wußte sehr wohl, daß es unter wohlhabenden Leuten Sitte war, daß jeder sein eigenes Schlafzimmer hatte, aber ihm selbst hätte das nicht gefallen. Nachts aufzuwachen und stets zu wissen, daß Charlotte neben ihm lag, war eine der süßesten Wurzeln in seinem Leben.

Aber jetzt war nicht der Zeitpunkt, über Unterschiede in der Lebensart nachzusinnen, und darüber, wieviel oder wie wenig sie zu bedeuten hatten. Treves stand neben dem Bett mit der bedeckten Leiche. Wortlos zog er das Tuch zurück, und Pitt starrte in das wächserne Gesicht hinab. Es waren Georges Züge – die gerade Nase, breite Stirn, aber die dunklen Augen waren geschlossen, und ein bläulicher Farbton lag um seine Augenhöhlen. Alles hatte die richtige Form, genau wie er es in Erinnerung hatte, und dennoch schien es nicht George zu sein. Der Tod war sehr real. Wenn man ihn so betrachtete, konnte man sich nicht vorstellen, daß seine Seele im Raum sein sollte.

»Keine Verletzung«, sagte er leise. George war nicht wirklich da, dies war nur eine Hülle, aber es schien trotzdem gefühllos, in seiner Gegenwart mit normaler Stimme zu sprechen.

»Keine einzige«, erwiderte Treves. »Es hat keinen Kampf gegeben, nur einen Mann mit einer Tasse Kaffee, in der genug Digitalis war, ihm einen schweren Herzanfall zuzufügen – und einen unglückseligen kleinen Hund, der seinen Anteil bekam und ebenso sterben mußte.«

»Was bedeutet, daß es kein Selbstmord war«, seufzte Pitt.

»George hätte den Hund niemals getötet. Es war nicht einmal sein eigener. Stripe wird die Einzelheiten von den Dienern erfahren, herausfinden, wo der Kaffee war, wer Zugriff darauf haben konnte. Ich nehme an, George war der einzige, der zu dieser Tageszeit Kaffee getrunken hat. Die meisten Leute trinken Tee. Ich werde mit der Familie sprechen müssen.«

»Unangenehm«, sagte Treves mitfühlen. »Mord in der Familie ist eine der großen menschlichen Tragödien.« Er öffnete die Tür zum Treppenabsatz. »Die alte Dame ist eine selbstsüchtige, despotische, alte Fregatte. Lassen Sie sich nicht vormachen, ihr Gesundheitszustand wäre bedenklich. Sie hat nur mit ihrem Alter zu kämpfen.«

»Warum dann Digitalis?«

Treves zuckte mit den Achseln. »Von mir hat sie es nicht bekommen. Sie ist von der Sorte, die Blähungen und Herzrasen vortäuscht, wenn sich die Familie gegen sie stellt. Es ist in etwa das einzige Machtmittel, das sie Tassie gegenüber hat. Ohne Gehorsam läuft Herrschaft ins Leere, also hat sie einen der anderen Ärzte aus der Gegend überredet, es ihr zu verschreiben. Sie läßt kaum eine Gelegenheit aus, mir zu erklären, wie er ihr das Leben gerettet hat. Gibt mir damit zu verstehen, daß ich sie hätte sterben lassen.« Er lächelte grimmig.

Pitt erinnerte sich an andere ältere Damen, die er kennengelernt hatte und die ihre Familien mit gnadenlosen Drohungen bevorstehender Zusammenbrüche regierten. Charlottes Großmutter war eine furchteinflößende, alte Frau, die mit einer Liste des Undanks, den sie zu erleiden hatte, ihren Schatten über jeden erdenklichen Vorgang innerhalb der Familie werfen konnte.

»Vielleicht sollte ich als nächstes mit ihr sprechen«, bemerkte er, reichte dem Arzt die Hand. »Auf jeden Fall vielen Dank.«

Treves schüttelte sie mit festem Griff. »Viel Glück«, sagte er knapp, und sein Gesicht verriet, daß er nicht daran glaubte.

Pitt schickte wegen des Digitalis eine Nachricht an Stripe im Gesindezimmer und machte sich an seine nächste Pflicht. Er bat den Diener, ihn zu Mrs. March zu bringen.

Sie saß noch immer in ihrem rosafarbenen Boudoir, und

trotz des ausgesprochen angenehmen Frühnachmittags brannte ein kräftiges Feuer im Kamin und ließ die Luft im Zimmer stickig werden, ganz im Gegensatz zum Rest des Hauses, in dem die Fenster aufgerissen waren.

Sie lag auf der Chaiselongue, ein Tablett mit Tee auf einem Rosenholztisch neben sich, außerdem eine verzierte Flasche mit Riechsalzen. Sie hielt sich ein Taschentuch an die Wange, als müßte sie jeden Augenblick in Tränen ausbrechen.

Das Zimmer war voller Möbel und Draperien, und Pitt schien es, als sollte es ihm den Atem rauben, ihn erdrücken. Aber die Augen der alten Frau über ihrer dicklichen Hand voll glitzernder Ringe waren so kalt wie Splitter eines Steins.

»Ich vermute, Sie sind der Polizist«, sagte sie voller Verachtung.

»Ja, Ma'am.« Sie bot ihm keinen Platz an, und er forderte keine Abfuhr heraus, indem er sich ungebeten setzte.

»Ich nehme an, Sie werden Ihre Nase in unsere Angelegenheiten stecken und eine Menge unangemessener Fragen stellen«, fuhr sie fort und nahm sein wildes Haar und die ausgebeulten Taschen in Augenschein.

Er konnte sie vom ersten Moment an nicht leiden, und Georges weißes Gesicht war ein allzu frischer Eindruck, als daß er seine übliche Selbstbeherrschung wahren konnte.

»Ich hoffe, außerdem einige angemessene Fragen zu stellen«, antwortete er. »Ich habe die Absicht herauszufinden, wer George ermordet hat.« Er verwendete absichtlich das Wort *ermordet*, ließ sich dessen Härte auf der Zunge zergehen.

Ihre Augen wurden schmal. »Nun, Sie wären ein Dummkopf, wenn Sie es nicht könnten! Aber ich wage zu behaupten, daß Sie auch ein Dummkopf sind.«

Er starrte sie an, ohne mit der Wimper zu zucken. »Ich gehe davon aus, daß es über Nacht keinen Eindringling in diesem Haus gegeben hat. Ma'am?«

Sie schnaubte. »Selbstverständlich nicht!« Ihr kleiner Mund zog sich verächtlich nach unten. »Aber ein Einbrecher würde auch kaum Gift verwenden.«

»Nein, Ma'am. Die einzig mögliche Schlußfolgerung dar-

94

aus ist, daß es jemand war, der sich im Haus befand, und es ist höchst unwahrscheinlich, daß es sich dabei um einen Diener handelt. Bleiben die Familienmitglieder und Ihre Gäste. Würden Sie mir freundlicherweise etwas über die momentanen Bewohner dieses Hauses erzählen?«

»Die brauchen Sie nicht alle durchzugehen.« Sie rümpfte die Nase und verzog ihr Gesicht. Das Zimmer war entsetzlich stickig, die Sonne schien heiß vom wolkenlosen Himmel, aber die alte Dame schien es gar nicht wahrzunehmen. »Es handelt sich nur um meine nächsten Angehörigen: Lord Ashworth, er war ein Cousin. Lady Ashworth, von der ich gehört habe, sie wäre irgendwie mit Ihnen verwandt.« Sie ließ diesen Ausdruck ungeheurer Intelligenz in der heißen Luft hängen und schwieg einige Sekunden lang. Dann, als Pitt keine Bemerkung machte, endete sie scharf. »Und ein gewisser Mr. Jack Radley, ein eher enttäuschender Mensch, zumindest für meinen Sohn. Obwohl ich es ihm hätte vorher sagen können.«

Pitt nahm den Köder an. »Was sagen können, Ma'am?«

Ihre Augen leuchteten voll Zufriedenheit.

Pitt fühlte, wie ihm der Schweiß über die Haut lief, aber es war absolut unmöglich, in ihrem Boudoir das Jackett abzulegen.

»Unsittlich«, sagte die alte Dame barsch. »Kein Geld und bei weitem zu gutaussehend. Mr. March dachte, er wäre eine angemessene Partie für Anastasia. Unsinn! Sie muß nicht in eine gute Familie einheiraten, sie kommt selbst aus einer. Nicht, daß Sie davon etwas verstünden.« Sie sah zu ihm auf, verrenkte sich den Hals dabei, entschlossen, ihm keinen Platz anzubieten. Er war ein Untergeordneter, und man mußte dafür sorgen, daß er sich dessen bewußt blieb. Polizisten und seinesgleichen setzten sich nicht auf die guten Möbel im vorderen Teil des Hauses. Mit solcherart Erlaubnis hatte die Untergrabung aller Werte begonnen, die jetzt die gesamte Nation heimsuchte. Wenn dieser Mann sitzen mußte, sollte er es in der Gesindestube tun. »Jedenfalls«, fuhr sie fort, »sucht sich ein Mann wie Radley kein Mauerblümchen wie Anastasia aus. All das karottenfarbene Haar und die Haut voller Sommersprossen, das kommt nicht von unserer Seite der Familie! Und dürr wie ein Waschbrett. Kaum eine richtige Frau. Ein solcher Mann heiratet des Geldes wegen, will etwas Modisches, mit dem er sich in der Öffentlichkeit sehen lasen kann. Etwas Hübsches fürs Bett. Ha! Ich schockiere Sie!«

Pitt blieb vollkommen ungerührt. »Nicht im geringsten, Ma'am. Ich bin sicher, Sie haben recht. Es gibt viele Männer, die so sind, und viele ganz ähnliche Frauen. Nur daß sie außerdem noch einen Titel wollen, wenn er sich ihnen bietet.«

Die alte Dame funkelte ihn an. Wollte ihm für seine Frechheit über den Mund fahren, aber er hatte es auf genau den Punkt gebracht, den sie gemeint hatte, und im Augenblick war dieser Wunsch stärker.

»Hm-ha! Nun, Mr. Radley und Emily Ashworth sind ein ausgezeichnetes Paar. Haben sich gefunden wie zwei Magneten, und der arme George war das Opfer. Also, ich habe Ihre Arbeit für Sie getan. Gehen Sie jetzt. Ich bin müde und fühle mich krank. Ich habe heute einen schweren Schock erlitten. Wenn Sie die leiseste Ahnung hätten, wie man sich benimmt, würden Sie...« Sie brach den Satz ab, unsicher, was er tun würde.

Pitt verbeugte sich. »Sie halten sich großartig, Ma'am.«

Wütend sah sie ihn an, sicher, daß darin Sarkasmus lag, aber unfähig, diesen so genau zu bestimmen, daß sie es ihm heimzahlen konnte. Seine Miene war beinah beleidigend unschuldig. Niederträchtige Kreatur.

»Ha«, sagte sie widerwillig. »Sie können gehen.«

Zum ersten Mal lächelte er. »Danke, Ma'am. Sehr großzügig von Ihnen.«

In der großen Halle traf er einen Diener, der ihn erwartete.

»Lady Cumming-Gould ist im Frühstücksraum, Sir. Sie würde gern mit Ihnen sprechen«, sagte der Diener unsicher. »Hier entlang, Sir.«

Mit einem leichten Nicken folgte Pitt ihm zur Tür, klopfte und trat ein. Helles Sonnenlicht fiel auf die massive

Anrichte und den großen Frühstückstisch. Die Fenster standen offen, und aus dem Garten drang Vogelgezwitscher herein.

Vespasia saß am unteren Ende des Tisches, Olivias Platz, als sie noch gelebt hatte. Sie sah müde aus. Ihre Schultern waren gebeugt, wie er es bei ihr noch nie zuvor gesehen hatte, selbst in den beschwerlichen Zeiten, als sie darum gekämpft hatte, das Gesetz gegen die Kinderarbeit im Parlament durchzubringen. Als sie ihn sah, war die Erleichterung in ihren Augen so groß, daß es ihm einen schmerzhaften Stich versetzte, ihre Situation nicht lindern zu können. In der Tat fürchtete er, daß er sie eher verschlimmern mußte.

Mit Mühe richtete sie sich auf. »Guten Tag, Thomas. Ich bin froh, daß es dir möglich war, diesen Fall selbst zu übernehmen.«

Zum ersten Mal wußte er nicht, was er sagen sollte. Der Schmerz war zu groß für die wenigen Worte, die ihm einfallen wollten, und dennoch wäre es entsetzlich gewesen, nur als Polizist zu sprechen.

»Um Himmels willen, setz dich«, befahl sie. »Ich bin nicht in der Stimmung, mir das Genick zu brechen, weil ich zu dir aufsehen muß. Du hast sicher schon mit Eustace March und seiner Mutter gesprochen.«

»Ja.« Folgsam setzte er sich ihr gegenüber an den blankpolierten Tisch.

»Was haben sie gesagt?« fragte sie rundheraus. Es gab keinen Grund, die Wahrheit vorsichtig zu umkreisen, nur weil sie unangenehm war.

»Mr. March hat versucht, mich davon zu überzeugen, daß es Selbstmord war, weil George sich in eine andere Frau verliebt hatte...«

»Blödsinn!« unterbrach Vespasia scharf. »Sybilla hatte ihm den Kopf verdreht. Er hat sich wie ein Idiot benommen, aber ich glaube, gestern abend hatte er es eingesehen. Emily hat sich großartig verhalten und die Vernunft gezeigt, die ich mir von ihr erhofft hatte.«

Pitt senkte einen Moment lang den Blick, dann hob er den

Kopf. »Mrs. March sagte, Emily hätte eine Affäre mit dem andern Gast gehabt, Jack Radley.«

»Die boshafte alte Hexe!« sagte Vespasia aufgebracht. »Emilys Mann hat sich mit Sybilla wie ein Esel benommen und ohne die leiseste Diskretion, ein Ärgernis, mit dem sich auch Lavinia abfinden mußte, ohne es verhindern zu können. Natürlich hat Emily den Eindruck erweckt, als würde sie Interesse für einen anderen Mann zeigen. Welche Frau mit Verstand würde das nicht tun?«

Pitt machte keine Bemerkung zu Lavinia March. Das schmerzliche Dilemma war beiden bekannt. Ein Mann konnte sich wegen eines Ehebruchs von einer Frau scheiden lassen. Einer Frau war ein solches Privileg verwehrt. Sie mußte lernen, so gut wie möglich damit zu leben. Mit diesem Todesfall hatten die im Mißtrauen gewachsenen Befürchtungen zu wuchern begonnen, alle Gedanken für sich eingenommen, sämtliche häßlichen Merkmale gesucht und sie übergroß werden lassen.

»Wer ist Sybilla?« fragte er.

»Eustaces Schwiegertochter«, antwortete Vespasia müde. »William March ist Eustaces einziger Sohn, mein Enkel.« Sie sagte es, als versetzte sie diese Einsicht in Erstaunen. »Olivia hatte zehn Töchter, von denen sieben überlebt haben. Alle außer Tassie sind verheiratet. Eustace wollte sie mit Jack Radley verbinden. Deshalb ist er hier, um inspiziert zu werden.«

»Ich nehme an, daß er nicht Ihren Beifall findet?«

Ihre fein geschwungenen Brauen hoben sich, und in ihren Augen blitzte ein Fünkchen Humor auf, zu schwach, um bis zum Mund zu gelangen. »Nicht für Tassie. Sie liebt ihn nicht und er sie ebensowenig. Aber er ist ganz annehmbar, solange man nicht allzuviel erwartet. Er hat einen versöhnenden Zug an sich: Ich kann mir kaum vorstellen, daß er jemals langweilig würde, und das ist mehr, als man von den meisten gesellschaftlich akzeptablen jungen Männern behaupten kann.«

»Wer ist noch hier im Haus?« Er fürchtete die Antwort, denn falls noch weitere Fremde zu Gast wären, hätte ihm die alte Mrs. March sicher davon erzählt.

»Niemand«, sagte Vespasia ganz leise. »Lavinia, Eustace

und Tassie wohnen hier. William und Sybilla sind den Sommer über zu Besuch. George und Emily wollten für einen Monat bleiben, Jack Radley und ich drei Wochen.«

Ihm wollte nichts weiter einfallen. Georges Mörder mußte unter diesen acht sein. Er konnte nicht glauben, daß es Vespasia selbst sein sollte, und er hoffte bei Gott, daß es nicht Emily war!

»Ich sollte mit ihnen sprechen. Wie geht es Emily?«

Zum ersten Mal konnte Vespasia ihn nicht ansehen. Sie ließ den Kopf sinken und verbarg ihr Gesicht in den Händen. Er wußte, daß sie weinte, und er hätte ihr gern Trost gespendet. In der Vergangenheit hatten sie schon mancherlei Empfindungen geteilt: Wut, Mitleid, Hoffnung, Niederlage. Jetzt teilten sie die Trauer. Aber er war dennoch ein Polizist, dessen Vater ein Wildhüter gewesen war, und sie war die Tochter eines Earls. Er wagte sie nicht zu berühren, und je mehr er sich um sie sorgte, desto tiefer würde es ihn verletzen, wenn er zu weit gehen und sie ihn zurückweisen sollte.

Hilflos und unbeholfen stand er da, betrachtete die alte Dame, gequält von Trauer und dem Beginn schrecklicher Befürchtungen.

Aber was konnte er sagen? Daß er die Dinge irgendwie verfälschen, die Wahrheit verbergen würde, wenn sie zu häßlich wäre? Sie würde es ihm weder glauben, noch wollen, daß er es täte. Sie würde nicht von ihm erwarten, sich untreu zu werden, und sie selbst hätte es an seiner Stelle ebensowenig getan.

Dann setzte sich sein Instinkt über die Vernunft hinweg, und er berührte sanft ihre Schulter. Sie war außergewöhnlich dünn für ihre Größe. Ihre Knochen fühlten sich zerbrechlich an. Ein leichter Duft von Lavendel lag in der Luft.

Dann wandte er sich um und ging hinaus.

In der Halle stand ein Mädchen von vielleicht zwanzig Jahren, das Haar leuchtend wie Orangenmarmelade, das Gesicht blaß unter den Tupfern ihrer Sommersprossen. Sie besaß kaum einen Funken jener Schönheit, mit der Vespasia eine ganze Generation in Erstaunen versetzt hatte, aber sie war ebenso dünn und zeigte vielleicht einen Abglanz der hohen Wangenknochen, der schweren Augenlider. Mit einer Mischung aus Entsetzen und Neugier starrte sie Pitt an.

»Miß March?« erkundigte er sich.

»Ja, ich bin Tassie March... Anastasia. Sie müssen Emilys Polizist sein.« Es war eine Feststellung, und so formuliert klang es überraschend unangenehm.

»Kann ich mit Ihnen sprechen, Miß March?«

Ein leichter Schauer erfaßte sie. Ihre Abscheu galt nicht ihm – ihre Augen waren zu direkt – sondern der Situation. Es war ein Mord in ihrem Heim geschehen, und ein Polizist mußte sie befragen.

»Natürlich.« Sie drehte sich um und führte ihn durch das Eßzimmer in den Salon, der Kühl und silbrig grün war, vollkommen anders als das erdrückende Boudoir. Wenn jenes der Geschmack der alten Dame war, mußte dies Olivias gewesen sein, und aus irgendeinem Grunde hatte Eustace zugelassen, daß es erhalten blieb.

Tassie bot ihm einen Sessel an und setzte sich auf eines der grünen Sofas, stellte unbewußt ihre Füße zusammen und hielt die Hände so, wie sie es gelernt hatte.

»Ich nehme an, ich sollte ehrlich sein«, bemerkte sie und betrachtete dabei den blassen Musselin ihres Kleides. »Was wollen Sie wissen?«

Jetzt war der Moment gekommen, und es gab nur wenig, was er sie fragen konnte, aber wenn es ihr wie den meisten wohlerzogenen jungen Damen erging, war sie einen Großteil ihrer Zeit an das Haus gebunden und hatte nicht viel zu tun, und vielleicht war sie ausgesprochen aufmerksam. Er überlegte, ob er sie zartfühlend, verblümt oder aufrichtig behandeln sollte. Dann sah er in die ruhigen, schieferblauen Augen und sagte sich, sie hätte wahrscheinlich eher Ähnlichkeit mit der Familie ihrer Mutter als mit der ihres Vaters.

»Glauben Sie, George war in Ihre Schwägerin verliebt?«

Ihre Augenbrauen schossen nach oben, aber sie wahrte ihre Haltung mit einem selbstsicheren Auftreten, das einer älteren Frau würdig gewesen wäre.

»Nein, aber er glaubte es«, erwiderte sie. »Er wäre darüber hinweggekommen. Man sagte mir, solche Dinge passieren von Zeit zu Zeit. Man müßte sich einfach damit abfinden, was Emily hervorragend gelungen ist. Ich glaube nicht, daß ich so gefaßt geblieben wäre, nicht, wenn ich jemanden lieben würde. Aber Emily ist furchtbar vernünftig, weit mehr als die meisten Frauen, und unendlich viel mehr als die meisten Männer. Und George war...« Sie schluckte, und Tränen standen in ihren Augen. »George war sehr nett, wirklich, verzeihen Sie bitte.« Sie zog die Nase hoch.

Pitt fischte in seiner Brusttasche herum und brachte sein einziges sauberes Taschentuch hervor. Er reichte es ihr.

Sie nahm es und putzte sich fest die Nase. »Danke.«

»Ich weiß«, stimmte er ihr zu und füllte das Schweigen aus, bevor es zu einem Hindernis zwischen ihnen wurde. »Was ist mit Mr. Radley?«

Mit einem wäßrigen Lächeln sah sie auf. »Ich glaube, er ist ganz erträglich. Um die Wahrheit zu sagen, solange ich ihn nicht heiraten muß, könnte er mir ganz gut gefallen. Er bringt mich zum Lachen, oder zumindest hat er es bisher getan.« Sie machte ein langes Gesicht.

»Aber Sie hegen nicht den Wunsch, ihn zu heiraten?«

»Nicht im geringsten.«

»Wünscht er sich eine Heirat mit Ihnen?«

»Das kann ich mir nicht vorstellen. Er liebt mich nicht, wenn Sie das meinen. Aber ich werde einiges Geld besitzen, und ich glaube kaum, daß er welches hat.«

»Wie überaus freimütig Sie sind.« Sie war beinah noch schlimmer als Charlotte, und er verspürte den Wunsch, sie vor all den Qualen zu bewahren, die ihr noch bevorstanden.

»Man sollte die Polizei in wichtigen Fragen nicht belügen«, sagte sie mit tiefem Ernst. »Ich habe George wirklich sehr gemocht, und ich mag auch Emily.«

»Irgend jemand in diesem Haus hat ihn ermordet.«

»Ja. Martin hat es mir gesagt. Er ist der Butler. Es scheint mir unmöglich zu sein. Ich kenne sie alle seit Jahren, außer Mr. Radley, und warum um alles in der Welt sollte er George umbringen?«

»Könnte er sich vorgestellt haben, daß Emily ihn heiraten würde, wenn George tot wäre?«

Sie starrte ihn an. »Nur wenn er geistesgestört wäre!«
Dann drehte und wendete sie den Gedanken in ihrem Kopf,
bedachte die einzigen anderen Möglichkeiten. »Aber ich
nehme an, er könnte es sein. In den Gesichtern mancher
Menschen kann man tatsächlich nur sehr wenig lesen, wenn
man sie dabei beobachtet, wie sie wie alle anderen normale
Dinge tun, ihre Mahlzeiten einnehmen, alberne Konversation betreiben, ein bißchen lachen, Spiele spielen, Briefe
schreiben. Es gibt eine bestimmte Art und Weise, diese Dinge
zu tun, und man lernt sie als Kind wie Tanzschritte. Das muß
überhaupt nichts bedeuten. Darunter kann man jede nur
erdenkliche Persönlichkeit verbergen.«

»Wie scharfsinnig Sie sind. Sie sind wie Ihre Großmutter.«

»Großmutter Vespasia?« fragte sie vorsichtig.

»Natürlich.«

»Danke.« Erleichtert atmete sie aus. »Ich bin nicht wie die
Marches. Haben Sie schon etwas herausgefunden?«

»Bisher nicht.«

»Oh. Ist das alles? Ich möchte sehen, wie es Emily geht.«

»Bitte tun Sie das. Ich werde versuchen, Ihren Bruder zu
finden.«

»Er wird im Wintergarten sein, auf der anderen Seite. Er
hat sein Atelier dort.« Sie stand auf, und die Höflichkeit verlangte, daß auch er sich erhob.

»Malerei?«

»Er ist Künstler, ein sehr guter. Er hat mehrere Bilder in der
Royal Academy gehabt.« Stolz lag in ihrer Stimme.

»Danke. Ich werde ihn schon finden.« Sobald sie gegangen
war, wandte er sich der Reihe Glastüren und den Kletterpflanzen und Lilien dahinter zu. Der Wintergarten war
feucht und wurde intensiv genutzt, heiß und schwer stand
der Duft üppig wuchernder Blumen im Raum. Die Nachmit-
tagssonne brannte durch die Scheiben, daß man im Dschungel zu sein glaubte. Im Winter hielt ein riesenhafter Ofen die
Temperatur und ein Teich die Feuchtigkeit.

William March war exakt dort, wo Tassie ihn vermutet
hatte, stand vor seiner Staffelei, den Pinsel in der Hand. Das
Sonnenlicht ließ sein Haar erglühen. Sein schmales Gesicht

wirkte angespannt, vollkommen versunken in das Bild auf der Leinwand, eine Landschaftsdarstellung voll gleißenden Sonnenlichts und zerbrechlicher, beinah unwirklicher Bäume, als wollte nicht nur der Frühling, sondern der Garten selbst vergehen. Selbst ohne seine gelegentliche Arbeit mit der Rückführung gestohlener Kunstgegenstände hätte Pitt erkannt, daß es gut war.

William hörte ihn erst, als er einen Meter entfernt war. »Guten Tag, Mr. March, verzeihen Sie mir die Unterbrechung, aber ich muß Ihnen verschiedene Fragen zu Lord Ashworths Tod stellen.«

Zuerst war William verwirrt, da er seine Konzentration ganz auf das Bild gerichtet hatte. Dann legte er den Pinsel beiseite und trat Pitt düster gegenüber.

»Natürlich. Was wollen Sie wissen?«

Unzählige Gedanken gingen in Pitts Kopf um, aber bei einem Blick auf das intelligente, verletztliche Gesicht, den zarten Mund, die lebhaften Träumeraugen, verwarf er sie als taktlos, sogar roh. Was sonst gab es zu sagen?

»Ich nehme an, Sie sind sich darüber im klaren, daß Lord Ashworth ermordet wurde«, setzte er zaghaft an.

»Vermutlich«, stimmte William mit offensichtlichem Widerwillen zu. »Ich habe nach Möglichkeiten für einen denkbaren Unfall gesucht. Ich bin gescheitert.«

»Einen Selbstmord haben Sie nicht in Betracht gezogen?« frage Pitt neugierig.

»George hätte sich nicht umgebracht.« William wandte sich ab und sah zur Leinwand auf der Staffelei. »So ein Mann war er nicht...« Seine Stimme erstarb, und sein Gesicht wirkte noch schmaler, verhärmt von einem Schmerz, der seinen ganzen Körper zu durchfahren schien.

Das war genau, wovon auch Pitt überzeugt war. William zeigte viel weniger Scheinheiligkeit und weniger Selbstsucht als sein Vater. Pitt stellte fest, daß er ihn mochte.

»Ja, das hatte ich mir auch gedacht«, stimmte er zu.

Einen Augenblick lang schwieg William, dann erhellte das Wiedererkennen seine Miene.

»Natürlich! Ich vergaß es. Sie sind Emilys Schwager, nicht

wahr?« sagte er so leise, daß seine Worte beinah verloren gingen. »Es tut mir leid. Das alles ist sehr...« Er suchte nach einem Ausdruck für das, was er empfand, aber er wollte ihm nicht einfallen. »Sehr hart.«

»Ich fürchte, es wird nicht leichter werden«, sagte Pitt aufrichtig. »Ich glaube fast, daß irgend jemand hier im Haus ihn ermordet hat.«

»Vermutlich. Aber ich kann Ihnen nicht sagen wer... oder warum.« William nahm seinen Pinsel wieder auf und begann zu arbeiten, tönte die Schatten eines Baumes mit gedämpftem, hellgelbem Ocker.

Aber Pitt war noch nicht bereit, sich fortschicken zu lassen. »Was wissen Sie über Mr. Radley?«

»Sehr wenig. Vater möchte ihn mit Tassie verheiraten, weil er glaubt, Jacks Familie könnte ihm einen Adelstitel verschaffen. Wir haben eine Menge Geld, wissen Sie, aus Geschäften. Vater möchte achtbar werden.«

»Sehr wahr.« Pitt war über seine Offenheit erstaunt. Er unternahm keinerlei Versuch, die Schwäche seines Vaters zu verbergen, kein Familienschutz. »Und würde Jacks Familie es tun?«

»Das nehme ich an. Tassie ist ein guter Fang. Jack könnte es kaum besser treffen. Adlige Erbinnen können einen Titel erübrigen, und Amerikaner geben sich nicht mit weniger zufrieden. Oder, um genau zu sein, ihre Mütter nicht.« Er setzte seine Arbeit an den Schatten fort, betrachtete das Vandyck-Braun, ließ es unberührt und preßte gebranntes Umbra hervor.

»Was ist mit Emily?« fragte Pitt. »Hat sie nicht mehr Geld als Miß March?«

Williams Hand erstarrte mitten in der Luft. »Ja, das wird sie haben, da George tot ist.« Er zuckte, als er es sagte. »Aber wenn nur die Hälfte seines Rufes gerechtfertigt ist, hat Jack zuviel Erfahrung mit Frauen, als daß er glauben könnte, Emily würde nach einigen Abenden des Liebäugelns erwägen, ihn zu heiraten – besonders nachdem sich George dermaßen zum Idioten machte. Emily hat es ihm nur heimgezahlt. Sie mögen sich vielleicht nicht darüber im klaren sein,

Mr. Pitt, aber Frauen haben in der feinen Gesellschaft nur wenig Besseres zu tun als zu tratschen, sich in der neuesten Mode zu kleiden und mit anderen Männern zu flirten. Es ist ihre einzige Unterhaltung. Nicht einmal ein Schwachkopf nimmt es ernst. Meine Frau ist sehr schön und flirtet, seitdem ich sie kenne.«

Pitt starrte ihn an, konnte jedoch keinen tieferen Schmerz entdecken, keine neuerliche Angst oder ein Bewußtsein von Furcht, als er es sagte. »Verstehe.«

»Nein, das tun Sie nicht«, sagte William trocken. »Ich nehme kaum an, daß Sie sich jemals in Ihrem Leben gelangweilt haben.«

»Nein«, gab Pitt zu. Dafür hatte er nie Zeit gehabt. Armut und Ehrgeiz erlaubten es nicht.

»Sie haben Glück, zumindest in dieser Beziehung.«

Pitt sah wieder auf die Leinwand. »Sie kennen doch auch keine Langeweile«, sagte er im Brustton der Überzeugung.

Zum ersten Mal lächelte William; dann war es ebenso schnell verschwunden, verdrängt vom Wissen um die Tragödie.

»Danke, Mr. March.« Pitt trat einen Schritt zurück. »Ich werde Sie nicht länger stören, für den Augenblick.«

William antwortete nicht. Er arbeitete wieder.

Im Erdgeschoß war für Stripe auch nicht alles ganz einfach. Er war im Gesindezimmer nicht willkommener als Pitt es im Salon gewesen war. Die Köchin musterte ihn mit Mißfallen. Es war die Stunde nach dem Mittagessen, und sie wollte ein bißchen freie Zeit haben, bevor sie über das Abendessen nachdachte. Sie wünschte, sie hätte die Füße hochlegen und mit der Wirtschafterin und den Dienstmädchen schwatzen können. Es gab immer einen Skandal, von dem man berichten konnte, und heute drückte sie ganz besonders das Bedürfnis, ihre Gefühle in Worte zu fassen. Sie war eine große, tüchtige Frau, voller Stolz auf ihren Beruf, aber den ganzen Tag auf den Beinen zu verbringen, war mehr, als man von ihr verlangen konnte.

»Tut mir in der Seele weh, das alles«, vertraute sie der Wirt-

105

schafterin, einer rundlichen Frau ihres Alters an. »Das würde ich diesen zügellosen Stubenmädchen allerdings nicht erzählen! Steigt ihnen zu leicht zu Kopf. Nicht die Disziplin, wie sie in *meiner* Jugend herrschte. *Ich* weiß, wie man ein Haus führen müßte.«

»Alles geht den Bach hinunter«, stimmte die Wirtschafterin zu. »Und jetzt haben wir die Polizei im Haus. Ich frage Sie: Was kommt als nächstes?«

»Kündigungen.« Die Köchin schüttelte den Kopf. »Die Hälfte der Mädchen wird kündigen, denken Sie an meine Worte, Mrs. Tobias.«

»Sie haben recht, Mrs. Mardle«, stimmte die Wirtschafterin ihr zu.

Sie befanden sich im Wohnzimmer der Wirtschafterin. Stripe war noch im Gesindezimmer, in dem sie aßen und beisammen saßen, wenn ihre Pflichten es ihnen erlaubten. Er fühlte sich unbehaglich, denn es war eine Welt, in der er nicht heimisch war, und er blieb ein Eindringling. Alles war makellos sauber. Der Boden wurde jeden Morgen noch vor sechs Uhr von einem dreizehnjährigen Küchenmädchen geschrubbt. Die Geschirrschränke und Anrichten standen voller Porzellan, von dem jedes Service eines seiner Jahresgehälter wert war. Es gab Krüge mit Gewürzgurken und Eingemachtem, Behälter voll Mehl, Zucker, Hafergrütze und anderen Vorräten, und in der Spülküche sah er Haufen von Gemüse. Es gab dort einen breiten, graphitgeschwärzten Kochherd mit einer Reihe von Feuerstellen, und daneben Nischen für Koks und Kohle.

Jetzt stand er mitten in dieser warmen, wohlriechenden Küche mit einer Schar Dienstmädchen und Lakaien vor sich, allesamt starr und steif in Grundstellung, makellos, Männer in Livrées, Mädchen in schwarzen Wollkleidern und schneeweißen, gestärkten Hauben und Schürzen, die der Stubenmädchen besetzt mit Spitzen, die viele Damen der Mittelklasse gern besessen hätten. Stripe befand, die bei weitem Hübscheste von allen war das Stubenmädchen der Dame des Hauses, Lettie Taylor, aber sie schien ihn mit noch mehr Abscheu zu betrachten als die anderen. Die zu Besuch weilenden Damen hatten selbstverständlich ihr eigenes Personal mitgebracht, und das war ebenfalls zugegen, abgesehen von Digby, der Angestellten von Lady Cumming-Gould. Sie war dazu auserkoren, bei der jungen Witwe zu bleiben, vielleicht weil sie die Älteste war und man sie für die Vernünftigste hielt.

Stripe fühlte sich unter ihren feindlichen Blicken unwohl, leckte an seinem Bleistift, stellte die nötigen Fragen, notierte ihre Antworten in seinem Buch. Dies alles brachte nur heraus, daß die Tabletts am Abend vorher gerichtet und in der oberen Teeküche belassen wurden, in die man die Kessel trug, um den Tee, oder in Lord Ashworths Fall den Kaffee, jeden Morgen frisch aufzubrühen. An diesem speziellen Morgen hatte es ein ungewöhnliches Durcheinander gegeben, und die Teeküche war voller Dampf und einige Minuten lang offenbar unbeaufsichtigt gewesen. Jeder hätte zumindest theoretisch hineinschleichen und den Kaffee vergiften können.

Er fragte nach einem abgeschiedenen Raum, und man führte ihn in die Anrichtekammer des Butlers, die in Wahrheit ein Wohnzimmer zu seiner persönlichen Verfügung war. Dort befragte er jeden Mitarbeiter einzeln. Er fragte mit, wie er meinte, angemessener Spitzfindigkeit nach Informationen, die sie über die Beziehungen innerhalb der Familie, das Kommen und Gehen, haben mochten, und er erfuhr absolut nichts, was er sich nicht von allein hätte denken können. Er begann sich zu fragen, ob sie ihre Herren und Herrinnen derart verteidigten, als ginge es um ihre eigene Ehre, ihren eigenen Status innerhalb der Gemeinschaft, die in diesem Haus existierte.

Schließlich, als man ihm Pitts Nachricht, das Digitalis betreffend, aushändigte, bat er Lettie, ihn nach oben zu bringen und ihm Mrs. Marchs Zimmer und ihr Medizinschränkchen zu zeigen und auch alle anderen Medizinschränkchen im Haus.

Sie hob ihre Hände, um sich das Haar ordentlicher hochzustecken, dann strich sie ihre Schürze über den schmalen Hüften glatt. Für Stripe, der ein wenig errötete und fürchtete,

107

man würde ihm seine Gedanken ansehen, war sie die hübscheste, ansprechendste Frau, die er jemals gesehen hatte. Er ertappte sich dabei zu hoffen, daß diese Ermittlungen lange Zeit in Anspruch nehmen würden, mindestens mehrere Wochen.

Er folgte ihr ergeben die Hintertreppe hinauf, achtete auf die leichte Neigung ihres Kopfes und das Rascheln des Kleides und merkte plötzlich, daß er in den Tag hinein träumte, als sie die Teeküche erreichten. Sie hatte ihn schon zweimal angesprochen, als er seine Aufmerksamkeit endlich auf das naheliegende Thema lenkte und sich auf den Tischen umsah, an denen die Tabletts gerichtet wurden.

»Wo war Lord Ashworths Tablett mit dem Kaffee?« fragte er und räusperte sich.

»Hören Sie mir eigentlich zu?« fragte sie und schüttelte dabei den Kopf. »Ich habe Ihnen gerade gesagt, daß es dort war.« Sie deutete auf das Ende des Tisches gleich neben der Tür.

»War das so üblich? Ich meine...« Ihre Augen hatten die Farbe des Himmels über dem Fluß an einem Sommertag. Er hustete trocken und begann noch einmal. »Ich meine, haben Sie es jeden Morgen an denselben Platz gestellt, Miß?«

»Das eine ja«, erwiderte sie, war sich seines Blickes offenbar nicht bewußt. »Weil es Kaffee war und die andern Tee bekommen.«

»Erzählen Sie mir noch einmal, was jeden Morgen geschieht.« Er wußte, was sie bereits gesagt hatte, aber er wollte ihr weiter zuhören und ihm fielen keine wichtigen Fragen mehr ein.

Pflichtschuldig wiederholte sie die Geschichte, und er notierte sie ein weiteres Mal.

»Ich danke Ihnen, Miß«, sagte er freundlich, schloß sein Notizbuch und steckte es in die Tasche. »Wenn Sie mir jetzt bitte Mrs. Marchs Medizinschrank zeigen würden.«

Sie wirkte ein wenig blaß, vergaß bei dieser plötzlichen Erinnerung an den Tod ihr allgemeines Mißvergnügen an der Anwesenheit der Polizei im Haus.

»Ja, natürlich.« Sie ging durch die mit Leder bezogene Tür

voraus auf den Flur und hinüber in Mrs. Marchs Zimmer. Sie klopfte an die Tür, und als sie keine Antwort bekam, öffnete sie diese und trat ein.

Ein solches Zimmer hätte sich Stripe niemals träumen lassen, geschweige denn schon einmal gesehen. Es war so rosafarben und weiß wie eine Apfelblüte. Wohin er auch sah, fand er Verzierungen: Spitzen, Zierdeckchen, Borten, Fotografien in Satineinfassungen, ein erstickendes Meer an Kissen, rosafarbene Samtvorhänge, zugezogen und gerafft und darunter weiße Netzrüschen.

Stripe fehlten die Worte. Die Luft schien unbeweglich und heiß und verklebte ihm die Lungen. Unbeholfen, aus Angst, er könne einen großen Fußabdruck hinterlassen, lief er hinter Lettie auf Zehenspitzen über den rosafarbenen Teppich zu der verzierten, rosa und weiß bemalten Anrichte, an der sie eine kleine Schublade öffnete. Mit ernster Miene blickte sie hinein.

Stripe stand hinter ihr, roch ein leichtes Blumenparfüm in ihrem Haar und sah in das kleine Fach voller Flaschen, Papierstreifen und Pillenschachteln aus Pappe hinab.

»Ist das Digitalis da?« fragte er, brach das Schweigen.

»Nein, Mr. Stripe«, sagte sie ganz leise, und ihre Hand zitterte an der Schublade. »Ich weiß, was das hier alles ist, und das Digitalis ist nicht da.«

Sie fürchtete sich, und er wollte sie beruhigen, ihr versprechen, daß er sich um sie kümmern, sogar persönlich dafür sorgen würde, daß ihr niemand ein Leid zufügte. Aber es würde sie dermaßen kränken, daß ihm der bloße Gedanke schmerzlich war. Sie wäre außer sich über seine Frechheit. Zweifellos hatte sie bereits Verehrer. Auch dieser Gedanke war außerordentlich unangenehm. Er riß sich zusammen.

»Sind Sie sicher?« fragte er sachlich. »Könnte es in einer anderen Schublade liegen oder auf dem Nachtschränkchen?« Er sah sich in dem Zimmer um. Eine ganze Apotheke konnte in all diesen aufgebauschten Falten und Rüschen verborgen sein.

»Nein«, sagte Lettie mit hoher Stimme. »Ich habe dieses

Zimmer heute morgen gereinigt. Das Digitalis ist fort, Mr. Stripe. Ich...« Sie erschauerte.

»Ja?« sagte er hoffnungsvoll.

»Nichts.«

»Ich danke Ihnen, Miß.« Er zog sich an die Tür zurück, noch immer darauf bedacht, nichts umzustoßen. »Das wäre dann im Moment alles. Ich muß Mr. Pitt eine Nachricht schikken.«

Sie holte tief Luft. »Mr. Stripe?«

»Ja, Miß?« Er blieb stehen und drehte sich zu ihr um, spürte, wie ihm das Blut in die Wangen stieg.

Sie gab sich Mühe, ihre Angst zu verbergen, aber ihre Augen verrieten sie. »Mr. Stripe, ist es wahr, daß Lord Ashworth ermordet wurde?«

»Wir glauben es, Miß. Aber machen Sie sich keine Sorgen, wir kümmern uns um Sie. Und wir werden herausfinden, wer es getan hat, seien sie ganz sicher.« Jetzt hatte er es gesagt. Er wartete auf ihre Reaktion.

Erleichterung erfüllte ihr Gesicht. Dann erinnerte sie sich ihrer Stellung und ihrer Loyalität. Sie richtete sich auf und hob ihr Kinn ganz hoch. »Natürlich«, sagte sie würdevoll. »Danke, Mr. Stripe. Wenn es dann nichts weiter gibt, sollte ich wieder meinen Aufgaben nachkommen.«

»Ja, Miß«, sagte er mit Bedauern und ließ sich von ihr die Treppe hinunterführen, um wieder seine Pflichten im Butlerzimmer aufzunehmen.

Pitt sprach auch mit Sybilla March, und im Augenblick, als sie das Zimmer betrat, verstand er, warum George ihr mit derartiger Leidenschaft verfallen war. Sie war eine schöne Frau, lebhaft und sinnlich. Ihr Gesicht strahlte Wärme aus, ihre Bewegungen besaßen eine Anmut, so vollkommen anders als die kühle Eleganz der Mode. Trotz aller Rundungen ihres Körpers ließen ihr zarter Hals, die schmalen Handgelenke sie doch verletzlich wirken und nahmen ihm die Wut, die er hatte verspüren wollen.

Sie setzte sich genau dort auf das grüne Sofa, wo Tassie vor einer Stunde gesessen hatte. »Ich weiß nichts, Mr. Pitt«, sagte sie, bevor er Zeit gehabt hätte, sie zu fragen. Ihre Augen waren dunkel, als hätte sie geweint, aber sie vermittelte eine Anspannung, die er für Angst hielt. Allerdings hatte es einen Mord im Haus gegeben, und wer immer ihn begangen haben mochte, war noch da. Nur ein Dummkopf hätte keine Angst.

»Möglicherweise sind Sie sich des Wertes Ihres Wissens nicht bewußt, Mrs. March«, sagte er, als er sich setzte. »Ich denke, jeder hatte Gelegenheit, das Digitalis in Lord Ashworths Kaffee zu tun. Wir sollten es von der Überlegung her angehen, in wessen Interesse es vielleicht gewesen sein könnte.«

Sie sagte nichts. Die weißen Hände auf ihrem Schoß waren so fest ineinander verkrallt, daß die Knöchel schimmerten.

Er fand es unerwartet schwierig, fortzufahren. Er wollte nicht grob werden, und dennoch war es sinnlos, den peinlichen Themen aus dem Weg zu gehen. Es würde die Qualen nur noch verlängern.

»Hat Lord Ashworth Sie geliebt?« fragte er gerade heraus.

Ihr Kopf fuhr hoch, die Augen aufgerissen, als hätte sie die Frage überrascht, und doch mußte sie gewußt haben, daß sie unvermeidlich war. Es folgte ein langes Schweigen, bis sie antwortete, so lang, daß Pitt gerade noch einmal fragen wollte.

»Ich weiß nicht«, sagte sie mit rauher Stimme. »Was meint ein Mann damit, wenn er sagt ›Ich liebe dich‹? Wahrscheinlich gibt es darauf so viele Antworten wie Männer.«

Es war eine Antwort, die er absolut nicht vorhergesehen hatte. Er hatte ein schamrotes Eingeständnis erwartet oder ein trotziges oder auch ein Leugnen. Aber eine philosophische Antwort, die selbst eine Frage war, verblüffte ihn.

»Haben Sie ihn geliebt?« fragte er weit taktloser als beabsichtigt.

Ihr Mund rührte sich zu einem kleinen Lächeln, und er vermutete unendlich viele Bedeutungen dahinter, die er nie verstehen würde. »Nein. Aber ich hatte ihn wirklich gern.«

»Wußte Ihr Mann vom wahren Ausmaß Ihrer Zuneigung

für Lord Ashworth?« Er wurde unsicher und war sich dessen sehr wohl bewußt.

»Ja«, räumte sie ein. »Aber William war nicht eifersüchtig, falls es das ist, was Sie meinen. Wir verkehren oft in der Gesellschaft. George war nicht der erste Mann, der mich für attraktiv hielt.«

Das wollte Pitt gern glauben. Aber ob William eifersüchtig war oder nicht, war eine andere Frage. Wie weit war die Affäre gegangen und wußte William wirklich davon? War er nur unwissend oder tatsächlich ein entgegenkommender Ehemann? Oder gab es gar nichts zu bemängeln?

Es machte sicher keinen Sinn, Sybilla zu fragen.

»Danke, Mrs. March«, sagte er förmlich.

Jetzt konnte er es nicht länger aufschieben. Er mußte Emily besuchen, sich ihrem Kummer stellen.

Er stand auf und entschuldigte sich, ließ Sybilla im grünen Salon zurück.

In der Halle fand er einen Diener und bat ihn höflichst, ihn zu Emily zu führen. Anfangs zögerte der Mann, hatte mehr Respekt vor ihrem Schmerz als vor den Notwendigkeiten einer Ermittlung. Aber dann siegte sein gesunder Menschenverstand, und er führte ihn die breite Treppe hinauf und klopfte an Vespasias Schlafzimmertür.

Sie wurde von einer Dienstmagd mittleren Alters geöffnet, deren gescheites und offenes Gesicht von Mitgefühl gezeichnet war. Grimmig blickte sie zu Pitt auf, bereit, nicht von der Stelle zu weichen und ihm die Stirn zu bieten. Sie würde Emily um jeden Preis verteidigen, Pitt sah es an der Form ihrer Schultern und der Stellung ihrer Füße.

»Ich bin Thomas Pitt«, sagte er so laut, daß Emily hinter der Tür ihn hören Konnte. »Meine Frau ist Lady Ashworths Schwester. Sie wird bald hier sein, aber ich muß vorher mit Lady Ashworth sprechen.«

Die Frau zögerte, musterte ihn von oben bis unten und fällte eine Entscheidung. »Also gut. Wahrscheinlich sollte ich Sie hereinlassen.« Sie trat zur Seite.

Emily saß aufrecht im Bett, vollständig bekleidet mit einem dunkelblauen Kleid. Ihr Haar war im Nacken offen, und sie war beinah so blaß wie die Kissen hinter ihr. Ihre Augen lagen tief in den Höhlen.

Er setzte sich auf das Bett und nahm ihre Hand, hielt sie in seinen. Sie fühlte sich kraftlos und klein an wie die eines Kindes. Es hatte keinen Sinn, ihr zu sagen, daß es ihm leid tat. Sie würde es wissen, es in seinem Gesicht sehen und an seiner Berührung spüren.

»Wo ist Charlotte?« fragte sie bebend.

»Auf dem Weg. Tante Vespasia hat ihre Kutsche geschickt; sie muß bald da sein. Aber ich muß dir ein paar Fragen stellen. Ich wünschte, ich müßte es nicht tun, aber der Wunsch ändert die Dinge nicht.«

»Ich weiß.« Tränen übermannten sie und liefen ihr über die Wangen. »Gott im Himmel, als wenn ich es nicht wüßte!«

Pitt spürte das Dienstmädchen hinter sich, wachsam und abwehrend, bereit ihn zu vertreiben, sobald er Emily drohte, und er liebte sie dafür.

»Emily, George wurde von irgend jemandem aus diesem Haus vorsätzlich ermordet. Du weißt, daß ich herausfinden muß, von wem.«

Sie starrte ihn an. Vielleicht hatte ein Teil ihres Verstandes dies längst begriffen oder zumindest alle anderen Möglichkeiten ausgeschaltet, aber derart schonungslos hatte sie es noch nicht betrachtet. »Das bedeutet... die Familie, oder Jack Radley!«

»Ja. Natürlich ist es auch vorstellbar, daß wir beim Dienstpersonal ein Motiv finden, aber ich glaube es kaum.«

»Sei nicht albern, Thomas! Warum um alles in der Welt sollte einer von Onkel Eustaces Dienern George umbringen? Vor einem Monat kannten sie ihn ja noch kaum. Warum sollte überhaupt ein Diener im Haus jemanden ermorden? Es ist ein verführerischer Gedanke, aber er ist dumm.«

»Dann ist es einer von euch acht«, sagte er und sah ihr ins Gesicht.

Langsam atmete sie aus. »Acht? Thomas! *Ich* nicht! Du kannst nicht...« Sie war so weiß, daß er fürchtete, sie würde ohnmächtig werden, selbst gegen die Kissen gelehnt.

Er drückte ihre Hand fester. »Nein, natürlich nicht. Ebensowenig glaube ich, daß Tante Vespasia es war. Aber ich muß herausfinden, wer es getan hat, und dazu gehört, die Wahrheit über eine Menge Dinge herauszufinden.«

Sie sagte nichts. Hinter sich hörte er, wie die Magd unter ihrer Schürze mit den Händen rang. Schweigend segnete er sie und Vespasia, die sie zur Verfügung gestellt hatte.

»Emily, könnte sich Jack Radley vorgestellt haben, daß du ihn eines Tages heiraten würdest, wenn du frei wärst?«

»Nein . . .« Ihre Stimme erstarb, und ihr Blick löste sich von seinem, dann kehrte er zurück. »Ich – ich habe ein bißchen geflirtet, ein kleines bißchen. Das war alles.«

Er dachte sich, daß es nicht die volle Wahrheit sein konnte, aber das war jetzt nicht wichtig. »Gibt es da noch etwas?« beharrte er.

»Nein!« Dann merkte sie, daß er nicht länger nur auf Jack Radley, sondern auf alle anspielte. »Ich weiß nicht. Ich kann mir nicht vorstellen, warum jemand George umbringen sollte. Könnte es nicht vielleicht ein Unfall gewesen sein, Thomas?«

»Nein.«

Sie sah auf ihre Hand herab, die noch in seiner lag. »Könnte es jemand anderem gegolten haben, nicht George?«

»Wem? Trinkt sonst irgend jemand morgens als erstes Kaffee?«

Ihre Stimme war kaum noch ein Flüstern. »Nein.«

Es gab keinen Grund, die Schlußfolgerung weiterzuführen. Sie verstand ebensogut wie er.

»Was ist mit William March, Emily? Könnte er so eifersüchtig gewesen sein, daß er George wegen dessen Aufmerksamkeiten Sybilla gegenüber ermordet hat?«

»Das glaube ich nicht«, sagte sie offen. »Er hat durch nichts gezeigt, daß er es bemerkt hätte, geschweige denn, daß es ihm etwas ausmachen würde. Ich glaube, er hat nur Sinn für seine Bilder. Aber jedenfalls . . . Ihre Finger krallten sich um seine, erwiderten seinen Griff. »Thomas, ich schwöre, ich habe gehört, wie George und Sybilla gestern abend gestritten haben, und als George heraufkam, bevor er schlafen ging, war er noch bei mir und . . .« Einen Augenblick lang kämpfte

114

sie darum, sich in der Gewalt zu behalten. »Und er ließ mich wissen, daß es mit Sybilla vorbei war. Nicht – nicht direkt natürlich. Das hätte bedeutet, zuzugeben, daß etwas gewesen wäre, aber wir haben uns verstanden.«

»Er hatte Streit mit Sybilla?«

»Ja.«

Es hatte keinen Sinn, sie zu fragen, ob der Streit heftig genug gewesen war, einen Mord nach sich zu ziehen: Sie konnte es nicht beantworten, und wenn doch, hätte es nichts zu bedeuten gehabt.

Er stand auf, ließ sanft ihre Hand los. »Wenn dir irgend etwas einfällt, ruf mich bitte.«

»Ich weiß. Ich werde es dir sagen.«

Er schenkte ihr einen aufmunternden Blick, um seinen Worten die Schärfe zu nehmen und ein dünnes Seil über die Kluft zwischen dem Polizisten und dem Mann zu werfen.

Sie schluckte fest, und ihre Mundwinkel hoben sie als Antwort zu einem matten Lächeln.

Eine Stunde später öffnete sich die Schlafzimmertür erneut, und Charlotte trat ein. Sie sagte kein Wort, kam nur herüber und setzte sich auf das Bett. Sie streckte ihre Hand nach Emily aus, legte ihre Arme um sie und ließ sie weinen, drückte sie fest und wiegte ein wenig vor und zurück, murmelte alte, bedeutungslose Worte des Trostes aus ihrer Kindheit.

# 6

Als sich Emily schließlich in die Kissen zurücklehnte, wirkte ihr Gesicht abgespannt, die Augen waren geschwollen, mit dunklen Schatten darunter, und ihr sonst schönes Haar hing zottelig in unordentlichen Strähnen herab. Ihr Anblick rief in Charlotte die Realität des Todes wach und eine weit tiefere Furcht, als sich mit Worten ausdrücken ließe oder auch mit tausend Tränen.

Sie begann mit dem quälenden, praktischen Beistand, von dem sie wußte, daß er die einzige Möglichkeit zu wirklicher Hilfe war. Sie läutete die Glocke neben dem Bett.

»Ich möchte nichts«, sagte Emily benommen.

»Doch.« Charlotte klang streng. »Du möchtest eine Tasse Tee, genau wie ich.«

»Ich nicht. Wenn ich etwas zu mir nehme, muß ich mich übergeben.«

»Nein, das mußt du nicht. Aber du wirst krank werden, wenn du noch mehr weinst. Es reicht jetzt. Wir haben einiges zu erledigen.«

Urplötzlich wurde Emily wütend. Der Schock und die Angst entluden sich im Zorn, denn Charlotte war in Sicherheit, behütet in ihrer Ehe, und dies war für sie lediglich ein weiteres Abenteuer. Sie saß voll nüchterner Selbstzufriedenheit auf dem Bett, und Emily haßte sie dafür. Man hatte George fortgebracht, weiß und kalt, vor einer Stunde erst, und Charlotte gab sich geschäftig! Sie hätte erschüttert und innerlich versteinert sein sollen, wie Emily es war.

»Mein Mann wurde heute morgen ermordet«, sagte sie mit angespannter, harter Stimme. »Wenn du nur Neugier und Wichtigtuerei zeigen kannst, dann würde ich mich weit besser fühlen, wenn du wieder nach Hause gehen und dich mit deiner Hausarbeit beschäftigen würdest, oder was immer du tun magst, wenn du niemanden hast, in dessen Leben du dich einmischen kannst.«

Einen Augenblick lang fühlte sich Charlotte, als wäre sie geschlagen worden. Blut schoß in ihre Wangen und ihre Augen brannten. Die Entgegnung erstarb nur auf ihren Lippen, weil sie keine Worte dafür fand. Dann holte sie tief Luft und dachte an Emilys Schmerz. Emily war jünger. In einem Taumel von Bildern kehrten all die Schutzinstinkte aus ihrer Kindheit zurück, immer war Emily die kleinste, die letzte beim Erreichen sämtlicher Meilensteine auf dem Weg zur Reife gewesen. Emily hatte sie beneidet, sie bewundert und verzweifelt mitzuhalten versucht, genau wie sie selbst stets einen Schritt hinter Sarah blieb.

»Wer hat George ermordet?« fragte sie laut.

»Ich weiß es nicht!« Emilys Stimme hob sich bedenklich.

»Meinst du nicht, wir sollten es lieber so schnell wie möglich herausfinden, bevor derjenige, der es getan hat, immer mehr den Eindruck erweckt, als hättest du es getan?«

Emily stockte der Atem, und ihr Gesicht sah noch grauer aus als vorher.

In diesem Moment öffnete sich die Tür, und Digby kam herein. Sobald sie Charlotte sah, verhärtete sich ihre Miene.

Aber Charlotte hatte all die Jahre im Hause ihrer Eltern nicht vergessen, ein Dienstmädchen zu haben, und die Gewohnheit kam automatisch wieder.

»Wären Sie so freundlich, uns etwas Tee zu bringen«, sagte sie zu Digby. »Und vielleicht etwas Süßes dazu.«

»Ich möchte nichts«, wiederholte Emily.

»Aber ich.« Charlotte zwang sich ein Lächeln auf ihre Lippen und nickte Digby zu, die sich gehorsam zurückzog, während sie ihr Urteil über Charlotte offensichtlich aufschob.

Charlotte setzte sich Emily gegenüber. »Möchtest du, daß ich dir noch einmal erkläre, wie sehr ich mit dir trauere, wie leid es mir tut, wie entsetzt ich bin?«

Emily betrachtete sie widerwillig. »Nein danke, dazu besteht kaum Veranlassung.«

»Dann hilf mir wenigstens, soviel von der Wahrheit zu erfahren, daß wir eine weitere Tragödie verhindern können. Denn wenn du glaubst, daß der Mörder davor zurückschreckt, dir die Verantwortung für Georges Tod zuzuschieben, dann träumst du.«

»Ich habe es nicht getan«, flüsterte Emily.

Charlotte hatte derart große Schwierigkeiten, sich zu beherrschen, daß ihr einen Moment lang der Atem stockte und ihr Tränen in die Augen stiegen.

»Ich weiß«, sagte sie mit zitternder Stimme, und sie hustete bei dem Versuch, es zu verbergen. »Hast du eine Ahnung, wer es getan hat? Was ist mit Sybilla? Könnten sie gestritten haben? Oder ihr Mann, du hast mir seinen Namen nicht genannt. Oder hatte sie noch einen anderen Liebhaber?«

Sie sah, daß Konzentration die Wut aus Emilys Blick verdrängte, dann wieder Schmerz und hemmungslose Tränen. Charlotte wartete, zwang sich, nicht tröstend die Arme um sie zu legen. Emily brauchte jetzt kein Mitgefühl, sie brauchte praktischen Beistand.

»Ja«, sagte Emily schließlich. »Sie haben gestern abend gestritten, kurz bevor wir zu Bett gegangen sind.« Sie putzte sich fest die Nase, dann noch ein zweites Mal, stopfte das Taschentuch unter das Kissen und streckte sich nach einem frischen. Charlotte reichte es ihr.

Die Tür öffnet sich, und Digby brachte auf einem Tablett eine Teekanne, einen Teller mit warmen, knusprigen Scones, Butter und Erdbeermarmelade herein. Vorsichtig stellte sie es ab.

»Soll ich einschenken, Ma'am?« fragte sie reserviert.

Charlotte nahm dankend an. »Ja, bitte. Und wenn Sie ein paar Taschentücher finden können, bringen Sie uns welche.«

»Ja, Ma'am.« Digbys Miene entspannte sich. Vielleicht war Charlotte doch nicht so übel, wie sie befürchtet hatte.

Charlotte reichte Emily eine dampfende Tasse Tee, strich Butter auf einen Scone und verteilte Marmelade darauf. »Iß das«, bestimmte sie. »Langsam. Und kau es gut durch. Wir werden unsere ganze Kraft brauchen.«

Emily nahm ihn gehorsam entgegen. »Er heißt William«, fuhr sie fort, indem sie die Frage beantwortete, sobald Digby hinausgegangen war. »Und ich glaube, er hätte George umbringen können, aber es hatte nicht den Anschein, als würde er sich um Sybilla kümmern. Ich weiß nicht einmal, ob er wirklich bemerkt hat, wie weit es ging. Vielleicht benimmt sich Sybilla immer so.«

»Weißt du es?« Charlotte haßte diese Frage, aber sie würde keine Ruhe haben, bis sie beantwortet war.

Emily zögerte einen Moment lang. »Ich kann es nur vermuten. Aber es war aus! Er kam in mein Zimmer, bevor er zu Bett ging, und wir haben miteinander gesprochen.« Sie atmete bebend, aber diesmal wollte sie die Kontrolle nicht verlieren. »Es wäre alles wieder gut geworden, wenn – wenn ihn nicht jemand ermordet hätte.«

»Also hätte es Sybilla sein können.« Charlotte ließ es wie eine Feststellung klingen, nicht wie eine Tatsache, die einen Zweifel zuließ. »Ist sie so eine Frau? Hat sie soviel Eitelkeit, soviel Haß?«

Emilys Augen weiteten sich. »Ich weiß es nicht.«

»Sei nicht albern! Sie hat versucht, dir George wegzunehmen. Du weißt alles über sie, was du überhaupt wissen kannst! Jetzt denk *nach*, Emily.«

Es folgten mehrere Minuten des Schweigens, in denen Emily an ihrem Tee nippte und zwei Scones aß, was sie selbst überraschte.

»Ich weiß es nicht«, sagte sie schließlich noch einmal. »Wirklich nicht. Ich bin nicht sicher, ob sie ihn geliebt hat oder ihn nur unterhaltsam fand und seine Aufmerksamkeit genossen hat. Wenn sie George nicht gehabt hätte, hätte es vielleicht auch ein anderer sein können.«

Charlotte empfand dies nicht als besonders hilfreich, aber sie sah ein, daß es alles war, was Emily ihr sagen konnte. Für den Augenblick beließ sie es dabei.

»Wer kommt noch in Frage?«

»Niemand«, sagte Emily leise. »Es ergibt keinen Sinn.« Sie sah auf, zu verletzt, um zu denken.

Charlotte streckte ihre Hand aus und berührte sie sanft. »Schon gut. Ich werde mir selbst ein Urteil bilden.« Sie nahm noch einen Scone und aß ihn geistesabwesend.

Emily setzte sich ein wenig auf, die Schultern steif, zog den dünnen Stoff ihrer Decke um sich. Es war beinahe, als erwartete sie einen Schlag und spannte sich, ihn abzuwehren.

»Ich weiß wirklich nicht, was George für Sybilla empfunden hat.« Sie starrte auf den bestickten Saum des Bettuches zwischen ihren Fingern. »Was das betrifft, bin ich auch nicht mehr so sicher, was er für mich empfunden hat, noch bevor wir hierher gekommen sind. Vielleicht habe ich ihn gar nicht so gut gekannt. Komisch, wenn ich an die Cater Street zurückdenke und all diese Dinge, die am Ende dort geschehen sind... Ich dachte, ich würde solche Fehler selbst nicht machen, wie Sarah und Mama: sich auf etwas verlassen, annehmen, daß man jemanden kennt, nur weil man ihn jeden Tag kommen und gehen sieht, manchmal sogar im selben Bett mit ihm schläft, ihn berührt...« Sie zögerte einen Augenblick, zwang sich zur Selbstbeherrschung. »Anzunehmen, daß man ihn kennt, man ihn versteht. Aber vielleicht ist es genau das, was ich getan habe. Ich habe eine Menge Dinge über George angenommen, und vielleicht habe ich mich getäuscht.« Sie wartete, ohne aufzusehen.

Charlotte wußte, daß sie auf Widerspruch hoffte und hätte ihm doch nicht geglaubt, wenn er gekommen wäre.

»Wir können einen anderen niemals ganz kennen«, sagte sie statt dessen. »Und wir sollten es auch nicht. Es wäre eine Einmischung. Ich möchte behaupten, daß es sogar quälend und zerstörerisch wäre. Und vielleicht langweilig. Wie lange würde man jemanden lieben, den man wie Glas durchschauen, dem man alles ansehen könnte? Man braucht immer ein Geheimnis, dem man nachspüren kann, warum sollte man sonst weitermachen?« Ihre Hand griff zärtlich nach Emilys. »Ich wollte nicht, daß Thomas alles weiß, was ich gedacht oder getan habe – einige meiner schwachen und selbstsüchtigen Momente. Ich möchte sie lieber allein bekämpfen und dann vergessen. Ich könnte es nicht, wen er davon wüßte. Ich würde mich ständig fragen, ob er sich daran erinnert. Es wäre für ihn nie mehr so einfach, mir zu vergeben, wenn er einige meiner Gedanken kennen würde.

Und es gibt manche Dinge, die man besser nicht weiß, denn wenn man sie wüßte, könnte man sie nie wieder aus den Gedanken verbannen.«

Emily sah auf, mit wütendem Gesicht. »Du meinst, ich habe mit Jack Radley geflirtet und ihn zu gewissen Erwartungen ermutigt!«

»Emily, ich höre diesen Namen das erste Mal!« Mit offenem Blick sah Charlotte sie an. »Du beschuldigst dich selbst, entweder weil Thomas etwas gesagt hat, oder weil du glaubst, daß er es tun wird oder weil ein Fünkchen Wahrheit darin liegt.«

»Du bist so abscheulich tugendhaft!« Plötzlich geriet Emily in Wut und riß ihre Hand zurück. »Du sitzt da, als hättest du in deinem ganzen Leben noch nicht geflirtet! Was ist mit General Ballantyne? Du hast ihn nur wegen deiner Nachforschungen belogen, und er hat dich angebetet! Du hast ihn benutzt! So habe ich niemals jemanden behandelt!«

Charlotte errötete bei dem Gedanken, aber jetzt war nicht der richtige Zeitpunkt für Schuldgefühle oder Erklärungen. Nicht, daß es eine Erklärung gegeben hätte. Die Anschuldigung stimmte. Emilys Zorn schmerzte, aber Charlotte konnte sie verstehen, selbst wenn ihre Gefühle den Wunsch wachriefen, ihr an den Kopf zu werfen, daß es unfair wäre und nichts mit dem jetzigen Problem zu tun hätte. Aber mächtiger noch als diese oberflächliche Wunde war der tiefe Schmerz, den sie mit Emily empfand, das Wissen um einen größeren Verlust, als sie ihn jemals erfahren hatte. Manchmal, wenn Pitt Verbrechen in die dunklen Gassen der Elendsquartiere gefolgt war, hatte sie um sein Leben gebangt, bis ihr kalt und übel wurde. Aber es war niemals zu einer Realität geworden, die nicht schließlich in der überwältigenden Wärme seiner Arme und in der Sicherheit endete, daß alles – bis zum nächsten Mal – bloße Einbildung blieb, ein Alptraum, der mit dem Morgen verging. Für Emily würde es kein sonniges Erwachen geben.

»Manche Menschen sind unglaublich eitel«, sagte sie laut heraus. »Könnte sich Mr. Radley vorgestellt haben, daß du ihm mehr als bloße Freundschaft entgegen bringst?«

»Nur wenn er ein kompletter Idiot ist«, sagte Emily nicht mehr ganz so scharf. Sie schien noch etwas anderes sagen zu wollen, dann fehlten ihr die Worte.

»Dann bleiben William und Sybilla oder jemand anderes aus der Familie, der einen Grund hat, den wir bisher nicht einmal ahnen.«

Emily seufzte. »Es ergibt keinen Sinn, oder? Es muß etwas sehr Wichtiges sein und etwas sehr Häßliches, von dem ich nichts weiß. Etwas, das ich mir nicht einmal vorstellen kann. Es stellt sich mir die Frage, wieviel von meinem netten, sicheren Leben nichts als Lüge war.«

Charlotte hatte bei ihrer Ankunft außer Großtante Vespasia niemanden getroffen, und auch die nur kurz. Sie wußte, man würde ihr das Ankleidezimmer geben, in dem George geschlafen hatte, teils, weil es direkt neben Emilys Zimmer lag, aber auch weil niemand die Absicht hatte, seine Räumlichkeiten für sie aufzugeben. Georges Leiche wurde in aller Stille in einem der alten Kindermädchenzimmer im Personalflügel aufgebart. Charlotte graute davor, im selben Bett zu schlafen, in dem George nur ein paar Stunden vorher gestorben war, aber es gab keine Alternative.

Ihre wenigen dunklen Kleider, die für eine Trauer im Sommer geeignet waren, hatte man bereits für sie ausgepackt. Sie errötete, als ihr einfiel, wie abgetragen sie waren, wie schlicht die Unterwäsche, an manchen Stellen sogar ausgebessert, die Mode des letzten Jahres überarbeitet, damit sie nicht ganz so unmodern wirkten. Sie besaß nur zwei Paar Stiefel, und keines davon war wirklich neu. Zu anderen Zeiten hätte ihre Verlegenheit sie wütend gemacht, und sie wäre eher fortgeblieben, als daß sie Emily Grund gegeben hätte, sich für sie zu schämen. Es war nicht der richtige Zeitpunkt für derart engstirnige Gefühle. Sie mußte sich ihrer Reisekleider entledigen, sich das Gesicht waschen, ihr Haar richten und sich zum Abendessen einfinden, das entsetzlich verbissen, wenn nicht feindselig werden würde. Aber irgend jemand in diesem Haus war des Mordes schuldig.

Auf dem Weg nach unten zum Dinner hatte sie gerade die

letzte Stufe hinter sich gelassen, war an der dunklen Holztäfelung und Reihen von blassen Ölgemälden verblichener Marches vorübergekommen, als sie einer alten Frau in Schwarz unmittelbar gegenüberstand, an deren Hals und Brust pechschwarze Gagatperlen im Gaslicht glänzten. Ihr grauweißes Haar hatte sie auf eine Weise zurückgekämmt, die seit zwanzig Jahren aus der Mode war. Die kalten, blauen Marmoraugen fixierten Charlotte ungeniert.

»Ich vermute, Sie sind Emilys Schwester?« Sie musterte sie kurz von oben bis unten. »Vespasia sagte, sie hätte nach Ihnen geschickt – wenn ich auch der Ansicht bin, sie hätte uns vielleicht erst darüber informieren und eine Meinung einholen können, bevor sie die Angelegenheit in die Hand nimmt! Aber möglicherweise ist es auch gut, daß Sie hier sind. Sie könnten uns von Nutzen sein. Ich weiß leider nicht, was ich mit Emily anfangen soll. Etwas Derartiges hat es in unserer Familie noch nie gegeben.« Sie betrachtete Charlottes Kleid und die Spitzen ihrer Stiefel, die unter dem Saum herauslugten.

»Wie heißen Sie?« fragte sie gebieterisch. »Ich fürchte, man hat mir Ihren Namen gesagt, aber ich habe ihn vergessen.«

»Charlotte Pitt«, antwortete Charlotte kalt, und die erhobenen Augenbrauen signalisierten die Gegenfrage, wer denn die Fragestellerin selbst sein mochte.

Die alte Dame starrte sie gereizt an. »Ich bin Mrs. March. Ich vermute, Sie werden«, sie zögerte beinah unmerklich und warf einen erneuten Blick auf Charlottes Stiefel, »beim Abendessen zugegen sein?«

Charlotte schluckte die Erwiderung, die ihr auf den Lippen lag, herunter, denn dies war kaum der richtige Zeitpunkt für eine Unbeherrschtheit. Sie zwang sich zu einer weit unterwürfigeren Miene als ihrer wahren Empfindung entsprach, und nahm es, als wäre es eine Einladung gewesen. »Danke.«

»Nun, Sie sind zu früh!« fauchte die alte Dame. »Haben Sie keinen Chronometer?«

Charlotte spürte, wie ihre Wangen brannten. Sie verstand voll und ganz, warum so viele Mädchen jeden heirateten, der sie haben wollte, um nur ihr Zuhause hinter sich zu lassen und für immer das Schreckgespenst zu verbannen, den Rest ihres Lebens nach der Pfeife einer herrischen Mutter tanzen zu müssen. Es mußte Millionen liebloser Ehen geben, die aus solchen Gründen geschlossen wurden. Gebe Gott, daß sie nicht statt dessen eine ebensolche Schwiegermutter bekamen!

Sie schluckte trocken. »Ich dachte, ich hätte vielleicht vorher Gelegenheit, die Familie kennenzulernen«, erwiderte sie leise. »Es sind für mich alles Fremde.«

»Allerdings!« stimmte die alte Dame bedeutungsvoll zu. »Ich ziehe mich in mein Boudoir zurück. Ich schätze, im Salon dürften Sie jemanden finden.« Und damit ging sie. Charlotte betrat das Eßzimmer, das bereits für das Abendessen gedeckt, bisher jedoch leer war, und ging durch die Doppeltüren in den kühlen, grünen Salon dahinter.

In der Mitte des Raumes stand ein Mädchen von ungefähr neunzehn Jahren, sehr dünn unter ihrem Musselinkleid, das leuchtend rote Haar unordentlich hochgesteckt, der breite, feine Mund sehr ernst. Sie lächelte, als sie Charlotte entdeckt hatte.

»Sie müssen Emilys Schwester sein«, sagte sie sofort. »Ich bin so froh, daß Sie gekommen sind.« Sie sah zu Boden. »Weil ich nicht weiß, was ich tun soll – oder was ich sagen soll...«

Ich auch nicht, dachte Charlotte. Alles klingt banal und unehrlich. Aber das war keine Entschuldigung. Selbst unbeholfener Beistand war besser, als die Trauer zu ignorieren, als wäre sie eine Krankheit und man fürchtete, sich anzustecken.

»Ich bin Anastasia March«, fuhr das Mädchen fort. »Aber, bitte nennen Sie mich Tassie.«

»Ich bin Charlotte Pitt.«

»Ja, ich weiß. Großmama sagte, daß Sie kommen würden.« Sie verzog das Gesicht. Charlotte hatte Großmamas Meinung dazu bereits gehört.

Weitere Konversation wurde dadurch verhindert, daß die Türen sich erneut öffneten und William und Sybilla March hereinkamen. Sie zuerst, in schillerndes Schwarz gekleidet,

Spitzen um den weichen, weißen Hals, er einen Schritt dahinter. Charlotte verstand augenblicklich, warum George von ihr fasziniert gewesen war. Selbst schweigend, besaß sie eine Ausstrahlung, die Emily abging, einen Hauch von Geheimnis und Intensität, der viele Männer faszinieren würde. Sie mußte gar nichts tun. Es lag in ihrem Gesicht, in den dunklen, großen Augen, im Schwung ihres Mundes, in ihrer üppigen Figur. Charlotte konnte sich sehr gut vorstellen, wie schwer Emily hatte arbeiten, wie unaufhörlich sie ihren Charme hatte spielen lassen müssen, wie streng ihre Selbstbeherrschung gewesen sein mußte, um Georges Aufmerksamkeit zurückzugewinnen. Kein Wunder, daß sich Jack Radley davon angezogen gefühlt hatte! Aber wie sorglos war Emily gewesen, in Gedanken ganz bei George? Konnte sie weit mehr versprochen haben, als es ihre Absicht gewesen war und konnte sie zu beschäftigt gewesen sein, um zu bemerken, wie ernst er ihre Avancen genommen hatte?

Und William March, der etwas selbstgefällige Ehemann: seine Miene war alles andere als teilnahmslos. Seine Gesichtszüge waren feinfühlig, asketisch, schmale Nase, feingeschnittener Mund. Trotzdem strahlte er Leidenschaft aus,

Ihr Nachsinnen wurde von Eustace March unterbrochen, als er, tadellos gekleidet, eintrat, die runden Augen huschten von einen zum anderen, er sah, wer fehlte, beruhigte sich, daß alles so war, wie er es wünschte. Sein Blick blieb an Charlotte hängen. Er schien sich schon entschieden zu haben, wie er sie behandeln wollte, und sein Lächeln war ölig und anmaßend.

»Ich bin Eustace March. Was für ein Glück, daß Sie kommen konnten, meine liebe Mrs. Pitt. Sehr passend. Die arme Emily braucht jemanden, der sie kennt. Wir werden selbstverständlich unser Bestes tun, aber wir können ihr nicht ihre Familie ersetzen. Höchst opportun, daß Sie da sind.« Seine Augen sahen zu Sybilla hinüber und zeigten ein leichtes, zufriedenes Lächeln. »Höchst opportun«, wiederholte er.

Die Tür öffnete sich ein weiteres Mal, und der einzige nicht zur Familie gehörige Gast kam herein, der Mann, der Charlotte die meisten Sorgen bereitete: Jack Radley. Sobald sie ihn anmutig im Bogen des Türrahmens stehen sah, verstand sie mehr von dem Problem als vorher und spürte, wie die Kälte in ihrem Inneren zunahm. Es war nicht allein die Tatsache, daß er gut aussah, wenn auch seine Augen ganz unglaublich sein mochten, sondern daß er seine Eleganz und Vitalität ausstrahlte, die einfach die Aufmerksamkeit einer Frau auf sich ziehen mußte. Zweifellos war er sich dessen vollauf bewußt. Sein Charme war sein wichtigstes Kapital, und er war intelligent genug, den bestmöglichen Gebrauch davon zu machen. Als sich ihre Blicke über den grünen Teppich hinweg trafen, konnte sie nur allzu gut verstehen, warum Emily ihn als Hintergrund benutzt hatte, vor dem sie Georges Aufmerksamkeit zurückgewinnen konnte. Ein Flirt mit diesem Mann konnte ungeheuer viel Spaß machen und wäre nur zu glaubhaft. Nur konnte er süchtiger machen, als sie es vorausgesehen hatte und war wesentlich schwieriger zu beenden, als zu beginnen. Vielleicht konnte George nach der berauschenden Erregung einer verbotenen Romanze, der Heiterkeit einer herrlich gespielten Posse möglicherweise ein nicht mehr so erstrebenswerter Preis sein. Mochte Emily, wenn auch unterbewußt, bereit gewesen sein, diese Affäre fortzusetzen? Und hatte Jack Radley schließlich darin seine Chance auf eine Frau gesehen, die hübscher und viel, viel reicher war als Tassie March?

Es war ein häßlicher Gedanke, aber da er schon in ihrem Kopf war, blieb er unauslöschlich, wenn ihn keine andere Lösung vertreiben konnte, um selbst den leisesten Verdacht zu zerstreuen.

Sie betrachtete Eustace, wie er im Raum stand, die Füße ein Stück weit auseinander, kraftstrotzend und zufrieden, die Hände hinter dem Rücken verschränkt. Etwaige Nervosität, die er verspüren mochte, hatte er unter Kontrolle. Er mußte sich selbst davon überzeugt haben, daß er die Aufsicht wieder übernommen hatte. Er war der Patriarch, der seine Familie durch eine Krise führte. Alle blickten auf ihn, und er würde sich der Lage gewachsen zeigen. Frauen würden sich von ihm stützen lassen und sich in seine Hände begeben.

Männer würden ihn bewundern, ihn beneiden. Schließlich war der Tod Teil des Lebens. Man mußte ihm mit Courage und allem Anstand begegnen. Und er hatte George nicht übermäßig gemocht.

Dann sah sie zu Tassie, die ihrem Vater so unähnlich wie nur möglich war: sie entsetzlich dürr und er dagegen dick, grobknochig, sie lebhaft und impulsiv, er von Natur aus ungerührt, gesetzt und seiner sicher.

Wollte er wirklich Tassie mit Jack Radley verheiraten, um mit Hilfe der Radleyschen Familienbande durch einen Titel allerhöchstes Ansehen zu erlangen, wie Emily es in ihren Briefen angedeutet hatte? Wenn man ihn so betrachtete, schien es überaus glaubhaft. Obwohl es wiederum nichts weiter als der Wunsch eines jeden Vaters sein konnte, seine Tochter aus dem heimischen Gefängnis entkommen zu sehen, damit sie einen anderen Mann fand, der ihr einen eigenen Haushalt sicherte, wenn er es selbst einmal nicht mehr konnte, außerdem den gesellschaftlichen Status einer Ehefrau, dazu den Lebenszweck und sicheren Hafen, den sich jede Frau erhoffte: eine Familie.

War es das, was Tassie wollte?

Charlotte ließ ihre Gedanken in eine Zeit zurückschweifen, in der sie mit anderen jungen Frauen ihres Alters auf Gesellschaften, Bälle und Soirées geführt worden war, in der verzweifelten Hoffnung, den richtigen Ehemann zu erwischen. Wenn man aus hinreichend vornehmen Hause kam, um zu ›debütieren‹, war es eine Katastrophe, die Saison ohne eine Verlobung abzuschließen, behaftet mit dem Stigma eines gesellschaftlichen Fehlschlages. Niemand heiratete, wenn die Absprache nicht schicklich war, der vorgeschlagene Kandidat der Familie akzeptabel erschien. Sehr selten nur kannte man die Person, meist auf äußerst oberflächliche Weise. Es war unmöglich, gewisse Zeit allein miteinander zu verbringen oder über etwas anderes als Nichtigkeiten zu sprechen. Und war eine Verlobung erst bekanntgegeben, wurde sie nur selten gelöst und auch nur unter Schwierigkeiten und mit späteren Mutmaßungen über die erlittene Schmach.

Aber vielleicht war alles besser als ein Leben in dauernder

Knechtschaft, erst unter der alten Mrs. March und dann unter Eustace. Er wirkte robust genug, weitere dreißig Jahre zu überleben.

Man war einander inzwischen vorgestellt worden, und sie hatte es kaum wahrgenommen. Jetzt lamentierte Eustace über seine Gefühle, schaukelte leicht vor und zurück und legte seine kräftigen, quadratischen und makellos manikürten Hände zusammen.

»Wir entbieten Ihnen unser Beileid, meine liebe Mrs. Pitt. Es erfüllt mich mit Trauer, daß wir nichts tun können, um Ihnen Trost zu spenden.« Er gab eine Tatsachenerklärung ab, distanzierte sich und seine Familie von der Angelegenheit. Er hatte nicht die Absicht, weiter darin verstrickt zu werden, und er sorgte dafür, daß Charlotte dies verstand.

Aber Charlotte war hier, um Nachforschungen anzustellen, und sie hatte absolut keine Bedenken. Wenn dies alles vorüber war, mochte sie tiefes Mitgefühl empfinden, vielleicht sogar für Eustace, aber sie konnte sich jetzt kein Zartgefühl leisten, solange Emily am Rande einer solchen Gefahr stand. Für einen Mord hängte man Frauen ebenso schnell wie Männer, und dieser Gedanke vertrieb alle anderen aus ihrem Kopf.

Sie schenkte Eustace ein liebreizendes Lächeln. »Ich bin sicher, Sie unterschätzen sich, Mr. March. Nach Emilys Briefen zu urteilen halte ich Sie für einen Mann von ganz enormen Fähigkeiten, der in einer Krise seine natürliche Führungsposition einnimmt. Genau der Mann, dem sich jede Frau zuwenden würde, wenn die Situation sie übermannt.« Sie sah, wie ihm das Blut in den Kopf stieg und er bis zu den Augen puterrot wurde. Sie beschrieb ihn ganz genau so, wie er gesehen werden wollte, zu jedem anderen Zeitpunkt, nur nicht jetzt! »Und natürlich steht Ihre Loyalität zu Ihrer Familie für jeden außer Frage«, endete sie.

Eustace sog bebend Luft ein und ließ sie mit einem Zischen wieder heraus.

Tassie starrte sie entgeistert an, verstand die Ironie nicht, und Sybilla schneuzte wiederholt in ein Spitzentaschentuch.

»Guten Abend, Charlotte«, sagte Tante Vespasia von der

Tür her, wobei ihre Augen für einen kurzen Moment etwas von ihrem alten Feuer zeigten. »Ich hatte keine Ahnung, daß Emily so nett von Eustace geschrieben hat. Wie reizend.«

Eine hastige Bewegung ließ Charlotte herumfahren, und sie entdeckte einen finsteren, haßerfüllten Blick in Williams Augen, der so schnell wieder verschwand, daß sie fast glaubte, er wäre ein Trugbild gewesen. Tassie kam ihm einen Schritt weit näher, als wollte sie mit den Fingern einen Arm berühren, änderte aber ihre Absicht.

»Loyalität zur Familie ist eine wunderbare Sache«, bemerkte Sybilla mit einer Miene, die alles bedeuten konnte, nur nicht das, was sie sagte. »Ich nehme an, eine solche Tragödie wird uns zeigen, wer unsere wahren Freunde sind.«

»Ich bin mir sicher«, stimmte Charlotte zu, ohne dabei jemanden anzusehen, »daß wir Abgründe in den anderen entdecken, die wir uns niemals hätten träumen lassen.«

Eustace schien beinah ersticken zu müssen, Jack Radleys stand wie versteinert, und die alte Mrs. March riß so heftig die Tür auf, daß diese gegen die Wand prallte und die Tapete beschädigte.

Das Abendessen war grauenhaft, wurde meist schweigend verbracht, da Mrs. March beliebte, jedes Gespräch im Keim zu ersticken, indem sie jeden, der sprach, mit eisigem Blick fixierte. Später erklärte sie, es sei angesichts der Ereignisse des Tages geboten, daß sich jeder früh zurückziehe. Sie warf erst Eustace und dann Jack Radley einen bösen Blick zu, damit ihnen nicht entging, wie sie es gemeint hatte. Dann erhob sie sich und wies die Damen an, ihr zu folgen. Gehorsam marschierten sie hinterher und saßen eine unerträgliche Stunde in dem rosafarbenen Boudoir, bevor sie sich entschuldigten und nach oben gingen.

Emily war auf ihr Zimmer gegangen. Charlotte, die erhitzt und durcheinander auf Georges Bett im Ankleidezimmer lag, war sich ihrer Nähe sehr wohl bewußt und fragte sich, ob sie aufstehen und zu ihr gehen sollte, oder ob dies einer jener Momente war, in denen Emily allein sein mußte, um ihre Trauer zu bewältigen.

Als Charlotte endlich aufwachte, war es schon etwas spät, die Luft war schwer und feucht und das Zimmer von fahlen, weißem Licht erfüllt. Ein Dienstmädchen stand mit einem Tablett in der Tür. Eine Flut gräßlicher Erinnerungen überschwemmte Charlotte. Einen Moment lang hielt sie es für unerträglich, in dem Bett zu sitzen und Tee zu trinken, in dem George ermordet worden war. Sie öffnete ihren Mund, um etwas dagegen einzuwenden, dann sah sie, daß es die kleine, empfindsame Gestalt von Digby war, und ihr Protest erstarb.

»Guten Morgen, Ma'am.« Digby stellte das Tablett ab und zog die Vorhänge auf. »Ich werde Ihnen ein Bad einlassen. Das wird Ihnen guttun.« Ihr Ton gestattete keinen Widerspruch. Es war offensichtlich eine Anordnung, die wahrscheinlich von Großtante Vespasia kam.

Charlotte setzte sich auf und blinzelte. Ihre Augen juckten, ihr Kopf schmerzte, und sie sehnte sich nach einem frischen, heißen Tee. »Haben Sie Lady Ashworth heute morgen schon gesehen?« fragte sie.

»Nein, Ma'am. Die Mistreß hat ihr gestern abend etwas Laudanum gegeben und gesagt, daß ich sie bis mindestens zehn Uhr schlafen lassen und ihr dann das Frühstück bringen soll. Sie werden Ihres sicher unten mit der Familie einnehmen wollen.« Wiederum war es keine Frage. Tatsächlich war es das letzte, wonach Charlotte zumute war, aber es war sicher ihre Pflicht. Und sie erwies Emily bestimmt keinen Dienst damit, im Bett herumzuliegen.

Das Frühstück war eine weitere beinah schweigend eingenommene Mahlzeit in einem entsetzlich kalten Zimmer, da Eustace ihnen zuvorgekommen war und sämtliche Fenster aufgerissen hatte. Niemand wagte, sie zu schließen, solange er anwesend war und sich mit unablässigem Appetit durch Porridge, Schinken, Kedgeree, Muffins und Toast mit Marmelade hindurchpflügte.

Danach entschuldigte sich Charlotte und ging ins Morgen-

zimmer, wo sie für Emily Briefe schrieb und einige entfern-
tere Familienmitglieder über Georges Tod informierte. Das
würde Emily zumindest einiges Leid ersparen.

Gegen elf hatte sie alles fertig, was ihr einfallen wollte, also
beschloß sie, mit ihren Nachforschungen anzufangen.

Sie hatte die Absicht gehabt, mit William zu sprechen, um
zu sehen, ob sie einen klareren Eindruck von ihm bekommen
und herausfinden konnte, was diese ungewöhnliche Miene
bedeutet haben mochte, die sie am Abend zuvor beobachtet
hatte. Vom Stubenmädchen erfuhr sie, daß er sich wahrscheinlich in seinem Atelier am hinteren Ende des Wintergartens befände und daß sich die Polizei wieder im Haus einge-
funden hätte, nicht der Inspector, der am Tag zuvor da gewesen wäre, sondern der Constable. Die ganze Küche sei schon
von seinem Aushorchen und dem Herumschnüffeln in Dingen, die ihn nichts angingen, aufgebracht. Die Köchin war
außer sich und das Küchenmädchen in Tränen aufgelöst. Die
Augen des Stiefelknechts traten hervor wie Orgelregister, die
Wirtschafterin war in ihrem ganzen Leben noch nicht so
beleidigt worden, und die Haushaltshilfe hatte ihre Kündi-
gung eingereicht.

Allerdings kam sie nicht bis zum Atelier, denn gleich am
Eingang zum Wintergarten traf sie auf Sybilla, die schweigend und regungslos auf einen Kamelienbusch starrte. Charlotte nahm allen Mut zusammen und nutzte diese Gelegenheit.

»Man könnte fast glauben, man wäre gar nicht in England«, bemerkte sie freundlich.

Sybilla wurde aus ihrer Träumerei gerissen und mühte
sich, eine höfliche Erwiderung auf einen derart banalen Hinweis zu finden. »Wie wahr.«

In einigen Schritten Entfernung blühten Lilien. Sie erinner-
ten Charlotte an blutleere Gesichter. Sie wußte nicht, wie
lange sie hier allein sein würden. Sie mußte die Zeit nutzen,
und sie nahm an, daß Sybilla zu intelligent wär, als daß ein
versteckter Annäherungsversuch bei ihr fruchten konnte.
Aber eine Überraschung vielleicht.

»Hat George Sie geliebt?« fragte sie unverblümt.

131

Sybilla stand so lange wie erstarrt da, daß Charlotte hören konnte, wie das Kondenswasser von den obersten Blättern unter dem Dach auf die unteren tropfte. Die Tatsache, daß sie es nicht augenblicklich abstritt, war an sich schon wichtig. Erörterte sie die Wahrheit selbst oder nur die sicherste Antwort? Inzwischen mußten alle wissen, daß es Mord gewesen war und daher auf die Frage vorbereitet sein.

»Ich weiß es nicht«, sagte sie schließlich. »Ich bin versucht zu sagen, daß es eine Privatangelegenheit ist, Mrs. Pitt, und keineswegs Ihre Sache. Aber ich nehme an, da es sich bei Emily um Ihre Schwester handelt, können Sie nicht umhin, sich Sorgen zu machen.« Sie fuhr herum und sah Charlotte ins Gesicht, die Augen groß, das Lächeln verletzlich und seltsam verbittert. »Ich kann nicht für ihn antworten, und ich bin sicher, Sie werden nicht von mir erwarten, daß ich alles wiederhole, was er zu mir gesagt hat. Emily war eifersüchtig, das steht außer Zweifel. Aber sie hat sich großartig gehalten.«

Mit einem Blick war sich Charlotte der heftigen Gefühle in Sybillas Innerem bewußt, der Fähigkeit zu Leidenschaft und Schmerz. Sie konnte sie unmöglich so verachten, wie sie es beabsichtigt hatte.

»Es tut mir leid, daß ich gefragt habe«, sagte sie spröde. »Ich weiß, es klingt taktlos.«

»Ja«, stimmte Sybilla ihr trocken zu, »aber Sie müssen es mir nicht erklären.« Sybillas Gesicht zeigte keinen Zorn, nur eine Angespanntheit, ein Ausdruck der Ironie als auch des Unglücks.

Charlotte war wütend auf sich selbst und gefangen in ihrer Verlegenheit. Diese Frau hatte Emily den Mann genommen, absichtlich oder nicht, vor den Augen des ganzen Hauses, und vielleicht hatte sie seinen Tod sogar direkt hervorgerufen. Sie wollte sie mit Haß strafen. Aber sie konnte sich Sybillas Gefühle auch bei sich selbst vorstellen, und sie war nicht mehr in der Lage, ihre Wut auf jemanden aufrechtzuerhalten, sobald sie in ihm die Fähigkeit zu einem Schmerzempfinden erkannte. Es zerstörte ihr Urteil und brachte sie zum Schweigen.

»Danke.« Dieses Wort kam plump heraus. Es war absolut

nicht, was sie sich von diesem Gespräch erhofft hatte. Aber sie mußte versuchen, etwas daraus mitzunehmen. »Kennen Sie Mr. Radley gut?«

»Nicht besonders«, erwiderte Sybilla mit einem leisen Lächeln. »Schwiegerpapa möchte, daß er die arme Tassie heiratet, und er ist hier, damit man diskret zu einer Einigung kommt. Obwohl nicht viel Diskretes an Jack ist, geschweige denn jemals war, nehme ich an.«

»Liebt Tassie ihn?« Sie verspürte ein stechendes Schamgefühl für Emily. Wenn sie es gewesen wäre und eine Heirat eingefädelt werden sollte, während Jack Radley sie öffentlich erniedrigte, indem er seine Schwäche für Emily preisgab, mußte sie sehr gelitten haben. Hätte die Möglichkeit einer Verwechslung bestanden, wäre Charlotte davon ausgegangen, daß das Gift für Emily gedacht war.

Sybilla lächelte kaum merklich. Sie streckte ihre Hand aus und berührte die Kamelienblätter. »Ich schätze, jetzt werden sie wohl braun werden«, bemerkte sie. »Sie tun es, wenn man sie berührt. Nein, sie liebt ihn tatsächlich nicht. Ich glaube kaum, daß sie ihn überhaupt heiraten wollte. Sie ist wohl eine kleine Romantikerin.«

Mit diesem einen Satz verriet sie so einige Dinge: eine Welt der Reue und der Verachtung mädchenhafter Unschuld, eine Zuneigung zu Tassie und das Bewußtsein, daß Charlotte aus einer niedrigeren sozialen Klasse als sie selbst stammen mußte, um eine solche Frage überhaupt zu stellen. Leute wie die Marches heirateten aus Familiengründen, um weiteren Reichtum anzuhäufen, um Wirtschaftsimperien abzusichern oder sich mit Konkurrenten zu verbinden, vor allem aber um kräftige Söhne großzuziehen, damit der Name bestehen blieb, niemals jedoch aus emotionalen Neigungen wie der Liebe. Sie verging zu schnell und ließ zuwenig übrig. Was bedeutete es überhaupt, sich zu verlieben? Die Rundung einer Wange, der Schwung einer Augenbraue, die Illusion der Anmut oder Schmeicheleien, ein Augenblick der Zweisamkeit.

Aber es fiel schwer, sich ohne Liebe auf eine derart vertraute und andauernde Bindung einzulassen, selbst wenn sie oft genug pure Illusion war. Nur eben manchmal war sie real! Die meiste Zeit über betrachtete Charlotte ihren Mann mit großer Selbstverständlichkeit wie einen guten Freund, aber es gab auch viele Momente, in denen ihr das Herz bis zum Halse schlug und sie ihn selbst in einer überfüllten Straße unter Hunderten von Menschen an seiner Art zu stehen erkannte oder mit einiger Aufregung seiner Schritte gewahr wurde.

»Und Mr. Radley, nehme ich an, ist ein Realist?« sagte sie laut heraus.

»Oh, ich glaube schon«, stimmte Sybilla ihr zu, drehte sich zu Charlotte um und biß sich auf die Lippe. »Ich glaube kaum, daß ihm die Umstände eine Wahl lassen.«

Charlotte öffnete den Mund, um zu fragen, ob er nicht dennoch von Emily besessen gewesen sein mochte, dann merkte sie, daß diese Frage alles andere als hilfreich wäre. Tassie March würde möglicherweise von beiden Großeltern eine angemessene Summe erben, aber die würde neben dem Vermögen der Ashworths verblassen, das jetzt Emily ganz allein gehörte. Wozu ein Motiv in der Liebe suchen, wenn das des Geldes so nah lag?

Sie standen in der Tür zum Wintergarten, und es gab nichts mehr zu sagen. Charlotte entschuldigte sich und flüchtete hinein. Sie hatte nichts in Erfahrung gebracht, was sie nicht schon vermutet hätte, abgesehen davon, daß sie sich in Sybilla March hineinversetzen konnte, was ihre vagen Theorien wieder durcheinanderwarf.

Das Mittagessen brachte nichts als Platitüden. Danach saß Charlotte eine Stunde bei Emily, immer nahe daran, sie zu Antworten zu drängen und es sich dann, wenn sie ihr weißes Gesicht sah, anders zu überlegen. Statt dessen machte sie sich auf die Suche nach William March, der noch immer im Wintergarten malte. Sie wußte ganz genau, daß sie ihn störte und daß es ihm mißfallen würde, aber sie hatte keine Zeit, Rücksicht auf derlei Empfindlichkeiten zu nehmen.

Sie fand ihn in dem Atelier, das man ihm hinter den Lilien und Kletterpflanzen freigeräumt hatte. Er stand mit der steifen Anmut eines Mannes dort, der seinen ganzen Körper gebrauchte und nicht ahnte, daß man ihn beobachtete. Er hatte keinerlei Pose an sich: Seine Ellbogen ragten hervor, sein Kopf lag zu einer Seite, und seine Füße standen weit auseinander. Dennoch hielt er perfekt das Gleichgewicht. Das oberste Fenster war geöffnet, und man hörte das Wispern des Windes in den Blättern wie Wasser auf den Kieseln eines Strandes. Er hörte Charlotte nicht kommen. Sie stand fast schon neben ihm, als sie ihn ansprach. Für gewöhnlich hätte sie bei dem Wunsch, mit ihm zu sprechen, eine Verlegenheit gespürt, die ihr die Kälte in den Bauch getrieben hätte, aber nachdem sie mit Sybilla gesprochen hatte, war ihr die Gefahr, in der sich Emily befand, nur um so bewußter. Für jeden unvoreingenommenen Betrachter mußte sie schuldig sein. Mann hatte nur ihr Wort für den Streit zwischen George und Sybilla, wohingegen jeder Georges Affäre und die Tatsache wahrgenommen hatte, daß Emily die Aufmerksamkeit Jack Radleys genoß. Falls es einen Grund gab, warum sonst irgend jemand aus der Familie darin verwickelt sein sollte, so hatte sie dies noch nicht herausgefunden.

»Gute Tag, Mr. March«, sagte sie mit gezwungener Heiterkeit. Sie fühlte sich wie eine Närrin.

Er erschrak, und der Pinsel zuckte in seiner Hand, aber sie hatte sich einen Augenblick ausgesucht, in dem er weit genug von der Leinwand entfernt stand. Er wandte sich um und sah sie mit kaltem Blick an. Seine Augen waren überraschend dunkelgrau und lagen tief unter den roten Brauen.

»Guten Tag, Mrs. Pitt. Haben Sie sich verlaufen?« Das war unmißverständlich, beinah unverschämt. Er haßte es, gestört zu werden, und mehr noch eine Situation, in der er gezwungen war, ein nutzloses Gespräch mit einer Frau zu führen, die er nicht kannte.

Sie verlor alle Hoffnung darauf, ihn tauschen zu können. »Nein, ich bin absichtlich gekommen, weil ich mit Ihnen sprechen möchte. Ich bin mir darüber im klaren, daß ich Sie bei Ihrer Arbeit störe.«

Er war überrascht. Er hatte irgend eine alberne Ausflucht erwartet. Noch immer hielt er den Pinsel in die Höhe, und

135

sein Gesicht wirkte gespannt vor Konzentration. »Tatsächlich?«

Sie blickte an ihm vorüber auf das Bild. Es war weit hintergründiger, als sie erwartet hatte. Ein Schauer lag in den Blättern, eher ein Eindruck als ein Umriß, und jenseits des gleißenden Sonnenlichts fand sich Eis, Wind, der in die Haut schnitt, eine Ahnung von Verlassenheit und Schmerz. Es war ebenso das Ende des Winters mit plötzlichem, tödlichem Frost wie auch ein Bote des Frühlings, und sie spürte es sowohl im Denken als auch in dem, was sie sah.

»Es ist sehr gut«, sagte sie ehrlich. Sie fand es viel zu gut für jemanden, der auf eine bloße Repräsentation seiner Besitztümer bedacht und der Gabe des Künstlers gegenüber blind war, selbst wenn er sie wie eine Flamme leuchten ließ. »Sie sollten es ausstellen, bevor Sie es weggeben. Es zeigt die Grausamkeit der Natur ebenso wie ihre Schönheit.«

Er zuckte zusammen, als hätte sie ihn verletzt. »Das hat Emily auch gesagt.« Seine Stimme war leise. Es war eher eine Bemerkung, die ihm selbst galt, nicht ihr. »Arme Emily.«

»Haben Sie George gut gekannt?« Sie stürzte sich mitten hinein, beobachtete seine Augen und den seltsamen, feingeschnittenen Mund. Aber sie entdeckte keine Veränderung, nur Trauer, kein Ausweichen.

»Nein«, sagte er leise. »Er war mein Cousin, daher habe ich ihn von Zeit zu Zeit getroffen, aber ich kann nicht sagen, daß ich ihn gekannt hätte.« Er lächelte ein wenig. »Wir hatten wenig gemeinsame Interessen, was aber nicht heißen soll, daß ich ihn nicht gemocht hätte. Im Gegenteil, ich habe ihn als äußerst angenehm empfunden. Er war fast immer freundlich und harmlos.«

»Emily glaubte, er hätte sich in Mrs. March verliebt.« Sie war freimütiger, als sie es bei einem anderen gewesen wäre, aber er wirkte zu intelligent, zu scharfsinnig, um sie mißzuverstehen.

Er starrte auf das Bild. »Verliebt? Ich schätze, der Ausdruck ist so richtig wie jeder andere. Es deckt so ziemlich alles ab, was man sagen will. Es war ein Abenteuer, aufregend und anders. Sybilla ist niemals langweilig. Sie hat viel Unergründliches in sich.« Er begann, die Farbe von einem Pinsel zu entfernen, sah Charlotte nicht an. »Aber er hätte sie vergessen, wenn er abgefahren wäre. Emily ist eine kluge Frau. Sie konnte warten. George hat sich kindisch aufgeführt, das war alles.«

Charlotte hatte George sieben Jahre gekannt. Was William March sagte, stimmte vollkommen, und er hatte es ebenso klar erkannt wie sie.

»Aber irgend jemand hat ihn ermordet«, beharrte sie.

Seine Hand erstarrte in der Bewegung. »Ja, ich weiß. Aber ich glaube nicht, daß Emily es war, und mit Sicherheit war es nicht Sybilla.« Er zögerte, betrachtete noch immer die ausgebreiteten Borsten des Pinsels. »Ich würde Jack Radley verdächtigen, wenn ich an Ihrer Stelle wäre. Emily ist jetzt eine junge und adlige Witwe mit erheblichem Vermögen und dazu eine höchst attraktive Frau. Sie hat ihm schon ihre Gunst erwiesen, und er könnte eitel genug sein, zu glauben, ihre Zuneigung könnte weiter wachsen.«

»Das wäre abscheulich!«

Er blickte auf, mit leuchtenden Augen. »Ja. Aber Abscheulichkeit ist eine Realität. Es scheint, als könnte uns nichts noch so Entsetzliches einfallen, was nicht irgendwo schon jemand erdacht hätte. Und getan hätte.« Sein Mund zuckte, und nur mit Mühe behielt er ihn unter Kontrolle. »Es tut mir leid, Mrs. Pitt. Ich bitte um Entschuldigung. Ich hatte nicht die Absicht, Ihnen zu nahezutreten.«

»Das haben Sie nicht, Mr. March. Wie Ihnen sicher nicht entgangen sein dürfte, ist mein Mann Polizist.«

Er fuhr herum, ließ den Pinsel fallen und starrte sie an, als wollte ein Teil von ihm über diesen Streich gegenüber der vornehmen Gesellschaft lachen. »Sie müssen großen Mut besitzen. War Ihre Familie entsetzt über die Heirat?«

Sie war viel zu sehr verliebt gewesen, um auf die Gefühle anderer besonders zu achten, aber es schien ihr auf seltsame Weise gefühllos, es diesem Mann gegenüber zu äußern, dessen Frau so vollkommen und in aller Öffentlichkeit auf George eingegangen war. Statt dessen erzählte sie ihm die einfachste Lüge.

»Sie waren so erfreut darüber, daß Emily Lord Ashworth geheiratet hat, daß sie mich ganz gut toleriert haben.«

Aber die Erwähnung von George und Emily brachte den schmerzlichen Verlust ihrer Schwester zurück. »Es tut mir so leid«, sagte er leise und wandte sich wieder seinem Bild zu.

Sie war entlassen, und diesmal akzeptierte sie es. Sie ging langsam durch den Dschungel der Gewächse zu ihrem Zimmer zurück.

Am Nachmittag bekamen sie Besuch von dem rotgesichtigen Hilfspfarrer. Er gab eine verlegene und reichlich zusammenhangslose Entschuldigung für den Vikar ab, der sich nicht in der Lage sah, persönlich zu erscheinen, offenbar aufgrund eines Notfalles, dessen Hintergrund im unklaren blieb.

»Ach wirklich?« sagte Vespasia mit unverhohlener Skepsis. »Wie bedauerlich.«

Der Hilfspfarrer war ein großer, junger Mann, der offensichtlich aus den Westhighlands stammte. Jugendlich schroff und mit einigem eigenen Urteilsvermögen ausgestattet, gab er sich keinerlei Mühe, die Ausrede zu beschönigen. Charlotte fühlte sich augenblicklich zu ihm hingezogen und war nicht überrascht zu beobachten, daß Tassie ihn ebenfalls annehmbar zu finden schien.

»Und wann können wir davon ausgehen, daß diese Krise vorüber sein mag?« erkundigte sich Mrs. March kalt.

»Wenn unser Ruf wieder hergestellt und dieses Haus nicht mehr Schauplatz eines Skandals ist«, sagte Tassie sofort und wurde rot, sobald die Worte heraus waren.

Der Hilfspfarrer holte tief Luft, biß sich auf die Lippen und errötete ebenfalls.

»Anastasia!« Mrs. Marchs Stimme überschlug sich. »Du wirst dich auf dein Zimmer zurückziehen, wenn du deine Zunge nicht hüten kannst. Ganz zu schweigen von Ungehörigkeiten. Ohne Zweifel hat Mr. Beamish seine Gründe, uns nicht seine Aufwartung zu machen, um uns persönlich Trost zu spenden.«

»Ich nehme an, Mr. Hare wird es ohnehin besser können«, murmelte Vespasia. »Ich finde den Vikar ganz besonders ermüdend.«

»Das tut nichts zur Sache!« herrschte Mrs. March sie an. »Es ist nicht die Aufgabe des Vikars, amüsant zu sein. Ich habe schon immer das Gefühl gehabt, daß du kein Gespür für die Religion besitzt, Vespasia. Du hast noch nie gewußt, wie man sich in einer Kirche verhält. Seitdem ich dich kenne, neigst du dazu, an den falschen Stellen zu lachen.«

»Weil ich einen Sinn für das Absurde habe, und du nicht«, erwiderte Vespasia. Sie wandte sich Mungo Hare zu, der auf der Kante eines harten Salonstuhls saß und sich Mühe gab, seine Miene zu beherrschen und die angemessene Mischung aus Pietät und Sorge an den Tag zu legen. »Mr. Hare«, fuhr sie fort, »bitte richten Sie Mr. Beamish aus, daß wir seine Gründe voll und ganz verstehen und daß wir sehr zufrieden sind, daß Sie seinen Platz einnehmen wollen.«

Tassie nieste, oder so hörte es sich zumindest an. Mrs. March machte ein schnalzendes Geräusch mit der Zunge, sichtlich verärgert darüber, daß Vespasia es verstanden hatte, den Vikar wirkungsvoller beleidigt zu haben, als sie selbst es geschafft hatte. Wie konnte es dieser erbärmliche, feige, kleine Mann wagen, den Marches seinen Hilfspfarrer zu schicken? Und Charlotte erinnerte sich lebhaft daran, warum sie Tante Vespasia vom ersten Tag an gemocht hatte.

Mungo Hare entledigte sich pflichtschuldig der Beileidsbezeigungen und des seelischen Beistandes, den man ihm aufgetragen hatte. Dann begleitete Tassie ihn nach oben, damit er dies alles noch einmal vor Emily wiederholen konnte, die es vorgezogen hatte, den Nachmittag allein zu verbringen.

Charlotte wollte später hinaufgehen und sehen, ob sie Emilys Erinnerungsvermögen bezüglich ihrer Beobachtungen auf die Sprünge helfen konnte, wie unbedeutend diese auch sein mochten, wenn sie nur eine Schwäche verrieten, eine Lüge, irgend etwas, dem man nachgehen konnte. Doch als sie die Halle durchquerte, trat Eustace aus dem Morgenzimmer, strich seine Jacke glatt, hustete laut und machte es ihr somit unmöglich, vorzugeben, sie hätte ihn nicht gesehen.

»Ah, Mrs. Pitt«, sagte er mit gekünstelter Überraschung, die runden, kleinen Augen weit aufgerissen. »Ich würde gern mit Ihnen sprechen. Vielleicht im Boudoir? Mrs. March zieht sich gerade zum Dinner um, und ich weiß, daß es im Augenblick leer steht.« Er war hinter ihr, die Arme ausgebreitet, beinah als wollte er sie wie ein Schafhirte in eine bestimmte Richtung treiben. Wollte sie nicht unerklärlich rüde sein, konnte sie es ihm nicht verweigern.

Für Charlotte war es das häßlichste Zimmer, das sie jemals gesehen hatte. Es barg den schlechtesten Geschmack der letzten fünfzig Jahre in sich, und alles, was es symbolisierte, erdrückte sie ebenso sehr wie das bloße Gewicht der Möbel, die schwüle Farbe und der Reichtum an Ornamenten und Draperien. Es schien eine Prüderie zum Ausdruck zu bringen, die gerade im Bewußtsein der Dinge, die es zu verbergen suchte, vulgär wirkte. Eine Überfülle, der die wahre Pracht fehlte. Es fiel ihr schwer, ihren Abscheu zu verhehlen.

Eustace riß nicht wie sonst die Fenster auf, und dieses eine Mal hätte sie es gern für ihn getan. Er schien zu beschäftigt mit der Last, die seine Gedanken einnahm.

»Mrs. Pitt. Ich hoffe, Sie fühlen sich hier so wohl wie möglich unter den tragischen Umständen.«

»Durchaus. Danke, Mr. March.« Sie war verblüfft. Er hatte sie sicher nicht in dieses Zimmer geführt, um ihr ganz privat eine derart nichtige Frage zu stellen.

»Gut, gut.« Er rieb seine Hände aneinander und sah sie immer noch an. »Sie kennen uns natürlich nicht besonders gut. Oder irgend jemanden wie uns. Nein, nein, wohl kaum. Wir müssen Ihnen fremd vorkommen. Ich sollte es Ihnen erklären, damit wir Ihrer Trauer für Ihre Schwester nicht noch Verwirrung hinzufügen. Wenn ich Ihnen irgendwie helfen kann, meine Liebe, egal wie...?«

Charlotte öffnete den Mund, um zu sagen, daß sie nicht

140

verwirrter war, als es jeder andere gewesen wäre, aber er sprach eilig weiter, erstickte ihren Protest.

»Sie müssen Lady Cumming-Goulds Überspanntheit entschuldigen. Sie war einmal eine wahre Schönheit, wissen Sie, und so ließ man ihr die Unverschämtheiten durchgehen. Ich fürchte, sie ist dem nie entwachsen. Tatsächlich glaube ich, es hat im Alter eher zugenommen. Ich weiß, daß meine liebe Mutter sie zeitweilig sehr nervenaufreibend findet.« Er rieb seine Hände, lächelte und beobachtete Charlottes Gesicht, um zu sehen, wie sie auf diese Information reagierte. »Aber wir alle müssen Nachsicht üben!« fuhr er hastig fort, ahnte ihre Mißbilligung. »Das gehört dazu, wenn man eine Familie bildet. So wichtig! Eckpfeiler des Landes. Loyalität, Kontinuität, von einer Generation zur nächsten. Das ist es, was die Zivilisation ausmacht. Unterscheidet uns von den Wilden, was?«

Charlotte öffnete den Mund, um dagegenzuhalten, daß ihrer Ansicht nach die Wilden einen ausgezeichneten dynastischen Sinn besäßen und überaus konservativ wären, was genau der Grund war, warum sie Wilde blieben anstatt Neues zu erfinden und zu entdecken. Aber wieder fuhr Eustace achtlos fort, bevor sie ansetzen konnte.

»Und natürlich muß Ihnen die arme Sybilla grausam und unerzogen vorkommen, da Sie natürlich auf Emilys Seite stehen. Aber Sie wissen, daß weit mehr dahinter steckt. Oh ja, meine Liebe. Ich fürchte, es war George, der ihr nachstellte, wissen Sie, ziemlich eindeutig George. Und die gute Sybilla ist so sehr an Bewunderung gewöhnt, daß sie es versäumt hat, ihn angemessen zu entmutigen. Das war natürlich ein Fehler ihrerseits. Ich fühle mich verpflichtet, es ihr zu sagen. Und George hätte weit diskreter sein sollen.«

»Er hätte es überhaupt nicht tun sollen!« unterbrach Charlotte erbost.

»Ach, meine Liebe!« Eustaces Gesicht erhellte sich zu einem geduldigen und herablassenden Lächeln. Er wackelte ein wenig mit dem Kopf. »Lassen Sie uns nicht unrealistisch sein. Von Mädchen in Tassies Alter erwartet man romantische Illusionen, und der Himmel möge mich davor behüten, ihrer Anfälligkeit in einem so zarten Alter Wunden beizubringen, besonders kurz vor ihrer Verlobung. Aber eine verheiratete Frau in Emilys Alter muß sich mit der Natur des Mannes abfinden. Eine wirklich weibliche Frau besitzt in ihrem Wesen die Fähigkeit zur Vergebung unserer kleinen Launen und Schwächen wie auch wir Männer sie für die Fehlbarkeit der Frauen in uns tragen.« Er lächelte sie an, und legte kurz seine Hände über die ihren.

Charlotte war wütend. Am liebsten hätte sie ihm die Selbstzufriedenheit aus seinem Mondgesicht gerissen.

»Sie meinen, wenn Emily mit Mr. Radley geschlafen hätte, nur so als Beispiel, dann hätte George ihr verziehen?« fragte sie sarkastisch und riß ihre Hand an sich.

Sie hatte ihr Ziel erreicht. Eustace war ernstlich schockiert. Sie hatte ein Thema angesprochen, das er selbst niemals in Worte gefaßt hätte. Das Blut wich aus seinem Gesicht, dann kehrte es mit doppelter Röte zurück. »Ich muß schon sagen!« haspelte er. »Ich bin mir darüber im klaren, daß Sie einen schweren Schock erlitten haben, und wahrscheinlich fürchten Sie sich für Emily, verständlicherweise. Aber meine liebe Mrs. Pitt, das ist kein Grund für Geschmacklosigkeiten! Ich werde Ihnen den Gefallen tun und vergessen, daß ich jemals gehört habe, wie Sie sich so sehr vergessen konnten, einen derart abscheulichen Gedanken zu äußern. Einigen wir uns darauf, nie wieder davon zu sprechen. Sie treffen damit alles Edle und Anständige im Leben an seiner Wurzel. Wenn sich Frauen so verhalten sollten, dann gnade uns Gott! Ein Mann wüßte nicht mehr, ob sein Sohn sein eigen wäre. Sein Heim wäre geschändet, das gesamte Gefüge unserer Gesellschaft würde zerfallen. Der bloße Gedanke daran ist schier unerträglich!«

Charlotte spürte, wie sie errötete, ebensosehr aus Wut wie aus Verlegenheit. Vielleicht machte sie sich lächerlich, und die Bewegung seiner Hand war wirklich bloße Anteilnahme gewesen.

»Ich habe es keineswegs angedeutet, Mr. March!« protestierte sie, hob das Kinn und starrte ihn an. »Ich habe nur gemeint, daß Emily vielleicht ebenso hohe Ansprüche an George gestellt hat, wie sie selbst einzulösen bereit war.«

»Wie ich sehe, sind Sie sehr unerfahren, Mrs. Pitt, und einigermaßen romantisch.« Eustace schüttelte wissend den Kopf, aber seine Miene löste sich zu einem Lächeln. »Frauen und Männer sind sehr verschieden, meine Liebe, sehr verschieden! Wir haben korrespondierende Eigenschaften des Intellekts, der Mannhaftigkeit und der Courage.« Unbewußt spannte er die Muskeln an seinem Arm. »Das Hirn eines Mannes ist ein weit wirkungsvolleres Instrument als das einer Frau.« Sein Blick fuhr sanft und genießerisch über ihren Hals und den Busen. »Denken Sie nur, was wir für die Menschheit erreicht haben, in jeder Hinsicht. Aber wenn eine Frau nicht Schamgefühl, Geduld und Keuschheit, eine liebenswerte Art hätte, was wäre sie dann? Wirklich, was wäre die ganze Welt ohne den Einfluß unserer Frauen und Mütter? Eine Barbarei, Mrs. Pitt. Genau das wäre sie.« Er starrte sie an, und sie begegnete seinem Blick gänzlich ungerührt.

»Ist es das, was Sie mir sagen wollen, Mr. March?« fragte sie.

»Ach, nein, mh...« Er schien aus dem Gleichgewicht geraten zu sein und zwinkerte mit den Augen. Er hatte vollkommen den Faden verloren, und sie hatte nicht die Absicht, ihm zu helfen.

»Ich wollte nur sicherstellen, daß Sie sich hier wohl fühlen«, sagte er schließlich. »Wir müssen der Welt gegenüber ein einheitliches Gesicht wahren. Sie sind eine von uns. meine Liebe, durch die arme Emily. Wir müssen das tun, was für die Familie am besten ist. Dies ist nicht der richtige Zeitpunkt für Egoismus. Ich bin sicher, Sie verstehen das.«

»Oh, absolut, Mr. March«, stimmte sie ihm zu und starrte ihn mit ernster Miene an. »Ich würde die Loyalität meiner Familie gegenüber niemals vergessen, dessen seien Sie versichert.«

Er lächelte voller Erleichterung, vergaß dabei offenbar, daß ihr nächster Verwandter Thomas Pitt war. »Ausgezeichnet. Natürlich würden Sie das nicht tun. Jetzt muß ich Sie aber verlassen. Zeit, sich zum Dinner umzuziehen und vielleicht die arme Emily zu besuchen. Ich bin mir sicher, Sie werden ihr eine enorme Hilfe sein. Ha!«

Nach dem Dinner zogen sich die Damen aus dem Eßzimmer zurück, bald schon gefolgt von den Herren. Die Konversation blieb gestelzt, da Emily zum erstenmal seit Georges Tod bei ihnen war und keiner wußte, was er sagen sollte. Von dem Mord zu sprechen schien unnötig grausam, und sich zu unterhalten, als wäre nichts geschehen, entstellte alle anderen Themen zu solcher Künstlichkeit, daß sie grotesk wirken mußten. Infolgedessen stand Charlotte um kurz nach neun auf und entschuldigte sich, indem sie sagte, wie wolle sich frühzeitig zurückziehen. Sie sei sicher, sie würden dies verstehen. Emily ging mit ihr, zur allgemeinen Erleichterung. Charlotte meinte, einen tiefen Seufzer gehört zu haben, als sie die Tür hinter sich schloß, und man sank ein wenig erleichtert in die Sessel zurück.ı

Mitten in der Nacht wachte sie auf, glaubte zu hören, daß Emily nebenan herumlief. Charlotte machte sich Sorgen, ob ihre Schwester vielleicht zu bedrückt wäre, um schlafen zu können. Vielleicht sollte sie nach ihr sehen.

Sie setzte sich auf und wollte gerade ihren Umhang nehmen, als sie merkte, daß die Geräusche aus einer anderen Richtung kamen, eher von der Treppe her. Warum sollte Emily um diese nachtschlafende Zeit nach unten gehen?

Sie schlüpfte aus dem Bett und lief, ohne nach ihren Pantoffeln zu suchen, zur Tür, öffnete sie und schlich hinaus, zum Treppenabsatz hinüber. Erst als sie um die Ecke sah, erkannte sie, was im Gaslicht am oberen Ende der Stufen geschah. Sie erstarrte, als bliebe ihr die Luft weg und ihre Haut wäre in kaltes Wasser getaucht.

Tassie March kam die Treppe herauf, das Gesicht ruhig und erschöpft, jedoch mit einer Gelassenheit, die Charlotte nie zuvor an ihr gesehen hatte. Die Ruhelosigkeit fehlte, alle Anspannung hatte sich gelöst. Die Hände waren ausgestreckt, die Ärmel verknittert, Blutstreifen schimmerten an den Aufschlägen und ein dunkler Fleck am Saum ihres Nachthemdes.

Sie erreichte die oberste Stufe in dem Augenblick, als sich Charlotte ihres Standortes bewußt wurde und in den Schatten zurückwich. Tassie lief in weniger als einem Meter Entfernung auf Zehenspitzen an ihr vorbei, noch immer mit diesem wohligen Lächeln im Gesicht, und ließ einen schweren, süßlichen und unverkennbaren Geruch hinter sich zurück.

Charlotte ging in ihr Zimmer zurück und zitterte am ganzen Körper. Dann wurde ihr übel.

# 7

Emily erwachte früh am Morgen. Es war der Tag, an dem George beerdigt werden sollte. Augenblicklich wurde ihr kalt, und das weiße Licht an der Decke wirkte kahl, ohne Wärme oder Farbe darin. Sie war von einer Trauer erfüllt, die von Zorn und unerträglicher Einsamkeit bestimmt war. Dies würde es endgültig machen. George war tot. Es gab keine Möglichkeit, die Zeit zurückzudrehen oder irgend etwas von der vergangenen Wärme wachzurufen, es sei denn in der Erinnerung.

Sie kauerte sich unter der Decke zusammen, aber es brachte keine Erleichterung. Es war zu früh, um aufzustehen, und außerdem wollte sie keine anderen Leute sehen. Sie würden vollauf mit ihren eigenen Angelegenheiten beschäftigt sein, eine Schau daraus machen, darüber nachdenken, welchen Hut man tragen, wie man sich benehmen sollte, wie sie aussahen. Und zu allem Überfluß würde man sie mißtrauisch beobachten. Die meisten von ihnen glaubten, sie hätte George ermordet, wäre vorsätzlich in Mrs. Marchs Zimmer geschlichen, hätte ihr Digitalis entwendet und es in die Kaffeekanne gegeben.

Außer einem. Einer von ihnen würde wissen, daß sie es nicht gewesen war. Der Mörder. Und dieser Mensch war bereit, dabei zuzusehen, wie sie verdächtigt wurde, vielleicht angeklagt, sogar verurteilt, und... Sie ließ ihren Gedanken freien Lauf, auch wenn es eine unnötige, selbstauferlegte Pein war. Und dennoch machte sie weiter, stellte sich den Gerichtssaal vor, sich selbst in düsterer Gefängniskleidung, das Haar zurückgebunden, fahlgesichtig und hohläugig, die Geschworenen, die sie nicht ansehen konnten, die seltsamen Frauen unter den Zuschauern, in deren Augen Mitleid lag, die vielleicht eine ebensolche Zurückweisung erlebt oder das Gefühl gehabt hatten, eine solche erfahren zu haben. Dann das Urteil und der Richter mit einem Gesicht aus Stein, der nach seiner schwarzen Mütze griff.

Hier hielt sie inne. Danach war es zu entsetzlich. In ihrer Fantasie spürte sie das Seil und eine feuchte, pechschwarze Dunkelheit. Es war nicht nur ein morbider Gedanke. Er konnte Wirklichkeit werden, ohne ihr warmes Bett, ohne das befreiende Erwachen.

Sie setzte sich auf und warf ihre Schlafkleider von sich, dann griff sie nach der Glocke. Lange, leere fünf Minuten vergingen, bis Digby klopfte und hereinkam, das Haar ein wenig hastig hochgesteckt und die Schürze ungleich gebunden. Sie wirkte nervös, aber entschlossen.

»Guten Morgen, M'lady. Hätten Sie gern jetzt gleich eine Tasse Tee oder soll ich Ihnen ein Bad einlassen?«

»Lassen Sie mir das Bad ein«, erwiderte Emily. Es gab keine Veranlassung darüber zu sprechen, was sie tragen wollte. Es konnte nur das formelle, schwarze Wollkleid mit schwarzem Hut und schwarzem Schleier sein, das sie sich hatte kommen lassen. Kein modischer, wehender Schleier, der sie mit einem Geheimnis umgab, sondern der Trauerflor einer Witwe, der das Gesicht verbarg, die Gramfurchen ihres Schmerzes verhüllte.

Digby verschwand und kam einige Minuten später zurück, die Ärmel aufgerollt, ein zaghaftes Lächeln auf den Lippen. »Es ist ein schöner Tag, M'lady. Wenigstens werden Sie nicht im Regen stehen.«

Eigentlich kümmerte es Emily nicht, aber vielleicht war es doch ein kleiner Segen. An einem Grab zu stehen, wenn einem das Wasser in den Nacken tropfte, die Füße durchnäßte, die Ränder ihres Kleides tränkte und beschwerte, würde der Trostlosigkeit ihrer Gedanken ein physische Dimension hinzufügen. Vielleicht wäre es ihr ganz recht gewesen. Es war leichter, an frierende Füße und feuchte Knöchel zu denken als an George, der steif und weiß in seinem verschlossenen Sarg lag, dann in die Erde gesenkt und begraben wurde, für den Rest ihres Lebens verloren. Er war so warm gewesen, so wichtig, so viele Jahre immerfort in ihre Gedanken verwoben. Selbst wenn er nicht bei ihr sein konnte, war das Wissen darum, daß er es nach kurzer Zeit wieder wäre, eine Sicherheit, die zu verlieren sie niemals in Betracht gezogen hatte.

Plötzlich kamen die Tränen, überraschten sie. Alles Schniefen und Schlucken hatte sie nicht unter Kontrolle halten können. Sie setzte sich wieder und legte ihr Gesicht in die Hände.

Unerwartet spürte sie, wie Digby ihre Arme um sie legte und ihr Kopf an Digbys steifer, abfallender Schulter ruhte. Digby sagte nichts. Sie wiegte Emily nur sanft vor und zurück, strich ihr über das Haar, als wäre sie ein kleines Kind. Es war so natürlich und Emily überhaupt nicht peinlich, und als der Schmerz in ihrem Inneren nachließ und die Erleichterung der Müdigkeit sie überkam, ließ sie los und ging in ihr Badezimmer, ohne irgend etwas erklären oder geltend machen zu müssen, daß sie die Herrin und Digby eine Angestellte war. Es gab keine Fragen oder Antworten. Digby wußte genau, was Not tat, und die Stille war ein Schweigen des Verstehens.

Emily nahm das Frühstück allein mit Charlotte ein. Sie wollte niemand anderen sehen, außer vielleicht Tante Vespasia, aber die kam nicht.

»Sie hat nichts davon gesagt«, flüsterte Charlotte, als beide eine dünne Scheibe Toast nahmen und Butter darauf strichen, sich dann heißen, dünnen Tee aus der geblümten Kanne einschenkten, »aber ich glaube, sie ist dabei, eine Art Verteidigung zusammenzustellen.«

Emily fragte nicht, was sie damit meinte. Beide wußten, daß sich die Reihen der Familie gegenüber der Polizei schlossen, vor einer Einmischung und einem Skandal, und das bedeutete auch gegenüber Emily. Wenn sie schuldig war, konnte in ein paar Tagen alles vorüber sein. Keine weiteren Ermittlungen. Die anderen konnten eine angemessene Zeit in aller Stille trauern und schließlich ihr Leben wieder aufnehmen.

Charlotte lächelte betrübt. »Ich glaube, Mrs. March würde nicht einmal für Tante Vespasia ihre Zunge lösen. Ich habe das Gefühl, daß die beiden keine sonderliche Liebe füreinander empfinden.«

148

»Ich wünschte, ich könnte glauben, daß es Mrs. March war, die George vergiftet hat«, sagte Emily nachdenklich. »Ich habe versucht, irgendeinen Grund zu finden, warum sie es hätte tun sollen.«

»Warst du erfolgreich?«

»Nein.«

»Ich auch nicht. Aber es muß eine ganze Menge Dinge geben, von denen wir nichts wissen.« Charlottes Gesicht war düster und gespannt, als fürchtete sie sich. »Emily, ich bin heute nacht aufgewacht und dachte, ich hörte dich herumlaufen.«

»Tut mir leid.«

»Nein, du warst es nicht! Es kam von der Treppe, also bin ich aufgestanden, um nachzusehen, aber als ich auf den Treppenabsatz kam, sah ich, daß es Tassie war. Sie kam herauf und ging auf dem Weg zu ihrem Schlafzimmer an mir vorüber. Ich habe sie ganz deutlich gesehen, Emily. Ihre Ärmel waren blutverschmiert, und sie hatte Flecken vorn auf ihrem Nachthemd und unten am Saum. Sie hat gelächelt! Sie hat so einen Frieden ausgestrahlt! Ihre Augen haben geglänzt und waren weit aufgerissen, aber sie hat mich nicht gesehen. Ich habe mich in dem kleinen Durchgang zum Ankleidezimmer versteckt, und sie ist so nah an mir vorbeigekommen, daß ich sie hätte berühren können.« Wieder wurde ihr ein wenig übel, als sie sich an den Geruch erinnerte, widerwärtig und süß.

Emily war wie betäubt. Es war unglaublich. Sie äußerte die einzige Erklärung, die ihr einfallen wollte. »Du hast einen Alptraum gehabt.«

»Nein, hab' ich nicht«, beharrte Charlotte. »Es war wirklich so.« Ihre Miene war angespannt und unglücklich, aber sie ließ sich nicht beirren. »Ich dachte, ich könnte vielleicht geträumt haben, nach allem, was passiert ist, also bin ich heute morgen in die Waschküche gegangen und habe das Nachthemd in einem der Tröge zum Einweichen gefunden.«

»Und war es voll Blut?«

Charlotte schüttelte kaum merklich den Kopf. »Nein, es

war ausgewaschen. Aber das wäre auch normal. Sie würde
es wohl kaum so lassen, damit die Mädchen es finden, oder?«
»Aber es ergibt keinen Sinn«, protestierte Emily immer
noch. »Wessen Blut? Warum? Niemand ist auf diese Weise
ermordet worden.« Sie schluckte. »Soweit wir wissen.«

Eine weitere grauenvolle Erinnerung ging Charlotte im
Kopf herum, von Paketen auf einem Friedhof, aber sie
wehrte den Gedanken ab. »Meinst du, sie könnte verrückt
sein?« fragte sie deprimiert. Es schien die einzig mögliche
Erklärung zu bieten, und es mußte eine gefunden werden
um Emilys willen.

»Ich glaube schon«, sagte Emily widerstrebend. »Aber ich
bin mir sicher, daß George nichts davon wußte, es sei denn,
er hätte es gerade erst herausgefunden. Was für die alte Mrs.
March ein Grund gewesen sein könnte, ihn ermorden zu lassen.«

»Meinst du?« Charlotte spitzte die Lippen. »Hätte George
irgend jemandem davon erzählt?«

»Ja! Wenn sie gefährlich wäre – was sie sein muß, wenn es
menschliches Blut war.«

Charlotte sagte nichts, aber sie sah zunehmend unglücklicher aus.

Emily wußte, warum: sie mochte Tassie ebenso. Sie hatte
so viel Ansprechendes an sich, Offenheit, Humor und Großzügigkeit. Aber sie hatte gesehen, wie sie mit Blut an den
Ärmeln die Treppe heraufgekommen war und ihr Kleid
befleckt hatte. Sie schauderte. Bitte, lieber Gott, laß es nicht
Tassie sein!

»Sie muß es nicht gewesen sein«, sagte Charlotte leise. »Ich
glaube, es müßte noch eine andere Erklärung geben. Ein
Tier? Ein Unfall auf der Straße? Wir wissen nichts. Ich finde
es einfach schwer zu glauben, daß Tassie... Jedenfalls, wenn
die Familie es wüßte, würde man sie in eine Anstalt sperren.
Zu ihrer eigenen Sicherheit.«

»Vielleicht wissen sie nicht, wie krank sie ist«, sagte Emily
leise. »Vielleicht ist es plötzlich schlimmer geworden.«

»Aber Jack Radley ist auch noch da«, hielt Charlotte dagegen. »Du darfst ihn nicht vergessen. Oder Sybilla. Und Wil-

liam ist ebenfalls eine naheliegende Alternative. Sogar Eustace könnte es gewesen sein. Ich weiß nicht, warum, aber vielleicht hat George etwas über ihn herausgefunden. Schließlich ist es sein Haus. Vielleicht tut er etwas Unrechtes, oder es gibt ein Geheimnis in seiner Vergangenheit, von dem niemand wissen darf.«

Emily sah auf. »Was zum Beispiel?«

»Ich weiß nicht. Vielleicht ein uneheliches Kind oder eine Affäre mit einer denkbar unschicklichen Person.«

Emilys zarte Augenbrauen hoben sich. »Eustace? Eine Liebesaffäre? Das stellt die Fantasie auf eine harte Probe! Kannst du dir Eustace verliebt vorstellen?«

»Nein«, räumte Charlotte ein. »Aber ich dachte auch weniger an Liebe als eher an Lust. Die unmöglichsten Leute können Lust empfinden, selbst aufgeblasene und salbungsvolle Männer mittleren Alters wie Eustace. Und außerdem muß es nicht vor kurzem gewesen sein. Es wäre möglich, daß es vor Jahren geschehen ist, als Tassies Mutter noch gelebt hat. Und es gibt noch andere, schlimmere Möglichkeiten. Menschen sind von den seltsamsten Dingen besessen, wie du weißt. Vielleicht hat Olivia es herausgefunden.«

»Du meinst, irgend etwas wirklich Abscheuliches?« sagte Emily langsam. »Wie ein uneheliches Kind etwa? Oder ein anderer Mann? Meinst du, Olivia könnte es herausgefunden haben, und er hat sie ermordet?«

»Oh...« Charlotte stieß ihren Atem mit einem Seufzer hervor. »Eigentlich hatte ich an etwas derartiges gar nicht gedacht. Eher an einen Diener oder ein Bauernmädchen. Ich habe von einem höchst angesehenen Mann gehört, der nur große, schmutzige Putzfrauen mochte.«

»Das ist Unsinn!« spottete Emily, nahm noch eine dünne Scheibe Toast und biß ohne jeglichen Appetit hinein.

»Nein, das ist es nicht, aber man würde nicht wollen, daß solche Dinge bekannt werden.«

»Niemand würde es glauben, oder? Nicht genug, daß es einen Mord wert wäre, um sie zum Schweigen zu bringen.«

»Vielleicht. Und ganz sicher, wenn er Olivia ermordet hätte.«

»Aber George hätte es nur jemandem erzählt, wenn Eustace tatsächlich Olivia ermordet hätte, und das glaube ich nicht. Er hätte ebensowenig wie Eustace gewollt, daß es bekannt wird. Schließlich gehört Eustace zur Familie.« Sie schluckte den Toast wie einen Kloß im Hals. »Und George war in solchen Dingen sehr konventionell.«

»Das ist wahr«, sagte Charlotte behutsamer. »Aber vielleicht hat Eustace George nicht soweit vertraut, daß er es nicht doch seinen Freunden erzählen würde, im Scherz etwa. George hat nicht immer nachgedacht, bevor er sprach. Oder vielleicht hat Eustace Druck auf ihn ausgeübt, damit er aufhört.«

»Das hätte er nicht getan!«

»Vielleicht nicht, aber möglicherweise konnte sich Eustace seiner Sache nicht sicher genug sein.« Sie schüttelte den Kopf. »Aber ich sage nur, daß wir es nicht wissen. Es könnte alles Mögliche sein.«

Emily saß regungslos da. »Nun, besser wäre es, wir fänden für Constable Stripe mindestens ein Beweisstück, und zwar bald.«

»Ich weiß.« Charlotte biß sich auf die Lippe. »Ich weiß.«

Der Gottesdienst sollte in der Kirche abgehalten werden, wo auch die letzte Ruhestätte der Ashworths war, seitdem die Familie vor fast zweihundert Jahren ihr erstes Stadthaus im Pfarrbezirk erworben hatte.

Selbstverständlich hatte Emily nach Haus geschrieben. Es war der schwierigste Brief von allen gewesen, und der einzige, bei dem Charlotte ihr nicht helfen konnte. Wie erklärte man einem fünfjährigen Sohn, daß sein Vater ermordet worden war? Sie wußte, daß er den Brief noch nicht lesen konnte. Seine Amme würde es für ihn tun, die ausladende, gemütliche Mrs. Stevenson, die versuchen würde, es ihm zu erklären, ihm helfen würde, den Tod zu erfassen, damit sein Verstand die Bedeutung hinter dem Durcheinander großer und erschreckender Gefühle erfassen konnte. Emily wußte außerdem, daß die sanfte Frau sich bemühen würde, ihn zu trösten, damit er sich weder betrogen fühlte, weil sein Vater ihn zu früh verlassen hatte, noch schuldig, weil er meinte, er hätte sich auf unerklärliche Weise etwas zuschulden kommen lassen.

Emilys Brief sollte für später sein, wenn er älter wäre, etwas, das er behalten und in stilleren Momenten immer wieder lesen würde. Wenn aus ihm ein junger Mann geworden war, kannte er ihn auswendig. Daher hatte sie ihn nur einmal geschrieben, ihren eigenen Verlust und ihre rückhaltlose Trauer durchscheinen lassen. Ein Mangel an stilistischer Eleganz machte nur wenig aus. Unehrlichkeit würde im Laufe der Jahre wie eine falsche Note erklingen.

Heute würde Edward selbstverständlich anwesend sein, klein, frierend und ängstlich, aber er würde den Ritualen nachkommen, die von ihm erwartet wurden. Er war jetzt Lord Ashworth: Er mußte in der Kirche sitzen, aufrecht und wohlerzogen, dem Sarg seines Vaters zu dessen Grab folgen und trauern, wie es sich gehörte.

Edward würde mit Mrs. Stevenson von zu Hause kommen und danach mit ihr zurückfahren. Charlotte und Emily wollten nach Cardington Crescent zurückkehren. Die merkwürdigen Umstände des Todes machten es nötig. Sie fuhren mit Tante Vespasia und Eustace in der Familienkutsche, die zu diesem Anlaß schwarz verhüllt war und von schwarzen Pferden gezogen wurde. Der Leichenwagen wurde selbstverständlich vom Beerdigungsinstitut gestellt und war, wie stets, verhüllt und geschmückt.

Als nächstes kamen Mrs. March und Tassie in der zweitbesten Kalesche. Sowohl Charlotte als auch Emily starrten Tassie an, aber sie trug einen Schleier, und darunter war ihr Gesichtsausdruck nicht zu erkennen. Er mochte Kummer und Ehrfurcht zeigen, wie jeder vermutete, oder er konnte ebensogut das seltsame Glücksgefühl ausdrücken, das Charlotte auf der Treppe an ihr gesehen hatte. Ebenso möglich war eine vollständige Gedächtnislücke dem gegenüber und allen greulichen Ereignissen, die ihm vorausgegangen waren. Nichts davon ließ sich erahnen.

Es gab eine Auseinandersetzung darüber, mit wem Jack Radley fahren sollte. Am Ende ließ Mrs. March ihn widerwillig einsteigen, und William und Sybilla fuhren in ihrem eigenen Wagen.

Einer nach dem anderen stieg an dem überdachten Friedhofstor aus und ging den schmalen Pfad zu der alten, von Rauch gedunkelten Kirche mit dem steinernen Turm hinüber. Die Grabsteine zu beiden Seiten waren mit den Jahren verwittert und moosbewachsen, die Inschriften schon zu undeutlichen Zeichen geworden, daß man schon genau hinsehen mußte, um sie zu entziffern. Weit drüben bei den Eiben und dem hohen Gras standen weiße Steine wie neue Zähne. Hier und da ein Strauß Blumen von jemandem, der sich noch um ein Grab kümmerte.

Charlotte nahm Emily beim Arm und ging mit ihr. Sie spürte ihr Zittern. Emily wirkte dünner, kleiner, als Charlotte erwartet hatte. Keinen Augenblick konnte sie vergessen, daß sie die ältere Schwester war. Die Situation ähnelte der von Sarahs Beerdigung, als nur noch sie beide übrig waren, aber Emily war damals weit weniger verletzlich gewesen. Unter der Trauer hatte ein grenzenloser Optimismus gelegen, eine Selbstsicherheit, die stark genug war, sie zu überdauern.

Diesmal war es anders. Emily hatte nicht nur George verloren, den ersten Mann, den sie geliebt und an den sie sich gebunden hatte, sondern sie hatte das Vertrauen in ihre eigene Urteilskraft verloren. Selbst ihr Mut war wie gewandelt: nicht mehr instinktiv, sondern erzwungen. Ein verzweifeltes Festkrallen mit gebrochenen Nägeln.

Charlottes Finger spannten sich, und Emily griff nach ihrer Hand. Mr. Beamish, der Vikar, wartete an der Tür, ein schmales, starres Lächeln auf dem Gesicht. Seine Wangen waren rosig, und sein Haar war aufgeplustert, als wäre er nervös mit den Händen darin herumgefahren. Jetzt, da er Emily erkannte, trat er vor, streckte seinen Arm aus, dann zögerte er und ließ ihn wieder fallen. Er murmelte etwas Unverständliches, das in einer abfallenden Modulation seiner Stimme erstarb. In Charlottes Ohren klang es wie ein unpassender Psalm. Hinter ihm schüttelte seine Gemeindeschwester kaum merklich den Kopf und ließ ein leises

Schniefen hören. Zierlich berührte sie ihre Wange mit dem Taschentuch.

Sie waren peinlich berührt. Gerüchte und Mutmaßungen waren ihnen zugetragen worden. Sie wußten nicht, ob sie Emily als hinterbliebene Aristokratin behandeln sollten, der gegenüber es ihre soziale und religiöse Pflicht war, jedes nur erdenkliche Mitgefühl aufzubringen, oder als Mörderin, als eine dirnenhafte Frau, eine Person, von der man sich als gutes, christliches Vorbild fernhalten sollte, bevor man selbst sich an ihrer doppelten Sünde verunreinigte.

Charlotte erwiderte ihre Blicke ohne ein Lächeln. Zum Teil konnte sie sich in ihre mißliche Lage hineinversetzen, aber ein wesentlich größerer Teil von ihr verachtete sie. Sie war sich darüber im klaren, daß man es ihr ansah. So ging es ihr mit ihren Gefühlen immer.

In der Kirche hielt Mrs. Stevenson Edward bedrückt und zartfühlend bei der Hand. Sein Gesicht war blaß und sah Emily schmerzlich ähnlich. Er ließ Mrs. Stevensons Hand los und kam zu ihr herüber, unbeholfen erst, sich seiner neuen Bedeutung bewußt. Dann, als sie ihren Arm um ihn legte, entspannte er sich und schluchzte heftig, bevor er sich wieder aufrichtete und neben ihr einherschritt.

Mungo Hare stand vorn im Gang neben dem Familienstuhl der Marches. Er war ein großer Mann mit einem gefälligen, offenen Gesicht und derben Zügen. Er hob den Kopf, und seine Augen sahen Emily offen an.

»Geht es Ihnen gut, Lady Ashworth?« fragte er leise. »Ich habe Ihnen ein Glas Wasser unter den Sims gestellt, falls sie es brauchen sollten. Es wird kein langer Gottesdienst werden.«

»Danke, Mr. Hare«, sagte Emily abwesend. »Das ist sehr aufmerksam von Ihnen.« Sie schob sich mit Edward in den Stuhl, gefolgt von Charlotte, dann Tante Vespasia und Eustace. Sie hörte, wie Mrs. March im Stuhl hinter ihr gereizt mit etwas klapperte und das Gesangsbuch gegen das Holz schlug. Sie ärgerte sich offensichtlich darüber, daß sie nicht vorn saß, und beabsichtigte, ihr Mißfallen kundzutun.

Tassie saß neben ihr, den Kopf gesenkt, die Hände auf

155

ihrem Schoß gefaltet. Es war unvorstellbar, sie nicht so vorzustellen, wie sie gestern nacht gewesen war, ruhig, blutverschmiert, auf Zehenspitzen. Der Hilfspfarrer ging an ihr vorbei und sprach mit der alten Dame.

»Guten Morgen, Mistress March. Wenn ich Ihnen in irgendeiner Weise zu Diensten sein oder Trost spenden kann...«

»Das möchte ich bezweifeln, junger Mann«, sagte sie knapp. »Es sei denn, Sie könnten meine Nichte so sehr mit guten Taten auslasten, daß sie nicht davonläuft, unter ihrem Stand heiratet und am Ende wegen ihres Geldes ermordet wird!«

»Das wäre ziemlich unsinnig«, murmelte Tassie. »Du würdest mir nichts hinterlassen, wenn ich es täte.«

»Falls dich jemand ermorden sollte, wäre es wegen deines Schnabels!« herrschte die alte Dame sie an. »Erinnere dich gütigst daran, daß du dich in der Kirche befindest und sei nicht respektlos.«

»Guten Morgen, Miß March.« Der Hilfspfarrer neigte den Kopf.

»Guten Morgen, Mr. Hare«, sagte Tassie sittsam. »Danke für Ihre Anteilnahme. Ich nehme an, Großmama wäre dankbar, wenn Sie ihr die Aufwartung machen würden.«

»Lieber hätte ich Mr. Beamish«, unterbrach die alte Dame. »Er steht dem Tod ein ganzes Stück näher als Sie. Er versteht die Trauer, den Verlust, wenn man sein eigen Fleisch und Blut in gottlose Leidenschaften verstrickt sieht, wie es ein Opfer seiner Manie wird und den Preis dafür zu zahlen hat.«

Der Hilfspfarrer rang nach Atem und machte daraus ein Niesen.

»Tatsächlich?« sagte Vespasia aus der vorderen Reihe ohne den Kopf zu drehen. »Wenn dem so wäre, wüßtest du eine Menge über Beamish, was ich nicht weiß.«

Tassie gab hinter ihrem Taschentuch ein eigentümliches, leises Gurgeln von sich, und der Hilfspfarrer ging weiter, um mit William und Sybilla zu sprechen. Charlotte wagte nicht, sich umzudrehen, um die beiden zu beobachten.

Der Gottesdienst war düster und erklang in dem sonderlichen Singsang formalisierter Trauer. In manchen Momenten allerdings hatte er etwas vage Tröstliches an sich, vielleicht nur ein Ausdruck nach dunklerer Empfindungen, die bisher unterdrückt worden waren. Es war ein Zugeständnis an die Dinge, die im Haus unaussprechlich waren. Hier wurden der Tod und körperlicher Verfall beim Namen genannt, anstatt in den Gedanken verschlossen und der Zunge verboten zu sein. Selbst die Orgeltöne bebten in den Ohren und vermittelten einen Hauch von Ewigkeit, so daß sie noch lange in den nächsten Ton hinüber klangen. Sie schienen direkt aus dem Gemäuer der Kirche zu kommen und wieder darin zu verklingen. Die Steine, die bunten Kirchenfenster und die Orgelpfeifen verschmolzen mit dem Klang.

Emily stand aufrecht und schwieg, und es war unmöglich, unter dem Schleier ihr Gesicht zu erkennen. Charlotte konnte ihre Gefühle nur erraten. Zwischen ihnen stand Edward steif und gerade, aber er drückte sich ganz nah an Emily, und seine Hand war fest zur Faust geballt.

Die letzten Orgeltöne verhallten in den hohen Steinbögen, und langsam wandte man sich dem Begräbnis zu. Sechs Männer in Schwarz, ohne jeglichen Ausdruck auf den Gesichtern, hoben den Sarg an, trugen ihn feierlich in das grelle Sonnenlicht hinaus. Paarweise folgte die Trauergemeinde, angeführt von Emily und Edward.

Das Grab war eine scharf ausgestochene Grube im feuchten Boden. Die Ashworths hatten nie Interesse an einer Familiengruft oder einem Mausoleum bekundet, sondern es vorgezogen, ihr Geld für die Lebenden anzulegen, aber natürlich würde es einen marmornen Grabstein geben, beizeiten vielleicht gemeißelt und vergoldet. Jetzt schien all das unerheblich, sogar unwürdig.

Beamish, noch immer mit rosigem Gesicht, das dicke, weiße Haar vom Wind zerzaust, bis es wie eine Papierkrause um seinen Kopf aussah, begann, vertraute Worte zu rezitieren. Er gab sich mit ihnen zufrieden, da sie ihm keine andere Möglichkeit ließen, keinen Raum, sich eigene auszudenken, aber dennoch wich er Emily aus. Einmal warf er Tante Vespasia einen Blick zu und versuchte ein Lächeln, aber sie wirkte so ausgezehrt und zerbrechlich, daß es ihm auf den Lippen

157

erstarb. Unschlüssig fuhr er fort, die Gedanken umnebelt von aufkommendem Argwohn.

Charlotte sah in die Gesichter um sich herum. Einer von ihnen hatte George ermordet. War es ein Moment der Leidenschaft gewesen, die sich jetzt vielleicht zu Entsetzen und Gewissensbissen gewandelt hatte? Oder fühlte sich derjenige im Recht, vielleicht befreit von einer Gefahr? Oder hatte es der Mörder auf eine Belohnung abgesehen?

Der naheliegendste Verdächtige war Jack Radley. Konnte er sich vorgestellt haben, Emily würde... ihn heiraten? Es war die einzig mögliche Antwort. Wenn er sich zu dem Glauben verstiegen hatte, daß sie sich auf ihn einließ, dann doch nur als Liebhaber, und das mußte keineswegs den Mord an George nach sich ziehen. Falls Emily zur Witwe würde, dann wäre sie mit großer Wahrscheinlichkeit eine reiche Witwe, und mit dreißig Jahren und einem kleinen Kind eine äußerst verletzliche.

Charlotte trug ebenfalls einen dünnen Schleier, zum Teil aus Anstand, aber eher noch, um sich die Möglichkeit zu schaffen, die Leute zu beobachten, ohne daß sie dessen gewahr wurden. Jetzt sah sie über das Gras und die aufgeworfene Erde mit der offenen Grube zu Jack Radley auf der gegenüberliegenden Seite. Mit gefalteten Händen stand er da, sehr nüchtern, das Gesicht entsprechend feierlich. Aber sein Anzug war modisch geschnitten, seine Krawatte elegant, und sie meinte, den Schatten seiner Wimpern auf den Wangen sehen zu können, als er den Blick senkte. War seine Eitelkeit so umfassend, daß er meinte, George töten und dann seinen Platz einnehmen zu können? War der Neid der Versuchung gewichen und hatte die Gelegenheit sie schließlich zur Tat werden lassen?

Sie sah nichts in seinem Gesicht. Er hätte ein Chorknabe sein können. Wäre er allerdings eines solchen Planes schuldig, besäße er kein Gewissen, und sie durfte nicht erwarten, einen Ausdruck der Reue auf seinem Gesicht zu finden.

Eustaces Züge stellten gottesfürchtige Rechtschaffenheit dar und zeigten nur, daß er sich des Anlasses und seiner eigenen Rolle darin bewußt war. Was immer sonst noch in ihm schlummern mochte, es war kein Schuldgefühl und sicher keine Angst. Falls er den Mord begangen hatte, dann ohne jede Gewissensbisse. Selbst bei seinem Weltbild... Wie ließ sich so etwas rechtfertigen?

Blieben die letzten, die anderen naheliegenden Verdächtigen: William und Sybilla. Sie standen nebeneinander und waren doch nur im dürftigsten und buchstäblichsten Sinne beieinander. William sah geradewegs über das Grab hinweg an Eustace und Beamishs Umrissen vorbei zu den Eiben, den beständigen Wächtern des Todes hinüber, die den Friedhof von der Stadt der Lebenden trennten.

Solches Wissen mochte sich hinter Williams silbergrauen Augen abspulen, während er zuhörte. Kummer zeigte sich um seinen Mund, und die Haut an den Wangen war gespannt. Charlotte schmerzte es, ihn zu beobachten, als wäre seine reine Haut um eine Schicht dünner als die anderer Leute und als hätten die Wunden des Lebens es leichter, die Nerven darunter zu erreichen. Vielleicht war das nötig, um die Schatten und das überwältigende Licht des Himmels so zu malen, wie er es tat. Alles Talent auf der Welt kann nicht wiedergeben, was nicht zuvor gefühlt wurde.

Hatte diese zarte, kreative Hand auch das Digitalis gestohlen und es in die Kanne gegeben, damit George daraus trank – und starb? Warum? Die Antwort schrie zum Himmel: weil George um Sybilla gebuhlt und sie gewonnen hatte.

Automatisch wanderte Charlottes Blick zu Sybilla selbst. Sie war eine schöne Frau, und in konturlosem Schwarz sah sie besser aus als jeder andere hier. Die weiße Haut an ihrem Hals war perfekt, beinah leuchtend wie eine Perle, ihr Kiefer schmal. Die obere Gesichtshälfte war unter ihrem Schleier verborgen, und Charlotte hatte sie mehrere Minuten lang beobachtet und versucht, etwas darin zu lesen, als sie die Tränen auf ihrer Haut schlummern sah und die schwachen Spuren von Angespanntheit erkannte. Sybilla senkte den Blick. Die Hände in den schwarzen Handschuhen waren verkrampft, und sie hatte die Spitze von ihrem Taschentuch gerissen. Auch jetzt zupften die Finger an dem dünnen Stoff, rissen Baumwollstückchen heraus und ließen sie fallen, kleine Schneeflocken zerbrochener Spitze. Trauer? Oder Schuld? Weil sie den Mann einer anderen Frau verführt oder weil sie ihn ermordet hatte, als er ihrer müde war?

Plötzlich spürte Charlotte, wie sich eine Kälte ihrer bemächtigte, tief unten in der Magengrube. Beruhte Sybillas Schuldgefühl auf der Annahme, daß sie Emily zum Mord getrieben hatte? Wie sehr hatte George sie geliebt? Es gab nur Emilys Wort, was die Versöhnung betraf. Was war an diesem Abend in ihrem Schlafzimmer wirklich geschehen, als George hereingekommen war? Erinnerte sich Emily jetzt an die Wahrheit oder nur an ihren Stolz, und der Schmerz hieß sie sich erinnern?

Nein! Das war Unsinn... treulos... schwach... Mach dich von diesem Gedanken frei! Weigere dich, so zu denken. Aber wie weigert man sich, etwas zu denken? Je mehr man es zurückweist, desto fester wird sein Griff, desto mehr belegt es einen mit Beschlag.

»Tante Vespasia!«

Aber Tante Vespasia nahm sie nicht wahr. Ihr Herz und ihr Verstand waren von einer endlosen Weite der Erinnerung vereinnahmt, der Kindheit und Jugend, altem Vertrauen und kleinen Freuden, die man geteilt hatte, albernen Hoffnungen, grenzenlosen Träumen, alles in eine harte, kalte Kiste gezwängt, so nah, daß sie die schmale Hand danach hätte ausstrecken und sie berühren können.

Dann wurde der Sarg in die Erde gelassen, und Beamish streute etwas auf den Deckel, der ein wenig schief in der Grube lag. Es sah unordentlich aus. Was machte es schon? George würde es nicht stören. Alles Reale an ihm war jetzt an einem hellen, warmen Ort, wo er die irdischen Ängste hinter sich gelassen hatte.

Emily bückte sich, nahm eine Handvoll Kiesel und warf sie mit einem Klappern hinein. Sie wollte etwas sagen, aber ihr versagte die Stimme.

Charlotte nahm ihren Arm, und sie wandten sich ab, behielten Edward zwischen sich.

Schweigend fuhren sie nach Haus. Emily hatte Edward auf Wiedersehen gesagt und ihn bei Mrs. Stevenson gelassen, damit er zurück in die sichere, vertraute Welt seines Kinderzimmers fuhr. In Gedanken war sie schon allein.

Sie hatte George nicht umgebracht. Jemand anderes war in die Teeküche geschlichen und hatte das Digitalis in die Kaffeekanne gegeben. Aber warum? Es war der letzte Akt am Ende einer lange Folge von Ereignissen und Emotionen. Vielleicht hatten viele Leute dazu beigetragen, jedes Wort eine kleine Zutat. Aber war es Emily gewesen, die selbst den Hauptteil dazu getan hatte?

Es wäre schön, glauben zu können, daß George ein Geheimnis gekannt hatte, wofür er sterben mußte. Es konnte die düsteren Gedanken vertreiben, die sich ihrer mehr und mehr bemächtigten. Es gab drei echte Verdächtige: William, Sybilla und Jack Radley. Und sie alle hatten den selben Grund: Georges Vernarrtheit in Sybilla.

Emily mußte ihren Anteil daran haben. Wäre sie liebevoll genug, interessant genug gewesen, großzügig, taktvoll, lebenslustig, geistreich, dann hätte Sybilla für George nicht mehr als eine flüchtige Schwärmerei sein können. Nichts Einschneidendes, nichts, was Emily oder William verletzt hätte und nichts, was Sybilla bei dem Gedanken, es zu verlieren, in Verzweiflung hätte stürzen können.

War sie es? War sie so sehr in George verliebt gewesen? Tante Vespasia hatte gesagt, Sybilla hätte viele Bewunderer gehabt, und William wäre niemals eifersüchtig gewesen. Sie war diskret, und wie weit es auch gegangen sein mochte, es blieb ihr Geheimnis. Und selbst was George betraf, hatte es keinen Anlaß gegeben, daß mehr geschehen sein mußte, als in der Öffentlichkeit zu sehen gewesen war. Sie hatte seine Bewunderung entgegengenommen, sogar ermutigt. Aber hatte sie ihn tatsächlich mit in ihr Bett genommen? Der Gedanke verletzte Emily tief. Es war ein Betrug all ihrer intimsten und kostbarsten Momente, aber der Versuch, den Gedanken auszusparen, war idiotisch. Emily kannte die Antwort nicht, und es gab keinen Grund zu der Annahme, daß William es tat.

Nein, er war weit wahrscheinlicher, daß es für Sybilla ein Spiel war, ein Schmeicheln ihrer Eitelkeit, und ein Hauch von Gefahr hatte dieses vielleicht noch spannender gemacht.

Wenn William plötzlich eifersüchtig geworden wäre, hätte er sich fraglos seinen Stolz bewahrt. All die Jahre war er entgegenkommend gewesen. Er hätte jetzt keinen Aufruhr veranstaltet, sich selbst zur Zielscheibe des Spottes gemacht, indem er George angriff. Man mochte Mitgefühl für den gehörnten Ehemann empfinden, aber ebenso war es Erleichterung, daß es einen anderen traf. Es gab obszöne Witze und Verleumdungen seiner Männlichkeit und dies war die schlimmste Beleidigung. Das Opfer war noch empfindungsfähig und seinem Verlust gegenüber wehrlos. Das hätte er sich selbst nie angetan, niemals. Weder im Zorn noch aus kaltblütiger Rache.

Nein. Sie glaubte nicht, daß William George ermordet hatte. Es würde ihm nur genau das einbringen, was jeder Mann als unerträglich empfand.

Sybilla?

George war charmant gewesen, unterhaltsam und großzügig. Aber nur wenn sie vollkommen hysterisch sein sollte, würde sie sich so sehr in einen Mann verlieben, daß ein Streit sie zur Mörderin machte. Sie hatte andere Affären gehabt, alle mußten auf die eine oder andere Weise zu Ende gegangen sein. Sicher wußte sie, wie man sie würdevoll beendete, wie man den nahenden Bruch erahnte, die Anzeichen erkannte und wie man die erste war, die Leidenschaft abkühlen zu lassen. Sie war keine achtzehn mehr und keineswegs unerfahren.

Konnte diese Affäre wirklich so vollkommen anders gewesen sein? Warum sollte sie? Emily wollte kein Grund dafür einfallen.

Blieb nur noch Jack Radley, und die Antwort darauf war der häßliche Gedanke, den sie die ganze Zeit über schon zu umgehen versucht hatte. Sie hatte ihn ermutigt, und sie hatte es genossen. Trotz des Schmerzes in ihrem Inneren, des Kummers über George, hatte sie Jack gemocht, es genossen, mit ihm zu flirten, und hatte sich im Recht gefühlt.

Im Recht! Vielleicht, soweit es George betraf. Was dem einen recht war, war dem anderen billig. Aber was war mit Jack selbst? Zunächst einmal hatte sie sich kaum die Mühe gemacht, ihn als Person zu betrachten, sondern nur als eine Gelegenheit. Er war außerordentlich charmant, mit einer warmen und männlichen Ausstrahlung. Sie hatte gehört, daß er sehr wenig Geld besaß, aber das hatte sie nicht interessiert. Es machte keinen Unterschied.

Oder doch? Hätte sie sich die Mühe gemacht, genauer hinzusehen, hätte sie dann einen Mann Mitte Dreißig gesehen, von vornehmer Abstammung, aber ohne Geld und Perspektiven, außer denen, die er allein mit seinem Verstand für sich selbst schaffen konnte? Hätte sie einen schwachen Mann gesehen, der sich an einen höchst eleganten Lebensstil gewöhnt hatte, neidisch gegenüber finanziell Bessergestellten und plötzlich von einer schönen Frau in Versuchung geführt, einer Frau, die in aller Öffentlichkeit von ihrem Mann ignoriert wurde und verletzlich war, weil sie die gesellschaftlichen Konventionen mit dem Verstand, aber nicht mit dem Herzen begriff?

Wie weit hatte sie ihn tatsächlich ermutigt? Konnte sie ihn ernstlich zu der Annahme verleitet haben, daß sie ihn heiraten würde, wenn es ihr freistünde? Sicher hatte er gemerkt, daß ihre Aufmerksamkeit nur eine List war, George zurückzugewinnen. Weniger noch als das: ein Nebenprodukt ihrer Bemühung, lieber charmant zu sein, als eine Szene zu machen, die George nur noch weiter verschreckte!

Vielleicht nicht. Vielleicht war Jack Radley noch weiter von Familien wie den Ashworths und Marches entfernt als sie selbst. Vielleicht hatten finanzielle Einschränkungen und wachsender Ehrgeiz alle anderen Empfindungen untergraben.

Sie hatte ihn für einen Mann gehalten, der zu eitel, zu sehr auf sein eigenes Vergnügen bedacht und sich seiner eigenen Interessen viel zu bewußt war, um sich zu verlieben. Körperliche Anziehungskraft war eine andere Sache, durfte aber nicht zu ernst genommen werden, durfte niemals Dinge von bleibender Bedeutung, wie Vermögen und Status, in Frage stellen. Selbst die Mittelklasse verstand diese Notwendigkeiten. Wegen einer Marotte warf man nicht alles weg. Sicher war ein Mann, der es bis zu seinem fünfunddreißigsten Lebensjahr geschafft hatte, klug genug, sich nicht seinen romantischen Veranlagungen oder Begierden hinzugeben.

Oder doch? Menschen verliebten sich. Einige, von denen man es am wenigsten erwartete, waren anfällig. War sie tatsächlich so übermäßig reizend gewesen, daß er seinen Verstand in den Wind geschrieben und George in einem Anfall von Leidenschaft ermordet hatte?

Nein. Es wäre berechnende Gier gewesen. Und er hatte diesen Augenblick so übereilt gewählt. Weil er irgendwie den Krach zwischen George und Sybilla belauscht und gewußt hatte, daß ihm die Gelegenheit entglitt. Einen Tag später wäre sie verloren gewesen.

Die Kutsche fuhr durch eine Birkenallee, und der Wind in den Blättern klang wie das Rascheln von Röcken, wie schwarzes Tuch auf dem Friedhofspfad, das Klimpern von Perlen und kaputtem Glas. Sie erschauerte. Sie fror innerlich. Das weiße Seidentaschentuch in ihrer Hand erinnerte sie an die Lilien und den Tod.

War sie im Grunde verantwortlich? Sie hatte es nicht gewollt, aber sie hatte es auch nicht bedacht. Die moralische Schuld würde bleiben, was die Polizei auch finden mochte. Und auch das gesellschaftliche Stigma. Der Umstand, daß sie nur höflich gewesen war, wäre bald vergessen. Die vornehme Gesellschaft würde sie als die Frau in Erinnerung behalten, deren Liebhaber ihren Mann ermordet hatte.

Und das Geld?

Sie hatte bereits eine kurze Notiz vom Anwalt bekommen, nur eine Beileidsbekundung, aber sie wußte, daß eine Menge Geld vorhanden war. Etwas davon wurde treuhänderisch für Edward verwahrt, aber sie selbst würde immer noch eine ansehnliche Summe erhalten, genug, um Jack Radley einen wahrhaft erstklassigen Lebensstil zu ermöglichen. Und natürlich würde sie die Häuser bekommen.

Der Gedanke war erschreckend. Eine kalte, klamme Übelkeit griff wie eine Hand nach ihrem Magen. Wenn er George ermordet hatte, mußte sie die Verantwortung mit auf sich nehmen. Falls man ihn entlarvte, würde sie im günstigsten Fall von der Gesellschaft ausgestoßen, schlimmstenfalls gemeinsam mit ihm gehängt.

Falls man ihn nicht entlarvte, würde das Mißtrauen ihr gegenüber auf ewig bleiben. Sie würde den Rest ihres Lebens mit Leuten verbringen, die über sie nachdachten und tuschelten. Und sie wäre vielleicht der einzige Mensch, der ohne jeden bohrenden Zweifel wußte, daß er unschuldig war. Denn er war der Täter.

Konnte er es sich leisten, sie am Leben zu lassen, und Gefahr laufen, daß sie es eines Tages irgendwie beweisen konnte, daß er es getan hatte? Sie würde es versuchen müssen, um ihrer eigenen Ehre willen. Sicher würde sie eines Tages einen ›Unfall‹ haben oder sogar ›Selbstmord begehen‹. Die Zugluft in der Kutsche verursachte ihr eine Gänsehaut.

Das Mittagessen war eine bedrückende, formelle Angelegenheit, wie es ein Trauermahl sein sollte. Emily trug es mit aller erdenklichen Würde, danach jedoch entschuldigte sie sich und ging nicht in ihr Schlafzimmer, wo Charlotte oder Vespasia sie finden konnten, sondern weiter fort. Sie brauchte Zeit zum Nachdenken, ohne gestört zu werden, und sie wollte nicht, daß irgend jemand sie mit Fragen bedrängte.

Überall im Haus lief man Gefahr, auf einen der anderen zu treffen, der sie entweder zu einer offensichtlichen Ausrede zwang, um sie gehen zu lassen, oder sie in ein Gespräch verstrickte, wobei sie sehr wohl wußte, was die anderen von ihr dachten und daß man ihr nur Höflichkeit vorspielte.

Sie ging die Treppe hinauf, dann auch die zweite, schmalere Stiege in das Stockwerk, das vor Generationen den Kindern vorbehalten gewesen war, wo ihre Spiele und ihr Weinen den Rest des Hauses nicht stören konnten. Sie kam an den verschlossenen Schlafzimmern vorüber, am Zimmer des Kindermädchens, dem der Nachtschwester, das bis auf zwei zugedeckte Kinderbettchen und eine rosa und weiß gestrichene Kommode mit Schubladen jetzt leer stand, und trat am Ende des Korridors schließlich in das große Tageskinderzimmer.

Es war wie eine andere Welt, vor zehn Jahren wie in Bernstein gefangen, als Tassie, das letzte Kind, es hinter sich gelassen hatte. Die Vorhänge waren weit aufgezogen, und Sonnenlicht fiel golden auf die Wände, ließ die ausgeblichenen Stellen und die Staubschicht auf den oberen Rändern der Bilder sichtbar werden, die kleine Mädchen mit steifen Trägerkleidchen und einen Jungen im Matrosenanzug darstellten. Es mußte William sein, das Gesicht in seiner Kinderzeit weicher, die Knochen noch nicht ausgeformt, der Mund zögerlich, halb lächelnd. Bräunlich, ohne das Rot in seinem Haar, sah er seltsam anders aus. In seinem jungen Gesicht lag etwas, das dem Bild, das sie von Olivia gesehen hatte, erstaunlich ähnlich war.

Die kleinen Mädchen waren anders, aber mit Ausnahme von einem besaßen alle Eustaces rundes Gesicht, die runden Augenbrauen und den selbstsicheren Blick. Die Ausnahme war Tassie, schmaler, offener, William ähnlicher, abgesehen von ihrem Mund und der Schleife im Haar.

Am Fenster stand ein geschecktes Schaukelpferd, die Zügel zerbrochen, der Sattel verschlissen. Auf einer rosafarbenen, rüschen- und flickenbesetzten Ottomane saß eine ganze Reihe von Puppen, allesamt aufrecht, offensichtlich von der lieblosen Hand eines Dienstmädchens geordnet. Eine Schachtel Zinnsoldaten war sorgfältig verschlossen und stand neben farbigen Bauklötzen, einer Puppenstube, deren Vorderseite sich aufklappen ließ, zwei Spieluhren und einem Kaleidoskop.

Sie setzte sich auf den großen Sessel und wurde ihres eigenen, schwarzen Rockes auf dem rosafarbenen Kissen gewahr. Sie haßte Schwarz. Im Sonnenlicht sah es staubig und alt aus, als trüge sie etwas, das gestorben war. Man würde von ihr erwarten, daß sie es mindestens ein Jahr lang trug.

Lächerlich. George hätte es nicht gewollt. Er mochte fröhliche Farben, sanfte Farben, besonders helles Grün. Er hatte sie stets am liebsten in hellem Grün gesehen, wie schattige Flüsse oder junge Blätter im Frühling.

Schluß! Es bereitete nur unnötigen Schmerz, immer weiter an George zu denken, immer und immer wieder. Es war zu früh. In einem Jahr würde sie in der Lage sein, sich nur noch an die guten Dinge zu erinnern. Bis dahin wäre sie es gewohnt, allein zu sein, und die Wunde würde ihre scharfen Kanten verloren haben. Die Heilung konnte beginnen.

Das Zimmer war warm und voller Licht, und der Sessel war sehr bequem. Sie schloß die Augen und lehnte sich zurück, das Gesicht in der Sonne. Hier oben herrschte absolute Stille. Der Rest des Hauses schien gar nicht zu existieren. Sie konnte überall sein. Der Streit und die Boshaftigkeit, das Tuscheln, die Arglist und Furcht waren hundert Meilen entfernt in einer anderen Stadt. Hier regierte der Geruch von Staub und altem Spielzeug, vom Stoff der Puppenkleider, dem Holz des Pferdes, der scharfe, bittere Geruch von Blei und Blechkästen und Spielzeugsoldaten. Dies alles tat ihr gut, wohl weil es anders war, beinah eine Erinnerung an eine einfachere, unendlich viel behütetere Zeit in ihrem eigenen Leben.

Sie war halb eingeschlafen, als die Stimme zu ihr drang, ganz leise, aber so erschreckend, daß sie meinte, sie würde geschlagen.

»Konnten Sie uns nicht mehr ertragen? Ich kann es Ihnen nicht verübeln. Niemand weiß, was er sagen soll, aber man sagt es dennoch. Und die alte Frau scheint einem griechischen Drama entsprungen zu sein. Ich bin heraufgekommen, um nach Ihnen zu sehen, weil ich fürchtete, es ginge Ihnen nicht gut.«

Sie riß die Augen auf und hob den Kopf, blinzelte in die Sonne. Jack Radley stand anmutig vor ihr, lehnte sich ein wenig gegen den Türrahmen. Er hatte sein Trauerschwarz abgelegt und trug ein angenehmes Braun. Ihr wollte nichts einfallen, was sie ihm hätte antworten können. Die Worte gefroren in ihrem Hirn.

Er kam vor und setzte sich auf den Hocker zu ihren Füßen.

Die Sonne machte die Umrisse seiner Haare zu einem Heiligenschein und warf die Schatten der Wimpern auf seine Wangen. All das erinnerte sie an den Wintergarten, und ihr Gewissen versetzte ihr einen Stich. Da hatte George noch gelebt.

Schließlich fand sie doch noch eine Antwort. »Ich bin nicht in der Stimmung, mich zu unterhalten. Mir ist nicht danach, mich zu Höflichkeiten zu zwingen, wenn jeder unbeholfen versucht, den Mord nicht zu erwähnen, während alle gleichzeitig vollkommen deutlich machen, daß sie glauben, ich wäre es gewesen.«

»Dann werde ich dem Thema aus dem Wege gehen«, erwiderte er betreten, blickte sie mit derselben warmherzigen Aufrichtigkeit an, die sie an jenem Abend an ihm entdeckt hatte, als er sie so innig geküßt hatte. Es rief in ihr die Erinnerung an den Geschmack seines Mundes wach, den Geruch seiner Haut und die feste, weiche Beschaffenheit seines Haares unter ihren Händen. Ihr Schuldgefühl war überwältigend.

»Seien Sie nicht albern!« fuhr sie ihn mit unsinnigem Zorn an. Normalerweise hätte sie solch harmloses Geplänkel endlos austauschen können, aber diese Gabe war ihr abhanden gekommen. Sie wollte sich nicht mit Jack Radley unterhalten, egal worüber. Es war ihr einfach unmöglich, jene furchtbaren Gedanken aus ihrem Kopf zu verbannen, die er möglicherweise haben mochte, die Vorstellung, sie könne sich von ihm so sehr angezogen fühlen, daß sie nach Georges Tod bereit wäre, einen anderen zu heiraten, ganz zu schweigen von dem Mann, der ihn vielleicht ermordet hatte!

»Es tut mir leid«, sagte er leise. »Ich weiß, es ist unmöglich, nicht zu denken. Ich nehme an, Sie können es nicht einmal für eine halbe Stunde aus ihren Gedanken verbannen.«

Widerstrebend sah sie ihn an. Er lächelte und sah zwischen all diesen Kindersachen so liebenswürdig und unschuldig aus, daß sie sich absonderlich vorkam, an Mord zu denken. Und dennoch ließ sich das Wissen darum nicht leugnen. Es stimmte! Jemand hatte George ermordet. Sie hatte es nicht getan. Es fiel ihr schwer, zu glauben, daß es Sybilla war, denn sie hatte nichts zu gewinnen, nur zu verlieren gehabt. Unmöglich der Gedanke, William wäre es gewesen. Gern hätte sie geglaubt, die alte Mrs. March könne es getan haben, aber ihr wollte kein triftiger Grund einfallen. Und natürlich hatte sie noch das abscheuliche Bild von Tassie vor Augen, die in jener Nacht die Treppe heraufgeschlichen war, erschöpft und nach Blut riechend, wie Charlotte es ihr beschrieben hatte. Konnte sie George nicht in einem Anfall von Wahnsinn ermordet haben? Doch selbst Wahnsinn brauchte einen Anlaß!

Oder sogar das wildeste Extrem: Eustace, um Tassies Gebrechen zu verbergen? Vielleicht hatte sie zuvor etwas Schreckliches getan. Konnte er versucht haben, es zu kaschieren? Aber es ergab keinen Sinn. Falls Eustace wußte, daß Tassie wahnsinnig war, würde er kaum jemanden suchen, der sie heiratete. Er hätte sie eher eingesperrt.

Jack Radley mußte es sein, der hier einen halben Meter von ihr entfernt saß, dem die Sonne auf das Haar schien, dessen Hemd so strahlend weiß war. Sie konnte das saubere Leinen ebenso riechen wie den Staub und die Hitze der Sonne auf dem Sessel und den Zinnsoldaten.

Sie wich seinem Blick aus, fürchtete, er würde die Angst in ihren Augen lesen. Falls er ihre Gedanken ahnte und sie verstand... Wie mußte er sich fühlen? Verletzt, weil es ihn bestürzte, was sie von ihm dachte? Weil es ungerecht war und er sich besseres erhofft hatte? Wütend, weil sie ihn verkannte? Oder weil seine Pläne fehlschlugen? Wütend genug, auf sie einzuschlagen?

Oder schlimmer, weit schlimmer: ängstlich, daß sie ihn betrügen, eine Gefahr für seine Sicherheit darstellen könnte?

Sie wagte nicht aufzusehen. Wenn er all das in ihren Augen las? Wenn er George getötet hatte, würde er jetzt auch sie töten müssen. Aber man würde ihn fassen!

Nicht, wenn er es wie einen Selbstmord aussehen ließ. Die Marches wären nur allzu froh, es hinzunehmen, die ganze Sache fallenzulassen und die Polizei fortzuschicken. Auch Thomas würde gehen und das Offensichtliche akzeptieren müssen. Die Familie würde es kaum in Frage stellen oder aufbauschen, ganz im Gegenteil! Sie wären dankbar.

Charlotte würde es natürlich niemals glauben. Aber wer würde schon auf sie hören?

Sie saß in der Stille des sonnendurchfluteten Kinderzimmers. Es war so hell, daß es sie blendete. Ihr war ein wenig schwindlig, und der Sessel unter ihr wurde plötzlich ganz hart. Er schien kippen zu wollen. Es war lächerlich, sie durfte nicht in Ohnmacht fallen! Sie war mit ihm allein, außer Rufweite aller anderen. Wenn er sie hier umbrachte, konnte es Tage dauern, bis man sie fand, Wochen sogar! Erst wenn wieder ein Dienstmädchen kam, um ein bißchen Staub zu wischen. Man würde glauben, sie wäre fortgelaufen, ein Eingeständnis ihrer Schuld.

»Emily, geht es Ihnen nicht gut?« Seine Stimme klang besorgt. Sie fühlte seine Hand auf ihrem Arm, sehr kräftig, fest.

Sie wollte die Hand an sich reißen. Angstschweiß trat ihr auf die Haut, durchnäßte den schwarzen Stoff ihres Kleides und lief ihr kalt über den Rücken. Wenn sie sich von ihm losriß, würde er wissen, daß sie Angst hatte, und er würde wissen, warum. Sie würde kaum aufstehen und fortlaufen können, bevor er sie faßte. Es war möglich, daß sie die Tür hinter ihm erreichte und über den Gang zu der steilen Treppe lief. Es wäre so einfach, sie zu stoßen, ein Sturz mit dem Kopf zuerst. Sie konnte ihren eigenen, verkrümmten Körper schon am Boden liegen sehen, seine Stimme mit der Erklärung hören. So einfach, so traurig. Ein weiterer tragischer Unfall. Sie war vor Trauer und Schuld ganz außer sich gewesen.

Es gab nur eine Möglichkeit: Unschuld vortäuschen, ihn davon überzeugen, daß sie keinen Verdacht hegte, keine Ahnung hatte, sich nicht vor ihm fürchtete.

Sie schluckte tapfer und biß die Zähne zusammen. Sie zwang sich, zu ihm aufzusehen, seinem Blick zu begegnen, ohne mit der Wimper zu zucken, mit ihm zu sprechen, ohne sich auf die Zunge zu beißen oder sich sonstwie verdächtig zu machen.

»Ja. Ja, danke. Mir war einen Augenblick lang schwindlig. Hier drinnen ist es wärmer, als ich gedacht hatte.«

»Ich werde ein Fenster öffnen.« Er stand auf, während er es sagte, griff nach dem Haken, hob den schweren Fensterrahmen hoch. Das war es! Ein Sturz aus dem Fenster! Sie waren im zweiten Stock. Sie würde nur kurz auf den harten Bürgersteig prallen, und es wäre das Ende. Wer würde sie hören, wenn sie schrie? Hier oben niemand. Eben das war der Grund, warum sich hier das Kinderzimmer befand: damit das Schreien der Kinder niemanden störte.

»Ja. Ja, das könnte vielleicht helfen«, stimmte sie ihm zu.

Er dreht sich zu ihr um, hob sich als Silhouette gegen die Sonne, den blauen Glanz der Blätter und des Himmels im Fenster ab. Er kam herüber und beugte sich ein wenig vor, nahm ihre Hand. Sie war warm, und sie erschauerte darüber, wie sehr. Sie konnte jetzt unmöglich aus ihrem Sessel aufstehen. Er stand beinah über ihr, hielt sie gefangen.

»Emily?« Er sah in ihr Gesicht, genau genommen starrte er sie an. »Emily, haben Sie Angst vor ihnen?«

Sie fürchtete sich so sehr, daß es ihr Schmerzen bereitete und ihr der Schweiß über den Rücken und zwischen den Brüsten herablief.

»Angst?« Sie täuschte Arglosigkeit vor, versuchte den Eindruck zu vermitteln, als wäre sie nicht sicher, was er meinte.

»Machen Sie mir nichts vor.« Noch immer hielt er ihre Hand. »Eustace und diese schreckliche alte Frau sind ganz versessen darauf, Sie für den Mord verantwortlich zu machen. Aber sie tun es nur, damit die Sache vertuscht wird und die Polizei das Haus verläßt. Pitt weiß das sicher. Ist er nicht Ihr Schwager? Und ich bin überzeugt davon, daß Ihre Schwester keine Anschuldigungen gegen Sie zulassen wird, ohne ihr Bestes zu tun, diese in der Luft zu zerreißen, egal, wo die Fetzen auch landen mögen.«

Hatte er eine Ahnung von dem, was sie dachte? Konnte er ihre Angst wittern? Sicher wußte er, daß ihre Furcht unmittelbar und physisch war, nicht so vage wie die Verdächtigungen der Marches. Es war ein naheliegender, zwingender

Schritt von dort zu seiner Erkenntnis, daß sie glauben mußte, er hätte George ermordet.

»Ich empfinde es als äußerst unangenehm«, sagte sie mit einem trockenen Schlucken, das Gesicht ganz heiß. »Natürlich ist es nicht gerade erfreulich, wenn solche Leute, selbst solche wie Mrs. March, etwas derartiges von einem glauben. Aber ich weiß, daß sie es tut, weil sie für sich selbst fürchtet.«

»Für sich selbst?« Er klang überrascht, aber sie sah ihn nicht an.

»Ich glaube, es wäre besser, wenn ich es nicht ansprechen würde«, sagte sie leise. »Aber es gibt da bestimmte Dinge in der Familie...«

»Wer? Tassie?« Jetzt lag Zweifel in seiner Stimme.

»Wirklich, Mr. Radley. Ich möchte lieber nicht darüber sprechen. Ich glaube nicht, daß es irgend etwas mit ihr zu tun hatte, aber Mrs. March könnte äußerst besorgt sein.« Endlich rührte sie sich, betete, er möge zurücktreten und ihr erlauben aufzustehen. Ihr wurde ganz schwach vor Erleichterung, als er es tat.

»Aber Sie glauben, es war Tassie?« drängte er weiter, doch sie weigerte sich, ihn anzusehen. Vorsichtig, den Atem angehalten, schob sie sich an ihm vorbei zur Tür.

»Nein. Wahrscheinlich, weil ich es nicht will. Ich möchte es von niemandem glauben, aber ich kann es nicht verhindern.« Sie war im Zimmer der Nachtschwester, und er stand ganz nah hinter ihr. »William hatte einen guten Grund, es zu tun, würde ich sagen.« Es war schändlich, so etwas zu äußern, aber sie konnte nur noch an ihr Entkommen denken, daran, die Treppe zu erreichen und nach unten zu gelangen, wo Menschen waren.

»Natürlich.« Noch immer war er neben ihr, ganz nah, bereit, sie zu halten, falls sie sich wieder einer Ohnmacht nah fühlte. »Falls es ihm etwas ausgemacht hat. Ich habe nie Anzeichen dafür gesehen. Und Sie wissen, daß George sicher nicht der erste Mann war, der in Sybilla vernarrt war.«

»Ich kann es mir vorstellen, aber es bedeutet nicht, daß es ihm nichts ausgemacht hätte!« Sie hatte es eilig, allzu eilig. Der Gedanke daran, daß ihre Sicherheit in nur wenigen

Metern Entfernung lag, war zu verlockend. Erleichterung stieg in ihr auf, schnürte ihr die Kehle zu. Sie mußte nur vor ihm die Treppe hinuntersteigen, damit er sie nicht stoßen oder stolpern lassen konnte. Sie wollte laufen, um ganz sicherzugehen.

Dann spürte sie mit beinah unerträglichem Entsetzen seine Hand gleich über ihrem Ellbogen. Sie wollte sie wegreißen, um Hilfe rufen, schreien. Aber vielleicht war niemand anderes da, selbst jenseits der Treppe. Dann hätte sie ihr Entsetzen preisgegeben und wäre mit ihm allein. Sie erstarrte.

»Emily!« sagte er eindringlich. »Sehen Sie sich vor!«

War es eine Drohung? Endlich sah sie ihn an, beinah unfreiwillig. Aber sie mußte es wissen.

»Hüten Sie sich vor William«, sagte er ernst. »Falls William es war und er merkt, daß Sie es wissen, könnte er Ihnen vielleicht etwas antun, und sei es nur, indem er versucht, Sie in irgendeiner Weise zu belasten.«

»Das werde ich tun. Am besten werde ich versuchen, möglichst gar nicht davon zu sprechen.«

Er lachte freudlos. »Ich meine es ernst, Emily.«

»Danke.« Sie schluckte und mußte beinah husten. Sie standen an der obersten Stufe der Treppe. Hier konnte sie nicht bleiben. Er würde wissen, daß sie erwartete, von ihm gestoßen zu werden, und dieses Wissen konnte genügen, daß es wahr wurde. Er konnte es nicht wagen, sie leben zu lassen, und eine bessere Gelegenheit als diese würde er nie mehr bekommen. Ein einfacher Fehltritt, und sie würde kopfüber hinunterstürzen, sich das Rückgrat brechen oder das Genick. Ihre Füße standen schon auf der zweiten Stufe. Sie zwang sich zitternd weiter, mit weichen Knien... die dritte, die vierte. Er war hinter ihr. Es war zu eng, neben ihr zu gehen. Die siebente Stufe, die achte... sie versuchte, nicht zu hetzen. Mit jeder Sekunde kam sie ihrem Ziel näher. Endlich war sie unten, in Sicherheit! Für den Augenblick.

Sie atmete tief durch, trat fest auf den Boden und hastete dann über den Flur zur Haupttreppe hinüber.

# 8

Pitt hatte an der Beerdigung teilgenommen, jedoch in so diskretem Abstand, daß ihn ganz sicher niemand aus der Familie hatte sehen können. Danach folgte er ihnen zurück nach Cardington Crescent, und diesmal trat er durch die Küche ein, brachte Stripe mit sich. Wieder und wieder waren sie die spärlichen Aussagen durchgegangen, hatten die wenigen Gespräche nachvollzogen, die sie hatten belauschen können, die Eindrücke, die sie ihnen vermittelt hatten, in der Hoffnung, jemanden bei einer unbedachten Enthüllung zu ertappen, aber in seiner Erinnerung war nichts haftengeblieben, das sich deutlicher abgezeichnet hätte als der Rest. Nichts wies ihm den Weg durch das Labyrinth.

Er ließ Stripe die Dienerschaft ein weiteres Mal befragen, in der Hoffnung, daß man sich eines vergessenen Bruchstückes entsinnen würde, daß ein Aufblitzen neuer Erinnerungen an die Oberfläche der Gedanken stieg.

Er wollte Charlotte wiedersehen. Keine noch so intensive Beschäftigung mit diesem Fall, dem in Bloomsbury oder irgendeinem anderen, konnte ihm über die Einsamkeit seiner Abende hinweghelfen, wenn er nach Haus kam, oft erst gegen Mitternacht, und nur das Nachtlicht im Flur brannte, wenn er die Küche leer und sauber vorfand, in der alles bis auf das Abendessen, das Gracie ihm sorgfältig zubereitet und auf den Tisch gestellt hatte, weggeräumt war.

Jeden Abend aß er schweigend beim verglühenden Feuer am Ofen. Dann zog er seine Stiefel aus und stieg auf Zehenspitzen die Treppe hinauf, sah erst nach den kleinen, reglosen Umrissen von Jemina und Daniel im Kinderzimmer, bevor er zu Bett ging. Er war so müde, daß er innerhalb weniger Minuten einschlief, aber am Morgen wachte er mit einem Gefühl der Verlassenheit auf.

An dem Morgen unterbreitete ihm Gracie die Vorkommnisse des vorangegangenen Tages, die sie für wichtig erachtete, aber es war ein zaghafter und dürftiger Rapport, nicht zu vergleichen mit Charlottes Berichten, voller Einschätzungen, Details und Dramatik. Für gewöhnlich betrachtete er ihr unablässiges Reden beim Frühstück als Störung, als eine jener Geißeln, die Männer mit einer Ehe unweigerlich auf sich nehmen müssen. Ohne sie war es ihm jedoch unmöglich, sich auf die Zeitung zu konzentrieren, und diese bereitete ihm nur noch wenig Vergnügen.

Jetzt erkundigte er sich bei dem Diener, wo Charlotte sei, und wurde in ein übervolles Boudoir geführt, stickig wie ein Treibhaus, und man bat ihn zu warten. Es dauerte keine fünf Minuten, bis Charlotte hereinkam und, nachdem sie die Tür fest hinter sich geschlossen hatte, ihre Arme um ihn warf und sich fest an ihn drückte. Sie gab keinen Ton von sich, aber er fühlte, daß sie weinte, ein müdes, stockendes Loslassen der Tränen.

Er küßte sie, ihr Haar, die Stirn, die Wangen, dann reichte er ihr sein einziges annehmbares Taschentuch, wartete, während sie sich zweimal heftig die Nase putzte.

»Wie geht es den Kindern?« fragte sie, schluckte und sah zu ihm auf. »Hat Daniel inzwischen seinen Zahn bekommen? Ich hatte das Gefühl, als hätte er etwas Fieber.«

»Ihm fehlt nichts«, versicherte er ihr. »Du bist erst seit zwei Tagen weg.«

Aber damit gab sie sich nicht zufrieden. »Was ist mit dem Zahn? Bist du sicher, daß er kein Fieber hat?«

»Ja, vollkommen sicher. Gracie sagt, es geht ihm gut, und er ißt immer alles auf.«

»Er ißt keinen Kohl. Das weiß sie.«

»Kann ich mein Taschentuch zurückbekommen? Es ist das einzige, das ich habe.«

»Ich werde dir eines von – von George besorgen. Warum hast du keine Taschentücher? Kümmert sich Gracie nicht um die Wäsche?«

»Natürlich tut sie das. Ich habe es einfach vergessen.«

»Sie sollte es dir in die Tasche stecken. Geht es dir gut, Thomas?«

»Ja, danke.«

»Das freut mich.« Aber ihre Stimme klang zweifelnd. Sie zog die Nase hoch, dann änderte sie ihre Absicht und putzte sie ein zweites Mal. »Ich nehme an, du hast bis jetzt noch nichts über George herausgebracht. Ich jedenfalls nicht. Je länger ich hinsehe, desto weniger scheine ich zu erkennen.«

Er legte ihr sanft eine Hand auf die Schulter, spürte ihre Wärme unter seiner Berührung.

»Wir werden es schon herausfinden«, sagte er mit mehr Gewißheit, als angebracht war. »Es ist noch zu früh. Wie geht es Emily?«

»Sie ist krank und verängstigt. Ich glaube, für sie war es das Schwierigste, Edward und Mrs. Stevenson zurückfahren zu lassen. Er ist so furchtbar jung. Er versteht es nicht. Aber er wird es verstehen, bald. Er wird...«

»Laß uns erst unsere dringlichsten Probleme lösen«, unterbrach er sie. »Wir helfen Edward, wenn...«

»Ja, natürlich.« Wiederum schluckte sie und wischte sich unbewußt die Hände am Rock. »Wir müssen mehr über die Marches herausfinden. Einer von ihnen war es – oder Jack Radley.«

»Warum zögerst du, bevor du ihn nennst?«

Sie sah zu Boden, wich seinem Blick aus. »Ich glaube...« Sie hielt inne.

»Fürchtest du, Emily hätte ihn ermutigt?« fragte er und haßte sich dafür. Aber wenn er es nicht tat, würde es dennoch zwischen ihnen stehen. Sie kannten einander zu gut, um lügen zu können, selbst schweigend.

»Nein!« Aber sie wußte, daß er ihr nicht glaubte. Es war eine Antwort aus Loyalität, nicht aus Überzeugung. »Ich weiß nicht«, fügte sie hinzu, mühte sich, etwas zu finden, das der Wahrheit näherkam. »Ich glaube nicht, daß sie es beabsichtigt hatte.« Sie holte tief Luft. »Wie kommst du mit dem Bloomsbury-Fall weiter? Damit mußt du doch ebenso beschäftigt sein.«

»Bin ich nicht.« Er spürte eine Last, die ihn bedrückte, als er es sagte. Er hatte keinerlei Hoffnung, diesen Fall zu lösen, und eine Lösung würde nur weitere, alltägliche Tragödien zu Tage treten lassen, die er auch in Zukunft nicht würde verhindern können. Es war nur der bizarre Zustand der Leiche, der die Öffentlichkeit aufrüttelte.

Sie sah ihn an. Ihre Verwirrung wich plötzlichem Verständnis. »Gibt es gar nichts? Kannst du nicht einmal in Erfahrung bringen, wer sie war?«

»Noch nicht. Aber wir versuchen es noch. Sie könnte aus einem Dutzend verschiedener Gegenden stammen. Wenn sie ein Stubenmädchen war, das wegen unmoralischen Betragens entlassen wurde oder vielleicht sogar, weil der Herr des Hauses ihr Avancen gemacht und seine Frau es herausgefunden hat, dann könnte sie auf die Straße gegangen sein, um sich ihren Lebensunterhalt zu verdienen. Dann könnte sie von einem Freier, einem Zuhälter, einem Dieb – praktisch von jedem ermordet worden sein.«

»Arme Frau«, sagte Charlotte sanft. »Dann ist es hoffnungslos.«

»Wahrscheinlich. Aber wir machen noch ein bißchen weiter.«

Sie starrte ihn trotzig an. »Aber dies hier ist nicht hoffnungslos! Georges Mörder ist in diesem Augenblick mit uns in diesem Haus. Es ist Jack Radley oder einer von den Marches.« Sie legte ihre Stirn in Falten, kämpfte einen Moment lang mit sich selbst und kam dann zu einer Entscheidung. »Thomas, ich habe dir etwas sehr, sehr Häßliches zu erzählen.« Und ohne ihm in die Augen zu sehen oder eine Unterbrechung zuzulassen, berichtete sie ganz genau, was sie mitten in der Nacht oben an der Treppe beobachtet hatte.

Er war bestürzt. Hatte sie geträumt? Sicher hatte sie in den letzten Tagen genügend Anlaß zu Alpträumen gehabt. Selbst wenn sie tatsächlich wach gewesen und auf dem Treppenabsatz gewesen war, konnte nicht vielleicht das abrupte Hochschrecken aus dem Schlaf, das Flackern des trüben Gaslichtes sie so sehr in die Irre geführt haben, daß sie meinte, Blut zu sehen, wo nur Schatten waren?

Sie starrte ihn an, wartete, suchte in seinem Gesicht nach dem angemessenem Entsetzen.

Er versuchte, seine Zweifel mit Erstaunen zu verbergen. »Niemand wurde erstochen«, sagte er laut heraus.

»Das weiß ich!« Sie wurde wütend, weil sie sich fürchtete, und sie wußte, daß er ihr nicht glaubte. »Aber warum schleicht jemand in den frühen Morgenstunden die Treppe hinauf und riecht dabei nach Blut? Wenn es denn so harmlos war, warum hat dann niemand etwas gesagt? Heute morgen war sie vollkommen normal. Und sie war nicht betrübt, Thomas! Ich schwöre dir, sie war glücklich!«

»Sag nichts davon!« warnte er sie. »Wir werden nichts in Erfahrung bringen, indem wir offen angreifen. Falls du recht hast, geschieht tatsächlich etwas wirklich Furchtbares in diesem Haus, in dieser Familie. Um Gottes willen, Charlotte, sei vorsichtig.« Er nahm sie bei den Schultern. »Vielleicht sollte Emily besser nach Haus fahren, und du mit ihr.«

»Nein!« Sie sträubte sich, riß sich los, erhobenen Hauptes. »Wenn wir nicht herausfinden und beweisen, wer es ist, könnte Emily gehängt werden oder im günstigsten Fall den Rest ihres Lebens mit dem Makel des Zweifels zubringen, weil sich die Leute erinnern und einander zuflüstern, daß sie vielleicht ihren Mann ermordet hat. Und wenn dies für Emily noch zu ertragen wäre, so doch kaum für Edward!«

»Ich werde es auch ohne dich herausfinden«, setzte er grimmig an, aber ihr Gesicht war gespannt und ihre Augen fiebrig.

»Vielleicht. Aber ich kann beobachten und belauschen, wie du es niemals könntest, nicht in diesem Haus. Emily ist meine Schwester, und ich werde bleiben. Es wäre falsch, davonzulaufen, und du würdest an meiner Stelle auch nicht darüber streiten. Und du würdest ebensowenig davonlaufen.«

Er dachte einen Moment lang nach. Was würde geschehen, wenn er sie nach Haus schickte? Sie würde nicht gehen. Ihre Loyalität gegenüber Emily war in diesem Augenblick größer, mit Recht. All seine Gefühle wollten, daß sie vor der Gefahr flüchtete. Sein Verstand wußte, daß es pure Feigheit war, Furcht vor seinem eigenen Schmerz, falls ihr etwas zustoßen sollte. Aber falls er dieses Verbrechen nicht aufklärte, falls Emily gehängt wurde, dann hätte er in seinem Verhältnis zu Charlotte alles verloren, das ihm Feuer und Bedeutung verlieh.

»Also gut«, sagte er schließlich. »Aber um Himmels willen, sei vorsichtig! Irgend jemand in diesem Haus ist ein Mörder. Vielleicht mehr als nur einer!«

»Ich weiß«, sagte sie ganz leise. »Ich weiß, Thomas.«

Am späteren Nachmittag ließ Eustace Pitt zu sich in das Morgenzimmer kommen. Er stand vor dem Kamin, die Hände in den Taschen vergraben, noch immer in denselben Kleidern, die er bei der Beerdigung getragen hatte.

»Nun, Mr. Pitt?« begann er, sobald die Tür geschlossen war. »Wie kommen Sie voran? Haben Sie schon etwas Wissenswertes in Erfahrung gebracht?«

Pitt hatte keineswegs die Absicht, sich auf irgend etwas festlegen zu lassen, geschweige denn, etwas von Charlottes Geschichte über Tassie zu sagen.

»Eine ganze Menge«, erwiderte er gelassen. »Aber ich bin mir über seine Bedeutung noch nicht recht im klaren.«

»Keine Verhaftung?« beharrte Eustace, und seine Miene hellte auf, die breiten Schultern entspannten sich, ließen das vortrefflich geschnittene Jackett ohne jede Spannung im Stoff noch gleichmäßiger sitzen. »Sie überraschen mich nicht. Interne Tragödie. Habe es Ihnen gleich gesagt. Ich möchte annehmen, man müßte doch ein Privatsanatorium für sie finden. Sie wird nicht unter Einbußen ihrer Mittel leiden müssen, so daß sie sich bequem einrichten kann. Das beste für uns alle. Keine Beweise. Nicht nachweisbar. Kein Vorwurf an Ihre Person, mein lieber Freund. Mißliche Lage, in der Sie stecken.«

Eustace bereitete sich also schon darauf vor, daß der Fall abgeschlossen wurde und sich weitere Nachforschungen wirksam verhindern ließen. Es wäre so einfach für die Marches, sich zu schützen, indem sie Emily beschuldigten. Sie hatten kaum gewartet, bis die Leiche unter der Erde war, als sie begannen, zu ihrer aller Nutzen hier und da mit einer kleinen Lüge eine äußerst diskrete Verschwörung zu inszenieren, daß es tatsächlich Emily gewesen war, die George in einem Anfall von Eifersucht ermordet hatte. Und, ob sie nun verraten wurde oder nicht, es wäre das allerbeste, wenn man sich Emilys in aller Stille entledigte, ihr die Schuld zuwies und den Fall somit schloß.

Schlimmer noch als die Verschwörung der Marches war dieser Anflug von Mißtrauen, der in Pitts Hinterkopf nagte, denn es war nicht unmöglich, daß Emily es getan hatte. Er hätte es vor Charlotte nicht so gesagt, und er spürte ein brennendes Schuldgefühl bei diesem Gedanken. Aber niemand sonst hatte die angebliche Versöhnung erwähnt, und ohne diese hatte sie eines der ältesten und besten Motive der Menschheit: das einer Frau, die lächerlich gemacht und dann betrogen worden war. Sie war schon früher Zeugin der Folgen einiger Morde gewesen, durch Charlotte und ihn selbst, vielleicht war ihr die Idee geläufiger, als sie ahnten.

»Höchst bedauerlich«, erwiderte Eustace mit wachsender Zufriedenheit. »Zweifellos haben Sie alles getan, was Sie konnten.«

Das Salbungsvolle im Ton, die Unterstellung seiner Blindheit, seiner Bereitschaft, sich zu fügen, waren beleidigend.

»Ich habe kaum angefangen«, sagte Pitt barsch. »Ich werde noch eine ganze Menge mehr herausfinden. Um die Wahrheit zu sagen, werde ich nicht ruhen, bis ich weiß, wer George ermordet hat.«

»Um Himmels willen, warum?« protestierte Eustace, die Augen ob derart unsinnigen Verhaltens weit aufgerissen. »Sie können nur nutzlosen Schmerz hervorrufen, nicht zuletzt bei Ihrer Frau. Zeigen Sie ein bißchen Gefühl, ein bißchen Einfühlungsvermögen!«

»Ich bin keineswegs sicher, daß Emily es war!« Pitt sah ihn düster an, aufgebracht und hilflos, und er wünschte, er hätte diese entsetzliche Selbstgefälligkeit aus Eustace herausprügeln können. Er stand direkt vor dem erloschenen Kamin, all seine Besitztümer beruhigend um sich geschart, entledigte sich Emilys, als wäre sie ein Haustier, das ihm lästig war. »Es gibt keinen Beweis!« sagte Pitt laut.

»Dann können Sie auch nicht davon ausgehen, einen zu

finden, oder?« Eustace gab sich unendlich vernünftig. »Machen Sie sich keinen Vorwurf. Ich möchte behaupten, daß Sie ungemein tüchtig sind, aber Sie können keine Wunder bewirken. Lassen Sie uns keinen Skandal daraus machen, um Emilys willen und wegen des Kindes.«

»Sein Name ist Edward!« Pitt war wütend, und er merkte, daß er die Kontrolle über sich verlor, die der Kern einer jeden intelligenten Suche nach der Wahrheit war, aber vergeblich bemühte er sich darum mit lauter werdender Stimme. »Warum glauben Sie, Emily wäre es gewesen? Haben Sie Beweise, die Sie mir vorenthalten?«

»Mein lieber Junge!« Eustace schaukelte sanft vor und zurück, die Hände noch immer in den Taschen. »George hatte eine Affäre mit Sybilla! Emily wußte davon und konnte ihre Eifersucht nicht mehr beherrschen. Dessen sind Sie sich doch bewußt?«

»Das ist ein ausgezeichnetes Motiv.« Pitt gab sich Mühe, leise zu sprechen. »Für Emily und für Mr. William March. Ich sehe da keinen Unterschied, es sei denn, Sie schenken Emilys Geschichte Glauben, daß sie und George sich wieder versöhnt hatten, was bedeuten würde, daß Mr. March ein noch stärkeres Motiv hätte!«

Eustace lächelte breit, die Miene gänzlich ungerührt. »Nicht im mindesten, mein lieber Freund. Zuallererst glaube ich keineswegs an diese Geschichte mit der Versöhnung. Wunschdenken oder ganz verständliche Angst. Aber dennoch befindet sich Emily in einer vollkommen anderen Situation als William. Emily wollte George, brauchte ihn, um es genau zu sagen.« Er nickt ein- oder zweimal. »Wenn ein verheirateter Mann Affären hat, bleibt der Frau nur, diese auf bestmögliche Weise hinzunehmen. Eine kluge Frau wird vorgeben, nichts zu merken. Auf diese Weise braucht sie überhaupt nichts zu tun. Ihr Heim und ihre Familie werden durch eine kleine Dummheit nicht in Gefahr gebracht. Ohne ihren Mann hat sie gar nichts. Wohin soll sie gehen, was soll sie tun?« Er zuckte mit den Schultern. »Sie wäre von der Gesellschaft ausgestoßen und hätte keinen Penny, um sich und die Kinder zu ernähren und anzukleiden.

Für einen Mann ist es da ganz anders. Ich kann Ihnen ruhig verraten, daß es Sybilla schon bei anderen Gelegenheiten an Diskretion gemangelt hat und daß der arme William beschlossen hatte, sich nicht länger damit abzufinden. Hinzu kam, daß sie ihm keine Kinder schenken konnte, wenn ich auch zugeben muß, daß die arme Frau nichts für dieses Unglück kann, was dennoch ein Unglück ist. Er wollte sich von ihr scheiden lassen und sich eine passendere Frau suchen, die ihre Rolle als Ehefrau erfüllen würde und ein Quell der Familienfreuden sein sollte. Er war sehr froh, daß Sybilla ihm schlußendlich die nötige Rechtfertigung geliefert hat, damit er in den Augen anderer nicht ungerecht wirkte, als würde er sie abschieben, nur weil sie unfruchtbar ist.«

Pitt war verblüfft. Es war etwas, das er niemals in Betracht gezogen hatte. »William wollte sich von Sybilla scheiden lassen?« wiederholte er stumpfsinnig. »Das hat mir niemand gesagt.«

»Ach, nein.« Eustaces Lächeln wurde noch vertraulicher, und er beugte sich ein wenig vor, nahm die Hände aus den Taschen und stützte eine auf die Lehne des Sessels, um sein Gleichgewicht zu halten. »Ich nehme an, dies war der Streit, den Emily belauscht zu haben glaubt. Da Sybilla nun doch ein Kind erwartet, ändert sich die Lage dadurch selbstverständlich. Um des Kindes willen hat William ihr vergeben und nimmt sie wieder auf. Und natürlich kehrt sie dankbar und reumütig zurück. Ich denke, ihr zukünftiges Verhalten wird nichts zu wünschen übrig lassen.« Auf seinem Gesicht glänzte ungeheure Zufriedenheit.

Pitt war sprachlos. Er hatte keine Ahnung, ob es stimmte, aber er wußte aus seiner Kenntnis der Scheidungsgesetze, daß Eustace recht hatte: Ein Mann konnte sich wegen Ehebruchs von seiner Frau scheiden lassen und sie auf die Straße setzen, aber nach dem Gesetz konnte eine Frau das nicht tun. Ein Ehebruch war unerheblich, solange er es war, der ihn beging, nicht sie.

»Ich sehe, Sie verstehen«, sagte Eustace, und die Worte zogen wie tosendes Wasser über Pitts Kopf hinweg. »Sehr weise. Je weniger davon gesprochen wird, desto besser.

Habe Ihnen zu einer Vertraulichkeit verholfen. Weiß, daß Sie es nicht weitersagen werden. Vertraue auf Ihre Diskretion. Solche Angelegenheiten sollten zwischen einem Mann und seiner Frau bleiben.« Er spreizte seine Hände, die Handflächen zu einer vertraulichen Geste zwischen vernünftigen Männern nach oben gewandt. »Habe es Ihnen nur gesagt, damit Sie verstehen. Der arme William hat eine Menge durchmachen müssen, aber er sollte jetzt am Beginn seines Glückes stehen. Tragisch, daß die arme Emily nicht einen kühlen Kopf behalten konnte. Ein paar Tage später wäre alles wieder gut gewesen. Tragisch.« Er zog die Nase hoch. »Aber seien Sie versichert, daß wir uns um sie kümmern werden. Sie wird die allerbeste Pflege erhalten.«

»Noch gehe ich nicht«, sagte Pitt und fühlte sich albern. Er mußte lächerlich wirken in diesem bedrückenden Raum mit seiner Sammlung von Familienreliquien und Eustace so ungerührt wie die Ledersessel. Pitts Haar war struppig, seine Krawatte saß schief, der Mantel hing offen, und er hatte zwei von Georges Taschentüchern in der Hose. Eustaces Stiefel wurden täglich vom Stiefelknecht poliert, Pitts waren an der Sohle geflickt und wurden von Gracie geputzt, wenn sie daran dachte und die Zeit dafür hatte. »Ich bin noch nicht fertig«, sagte er ein weiteres Mal.

»Wie Sie wünschen.« Eustace war enttäuscht, aber nicht besorgt. »Tun Sie, was Sie für nötig halten. Achten Sie unbedingt darauf, daß es im angemessenen Rahmen geschieht. Möchte nicht, daß Sie Ihren Job verlieren. In der Küche werden Sie sicher Mittagessen bekommen, wenn Sie möchten. Und Ihr Freund Stripe natürlich auch.«

Stripe war hocherfreut, sein Mittagessen in der Küche zu bekommen, nicht weil er Hoffnung hatte, daß er etwas Wertvolles den Fall betreffend, erfahren würde, sondern weil auch Lettie Taylor dort war, sauber und adrett wie ein Blumengarten und nach Stripes Ansicht in jeder Beziehung erfreulich. Absichtlich behielt er die Augen bei seinem Teller, sehnte sich danach, sie anzusehen, war jedoch ganz entsetzlich befangen. Er war es nicht gewohnt, in derart förmlicher, sogar hierarchischer Gesellschaft zu speisen. Der Butler saß wie der Vater einer großen Familie am Kopfende des Tisches und die Wirtschafterin ihm gegenüber wie eine Mutter. Der Butler führte die Aufsicht, als hätte er eine Funktion von enormer Wichtigkeit auszuführen, und strenge Regeln waren zu beachten. Die jungen Diener und die jüngsten Mädchen sagten nur etwas, wenn sie angesprochen wurden. Die Dienstmädchen der Damen, sowohl die ansässigen als auch die durchreisenden, schienen eine ganze Klasse weit auseinanderzustehen, sowohl nach Einschätzung des Hauspersonals als auch nach ihrer eigenen. Die älteren Diener, Küchenmädchen und Stubenmädchen saßen in der Mitte und bestritten den Großteil der Konversation.

Die Tischmanieren waren so vornehm wie im vorderen Eßzimmer und die Gespräche mit Sicherheit ebenso gestelzt, aber hier herrschte doch eine häuslichere Atmosphäre. Das Essen wurde, während man es auftrug, aß und fortbrachte, Teller für Teller mit Komplimenten bedacht. Die Manieren der Jüngeren wurden mit fürsorglicher Ungezwungenheit sanft gerügt. Es gab Kichern, Erröten, Schmollen, genau wie Stripe es von seinem eigenen Zuhause her kannte, als er klein war. Nur waren die Gesetze seltsam und streng: Ellbogen an die Seiten, alles grüne Gemüse mußte gegessen werden, sonst gab es keinen Pudding, niemals Erbsen auf dem Messer. Das Sprechen mit vollem Mund wurde augenblicklich getadelt, unaufgeforderte Meinungsäußerungen unterdrückt. Hätte er vom Tod gesprochen, wäre dies ein Ausdruck unerträglich schlechten Geschmacks gewesen, vom Mord ganz zu schweigen.

Unwillkürlich warf Stripe einen Blick auf Lettie, proper in weißer Spitze über ihrem schwarzen Kleid, und er merkte, daß auch sie ihn ansah. Selbst im Gaslicht waren ihre Augen noch genauso blau. Schnell blickte er zur Seite und war zu befangen, um zu essen, fürchtete, er würde Erbsen von seinem Teller auf das perlweiße Tuch schieben.

»Trifft das Essen nicht Ihren Geschmack, Mr. Stripe?« fragte die Wirtschafterin kühl.

»Oh, ausgezeichnet, Ma'am, danke«, antwortete er. Dann,

als sie ihn immer noch ansahen, spürte er, daß noch etwas von ihm erwartet wurde, und er sprach weiter. »Ich – ich nehme an, ich war einfach mit meinen Gedanken woanders.«

»Nun, ich hoffe, Sie werden sie nicht hier diskutieren wollen!« Die Köchin schnaubte verächtlich durch die Nase. »Ich muß schon sagen! Rosie hat bereits hysterische Anfälle, und Marigold hat gekündigt und ist sonstwohin gegangen. Ich weiß nicht, wohin das noch führen soll, ich weiß es wirklich nicht!«

»Ich bin noch nie in einem Haus tätig gewesen, in das Polizisten gekommen sind«, sagte Sybillas Mädchen steif. »Niemals. Nur meine Loyalität hält mich noch in diesem Ort.«

»Wir auch nicht!« antwortete Lettie so eilig, daß die Worte über ihre Lippen kamen, bevor sie Zeit hatte, darüber nachzudenken. »Aber was wollen Sie? Daß wir Gefahr laufen, in unseren Betten ermordet zu werden und niemand da ist, der uns beschützt? Ich bin sehr *froh*, daß Sie da sind.«

»Ha! Daß *Sie* froh sind, kann ich mir vorstellen«, sagte die Wirtschafterin.

Lettie errötete. »Ich weiß absolut nicht, was Sie meinen.« Sie sah auf ihren Teller, und neben ihr kicherte eines der Stubenmädchen aus dem Obergeschoß, erstickte es jedoch in der Serviette, als der Butler ihr einen bösen Blick zuwarf.

Stripe verspürte einen unwiderstehlichen Drang, Lettie zu verteidigen. Wie konnte es jemand wagen, sie zu beleidigen und in Verlegenheit zu bringen!

»Sehr lobenswert von Ihnen, Miß«, sagte er und sah sie direkt an. »Eine Notlage zu verstehen und sie mit Ruhe zu nehmen. Gesunder Menschenverstand ist das beste Mittel in Zeiten wie diesen. Eine Menge Unheil ließe sich vermeiden, wenn sich mehr Leute darauf besinnen würden.«

»Danke, Mr. Stripe«, sagte Lettie geziert. Aber die Röte auf ihren Wangen verdunkelte sich, und er wagte zu hoffen, es sei aus Freude geschehen.

Der Rest der Mahlzeit verging mit Konversation über Banalitäten, aber als Stripe keine weiteren Fragen einfallen wollten und sich Pitts Pflichten im vorderen Teil des Hauses erschöpft hatten, wurde es Zeit zu gehen. Er ging mit einigem Bedauern, das kindischer Hochstimmung wich, als Lettie unter einem nichtigen Vorwand in die Küche herunterkam, ihm in die Augen blickte, einen schönen Tag wünschte und dann mit zierlichen Schritten und raschelndem Rock über die Treppe nach oben lief und im Korridor verschwand.

Stripe öffnete den Mund, um etwas zu erwidern, aber es war zu spät. Er drehte sich herum, sah, daß Pitt lächelte und wußte, daß ihm die Bewunderung – denn so hätte er es nach wie vor genannt – in seinem Gesicht geschrieben stand.

»Sehr hübsch«, sagte Pitt beifällig. »Und vernünftig.«

»Äh, ja, Sir.«

Pitts Lächeln wurde immer breiter. »Aber verdächtig, Stripe, sehr verdächtig. Ich glaube, Sie sollten sie eingehender verhören, um herauszufinden, was sie weiß.«

»Oh, nein, Sir! Sie ist so... Oh.« Er sah Pitts Blick. »Ja, Sir. Das werde ich tun, Sir. Morgen früh, als allererstes, Sir.«

»Gut. Und viel Glück, Stripe.«

Aber Stripe war viel zu sehr in seinen Gefühlen gefangen, um antworten zu können.


Oben im Eßzimmer verlief das Mittagessen schlimmer, als selbst Charlotte es sich hätte vorstellen können. Alle waren da, Emily eingeschlossen, aschfahl vor Gram. Alle Frauen trugen entweder Schwarz oder Grau, außer Tante Vespasia, die sich stets weigerte. Sie trug Violett. Der erste Gang wurde in fast vollständiger Stille aufgetragen. Als sie die Suppe hatten kalt werden lassen und den Weißfisch in Soße von einer Seite des Tellers zur anderen geschoben hatten, wurde der Druck unerträglich.

»Ein impertinenter, kleiner Mann!« platzte Mrs. March plötzlich heraus.

Alle erstarrten vor Entsetzen, fragten sich erschrocken, wen sie ansprach.

»Wie sagten Sie?« Jack Radley sah auf, die Augenbrauen hochgezogen.

»Der Polizist, Spot, oder wie er heißen mag«, fuhr Mrs. March fort. »Stellt den Dienern alle möglichen Fragen über Angelegenheiten, die nicht seine Sache sind.«

»Stripe«, sagte Charlotte sehr leise. Es war eigentlich nicht so wichtig, aber sie war dankbar für jede Möglichkeit zu kontern.

Mrs. March warf ihr einen wütenden Blick zu. »Wie bitte?«

»Stripe«, wiederholte Charlotte. »Der Name des Polizisten ist Stripe, nicht Spot.«

»Stripe, Spot, das ist doch dasselbe. Ich hätte gedacht, es gäbe Wichtigeres, an das Sie sich erinnern müßten, als ausgerechnet an den Namen eines Polizisten.« Mrs. March starrte sie an, mit kalter Miene, die Augen bläulich grün wie Murmeln. »Was wollen Sie mit Ihrer Schwester anfangen? Sie können nicht von uns erwarten, daß wir die Last der Verantwortung auf uns nehmen. Gott weiß, was sie als nächstes tut!«

»Das war unangemessen«, sagte Jack Radley böse. Es folgte eine eisige Stille, aber er blieb unerschrocken. »Emily hat schon genug Kummer, auch ohne daß wir unseren boshaften und schlecht unterrichteten Spekulationen freien Lauf lassen.«

Mrs. March schnaufte und räusperte sich. »Ihre Spekulationen mögen schlecht unterrichtet sein, Mr. Radley, wenn ich dies auch bezweifle. Meine sind es mit Sicherheit nicht. Sie mögen Emily weit intimer kennen als ich, aber Sie kennen sie noch nicht so lange.«

»Um Himmels willen, Lavinia!« sagte Vespasia heiser. »Hast du denn jeden Rest deiner guten Manieren vergessen? Emily hat heute ihren Mann begraben, und wir haben Gäste am Tisch.«

Zwei puterrote Flecken traten auf Mrs. Marches weiße Wangen. »Ich werde mich in meinem eigenen Haus nicht kritisieren lassen!« sagte sie wutschnaubend, und ihre Stimme überschlug sich.

»Da du es kaum noch verläßt, scheint dies mir der einzig zur Verfügung stehende Ort dafür zu sein«, herrschte Tante Vespasia sie an.

»Ich hätte es mir von dir denken sollen!« Mrs. March fuhr herum, funkelte Vespasia an und stieß ein Glas Wasser um. Es rollte über das Tuch und ließ Wasser auf Jack Radleys Schoß tropfen, durchnäßte ihn bis auf die Haut. Er war von diesem Vorfall wie gelähmt, konnte sich nicht rühren.

»Du bist sicher daran gewöhnt, daß die ordinärsten Menschen durch dein Haus streunen«, fuhr Mrs. March fort, »daß sie spionieren und herumschnüffeln und von Obszönitäten und Gott weiß was noch für Angelegenheiten der kriminellen Klassen sprechen.«

Sybilla rang nach Luft und riß ihr Taschentuch hervor. Jack Radley sah fasziniert Vespasia an.

»Das ist Unsinn!« warf Tassie zur Verteidigung ihrer liebsten Großmutter dazwischen. »Vor Großmama ist niemand ordinär. Das würde sie nicht zulassen! Und Constable Stripe tut nur seine Pflicht.«

»Und wenn nicht jemand George ermordet hätte, müßte er seine Pflicht nicht in Cardington Crescent tun«, führte Eustace ärgerlich aus. »Und benimm dich deiner Großmutter gegenüber nicht impertinent, Anastasia, sonst muß ich dich bitten, dein Mittagessen oben in deinem Zimmer zu beenden.«

Der Zorn brannte auf Tassies Wangen, aber sie sagte nichts weiter. Ihr Vater hatte sie schon früher fortgeschickt, und sie wußte, daß er es sehr wohl wieder tun würde.

»Georges Tod ist nicht Tante Vespasias Schuld«, sagte Charlotte. »Es sei denn, Sie wollen andeuten, sie hätte ihn ermordet?«

»Kaum.« Mrs. March schnaufte erneut, ein Geräusch voll Ärger und Geringschätzung. »Vespasia mag exzentrisch sein, sogar ein wenig senil, aber sie ist immer noch eine von uns. Etwas derart Scheußliches würde sie niemals tun. Und sie ist nicht Ihre Tante.«

»Du hast dein Wasser über unsere Gäste verschüttet«, sagte Vespasia barsch. »Der arme Mr. Radley ist triefend naß. Achte doch bitte darauf, was du tust, Lavinia.«

Es war so banal und idiotisch, daß es Mrs. March tatsächlich zum Schweigen brachte, und es folgten einige friedliche Augenblicke, während der nächste Gang serviert wurde.

Eustace holte tief Luft. Seine Brust schwoll an. »Wir haben eine überaus unangenehme Zeit vor uns«, sagte er und sah der Reihe nach jeden an. »Was immer eure individuellen Schwächen sein mögen, keiner von uns wünscht sich einen *Skandal*.« Er ließ das Wort im Raum stehen. Vespasia schloß die Augen und seufzte leicht. Sybilla saß immer noch stumm da, beachtete niemanden, war vollkommen in sich versunken. William sah Emily an, und tiefes, beinah kränkendes Mitleid blitzte in seinem Gesicht auf.

»Ich sehe nicht, wie wir es verhindern können, Papa«, sagte Tassie in die Stille hinein. »Falls es tatsächlich Mord war. Ich persönlich glaube, daß es wahrscheinlich eine Art Unfall gewesen ist, trotz allem, was Mr. Pitt sagt. Warum um alles in der Welt sollte jemand George ermorden?«

»Du bist sehr jung, mein Kind«, sagte Mrs. March mit leicht gekräuselten Lippen. »Und sehr unerfahren. Es gibt eine Vielzahl von Dingen, die du nicht weißt und wahrscheinlich nie wissen wirst, es sei denn, du würdest etwas fülliger und brächtest es fertig, all diese Sommersprossen zu verbergen. Uns anderen ist es absolut offensichtlich, wenn nicht sogar ausgesprochen widerlich.« Wiederum wandte sie ihre fischblauen Augen Emily zu.

Tassie machte den Mund auf, um etwas dagegenzuhalten, schloß ihn aber wieder. Charlotte spürte, wie plötzlich Wut in ihr aufwallte. Es reizte sie in ihrem Innersten, wenn man sie herablassend behandelte.

»Ich weiß auch keinen Grund, warum jemand George ermorden sollte«, sagte sie schroff.

»Das müssen Sie wohl sagen, nicht wahr?« Feindselig starrte Mrs. March sie an. »Ich habe schon immer gesagt, daß George schlecht geheiratet hat.«

Feuerrot flammten Charlottes Wangen auf, und das Blut pochte in ihren Schläfen. Der harte, vorwurfsvolle Blick in den Augen der alten Frau war nur zu deutlich. Sie glaubte,

Emily hätte George ermordet und beabsichtigte, dafür zu sorgen, daß sie dafür bestraft wurde.

Charlotte bekam einen lauten Schluckauf. Alle sahen sie an, die Gesichter ein fahles Meer, in dem sich Augen spiegelten, entsetzt, verlegen, mitfühlend, anklagend. Und wieder dieser Schluckauf.

Neben ihr beugte sich William vor, schenkte ihr ein Glas Wasser ein und reichte es ihr. Schweigend nahm sie es entgegen, zuckte noch einmal, dann trank sie ein wenig und versuchte, den Atem anzuhalten, hielt sich die Serviette an die Lippen.

»Zumindest war Georges Frau seine eigene Wahl.« Vespasia füllte die Leere mit eisiger Stimme. »*Seine* Familie war ihm ein Hindernis, da sie keine Rücksicht auf seine Wünsche nahm, und ich glaube, es gab Zeiten, in denen sie ihm ungemein zur Last gefallen ist.«

»Du hast keine Ahnung von Loyalität, Schwiegermama!« sagte Eustace mit leicht bebenden Nasenflügeln und warnendem Unterton in der Stimme.

»Absolut keine«, stimmte sie ihm zu. »Ich habe es schon immer als unsinniges Prinzip erachtet, etwas zu verteidigen, was falsch ist, nur weil man mit den Verursachern verwandt ist.«

»Ganz recht.« Eustace wich Charlottes Blick aus und sah Emily an. »Falls wir herausfinden sollten, daß der – Übeltäter – dieser Familie entstammt, werden wir dennoch unsere Pflicht tun, so schmerzlich sie auch sein mag, und dafür sorgen, daß er eingesperrt wird. Aber diskret. Wir wollen nicht, daß die Unschuldigen gleichfalls darunter zu leiden haben, und deren gibt es viele. Die Familie muß beschützt werden.« Er warf Sybilla ein Lächeln zu. »Manche Leute«, fuhr er fort, »ungebildete Leute, können äußerst rücksichtslos sein. Sie neigen dazu, uns alle über den selben Kamm zu scheren. Und da uns Sybilla nun schließlich ein Kind schenken wird...«, seine Stimme begann plötzlich zu jubilieren, und er warf William einen verschwörerischen Blick zu, »...das erste von vielen, wie wir hoffen, müssen wir in die Zukunft blicken.«

Emily hatte das erstickende Gefühl, bedrängt zu werden. Sie sah zu Mrs. March, die sich abwandte und stumpfsinnig das Wasser auf dem Tischtuch auftupfte, das längst eingesickert war. Jack Radley versuchte zu lächeln, aber es erstarb auf seinen Lippen, als er sich eines Besseren besann.

William hatte nur wenig gegessen, aber jetzt ließ er es ganz. Sein Gesicht war so weiß wie die Sauce auf dem Fisch. Emily kannte ihn inzwischen gut genug, um sich darüber im klaren zu sein, daß er ein ausgesprochen zurückgezogener Mann war und eine derart offene Diskussion eines so persönlichen Themas ihn quälen mußte. Sie wandte sich von ihm ab und sah über den Tisch zu Sybilla.

Aber Sybilla starrte William an, dann Eustace, ihre Miene war so haßerfüllt, daß er es unmöglich übersehen konnte.

Tassie nahm ihr Weinglas auf. Es glitt ihr aus der Hand, zerbrach, und der Wein ergoß sich über den Tisch. Emily zweifelte keinen Augenblick daran, daß sie es absichtlich getan hatte. Ihre Augen waren weit aufgerissen, wie Höhlen in der bleichen Haut ihres Gesichtes.

Sybilla faßte sich als erste. Sie zwang sich zu einem Lächeln. »Macht nichts«, sagte sie heiser. »Es ist nur Weißwein. Ich nehme an, er wird sich leicht herauswaschen lassen. Möchtest du noch etwas?«

Tassie öffnete den Mund, ohne einen Ton von sich zu geben, dann schloß sie ihn wieder.

Emily sah William an, und er starrte zurück, aschfahl und voll undurchschaubarer Gefühle. Es hätte alles sein können, höchstwahrscheinlich Mitleid mit ihr. Vielleicht glaubte auch er, daß sie ihren Mann in einem Anfall besessener Eifersucht ermordet hatte, und dies war der Grund für sein Mitgefühl. Vielleicht meinte er sie sogar zu verstehen. Hatte Eustace mit seiner Selbstgefälligkeit, seiner grenzenlosen Energie, seiner Manneskraft, die Olivia schließlich aufgerieben hatte, Williams Ehe so lange Zeit überschattet? Fürchtete er, Sybilla würde wie seine Mutter an endlosen Geburten sterben? Oder hatte er Sybilla ohnehin niemals wirklich geliebt? Vielleicht liebte er sogar eine andere. Die vornehme Gesellschaft war voll unausgefüllter Ehen jeden Grades. Da die Ehe der einzig annehmbare Status für eine Frau war, konnte man es sich nicht leisten, pingelig zu sein.

Emily sah Eustace an, aber er war wieder mit seinem Essen beschäftigt. Er hatte einige Probleme zu bedenken: seine Familie vor einer Hysterie zu bewahren, einen Skandal in der Gesellschaft zu verhindern und den Ruf der Marches zu erhalten, besonders den von William und Sybilla, jetzt, da der langersehnte Erbe erwartet wurde. Emily war ein Hemmnis, das, wenn man der alten Dame Glauben schenkte, schon bald drohte, zu etwas weitaus Schlimmerem zu werden. Wütend schnitt er eine Scheibe Fleisch ab, das Messer kreischte auf dem Teller, und seine Miene blieb vollkommen konzentriert.

Emily sah über den Tisch hinweg zu Jack Radley. Sein Blick war ehrlich und verwirrend sanft. Er hatte sie schon beobachtet, bevor sie ihn ansah. Sie merkte, wie oft sie diesen Ausdruck in letzter Zeit an ihm gesehen hatte. Er fühlte sich zu ihr hingezogen, sehr sogar, und es war ein tieferes Gefühl als nur eine banale Liebelei.

Oh, Gott! Hatte er George für sie getötet? Stellte er sich tatsächlich vor, sie würde ihn jetzt heiraten?

Der Raum um sie herum begann zu schwanken, und sie hatte ein Rauschen in den Ohren, als wäre sie unter Wasser. Die Wände verschwanden, und plötzlich konnte sie nicht mehr atmen. Es war zu heiß – erstickend...

»Emily! Emily!« Die Stimme dröhnte in weiter Ferne und war doch nah bei ihr. Sie saß auf einem der seitlichen Stühle, halb zurückgelehnt. Es war unbequem und gefährlich. Sie hatte das Gefühl, als müßte sie zur Seite abgleiten, wenn sie sich bewegte. Es war Charlottes Stimme gewesen. »Es ist alles in Ordnung«, sagte sie leise. »Du bist in Ohnmacht gefallen. Wir haben dir zuviel zugemutet. Mr. Radley wird dich nach oben tragen und in dein Bett bringen.«

»Ich werde dir von Digby einen Heiltrank bringen lassen«, fügte Tante Vespasia von irgendwo über ihr aus undeutlicher Ferne hinzu.

»Ich muß nicht nach oben getragen werden!« protestierte Emily. »Es wäre lächerlich. Und warum kann mir nicht Millicent eine Ptisane bringen, ganz abgesehen davon, daß ich keine möchte?«

»Millicent ist vollkommen durcheinander«, erwiderte Vespasia. »Sie weint bei dem geringsten Anlaß und ist sicher das, was du jetzt am wenigsten brauchen kannst. Ich habe sie in den Servierraum geschickt, bis sie sich wieder im Griff hat. Und du wirst tun, was man dir sagt, und dir die Aufregung einer weiteren Ohnmacht ersparen.«

»Aber Tante Vespasia . . .« Bevor sie ihren Einwand formuliert hatte, sah sie sich von einem schwarzen Anzug umfaßt. Jack Radley hatte seine Arme um sie gelegt und sie hochgehoben. »Das ist völlig unnötig«, sagte sie gereizt. »Ich bin absolut in der Lage zu gehen!«

Er ignorierte sie. Charlotte ging voraus, um die Türen zu öffnen, und Emily wurde aus dem Raum getragen, dann über den Korridor und die Treppe hinauf in ihr Schlafzimmer. Er legte sie auf ihr Bett, sagte nichts, berührte nur sanft ihren Arm und ging.

»Ich schätze, es ist ein bißchen spät, jetzt darüber nachzudenken«, sagte Charlotte, als sie Emilys Kleid aufknöpfte. »Aber dein ausschweifender Charme, mit dem du George zurückgewinnen wolltest, mußte auch andere ansprechen. Es sollte dich wirklich nicht wundern.«

Emily starrte auf das Muster der Tagesdecke und ließ Charlotte weiter an den Knöpfen herumnesteln. Sie wollte nicht, daß sie ging.

»Ich habe Angst«, sagte sie leise. »Mrs. March glaubt, ich hätte George ermordet, weil er Sybilla geliebt hat. Sie hat es so gut wie gesagt.«

Charlotte erwiderte nichts, bis Emily schließlich herumfuhr und sie anstarrte. Ihr Gesicht war ernst, ihr Blick verschwommen und traurig.

»Deshalb müssen wir genau wissen, was passiert ist, so schmerzlich es auch sein mag, und schwierig. Ich muß morgen heimlich mit Thomas sprechen und sehen, was er herausgefunden hat.«

Emily sagte nichts. Sie fühlte, wie die Angst in ihr übermächtig wurde, sich der Abgrund eines Lebens ohne George vor ihr auftat. Der heftige, umklammernde Schmerz war wie Eis. Sie sah sich von Gefahr umgeben. Wenn sie nicht bald die Wahrheit erfuhr, würde sie ihr nicht entgehen können, vielleicht nie mehr.

Charlotte wachte in der Nacht auf. Ihre Haut kribbelte vor Entsetzen, sie lag starr unter der Decke, die Fäuste geballt. Irgend etwas Entsetzliches hatte sie aus dem dunklen Kokon des Schlafes gerissen.

Dann hörte sie es wieder, einen hohen, scharfen Schrei, der durch die Stille des Hauses gellte. Sie setzte sich auf, riß die Bettdecke an sich, als wäre es kalt im Zimmer, obwohl Hochsommer war. Sie konnte nichts mehr hören, überhaupt nichts.

Langsam stieg sie aus dem Bett, und schaudernd berührten ihre Füße den Teppich. Sie stieß gegen einen Stuhl und brauchte länger als sonst, ihre Augen an die Finsternis des abgedunkelten Zimmers zu gewöhnen. Was würde sie draußen auf dem Treppenabsatz vorfinden? Tassie? Grauenvolle Bilder von Blut und Gaslicht, das oben an der Treppe Messer glänzen ließ, stürmten auf ihre Fantasie ein, und sie blieb mitten im Zimmer stehen und hielt die Luft an.

Endlich hörte sie wieder ein Geräusch, Schritte, irgendwo weit entfernt, und eine Tür, die sich leise öffnete und schloß. Dann wieder Schritte und die verworrenen Geräusche des Herumtappens einiger Leute, die noch vom Schlaf benommen waren.

Sie nahm ihren Umhang vom Stuhl und legte ihn um ihre Schultern, dann öffnete sie schnell die Tür. Am Ende des kleinen Verbindungsganges war der Treppenabsatz hell erleuchtet. Jemand hatte die Lampen hochgedreht. Als sie die oberste Stufe erreicht hatte, stand Tante Vespasia neben der Jardiniere mit dem Farn. Sie sah alt und sehr schmal aus. Charlotte konnte sich nicht erinnern, sie jemals mit offenem Haar gesehen zu haben. Es wirkte wie eine alte, silberne Schneckenverzierung, die so oft poliert worden war, daß sie sich abgenutzt hatte. Jetzt schien das Licht hindurch, und es wirkte wie ein Schleier.

»Was ist los?« Charlottes Stimme überschlug sich. Ihre Kehle war zu trocken, die Worte zuzulassen. »Wer hat geschrien?«

Wieder hörte man Schritte, und Tassie tauchte auf der Treppe zum oberen Stockwerk auf. Sie starrte sie an, das Gesicht weiß und erschrocken.

»Ich weiß es nicht«, antwortete Vespasia leise. »Ich habe zwei Schreie gehört. Charlotte, bist du bei Emily gewesen?«

»Nein.« Es war nur ein Flüstern. An Emily hatte sie nicht einmal gedacht. Sie hatte geglaubt, das Geräusch wäre aus der gegenüberliegenden Richtung gekommen und von weiter weg. »Ich glaube nicht...«

Aber bevor sie weitersprechen konnte, öffnete sich Sybillas Schlafzimmertür, und Jack Radley kam heraus, bekleidet nur mit einem seidenen Pyjama.

Charlotte wurde von einer Woge des Abscheus der Enttäuschung ergriffen, und augenblicklich kam ihr die Überlegung: Wie konnte sie verhindern, daß Emily davon erfuhr? Sie würde sich ein zweites Mal betrogen fühlen. Wie wenig sie auch für ihn empfinden mochte, hatte er doch vorgegeben, sich etwas aus ihr zu machen.

»Es gibt keinen Grund zur Besorgnis«, sagte er mit einem leisen Lächeln, fuhr sich mit den Händen durch das Haar. »Sybilla hatte einen Alptraum.«

»Tatsächlich?« Vespasias silberne Augenbrauen hoben sich ungläubig.

Charlotte faßte sich. »Welchen Inhalts?« sagte sie sarkastisch, verbarg nicht ihre Verachtung.

William öffnete seine Schlafzimmertür und trat peinlich berührt und verwirrt auf den Treppenabsatz. Sein Gesicht war vom Schlaf zerknittert, und er blinzelte, als hätte man ihn aus einem Nichts gerissen, das er unendlich bevorzugte.

»Geht es ihr gut?« fragte er, wandte sich Jack Radley zu und ignorierte die anderen.

»Ich glaube schon«, erwiderte Jack. »Sie hat nach ihrem Mädchen geläutet.«

Vespasia ging langsam an ihnen vorbei, ohne einen von beiden anzusehen und trat in Sybillas Zimmer, indem sie die

Tür weiter aufschob. Charlotte folgte ihr, zum Teil mit der vagen Vorstellung, sie könne helfen, aber ebenso aus Neugier. Wenn Sybilla jemals die Wahrheit dessen, was geschehen war, preisgeben würde, dann jetzt, wenn sie noch zu verwirrt war, sich eine Lüge auszudenken.

Sie folgte Vespasia hinein und war total erstaunt. All ihre Vorstellungen wurden durcheinandergeworfen, als sie Eustace in einem Morgenrock aus blauem Paisley gekleidet am Fußende des Bettes sitzen sah.

»Aber, aber, meine Liebe«, sagte er ruhig. »Laß dir von deinem Mädchen ein heißes Getränk bringen, vielleicht noch etwas Laudanum, und du wirst wunderbar schlafen. Du mußt diese Dinge aus deinen Gedanken verbannen, sonst werden sie dich krank machen. Es sind nur Einbildungen. Du brauchst unbedingt Ruhe. Keine Alpträume mehr!«

Sybilla wurde gegen die Kissen gelehnt. Das Bett war einigermaßen in Unordnung geraten, die Laken verschoben und die Decken verdreht, als hätte sie diese im Schlaf herumgeworfen. Ihr volles Haar lag wie ein Fluß auf dem schwarzen Satin, und ihr Gesicht war kreidebleich, die Augen vor Entsetzen weit aufgerissen. Sprachlos starrte sie Eustace an, als verstünde sie seine Worte nicht.

»Vollkommen in Ordnung«, wiederholte er. Er drehte sich um, und halb entschuldigend sah er Charlotte und Vespasia an. »Frauen scheinen so lebhafte Träume zu haben, aber einen Heiltrank und eine Dosis Laudanum, und am Morgen wirst du alles vergessen haben. Schlaf, meine Liebe«, sagte er wieder zu Sybilla gewandt. »Laß dir dein Frühstück heraufbringen.« Er stand auf, lächelte mild, aber an seinen Mundwinkeln zeigte sich die Anspannung, und seine Wangen hatten eine ungewohnte Farbe angenommen. Er wirkte erschüttert, und Charlotte konnte es ihm kaum verdenken. Mitten in der Nacht hatte es einen entsetzlichen Schrei gegeben, und Jack Radleys Benehmen war durch nichts zu entschuldigen. Vielleicht war es klug von Eustace, ihr einzureden, daß alles pure Einbildung war, aber ihr verkniffenes Gesicht und die flammenden Augen verrieten ihre entschiedenen Zweifel daran.

»Verbanne den Gedanken aus deinem Kopf«, sagte Eustace vorsichtig. »Weit weg.«

Unwillkürlich sah Charlotte zur Tür. William stand draußen, das Gesicht voll Sorgenfalten, starrte an seinem Vater und Vespasia vorbei zu Sybilla hinüber.

Sie lächelte ihn an, und ihre Züge bekamen einen Sanftmut, die Charlotte an ihr noch nicht gesehen hatte. Charlotte war sicher, daß es keine plötzliche Anwandlung war und William keineswegs davon überrascht wurde.

»Geht es dir gut?« fragte er leise. Die Worte waren einfach, fast banal, aber es lag eine Klarheit darin, die sich von Eustaces Beteuerungen unterschied. Eustace sprach für sich selbst. William sprach für sie.

Ihre Hände entspannten sich, und sie lächelte zurück. »Ja, danke. Ich glaube nicht, daß es noch einmal geschehen wird.«

»Das wollen wir hoffen«, sagte Vespasia kalt, drehte sich zum Treppenabsatz um, auf dem Charlotte noch immer Jack Radley stehen sah.

»Wird es nicht!« sagte dieser etwas lauter als nötig. Er blickte an Vespasia vorbei in das Schlafzimmer und sah Sybilla in die Augen. »Aber wenn Sie wieder Angst bekommen – Träume haben«, er betonte das Wort besonders, dann schreien Sie einfach wieder. Wir kommen dann, ich verspreche es Ihnen.« Dann drehte er sich um, ging davon, und verschwand in seinem Zimmer, ohne sich noch einmal umzudrehen.

»Gütiger Gott!« flüsterte Vespasia.

»Nun«, setzte Eustace unbeholfen an und rieb sich die Hände. »Nun. Wir alle haben einen leichten Schock bekommen. Ah.« Er räusperte sich. »Je weniger wir davon sprechen, desto eher ist alles wieder gut. Wir werden kein Wort mehr darüber verlieren. Geht alle wieder in eure Betten und versucht, ein wenig zu schlafen. Danke, daß Sie gekommen sind, Mrs. Pitt, sehr aufmerksam von Ihnen, aber es gibt nichts, was Sie tun können. Wenn Sie einen Heiltrank oder ein Glas Milch möchten, läuten Sie einfach einem der Mädchen. Gott sei Dank ist Mama nicht gestört worden. Die arme

Frau hat mehr als genug zu ertragen, mh...« Er hielt inne, sah niemand bestimmten an. »Also. Gute Nacht.«

Charlotte ging zu Vespasia und legte, ohne einen Gedanken an die plumpe Vertraulichkeit der Geste zu verschwenden, einen Arm um sie, erschrocken darüber, wie dürr und steif sie unter ihrem Umhang war, wie ungeschützt die Knochen.

»Kommen Sie«, sagte sie sanft. »Sybilla ist versorgt, aber Sie sollten etwas Heißes trinken. Ich werde Ihnen etwas holen.«

Vespasia schüttelte den Arm nicht ab. Sie schien ihn beinah zu begrüßen. Ihre eigene Tochter war tot, jetzt war auch George tot. Tassie war zu jung und zu ängstlich. Aber sie war an Personal gewöhnt. »Ich werde Digby läuten«, sagte sie automatisch. »Sie wird mir etwas Milch bringen.«

»Dazu besteht kein Anlaß.« Charlotte ging mit ihr über den Treppenabsatz. »Ich kann Milch aufwärmen, wissen Sie. Ich mache es bei uns zu Hause auch, und ich tue es gern.«

Vespasias Mund hob sich zu der Ahnung eines Lächelns. »Danke, meine Liebe. Ich wäre Ihnen sehr verbunden. Es war eine anstrengende Nacht, und Eustaces übermäßige Zuversicht kann mich nicht beruhigen. Er ist doch eher ratlos. Ich fürchte, wir alle werden es bald sein.«

Am Morgen erwachte Charlotte spät und mit rasenden Kopfschmerzen. Der heiße Tee, den Lettie ihr gebracht hatte, half nicht.

Lettie zog die Vorhänge auf und fragte, ob sie bestimmte Kleider herauslegen und ob sie ein Bad einlassen sollte.

»Nein, danke.« Charlotte lehnte hauptsächlich ab, weil sie sich nicht soviel Zeit lassen wollte. Sie mußte sehen, wie es Vespasia ging, und Emily, und, wenn sie Gelegenheit dazu hätte, Sybilla. Hinter den Ereignissen der letzten Nacht stand weit mehr als ein böser Traum. Sybillas Blick war voller Haß gewesen, und in ihrer Stimme hatte eine Bedachtsamkeit gelegen, die über die Reste eines Alptraumes hinausgingen, wie grauenerregend dieser auch gewesen sein mochte.

Aber Lettie blieb mitten auf dem sonnenbeschienenen

Teppich stehen. Ihre Hände kneteten den Rock unter ihrer Schürze.

»Ich nehme an, der Inspector weiß eine Menge Dinge, die wir nicht wissen, Ma'am«, sagte sie leise.

Charlottes erster Gedanke war, daß Lettie sich fürchtete. Unter den Umständen wäre es kaum verwunderlich gewesen.

»Da bin ich mir sicher.« Sie bemühte sich, beruhigend zu klingen, auch wenn ihr keineswegs danach war.

Aber Lettie rührte sich nicht. »Es muß sehr interessant sein...« Sie zögerte. »Mit einem Polizisten verheiratet zu sein.«

»Ja.« Charlotte griff nach dem Wasserkrug, und Lettie goß mechanisch ein. Charlotte begann sich zu waschen.

»Ist es sehr gefährlich?« fuhr Lettie fort. »Wird er – verletzt, manchmal?«

»Manchmal ist es gefährlich. Aber er ist noch nie schlimm verletzt worden. Gewöhnlich ist es nur harte Arbeit.« Charlotte griff nach dem Handtuch, und Lettie reichte es ihr.

»Wünschen Sie sich oft, er täte etwas anderes, Ma'am?«

Es war eine zudringliche Frage, und jetzt erst merkte Charlotte, daß Lettie fragte, weil sie einen persönlichen Grund dafür hatte. Sie legte das Handtuch beiseite und sah Lettie neugierig in die blauen Augen.

»Es tut mir leid, Ma'am.« Lettie errötete und wandte sich ab.

»Nein, das wünsche ich mir nicht«, sagte Charlotte ehrlich. »Anfangs war es schwer, sich daran zu gewöhnen, aber jetzt möchte ich nicht, daß er irgend etwas anderes täte. Es ist seine Arbeit, und er macht sie gut. Wenn man jemanden liebt, will man ihn nicht davon abhalten, etwas zu tun, woran er glaubt. Das macht niemanden glücklich. Warum fragst du?«

Letties Schamröte verdunkelte sich. »Oh, kein Grund, Ma'am. Nur alberne Gedanken.« Sie wandte sich ab und begann, an dem Kleid herumzuzupfen, das Charlotte tragen wollte, zog unnötig Petticoats glatt und entfernte imaginäre Staubfussel.

199

Von Digby erfuhr Charlotte, daß Emily noch schlief. Sie hatte Laudanum genommen und war in der Nacht nicht aufgewacht. Selbst Sybillas Schreie und das Kommen und Gehen auf dem Treppenabsatz hatten sie nicht gestört.

Charlotte hatte erwartet, daß Tante Vespasia sich ihr Frühstück aufs Zimmer schicken ließ, traf sie jedoch oben an der Treppe, aschfahl und hohläugig, an der Geländersäule festgeklammert, mit erhobenem Haupt und steifem Rücken.

»Guten Morgen, meine Liebe«, sagte sie ganz leise.

»Guten Morgen, Tante Vespasia.« Charlotte hatte die Absicht gehabt, in Sybillas Zimmer zu gehen, sie, wenn nötig, zu wecken und zur vergangenen Nacht zu befragen. Irgendeine vorgeschobene Besorgnis ließe sich sicher finden. Aber Vespasia wirkte so zerbrechlich, daß sie ihr instinktiv den Arm anbot, was sie sich noch vor einer Woche nicht erträumt hätte. Vespasia nahm ihn mit einem leisen Lächeln.

»Es hat keinen Sinn, mit Sybilla zu sprechen«, sagte Vespasia trocken, als sie hinuntergingen. »Wenn sie etwas hätte sagen wollen, dann hätte sie es heute nacht getan. Sybilla hat eine Menge an sich, das ich nicht verstehe.«

Charlotte faßte den erstbesten Gedanken in Worte. »Ich wünschte, wir könnten verhindern, daß Emily etwas erfährt. Ich könnte Jack Radley höchstpersönlich erwürgen, mit Freuden. Er ist so abgrundtief – billig!«

»Ich gebe zu, ich bin enttäuscht«, stimmte Vespasia mit einem bedrückten Kopfschütteln zu. »Ich hatte gerade angefangen, ihn zu mögen. Wie du schon sagtest: er ist bemerkenswert schäbig.«

Das Frühstück war ungewöhnlich, weil Eustace fehlte. Nicht nur waren sämtliche Fenster fest verschlossen, auch die Silberteller auf der Anrichte unangetastet. Er hatte sich ein Tablett auf sein Zimmer schicken lassen. Jack Radley war ebenfalls abwesend. Wahrscheinlich schämte er sich zu sehr, ihnen gegenüberzutreten, vermutete Charlotte. Dennoch war sie verärgert. Sie wollte ihn ihre Verachtung spüren lassen.

Es war schon nach elf, als sie in das Morgenzimmer ging, um sich etwas Notizpapier zu holen. Sie fand Eustace am

Schreibtisch sitzend vor, das silberne Tintenfaß geöffnet, einen Federhalter in der Hand, aber das Blatt vor ihm war weiß und unberührt. Beim Geräusch ihrer Schritte drehte er sich um, und ungläubig sah sie, daß sein rechtes Auge geschwollen und dunkel verfärbt war. Außerdem hatte er eine Schürfung auf der einen Seite seines Gesichtes. Sie war zu überrascht, um etwas sagen zu können.

»Äh, mh...« Er wirkte unbeholfen. »Guten Morgen, Mrs. Pitt. Ich, mh, ich hatte einen kleinen Unfall. Ein Sturz.«

»Ach du je«, sagte sie albernerweise. »Ich hoffe, Sie haben sich nicht ernstlich verletzt. Haben Sie den Arzt rufen lassen?«

»Nicht nötig! Ist schon in Ordnung.« Er schloß das Tintenfaß und stand auf, zuckte zusammen, als er sein Gewicht auf das linke Bein stützte. Scharf stieß er seinen Atem aus.

»Sind Sie sicher?« sagte sie besorgter als sie eigentlich war. Ihr vordringliches Gefühl war Neugier. Wann hatte sich dieser außergewöhnliche Unfall ereignet? Um sich derartige Verletzungen zuzuziehen, mußte er die Treppe hinuntergefallen sein, mindestens. »Es tut mir so leid«, fügte sie hastig hinzu.

»Sehr freundlich von Ihnen«, antwortete er, und seine Augen ruhten einen Moment lang voll Dankbarkeit auf ihr. Dann, als wollte er sich einen drängenderen Gedanken in Erinnerung rufen, humpelte er zur Tür und auf den Flur hinaus.

Beim Mittagessen eröffnete sich eine vollkommen neue Dimension, die Charlotte verblüffte und weit besser von Eustace denken ließ als sie wollte. Jack Radley kam mit einer verletzten rechten Hand zu Tisch, dazu mit einer aufgeschlagenen und geschwollenen Lippe. Allerdings bot er keinerlei Erklärung, und niemand fragte ihn danach.

Charlotte war zu dem Schluß gezwungen, daß Eustace ihn früh am Morgen besucht und wegen der schändlichen Affäre mit Sybilla verdroschen hatte. Und dafür bewunderte sie ihn zum ersten Mal.

Bemerkenswerterweise sprach Sybilla selbst mit Jack Radley ausgesprochen höflich, sogar liebenswürdig, auch wenn sie sehr angestrengt wirkte. Ihre Schultern hielt sie angespannt, starr unter dem Stoff ihres Kleides, und die sehr wenigen Bemerkungen, die sie machte, klangen wirr. Offensichtlich war sie mit ihren Gedanken woanders. Vielleicht traf sie eine Mitschuld. Hatte sie ihm, wie versteckt auch immer, zu verstehen gegeben, daß er ihr willkommen wäre?

Charlotte versuchte, sich so natürlich wie möglich zu geben, hauptsächlich weil sie nicht wollte, daß Emily erfuhr, was geschehen war, zumindest jetzt noch nicht. Eine solche Desillusionierung käme noch früh genug, wenn sie zu Haus wäre und Jack Radley nicht wiedersehen würde.

Vorerst sollte sie ruhig an einen Unfall glauben.

Emily wußte nichts von den merkwürdigen Ereignissen der letzten Nacht, und erst am frühen Nachmittag kam sie die Treppe herunter, setzte sich in den Salon und betrachtete das Sonnenlicht im Wintergarten. Sie sah William kurz, als er in sein Atelier ging. Er blickte sie mit leisem Schmerz an, den sie als Mitleid nahm, sagte jedoch nichts.

Tassie hatte sich wieder mit dem Hilfspfarrer zu guten Taten aufgemacht, besuchte die Kranken oder tat etwas Ähnliches. Ihre Großmutter sagte, es wäre unnötig. Unter den gegebenen Umständen könne man sie entschuldigen. Aber Tassie hatte darauf bestanden. Es gab bestimmte Aufgaben, auf die sie nicht verzichten wollte. Offensichtlich hatte sie ein Versprechen gegeben und ignorierte die Einwände. Eustace war nicht im Raum gewesen, und sein Gewicht zum Tragen zu bringen, und dieses Mal verlor die alte Dame den Disput und zog sich schmollend in ihr Boudoir zurück.

Charlotte war bei Tante Vespasia, ließ Emily sich die Zeit am Nachmittag allein vertreiben. Aber Emily konnte sich nicht auf typisch weibliche Beschäftigungen wie Malerei, Stickerei und Musik einlassen. Sie hatte alle Briefe geschrieben, die man von ihr erwartete, und Besuche standen so kurz nach einem Todesfall in der Familie außer Frage.

Daher war sie untätig, als Eustace hereinkam und merklich humpelte. Aber erst als er sich zu ihr umwandte, sah sie die purpurne Prellung um sein Auge, das jetzt fast geschlossen war und ihn zu schmerzen schien.

»Oh!« Sie holte tief Luft. »Was ist Ihnen denn passiert? Geht es Ihnen gut?« Emily stand auf, ohne nachzudenken, als würde er in irgendeiner Weise ihren körperlichen Beistand benötigen.

Er lächelte unsicher. »Ach, ich bin gestolpert«, sagte er, ohne ihr in die Augen zu sehen. »In der Dunkelheit. Nichts, worum Sie sich Sorgen machen müßten. Ich nehme an, William ist da drinnen...« er deutete auf den Wintergarten, »...und pfuscht an seinen verdammten Bildern herum. Es scheint, als könnte er sie keine fünf Minuten allein lassen. Gütiger Gott, bei all dem Kummer in der Familie sollte man meinen, er könnte sich etwas nützlich machen, oder? Aber William ist schon immer vor allem davongelaufen.« Er drehte sich um, zuckte vor Schmerz, als er sein Gewicht auf das verletzte Bein stützte. Dann ging er zu den Türen des Wintergartens hinüber und ließ Emily mit einer Antwort auf den Lippen zurück.

Sie setzte sich wieder, spürte ihre Einsamkeit noch tiefer.

Es dauerte einige Minuten, bis sie Stimmen wahrnahm, bruchstückhaft durch die Entfernung, die Kletterpflanzen und Blätter und die schweren Girlanden der Vorhänge an den Türen. Aber der Zorn, der in ihnen steckte, war nicht zu überhören, die scharfe, verletzende Klinge alten Hasses.

»Wenn du verdammt noch mal... wo du sein solltest, dann hättest du es gewußt!« Es war Eustaces Stimme. Williams Antwort war nicht zu verstehen.

»...dachte, du hättest dich daran gewöhnt!« brüllte Eustace zurück.

»Was *du* denkst, wissen wir alle!« Diesmal war Williams Antwort deutlich zu hören, sie bebte vor unaussprechlicher Verachtung.

»...Fantasie... brauchte niemals... deine Mutter!« Eustaces Widerrede war zusammenhanglos, gedämpft vom Gewirr der Pflanzen.

203

»...Mutter... um Gottes willen!« schrie William wutentbrannt.

Emily stand auf, konnte es nicht mehr ertragen, sich, wenn auch unfreiwillig, in eine offenbar höchst private Angelegenheit einzumischen. Sie zögerte, ob sie durch das Eßzimmer gehen und in einen anderen Teil des Hauses flüchten oder den Mut und die Unverschämtheit aufbringen sollte, den Streit zu unterbrechen und zu beenden, zumindest vorerst. Sie wandte sich dem Wintergarten zu, dann wieder dem Eßzimmer und war überrascht, Sybilla in der Tür stehen zu sehen. Zum ersten Mal, seitdem sie nach Cardington Crescent gekommen war, machte der gepeinigte Blick auf Sybillas Gesicht Emilys alten Haß ihr gegenüber zunichte und weckte ein Mitgefühl, das sie sich noch am Tag zuvor niemals hätte vorstellen können.

»...du es wagen: ich werde nicht...« Wieder erhob sich Williams Stimme, gepreßt vor Zorn.

Sybilla rannte beinahe, blieb mit ihren Röcken an einer Stuhllehne hängen, riß ungeduldig an ihnen und verschwand im Wintergarten, wobei sie gegen Pflanzen stieß und in ihrer Eile neben den Pfad in den feuchten Lehm trat. Einen Augenblick später erstarben die Stimme hinter den Blättern, und es war vollkommen still.

Emily atmete tief durch, mit zusammengekrampftem Magen, löste ihre Hände mit Bedacht und ging zur Eßzimmertür hinüber. Sie wollte nicht hier sein, wenn die anderen zurückkamen. Sie würde vollkommene Ahnungslosigkeit vortäuschen. Es war die einzige Möglichkeit.

Im Flur traf sie Jack Radley. Seine Lippe war geschwollen. Etwas getrocknetes Blut war daran, und er hielt seine rechte Hand auf seltsame Weise. Er lächelte sie an, und atmete zischend ein, als die Lippe aufplatzte.

»Ich nehme an, Sie sind ebenfalls in der Dunkelheit gestürzt?« sagte sie eisig, bevor sie sich zurückhalten konnte. Dann wünschte sie, sie hätte ihn ignoriert.

Er leckte sich die Lippe und fuhr sanft mit der Hand darüber, aber noch immer hatte er denselben feinen Ausdruck in den Augen.

»Das hat sie gesagt?« nuschelte er. »Nein, keineswegs. Ich hatte Krach mit Eustace und habe ihn geschlagen – und er mich.«

»Offensichtlich«, erwiderte Emily ohne die beabsichtigte Verachtung. »Ich bin überrascht, daß Sie noch hier sind.« Sie wollte an ihm vorüber zur Treppe stürmen, aber er tat einen Schritt zur Seite und stellte sich ihr in den Weg.

»Wenn Sie sich von mir eine Erklärung erhoffen, warten Sie umsonst. Es ist nicht Ihre Angelegenheit«, sagte er mit scharfem Unterton. »Ich breche meine Versprechen nicht, auch nicht für Sie. Aber ich muß zugeben, daß ich von Ihnen am allerwenigsten erwartet hätte, daß Sie vorschnelle Schlüsse ziehen würden.«

Das versetzte ihr einen Stich. »Es tut mir leid«, sagte sie ganz leise. »Ich habe mir oft gewünscht, ich könnte Eustace ein paar Schläge versetzen. Es scheint, als hätten Sie ihn wohl besiegt.«

Er grinste, ungeachtet des Blutes an seinen Zähnen. »Nach besten Kräften«, stimmte er ihr zu. »Emily...«

»Ja?« Dann, als er nichts sagte, fügte sie hinzu: »Sie bluten im Gesicht. Sie sollten sich lieber waschen und eine Salbe finden, sonst wird Ihre Lippe wieder austrocknen und aufplatzen.«

»Ich weiß.« Er legte ihr sanft eine Hand auf den Arm, und durch den Musselin ihres Ärmels konnte sie seine Wärme spüren. »Emily, bewahren Sie sich Ihren Mut. Wir werden herausfinden, wer George ermordet hat. Ich verspreche es Ihnen.«

Plötzlich bekam sie scheußliche Halsschmerzen, und sie merkte, wie tief ihre Angst saß, wie nah sie den Tränen war. Nicht einmal Thomas hatte ihr bisher helfen können.

»Natürlich«, sagte sie heiser, als sie sich von ihm löste. Es war lächerlich. Sie wollte nicht, daß er ihre Schwäche sah, und vor allem wollte sie nicht, daß er wußte, wie äußerst ansprechend sie ihn fand, trotz ihres Mißtrauens. »Danke. Ich weiß, daß Sie es gut meinen.« Eilig lief sie die Treppe hinauf, ließ ihn allein im Flur stehen. Dann bog sie auf den Treppenabsatz ein, ohne sich noch einmal umzusehen.

# 9

Emily schlief schlecht. Es war eine Nacht voll ausschweifender und häßlicher Träume, blutbespritzter Kleider, dem Rasseln von Steinen auf Georges Sargdeckel, dem rosigen Gesicht des Vikars, dessen Mund sich wie der eines Fisches öffnete und schloß. Und jedesmal, wenn sie aufwachte, sah sie das Bild Jack Radleys vor sich, wie er im Kinderzimmer auf dem Hocker gesessen und sie angesehen hatte, die Sonne im Haar und die Überzeugung in seinen Augen, daß sie um seine Schuld wußte und es kein Entrinnen gab. Schwitzend und frierend gleichzeitig erwachte sie und starrte in die schwarze Leere der Decke über sich.

Als sie wieder einschlief, wurden ihre Träume noch schlimmer, wogten ineinander, schwollen an und barsten, dann wichen sie in die Dunkelheit zurück. Stets sah sie Gesichter: Eustace, selbstgefällig und lächelnd, stierte sie mit seinen runden Augen an, die alles sahen und nichts verstanden, sich nicht darum kümmerten, ob sie George ermordet hatte oder ob jemand anderes es getan hatte, entschlossen nur, daß sie die Verantwortung übernehmen mußte, damit der Name March unbefleckt blieb. Und Tassie, zu verrückt, um irgend etwas zu verstehen. Die Augen der alten Mrs. March wie gläserne Murmeln, blind vor Bosheit. Sie kreischte ohne Unterlaß. William mit einem Pinsel in der Hand, und Jack Radley mit der Sonne wie einem Heiligenschein um seinen Kopf lächelte, weil Emily aus Liebe zu ihm ihren Mann ermordet hatte, wegen eines Kusses im Wintergarten.

Schließlich lag sie wach und beobachtete, wie das Licht langsam über die Decke kroch. Wie lange würde es dauern, bis Thomas keine andere Wahl hatte, als sie zu verhaften? Jede Sekunde, die verging, zehrte an ihrem Leben, der Rest entglitt ihr in die Ewigkeit. Allein und nutzlos lag sie herum.

Was hatte Sybilla so sehr in Angst versetzt? Was hatte ihr

die gewohnte Maske vom Gesicht gerissen, um darunter solchen Haß zu offenbaren, und das zweimal? Einmal beim Abendessen vor zwei Tagen, dann noch einmal im Salon, als sie den Streit im Wintergarten belauscht hatte.

Sie konnte es nicht länger ertragen und stieg aus dem Bett. Es war schon so hell, daß man sehen konnte, wohin man ging. Sie warf sich einen Umhang über ihr Nachthemd und lief auf Zehenspitzen durch das Zimmer zur Tür. Sie würde sie fragen! Sie würde jetzt in Sybillas Zimmer gehen, wenn sie allein war und keine höfliche Ausflucht anbringen oder eine dringende Verpflichtung vorschieben konnte. Und niemand würde sie stören.

Langsam öffnete sie die Tür, hielt den Griff fest, damit er kein Geräusch machte. Draußen war nichts zu hören. Sie überblickte den Korridor. Das Licht der Morgendämmerung fiel kühl und grau durch die Fenster auf das Bambusmuster der Tapete gegenüber. Eine Blumenschale leuchtete gelb. Niemand war da.

Sie trat heraus und ging eilig zu dem Zimmer, von dem sie wußte, daß es Sybillas war. Sie wußte genau, was sie sagen wollte. Sie würde Sybilla erklären, daß sie den Blick auf ihrem Gesicht gesehen hatte, und wem ihr Mitgefühl auch gelten, wem gegenüber sie sich zur Loyalität verpflichtet sehen mochte, wenn sie Emily nicht erzählen wollte, welches Ereignis in der Vergangenheit eine so tiefe Verachtung in ihr hervorgerufen hatte, würde sie zu Thomas Pitt gehen und es ihn mit Hilfe von Ermittlungen und Fragen herausbringen lassen, die weitaus härter ausfallen würden. Nach der Wut, mit der sie am Abend zuvor den Raum verlassen hatte, war sie bereit, mit allem zu drohen. Es war zu spät, auf Empfindlichkeiten oder Peinlichkeiten Rücksicht zu nehmen.

Sie merkte, daß ihre Hand zitterte, als sie sie hob, um Sybillas Türknauf zu umfassen und langsam zu drehen. Vielleicht war abgeschlossen, und sie würde bis zum Tagesanbruch warten müssen. Sie konnte die unausweichlichen Antworten noch ein paar Stunden hinausschieben. Aber er ließ sich leicht drehen. Natürlich. Warum sollte jemand in einem Haus wie diesem abschließen? Es würde bedeuten, daß man aufstehen müßte, um das Dienstmädchen hereinzulassen. Wer wollte das schon? Einer der Gründe, ein Mädchen zu haben, war es, nicht aufstehen, die Vorhänge öffnen und Wasser im Bad einlassen zu müssen. Wenn man auf Verlangen aus dem warmen Bett steigen mußte, noch halb im Schlaf, dann war der ganze Luxus umsonst.

Sie war drinnen. Es war einigermaßen hell. Die Vorhänge leuchteten gelblich im matten Sonnenlicht. Sybilla war schon wach, saß aufrecht an dem nächstgelegenen, geschnitzten Bettpfosten, mit dem Gesicht zum Fenster, das schwarze Haar vorn und hinten zu dicken Zöpfen geflochten. Emily ging der Gedanke durch den Kopf, daß es eine seltsame Art war, es so zu tragen.

»Sybilla«, sagte sie leise. »Es tut mir leid, wenn ich dich störe, aber ich konnte nicht schlafen. Ich muß mit dir sprechen. Ich glaube, du weißt, wer George ermordet hat, und...« Sie stand am Ende des Bettes und konnte Sybilla deutlicher sehen. Ungelenk saß sie aufrecht, den Rücken gegen den Bettpfosten gelehnt und den Kopf ein wenig zur Seite gelegt, als wäre sie eingeschlafen.

Emily ging um die gegenüberliegende Seite des Bettes herum und beugte sich vor.

Dann sah sie Sybillas Gesicht und spürte, wie Entsetzen in ihr aufstieg, den Atem raubte, ihr Herz beinah zum Stehen brachte. Sybilla stierte mit blinden, quellenden Augen aus einem geschwollenen Gesicht hervor, der Mund war offen, die Zunge ausgestreckt. Das schwarze Haar war fest um ihren Hals geknotet, nach hinten um den Bettpfosten gewikkelt und dort festgebunden.

Emily öffnete ihren Mund, um zu schreien, aber es kam kein Laut heraus, nur ein heftiger, trockener Schmerz in der Kehle. Sie fühlte, daß sie sich die Hände an die Lippen hielt, und sie hatte Blut an den Knöcheln, wo sie sich gebissen hatte. Sie durfte nicht in Ohnmacht fallen! Sie mußte Hilfe holen! Schnell! Und sie mußte hier weg. Sie durfte nicht allein sein.

Zuerst zitterte sie so sehr, daß ihre Beine nicht gehorchen wollten. Sie stieß hart an die Ecke des Bettes, tastete nach dem Stuhl, um das Gleichgewicht wiederzufinden, und warf ihn beinah um. Es war keine Zeit für Unpäßlichkeiten. Jemand konnte kommen und sie hier finden. Man machte sie schon für Georges Tod verantwortlich. Sicher würde man ihr auch dies ankreiden.

Der Türknauf blieb starr. Zweimal drehte sie ihn, und ihre verschwitzten Finger ließen ihn zurückgleiten, bis sie die Tür aufziehen konnte und beinah auf den Flur hinaus stolperte. Gott sei Dank war niemand da, kein Hausmädchen, das vorübereilte, um Kamine zu reinigen oder das Eßzimmer herzurichten. Sie rannte zum Ankleidezimmer, in dem Charlotte war, und ohne zu klopfen tastete sie nach dem Griff und warf die Tür auf.

»Charlotte! Charlotte! Wach auf. Wach auf und hör mir zu... Sybilla ist tot!« Undeutlich erkannte sie Charlottes Umrisse, ihr Haar eine dunkle Wolke auf dem weißen Kissen.

»Charlotte!« Sie hörte, wie ihre Stimme hysterisch lauter wurde, aber sie konnte nichts dagegen tun.« »Charlotte!«

Charlotte setzte sich auf, und ihr Flüstern kam aus dem dunklen Grau. »Was ist, Emily? Bist du krank?«

»Nein... nein...« Sie schluckte mühsam. »Sybilla ist tot! Ich glaube, sie ist ermordet worden... mit ihrem eigenen Haar erdrosselt!«

Charlotte sah zu der Uhr auf dem Nachtschränkchen. »Emily, es ist erst fünf Uhr. Bist du sicher, daß du keinen Alptraum hattest?«

»Ja! Oh, Gott! Sie werden mich für diesen Mord ebenso verantwortlich machen!« Und trotz all der Willenskraft, die sie zu haben glaubte, begann sie zu weinen, sackte am Ende des Bettes langsam zu einem kleinen Häufchen zusammen.

Charlotte stand auf und ging zu ihr, legte ihre Arme um sie und hielt sie fest, wiegte sie wie ein kleines Kind. »Was ist passiert?« sagte sie leise, bemühte sich, ihre Stimme ruhig zu halten. »Was hast du so früh am Morgen in Sybillas Zimmer gemacht?«

Emily verstand Charlottes Drängen. Sie wagte nicht, sich Trauer und Furcht zuzugestehen. Nur Überlegung, rational und diszipliniert, konnte helfen. Sie versuchte, das Grauen in ihrer Erinnerung auszumerzen und sich auf die wichtigen Dinge zu konzentrieren.

»Ich habe ihr Gesicht vorgestern abend beim Essen gesehen. Einen Moment lang lag ein so haßerfüllter Blick darin, als sie Eustace ansah. Ich wollte wissen, warum. Was wußte sie über ihn, oder fürchtete sie, er würde etwas tun? Charlotte, sie sind überzeugt davon, daß ich George ermordet habe, und sie werden dafür sorgen, daß Thomas keine andere Wahl hat, als mich festzunehmen. Ich muß herausfinden, wer es getan hat – um mich selbst zu retten.«

Einen Augenblick lang schwieg Charlotte. Dann stand sie langsam auf. »Ich werde nachsehen, und falls du recht hast, werde ich Tante Vespasia wecken. Wir werden die Polizei rufen müssen.« Sie legte sich ihre Stola um. »Armer William«, sagte sie beinah flüsternd.

Als sie fort war, saß Emily in sich gesunken am Fußende des Bettes und wartete. Sie wollte nachdenken, Schlußfolgerungen ziehen, aber es war zu früh. Sie fröstelte, nicht vor Kälte, denn die Luft war warm. Wer immer die Schuld an Georges Tod trug, hatte Sybilla ermordet, mit großer Wahrscheinlichkeit, weil Sybilla wußte, wer es war.

Hatte es etwas mit Eustace und Tassie zu tun? Oder nur mit Eustace? Oder war es am Ende doch Jack Radley?

Die Tür ging auf, und Charlotte kam zurück, das Gesicht gespannt und bleich im weichen Morgenlicht, das durch die Fenster fiel. Ihre Hände zitterten.

»Sie ist tot«, sagte sie und schluckte. »Bleib hier und verschließ die Tür hinter mir. Ich werde es Tante Vespasia erzählen.«

»Warte!« Emily stand auf und verlor das Gleichgewicht. Ihre Beine waren schwach, als wollten ihre Knie nachgeben. »Ich möchte lieber mitkommen. Außerdem solltest du nicht allein gehen.« Sie versuchte es wieder. Diesmal gehorchte ihr Körper, und wortlos schlichen sie und Charlotte Schulter an Schulter über den Treppenabsatz, die Schritte lautlos auf dem Teppich. Die Jardiniere mit ihren gespreizten Farnen wirkte fast wie ein Baum, warf krakenartige Schatten über die Tapete.

Sie klopften an Vespasias Tür und warteten. Niemand antwortete. Charlotte klopfte noch einmal, dann drehte sie versuchsweise den Türknauf. Es war nicht abgeschlossen. Sie öffnete die Tür, und beide schoben sich hinein, schlossen sie mit einem leisen Klicken hinter sich.

»Tante Vespasia«, sagte Charlotte deutlich hörbar. Das Zimmer war dunkler als Emilys, hatte schwerere Vorhänge, und in der Dunkelheit konnten sie das große Bett und Vespasias Kopf auf dem Kissen sehen. Das silbrig helle Haar fiel ihr in Locken über die Schultern. Sie sah sehr zerbrechlich aus, sehr alt.

»Tante Vespasia«, sagte Charlotte noch einmal.

Vespasia öffnete die Augen.

Charlotte trat in das verschleierte Licht, das durch das Fenster schien.

»Charlotte?« Vespasia setzte sich ein wenig auf. »Was ist? Ist Emily bei dir?« Ihre Stimme bekam einen besorgten Unterton. »Was ist passiert?«

»Emily erinnerte sich an etwas, das sie gesehen hatte, einen Ausdruck auf Sybillas Gesicht, vorgestern abend beim Essen«, begann Charlotte. »Sie dachte, wenn sie es verstünde, könnte es einiges erklären. Sie ist zu Sybilla gegangen, um sie zu fragen.«

»Im Morgengrauen?« Jetzt setzte sich Vespasia auf. »Und hat es – etwas geklärt? Habt ihr etwas erfahren? Was hat Sybilla gesagt?«

Charlotte schloß die Augen und preßte die Hände fest ineinander. »Nichts. Sie ist tot. Sie wurde mit ihrem eigenen Haar am Bettpfosten erdrosselt. Ich weiß nicht, ob sie selbst es hätte tun können oder nicht. Wir werden Thomas rufen müssen.«

Vespasia schwieg so lange, daß Charlotte begann, sich Sorgen zu machen. Dann schließlich griff sie nach oben zum Klingelzug und zog dreimal. »Würdest du mir bitte meinen Umhang geben?« fragte sie. Als Charlotte dies tat, stieg sie steif aus dem Bett und stützte sich auf Charlottes ausgestreckten Arm. »Wir sollten lieber die Tür abschließen. Wir wollen nicht, daß jemand anderes hineingeht. Und ich nehme an, wir müssen es Eustace sagen.« Tief und lang holte sie Luft. »Und William. Ich nehme an, um diese Tageszeit ist Thomas doch zu Haus? Gut. Dann solltest du ihm besser eine Nachricht schreiben und einen Diener schicken, der ihn und seinen Constable holt.«

Energisches Klopfen an der Tür ließ sie aufschrecken, und bevor jemand antworten konnte, trat Digby ein, wirkte abgespannt und ängstlich. Als sie sah, daß Vespasia nichts fehlte, verging die Angst und wich tiefer Sorge. Sie schob sich das strähnige Haar aus den Augen, bereit, ärgerlich zu werden.

»Ja, M'Lady?« sagte sie argwöhnisch.

»Tee, bitte, Digby«, antwortete Vespasia und bemühte sich, würdevoll zu wirken. »Ich hätte gern Tee. Bring genug für uns alle. Du solltest dir selbst auch etwas nehmen. Und wenn du den Kessel aufgesetzt hast, weck einen der Diener und sag ihm, er soll aufstehen.«

Digby starrte sie an, rundäugig, grimmig.

Vespasia gab ihr die Erklärung, auf die sie wartete. »Die junge Mrs. March ist tot. Vielleicht weckst du besser gleich zwei Diener. Einen für den Arzt.«

»Wir können den Doktor antelefonieren, M'Lady«, sagte Digby.

»Oh, ja, das habe ich vergessen. Ich bin noch nicht daran gewöhnt, wer diese neumodischen Apparate besitzt und wer nicht. Ich nehme an, Treves hat einen.«

»Ja, M'Lady.«

»Dann schick einen Diener zu Mr. Pitt. Er hat sicher kein Telefon. Und bring Tee.«

Die folgenden Stunden vergingen wie ein Fiebertraum. Wie konnte der Frühstücksraum exakt genauso aussehen wie sonst, die Anrichte mit Speisen überladen, die Fenster aufgerissen? Pitt war oben bei Treves, beugte sich über Sybillas Leiche, die vor ihrem eigenen Haar gefesselt war, und versuchte, sich zu entscheiden, ob sie sich selbst getötet hatte oder jemand anderes hereingeschlichen war und diese tödlichen Schlingen geknüpft hatte. Charlotte konnte die Überlegung nicht aus ihren Gedanken verbannen, ob dies der Grund sein konnte, warum Jack Radley in der Nacht zuvor

212

bei ihr gewesen war, also wegen keineswegs amouröser Absichten, nur daß sie zu früh aufgewacht war und Alarm geschlagen hatte. Sie wußte, daß der Gedanke auch Vespasia gekommen sein mußte.

Es war spät, als sie sich setzten, weit nach zehn, und alle saßen um den Tisch. Selbst William, aschfahl, mit zitternden Händen und wildem Blick, zog den Lärm und die Ablenkung der Gesellschaft anderer offensichtlich der Einsamkeit seines Zimmers neben Sybilla vor.

Emily saß starr und steif. Ihr Magen war so fest verkrampft, daß sie nichts essen konnte. Sie nippte ein wenig heißen Tee und spürte, wie er ihre Zunge verbrühte und schmerzhaft die Kehle hinablief. Die Geräuschkulisse von abwechselnd Geschirr und Gerede empörte und verunsicherte sie, umschwirrte sie wie leeres Gedröhn.

Charlotte aß, weil sie wußte, sie würde die Kraft brauchen, aber die sorgsam gekochten Eier und der dünn geschnittene Toast hätten ebensogut kaltes Porridge in ihrem Mund sein können. Das Sonnenlicht schimmerte auf Silber und Glas, und das Geklapper der Bestecke wurde lauter, als sich Eustace durch Fisch und Kartoffeln kämpfte, doch auch er fand nur wenig Vergnügen daran. Das Tischtuch war so weiß, daß es Emily an Schneefelder erinnerte, glitzernd und kalt, mit toter Erde darunter.

Es war albern. Sie war vor Entsetzen wie gelähmt, hart und kalt wie Eis. Sie mußte sich zwingen, ihnen zuzuhören, nachzudenken, ihr Hirn arbeiten und kombinieren zu lassen. Es war alles da, wenn sie nur den Nebel von ihren Gedanken ziehen konnte. Es sollte ihr inzwischen vertraut sein. Sie hatte schon genug Morde erlebt, den Schmerz, die Furcht, die zur Gewalt führte. Wie konnte sie der Wahrheit so nah sein und sie dennoch nicht erkennen?

Sie sah jeden einzelnen am Tisch an. Die alte Mrs. March preßte die Lippen zusammen, und neben ihrem Teller hatte sie eine Hand zur Faust geballt. Vielleicht war die Wut über die Ungerechtigkeit des Schicksals die einzige Möglichkeit, nicht von der Tragödie überwältigt zu werden, die ihre Familie verschlang, der ihr ganzes Leben gegolten hatte.

Vespasia schwieg. Sie war in sich zusammengesunken. Sie wirkte kleiner, als Charlotte sich erinnerte, die Handgelenke knochiger, die Haut dünn wie Papier.

Tassie und Jack Radley sprachen über irgend etwas absolut Unerhebliches, und selbst, ohne zuzuhören, wußte sie, daß sie es taten, um zu helfen, damit sich die Stille nicht ausbreitete und sie alle erstickte. Es war egal, was geredet wurde, und wenn es über das Wetter war. Sie alle, jeder gefangen auf seiner eigene kleinen Insel des Schreckens, versuchten, sich etwas aus der vergangenen Woche wachzurufen, der Zeit, als die Welt so alltäglich, so sicher, gewesen war. Mit Freuden hätten sie die Ängste auf sich genommen, die sie damals bedrückt hatten und die jetzt so unendlich belanglos wirkten.

Charlotte hatte sich kurz mit Pitt getroffen. Er hatte sie in Sybillas Schlafzimmer beordert. Zuerst schreckte sie davor zurück, aber er hatte ihr gesagt, daß die Leiche in aller Stille hingelegt, das Haar entwirrt, ein Tuch über ihr entstelltes Gesicht gelegt worden war.

»Bitte!« hatte er verdrossen gesagt. »Du mußt mit hinein kommen!«

Widerstrebend, schauernd hatte sie gehorcht, und mit den Armen umschlungen hatte er sie beinah durch die Tür geschoben. »Setz dich auf das Bett«, hatte er befohlen. »Nein, wo Sybilla war.«

Sie hatte wie angewurzelt auf einem Fleck gestanden, ihn an sich gezogen. »Warum?« Es war unsinnig, grotesk. »Warum?«

»Bitte tu es für mich«, hatte er wieder gesagt. »Charlotte, bitte. Ich muß wissen, ob sie es selbst hätte tun können.«

»Natürlich hätte sie!« Sie hatte sich nicht gerührt, hielt sich kräftig an ihm fest, und sie blieben stehen, mitten auf dem sonnenbeschienenen Teppich in ein Tauziehen verstrickt.

Pitt wurde ärgerlich, weil er hilflos war.

»Natürlich hätte sie es tun können!« Charlotte hatte am ganzen Körper gebebt. »Sie hat es sich um den Hals gelegt. Dann um den Bettpfosten. Es ist, als wenn man seinen Schal um den Hals legt oder sein Kleid hinten zuschnürt. Sie hat

214

den Bettpfosten benutzt, um es eng genug zu bekommen. Die Schnitzereien haben es noch ein bißchen enger gemacht, als sie etwas heruntergerutscht ist. Es muß Absicht gewesen sein, sonst wäre sie nicht dort geblieben. Sie hätte sich bewegt, solange sie die Kraft dazu hatte. Ich glaube nicht, daß man sofort bewußtlos wird. Laß mich los, Thomas! Ich werde mich nicht dorthin setzen!«

»Sei nicht albern!« Langsam hatte er die Kontrolle verloren, weil er merkte, was er von ihr verlangte und er keine andere Möglichkeit sah. »Willst du, daß ich eines der Mädchen bitten muß? Emily werde ich nicht fragen!«

Erschrocken hatte sie ihn angestarrt. Dann, als sie die Verzweiflung in seinen Augen sah, hörte, wie sie seine Stimme schärfer machte, hatte sie einen Schritt zum Bett getan, sich jedoch immer noch geweigert, einen Blick auf die Stelle zu werfen, an der sie Sybilla gesehen hatte.

»Nimm den anderen«, hatte er ihr eingeräumt und auf den Bettpfosten an der gegenüberliegenden Seite gedeutet. »Setz dich hin und greif hinter deinen Hals, um den Pfosten herum.«

Langsam und steif hatte sie getan, was er sagte, die Arme hinter dem Kopf ausgestreckt hatte sie den Pfosten berührt, gespürt, wie sich die Finger darum legten und taten, als würden sie etwas festbinden.

»Tiefer«, hatte er sie angewiesen.

Sie beugte sich etwas tiefer.

»Jetzt zieh«, hatte er gesagt. »Zieh fester.« Er hatte ihre Hände genommen und sie weiter hinabgezogen.

»Ich kann nicht!« hatte sie gesagt. Ihre Arme schmerzten, die Muskeln überdehnt. »Es ist zu weit unten. Ich kann sie nicht so weit herunterziehen. Thomas, du tust mir weh!«

Er hatte sie losgelassen. »Das habe ich mir gedacht«, hatte er heiser gesagt. »Keine Frau hätte sich so weit über den Rükken ziehen können.« Er hatte neben ihr auf dem Bett gekniet, seine Arme um sie gelegt und sein Gesicht in ihrem Haar vergraben, sie sanft geküßt und immer fester an sich gedrückt. Es hatte für beide keinen Grund gegeben, etwas zu sagen. Sybilla war ermordet worden.

Charlottes Gedanken kehrten in die Gegenwart zurück, an den Frühstückstisch und die quälende Farce der Normalität. Sie wollte liebenswürdig, besänftigend sein, aber sie hatten keine Zeit. Sie trank ihren Tee aus und sah sich in der Runde um.

»Wir haben unsere Sinne beisammen und besitzen einigen Verstand«, sagte sie deutlich. »Einer von uns hat George ermordet und jetzt Sybilla. Ich glaube, wir sollten besser herausfinden, wer es ist, bevor es noch schlimmer wird.«

Mrs. March schloß die Augen und krallte sich in Tassies Arm, die dürren Finger wie Klauen, überraschend braun, fleckig vom Alter. »Ich glaube, ich falle in Ohnmacht!«

»Leg deinen Kopf zwischen die Knie«, sagte Vespasia müde.

Die alte Frau riß ihre Augen auf. »Mach dich nicht lächerlich!« schnarrte sie. »Du magst ja mit den Beinen an den Ohren am Frühstückstisch sitzen. Das sähe dir ähnlich. Aber ich nicht!«

»Nicht sonderlich praktikabel.« Zum ersten Mal blickte Emily auf. »Ich glaube kaum, daß sie es könnte.«

Vespasia machte sich nicht die Mühe, von ihrem Teller aufzusehen. »Ich habe etwas Riechsalz, wenn du willst.«

Eustace ignorierte sie, starrte Charlotte an. »Glauben Sie, das wäre klug, Mrs. Pitt?« sagte er, ohne mit den Augen zu zwinkern. »Die Wahrheit könnte äußerst qualvoll sein, besonders für Sie.«

Charlotte wußte genau, was er meinte, sowohl was die Art von Wahrheit betraf, an die er glaubte, als auch die Art wie er sie der Polizei präsentieren wollte.

»Oh, ja.« Ihre Stimme bebte, und sie war wütend auf sich selbst, aber sie spürte, daß sie es nicht verhindern konnte. »Ich habe weniger Angst vor dem, was vielleicht entdeckt wird, als davor, es im Verborgenen zu belassen, wo es wieder zuschlagen und jemanden töten könnte.«

William erstarrte. Vespasia legte ihre Hand an die Augen und beugte sich über den Tisch.

»Unreines Blut«, sagte Mrs. March barsch und packte ihren Löffel so fest, daß sie Zucker auf dem Tisch verstreute.

»Am Ende verrät es sich immer. Egal wie feingeschnitten das Gesicht, wie gut die Manieren sein mögen, das Blut zählt. George war ein Dummkopf! Ein unverantwortlicher, illoyaler Dummkopf. Unbedachte Ehen sind der Auslöser für die Hälfte allen Unglücks auf der Welt.«

»Angst«, hielt Charlotte entschlossen dagegen. »Ich hätte gedacht, es wäre die Angst, die das meiste Unglück hervorruft, die Angst vor Schmerz, die Angst, lächerlich zu wirken, unzulänglich zu sein. Und vor allem die Angst vor der Einsamkeit, die Furcht, von keinem geliebt zu werden.«

»Du sprichst von dir selbst, Mädchen!« herrschte Mrs. March sie an, wandte sich um, kreidebleich, mit funkelnden Augen. »Die Marches müssen nichts fürchten!«

»Sei nicht idiotisch, Lavinia.« Vespasia richtete sich auf, schob sich das Haar aus der Stirn. »Die einzigen Menschen, die keine Angst kennen, sind die Auserwählten Gottes, deren Wunschbild des Himmels stärker ist als das Fleisch, und die Einfältigen, die nicht genügend Vorstellungskraft besitzen, sich den Schmerz vorzustellen. Wir an diesem Tisch sind allesamt starr vor Entsetzen.«

»Vielleicht ist Mrs. March eine von Gottes Auserwählten?« sagte Jack Radley sarkastisch.

»Hüten Sie Ihre Zunge!« zischte Mrs. March. »Je eher dieser inkompetente Polizist Sie mitnimmt, desto besser. Wenn Sie den armen George nicht ermordet haben, dann haben Sie mit Sicherheit Emily dazu angestiftet. In beiden Fällen sind Sie schuldig und sollten gehängt werden.«

Das Blut stieg ihm ins Gesicht, aber er wandte sich nicht ab. Es folgte ein Moment des Schweigens. Irgendwo auf der anderen Seite des Korridors waren laut die Schritte eines Dieners zu hören, bis sie hinter der mit Leder bezogenen Tür verschwanden. Nicht einmal Eustace rührte sich.

Vespasia erhob sich steif, als täte ihr der Rücken weh. Mit wildem Blick stand auch William auf, zog ihren Stuhl zurück und stützte sie.

»Ich nehme an, Mr. Beamish wird wieder Mr. Hare schicken, um uns Trost zu spenden«, sagte sie leise mit kaum merklichem Beben in der Stimme. »Was ebenso gut ist. Er wird uns unendlich viel nützlicher sein. Wenn er kommt, bin ich in meinem Zimmer. Ich möchte ihn gern sprechen.«

»Möchtest du, daß wir den Arzt rufen, Großmama?« William hatte Schwierigkeiten, seine Stimme zu finden. Er sah aus, als bewegte er sich in einem Alptraum, den er die ganze Nacht über durchlebt hatte, nur um dann aufzuwachen und festzustellen, daß er immer noch da war und sich in eine endlose, unabänderliche Realität ausdehnte.

»Nein, danke, mein Lieber.« Vespasia tätschelte seine Hand. Dann ging sie langsam hinaus, hatte Mühe, das Gleichgewicht zu halten.

»Entschuldigen Sie mich.« Charlotte legte ihre Serviette neben den Teller und folgte Vespasia hinaus, holte sie im Korridor ein und stützte sie die lange, breite Treppe hinauf beim Ellbogen. Vespasia wehrte sich nicht.

»Möchten Sie, daß ich bei Ihnen bleibe?« fragte sie an der Tür zum Schlafzimmer.

Vespasia sah sie ruhig an, das Gesicht müde und sorgenvoll. »Wissen Sie etwas Neues, Charlotte?«

»Nein«, sagte Charlotte ehrlich. »Aber nach Emilys Einschätzung hat Sybilla Eustace gehaßt, warum, weiß ich nicht.«

Vespasias Mund wurde schmal, und ihre Augen wirkten noch unglücklicher. »Williams wegen, denke ich«, sagte sie mit kaum mehr als einem Flüstern. »Eustace hat noch nie gewußt, wann er seine Zunge hüten muß. Er ist kein feinfühliger Mensch.«

Charlotte zögerte, kurz davor zu fragen, ob es noch etwas anderes gäbe, scheute aber davor zurück, weiter zu bohren. Sie versuchte zu lächeln und ging.

Die Idee verfestigte sich in ihr, und sobald sie sicher sein konnte, daß niemand auf dem Treppenabsatz war, ging Charlotte zu Sybillas Zimmertür und versuchte, den Knauf zu drehen. Natürlich hatte man der Dienerschaft gesagt, was geschehen war, und keines der Mädchen würde sich hier hinein wagen. Pitt hatte Sybilla für sein Experiment auf dem Bett vorher auf die Chaiselongue am Fenster umgebettet, aber vielleicht hatte er sie zurückgelegt, damit sie in friedlicher Haltung ruhte, vorausgesetzt, man konnte das Gesicht nicht sehen.

Die Tür war nicht verschlossen. Vielleicht gab es keine Veranlassung dazu, denn wer sollte schon herkommen, außer aus Trauer und purer Menschlichkeit? Pitt und Treves mußten schon alles gesehen haben, was es zu sehen gab, und waren sicher unten im Zimmer des Butlers, um sich zu beratschlagen.

Noch einmal sah sie sich auf dem Treppenabsatz um, dann drehte sie den Knauf und trat ein. Das Zimmer ging nach Süden hinaus und war voller Licht. Auf dem Bett waren Umrisse zu sehen, unter einem Laken. Sie sah nicht hin, obwohl sie ganz genau wußte, was sie sehen würde, wenn sie es zurückschlug. Sie mußte ihre Fantasie und eine bedrückend heftige Anwandlung von Mitleid im Zaum halten. Sybilla hatte Emily furchtbaren Kummer bereitet, und wunderlicherweise konnte sie sie nicht verachten, wie sie es wollte, selbst wenn sie noch gelebt hätte. Sie war sich des harten, schmerzenden Knotens in Sybillas Innerem sehr wohl bewußt. Sie konnte nur die Bequemen, die Unbeleckten hassen, weil sie sich ihnen fremd fühlte. In dem Augenblick, in dem sie die Wunde sah und an den Schmerz glaubte, verlief ihre Wut wie Sand in einem Sieb. So war es mit Sybilla gewesen, und jetzt hatte sie die Absicht, nach einer Spur dessen zu suchen, was der Grund dafür gewesen sein mochte.

Sie sah sich um. Wo sollte sie anfangen? Wo bewahrte Sybilla ihre privaten Dinge auf, die ihre Schwächen verraten würden? Nicht im Schrank. Dort würden nur die Kleider hängen, und private Dinge verwahrte man nicht in Taschen. Das Nachtschränkchen hatte eine kleine Schublade, aber die würde vielleicht von den Stubenmädchen geputzt. Es gab kein Schloß. Dennoch zog sie die Lade für alle Fälle auf und fand nur zwei Handschuhe, ein Lavendelsäckchen, das süß und trocken roch, ein aufgedrehtes Papier, das Kopfschmerzpulver enthalten hatte, und eine Flasche mit Riechsalzen. Nichts.

Als nächstes untersuchte sie den Schminktisch und fand all die Dinge, die sie erwartet hatte: Bürsten und Kämme, Seidentücher, Haarnadeln, Parfums und Kosmetika. Eines Tages hätte sie gern gelernt, sie so gekonnt zu benutzen wie Sybilla. Der Gedanke an die Schönheit der Ermordeten war eigentümlich quälend, als all diese kleinen Kunstgriffe so nutzlos ausgebreitet vor ihr lagen. Es war albern, sich so sehr mit ihr zu identifizieren, und dennoch zerstreute das Wissen darum nicht die Gefühle.

Sie fand Unterwäsche, wie erwartet, unendlich viel hübscher und neuer als ihre eigene, wahrscheinlich eher wie Emilys. Aber es gab nichts, in dem sie eine tiefere Bedeutung entdeckt hätte, weder Papiere noch Artikel waren darunter versteckt. Sie versuchte es mit dem Schmuckkästchen und hielt sich einen Augenblick lang voller Neid mit einer Perlenkette und einer Smaragdspange auf. Aber wiederum brachten die Gegenstände allein sie nicht weiter, lieferten keinen Hinweis darauf, ob sie mehr als Schmuckstücke waren, wie sie jede reiche und umworbene Frau haben mochte.

Sie stand mitten im Zimmer, betrachtete die Bilder um sich herum, die Vorhänge, das riesenhafte Himmelbett. Mit Sicherheit mußte da irgendwo etwas sein.

Unter dem Bett! Hastig kniete sie nieder und warf die lange Tagesdecke hoch, um nachzusehen. Sie fand eine Truhe für Kleider und daneben im Schatten einen kleinen Kosmetikkoffer. Augenblicklich riß sie ihn hervor und versuchte auf Knien, den Deckel zu öffnen. Er war verschlossen.

»Verdammt!« fluchte sie wütend. »Verdammt!« Einen Augenblick lang dachte sie nach, betrachtete den Koffer. Er hatte ein gewöhnliches Schloß, klein und leicht. Eine Metallzunge hielt den Haken. Wenn sie ihn nur hätte bewegen können! Wo war der Schlüssel? Sybilla mußte einen gehabt haben...

Wo verwahrte sie ihre eigenen Schlüssel? Im Schmuckkästchen natürlich, im Fach unter dem Einsatz für Ohrringe. Dort bewahrte sie ihre eigenen Kofferschlüssel auf, wenn sie auch in letzter Zeit nicht gerade oft verreist war. Sie raffte sich auf, stolperte über ihren Rock und landete halb auf dem Hocker des Schminktisches. Er war da, ein kleiner Messingschlüssel, knapp drei Zentimeter lang, an einem Goldkettchen.

Sie öffnete den Kosmetikkoffer am Boden, und mit aufgeregt herumtastenden Händen klappte Charlotte den Deckel zurück und sah einen Stapel von Briefen. Daneben lagen zwei kleine, weiße, in Ziegenleder gebundene Bücher. Auf dem Deckel des einen stand ADRESSEN. Zuerst sah sie sich die Briefe an. Es waren Liebesbriefe von William, und nach dem ersten prüfte sie nur noch die Namen. Sie waren leidenschaftlich, zärtlich, voll feinsinniger Worte, die ihr das Gemälde auf der Staffelei im Wintergarten in Erinnerung rief, das soviel mehr als Wind in den frühlingshaften Bäumen ausdrückte. All die Zwischentöne der Jahreszeiten waren darin enthalten gewesen, Blüte und Eis, und das Bewußtsein der Veränderung.

Sie haßte sich dafür, daß sie die Briefe las. Sie alle waren von William. Es gab keine anderen, nichts von George, aber George war auch kein Mann gewesen, der Liebesbriefe schrieb, und die eines jeden anderen Mannes hätten neben diesen hier unbeholfen und sprachlos gewirkt.

Sie nahm das unbeschriebene Buch. Es war ein Tagebuch, das vor einigen Jahren in einem gewöhnlichen Notizbuch begonnen worden war, ohne Daten, ohne Überschriften, außer denen, die Sybilla selbst geschrieben hatte.

Charlotte öffnete es aufs Geratewohl und sah die Eintragung *Heiligabend 1886*. Vor ein paar Monaten. Voller Entsetzen begann sie zu lesen.

*William hat den ganzen Tag über gemalt. Ich sehe, daß es großartig ist, aber ich wünschte, er würde nicht soviel Zeit damit verbringen und mich mit der Familie allein lassen. Die Alte fragt mich immer noch, wann ich gedenke, eine ›richtige Frau‹ zu werden, eine Familie zu gründen und den Marches einen Erben zu gebären. Zeitweise hasse ich sie so sehr, daß ich sie mit Freuden ermorden könnte, wenn ich nur wüßte, wie. Vielleicht müßte ich es hinterher bereuen, aber das könnte kaum schlimmer sein als mein jetziges Befinden. Und Eustace sitzt da und redet davon, was für ein Nichtsnutz William ist, weil das Leben malt anstatt es zu leben. Und er sieht mich schmierig an. Die ganze Zeit habe ich das Gefühl, als würde er durch meine Kleider hindurch sehen. Er hat eine so ungeheure Mannes-*

kraft! Wie konnte ich jemals so verrückt gewesen sein, mich auf ihn einzulassen? Ich würde alles auf der Welt geben, wenn ich es rückgängig machen könnte. Aber das ist eine sinnlose Überlegung. Wir sind beide darin gefangen, und ich wage nicht, es jemandem zu erzählen. Tassie wäre entsetzt, nicht wegen ihres Vaters (für den sie, glaube ich, ohnehin keine Zuneigung empfindet), sondern wegen William, den sie so sehr liebt, mit solcher Wärme, mehr als die meisten Schwestern, glaube ich.

Großer Gott! Ich bin so unglücklich, ich weiß nicht, was ich tun soll. Aber Feigheit wird mir nicht helfen. Ich habe Männer schon immer umgarnen können. Ich werde einen Ausweg finden.

Charlotte zitterte, und trotz der Hitze in dem geschlossenen Raum lief ihr der Schweiß kalt über den Körper. War das alles, was es mit George auf sich hatte? Keine große Leidenschaft, nicht einmal die Eitelkeit einer schönen Frau, sondern nur ein Schutz vor Eustace? Der Gedanke bereitete ihr Übelkeit.

Sie blätterte einige Seiten weiter, bis sie zum Ende kam. Sie las den letzten Eintrag.

Ich kann es kaum glauben! Nichts scheint seinen Trieb zu erschüttern oder ihm angst zu machen! Ich komme beinah selbst zu der Überzeugung, daß es ein Alptraum war, wie er es uns allen weismachen wollte. Ich muß Jack ansehen, um mich zu vergewissern.

Armer Jack. Großmutter Vespasia sieht ihn so furchtbar enttäuscht an. Ich glaube, sie mochte ihn wirklich. Ich schätze, er ist genau die Art von Mann, der sie einen ihrer seltenen Tänze geschenkt hätte, als sie jung war. Und Charlotte! Sie ist angewidert, und es ist ihr so deutlich anzusehen. Ich nehme an, es ist wegen Emily. Ich wünschte, ich hätte eine Schwester, die sich so sehr um mich sorgen würde. Ich habe noch nie das Gefühl gehabt, jemanden zu brauchen, jemanden, dem ich vertrauen kann, der mich verteidigen würde. Aber jetzt.

Vielleicht habe ich genug geschrien. Bitte, lieber Gott. Eustace sah wirklich entsetzt aus, zumindest einen Augenblick lang, bis er sich überlegt hatte, was er sagen sollte, wenn die anderen kamen. Ich glaube kaum, daß er geglaubt hat, ich würde schreien, bis ich den Mund aufgemacht habe.

*Und so wahr mir Gott helfe – wenn er wieder kommt, werde ich
wieder schreien. Es ist mir egal, was die anderen denken – und ich
habe ihm gesagt, daß ich es tun würde.*

*Jetzt hat er ein blaues Auge und Jack eine aufgeschlagene Lippe.
Jack muß in sein Zimmer gegangen sein und ihn verprügelt haben.
Der gute Jack.*

*Aber was um alles in der Welt kann ich tun, wenn er abfährt?
Bitte, lieber Gott, hilf mir.*

Und das war das Ende. Es hatte für Sybilla keinen Morgen
mehr gegeben, an dem sie hätte schreiben können.

Aber warum hatte sie es nicht William gesagt?

Weil William ohnehin keine Liebe für seinen Vater übrig
hatte, und sie fürchtete sich vor dem, was er aus Wut,
Abscheu und tiefem Schmerz tun würde. Oder vielleicht weil
sie fürchtete, daß in jeder Auseinandersetzung zwischen
William und Eustace der Vater stets den Sieg davontragen
würde. Kein Wunder, daß sie ihn haßte.

An der Tür war ein Geräusch zu hören, nicht das leichte
Trippeln eines Hausmädchens, sondern schwere Schritte.
Schritte eines Mannes.

Ihr blieb keine Zeit zur Flucht. Die Schritte blieben stehen,
und jemand faßte an den Türknauf. In Panik stieß sie den
Kosmetikkoffer unter das Bett und rollte hinterher, stieß
gegen etwas Hartes, raffte ihre Röcke zusammen und zog
gerade in dem Augenblick die Tagesdecke herunter, als die
Tür geöffnet und kurz darauf wieder geschlossen wurde. Er
war im Zimmer, wer immer es auch war.

Sie kauerte sich gegen die Truhe. Der Kosmetikkoffer
bohrte sich ihr in den Rücken, aber sie wagte sich nicht zu
rühren. Sie dachte an Sybilla, die nur wenige Zentimeter
über ihr kalt und steif auf dem Bett lag. Nur die dicken Federn
und die Matratze waren zwischen ihnen.

Wer war es? Er öffnete und schloß Schubladen, durch-
suchte sie. Sie hörte, wie die Schranktür knarrte, genau wie
bei ihr, und dann das Knistern von Taft, das Rascheln von
Seide. Dann wurde sie wieder geschlossen.

Gütiger Gott! Suchte er nach dem kleinen Buch, das sie

noch in Händen hielt? Seine Füße kamen zu ihr herüber. Sie hätte eine Menge dafür gegeben, zu wissen, wer es war, aber sie wagte nicht, die Tagesdecke auch nur wenige Zentimeter weit anzuheben. Wer es auch sein mochte, er sah vielleicht in ihre Richtung und würde sie bestimmt entdecken. Und was dann? Bestenfalls konnte er sie hervorzerren und beschuldigen, die Tote beraubt zu haben...

Die Ecken des Schminkkoffers bohrten sich ihr tiefer in den Rücken. Die Füße rührten sich nicht. Sie hörte ein leises Geräusch. Gewicht wurde verlagert, Stoff raschelte. Was war es?

Die Antwort folgte sogleich. Die Tagesdecke wurde zurückgeschlagen. Sie starrte wie gelähmt in Eustaces rotes Gesicht und seine noch roteren Augen.

Eine grauenhafte Sekunde lang war er so versteinert wie sie. Dann sprach er, und seine Stimme war eine Parodie seiner selbst.

»Mrs. Pitt! Haben Sie mir irgend etwas zu sagen, das als Erklärung herhalten könnte?«

Hatte er eine Ahnung, was in Sybillas Buch geschrieben stand? Sie klammerte sich so fest daran, daß ihre Knöchel weiß wurden. Sie versuchte zu sprechen, aber ihre Kehle war trocken, und sie hatte solche Angst, daß sie sich nicht bewegen konnte. Sie konnte nicht einmal rückwärts kriechen, wegen der Truhe. Wenn er beschloß, sie anzugreifen, um das verdammte Buch zu bekommen, was mit Sicherheit das war, wonach er gesucht hatte, dann blieb ihr nur die Möglichkeit, zu bleiben, wo sie war, wo er sie nicht erreichen konnte. Es war zu niedrig für seine Körperfülle.

Es war absurd. Sie konnte kaum so lange unter dem Bett bleiben, bis jemand gerufen wurde und sie überredete, herauszukommen.

»Mrs. Pitt!« Eustaces Züge waren hart, seine Augen drohend. Ja, er hatte das kleine, weiße Lederbuch in ihrer Hand gesehen und erraten, was es war, falls er es nicht schon gewußt hatte. Wie ein Kaninchen starrte sie ihn an.

»Mrs. Pitt, wie lange beabsichtigen Sie, unter dem Bett zu bleiben? Ich habe Sie in mein Haus eingeladen, damit Sie

Ihrer Schwester in ihrer Trauer beistehen, aber Sie zwingen mich zu der Annahme, daß Sie ebenso geistig instabil sind wie sie!« Er streckte seine Hand aus, breit und kräftig. Selbst jetzt fiel ihr auf, wie sauber sie war, wie makellos manikürt die Nägel. »Und geben Sie mir das Buch«, fügte er mit kaum merklichem Stottern hinzu. »Ich werde so tun, als wüßte ich nicht, daß Sie es genommen haben. Es wird das beste sein, aber ich glaube, Sie sollten umgehend nach Haus zurückkehren. Sie sind offensichtlich ungeeignet, sich in einem Haushalt wie dem unseren aufzuhalten.«

Sie rührte sich nicht. Wenn sie ihm das Buch gab, würde er es zerstören, und es gäbe nur ihr Wort dafür, das auch bisher nicht schwerer als seines gewogen hatte.

»Kommen Sie!« sagte er böse. »Sie machen sich lächerlich! Kommen Sie da heraus!«

Langsam griff sie sich in den Nacken und löste die drei obersten Knöpfe ihres Kleides.

Mit einer Mischung aus Faszination und Entsetzen starrte er sie an, und unwillkürlich wanderte sein Blick auf ihren Busen, immer schon eine ihrer hübschesten Waffen.

»Mrs. Pitt!« sagte er heiser.

Ganz vorsichtig schob sie sich das kleine weiße Buch vorn in ihr Kleid und knöpfte es wieder zu. Es fühlte sich unbequem an und sah zweifellos lächerlich aus, aber er würde ihr Mieder zerreißen müssen, um es ihr wegzunehmen, und das wäre für ihn wahrlich schwer zu erklären.

Noch immer sah sie ihn an. Seine Augen waren erhitzt und zornig. Vielleicht war seine Angst so groß wie ihre. Unbeholfen kroch sie unter dem Bett hervor und stand auf, zerwühlt und unbeweglich, mit zitternden Knien.

»Dieses Buch gehört nicht Ihnen, Mrs. Pitt«, sagte er grimmig. »Geben Sie es mir!«

»Ihnen gehört es ebensowenig«, antwortete sie mit allem Mut, den sie besaß. Er war sehr kräftig, mit starkem Brustkorb und breiten Hüften, und er stand zwischen ihr und der Tür. »Ich werde es der Polizei übergeben.«

»Nein, das werden Sie nicht.« Er packte sie beim Arm. Seine Hand schloß sich um sie, unnachgiebig.

Ihr Atem schien sie ersticken zu wollen. »Werden Sie mir das Kleid herunterreißen, um es zu bekommen, Mr. March?« Sie versuchte, ihre Stimme unbeschwert klingen zu lassen, aber es mißlang ihr. »Das zu erklären, dürfte für Sie ausgesprochen unangenehm werden, und ich werde schreien – und diesmal können Sie es nicht als Alptraum abtun!«

»Und wie wollen Sie erklären, was Sie hier in Sybillas Zimmer tun?« fragte er. Aber er hatte Angst, und sie witterte es, spürte es im schmerzhaften Druck seiner Hand.

»Und Sie?«

Sein Mund zuckte und zeigte ein angewidertes Lächeln. »Ich werde sagen, ich hätte ein Geräusch gehört, wäre hereingegangen und hätte Sie dabei erwischt, wie Sie Sybillas Schmuckkästchen durchwühlten. Der Grund dafür dürfte jedem offenbar sein.«

»Dann werde ich dasselbe sagen!« hielt sie dagegen. »Nur war es nicht das Schmuckkästchen, sondern der Kosmetikkoffer unter dem Bett. Und ich werde sagen, daß Sie das Tagebuch gefunden haben, und dann werden alle lesen, was darin steht.«

Seine Hand wurde schwächer. Sie sah, wie sich die Furcht in sein Gesicht grub und ihm der Schweiß aus den Poren seiner Oberlippe und der Stirn trat.

»Lassen Sie mich gehen, Mr. March, sonst werde ich schreien. Es müssen Dienstmädchen in der Nähe sein, und Tante Vespasia ist in ihrem Zimmer gegenüber.«

Langsam, zentimeterweise nahm er seine Hand zurück, und sie wartete, bis er ganz losgelassen hatte, für den Fall, daß er seine Meinung änderte. Dann drehte sie sich um und ging mit schlotternden Knien zur Tür und auf den Treppenabsatz hinaus. Sie war benommen, und ihr wurde ein wenig übel vor Erleichterung. Sie mußte sofort Thomas finden.

# 10

Charlotte fand Pitt im Butlerzimmer, riß die Tür weit auf und unterbrach Constable Stripe mitten im Satz, ohne sich viel Zeit für eine Entschuldigung zu nehmen.

»Thomas! Ich habe die Antwort gefunden, oder wenigstens eine der Antworten – entschuldigen Sie, Constable – in Sybillas Tagebuch. Etwas, das ich niemals gedacht hätte.« Abrupt blieb sie stehen. Jetzt, da beide sie anstarrten, spürte sie die Schande, die ihr Geheimnis in sich barg. Nicht für Eustace, denn mit Freuden hätte sie dafür gesorgt, daß er gedemütigt wurde. Sybillas wegen fühlte sie sich unerklärlich nackt.

»Was hast du gefunden?« fragte Pitt besorgt, da er mehr die Röte in ihrem Gesicht sah als auf ihre Worte zu hören. Sie strahlte keinerlei Genugtuung aus.

Sie sah Stripe an, nur einen Moment lang, aber er sah ihr in die Augen, und sofort bereute sie ihren Blick. Sie drehte sich um und wandte ihm den Rücken zu, knöpfte ihr Kleid gerade so weit auf, daß sie das Tagebuch hervorziehen konnte, und reichte es Pitt.

»Heiligabend«, sagte sie ganz leise. »Lies die Eintragung am Heiligen Abend, letztes Jahr, und dann die allerletzte.«

Er nahm das Buch und schlug es auf, blätterte darin herum, bis er schließlich zum Dezember kam, dann ging er die Seiten einzeln durch. Endlich hielt er inne, und sie beobachtete sein Gesicht, während er las, die Mischung aus Wut und Abscheu, die langsam verwischte und sich unentwirrbar mit Anteilnahme paarte. Er las das Ende.

»Und ihretwegen hat er George ermordet.« Er sah zu Charlotte auf und reichte Stripe das Buch ohne eine Erklärung. »Ich nehme an, die arme Sybilla wußte es oder ahnte es.«

»Ich frage mich, warum er nicht gleich nach dem Buch gesucht hat, nachdem er sie ermordet hatte«, sagte sie betreten.

»Vielleicht hat er etwas gehört«, erwiderte Pitt. »Jemand anderen, der wach war, möglicherweise sogar Emily. Und er wagte nicht zu warten.«

Charlotte erschauerte. »Wirst du ihn festnehmen?«

Er zögerte, wog die Frage ab, sah Stripe an, dessen Gesicht rot und niedergeschlagen wirkte.

»Nein«, sagte er tonlos. »Noch nicht. Das ist kein Beweis. Er könnte alles abstreiten, sagen, daß alles nur Sybillas Einbildung war. Ohne weitere Beweise steht ihr Wort gegen seines. Es jetzt bekannt zu machen, würde William nur verletzen und vielleicht noch mehr Gewalt und Unglück mit sich bringen.« Sein Mund zuckte, als wollte er lächeln. »Lassen wir Eustace eine Weile warten und sich Sorgen machen. Sehen wir, was er tut.« Er sah Charlotte an. »Du hast gesagt, da wäre noch ein anderes Buch mit Adressen?«

»Ja.«

»Wir sollten es besser holen. Vielleicht kommt nichts dabei heraus, aber wir sehen uns die Leute an, prüfen nach, wer sie sind.«

Gehorsam ging Charlotte zur Tür zurück. Pitt zögerte, sah Stripe mit einem leisen Lächeln an. »Tut mir leid, Stripe, aber ich werde Sie dafür brauchen, und es dürfte einige Zeit dauern.«

Einen Moment lang verstand Stripe den Grund für diese Entschuldigung nicht. Dann zog er ein langes Gesicht, und die Röte kroch ihm über die Wangen.

»Ja, Sir. Ähm...« Er hob den Kopf. »Ob noch Zeit bliebe, Sir...?«

»Aber natürlich«, willigte Pitt ein. »Aber machen Sie nicht zu viele Worte. Seien Sie in einer Viertelstunde zurück.«

»Ja, Sir!« Stripe wartete gerade solange, bis Charlotte und Pitt um die Ecke im Flur verschwunden waren, dann stürmte er hinaus, hielt das erstbeste Mädchen an, bei dem es sich zufällig um das Stubenmädchen handelte, und fragte sie, wo sich Miß Taylor im Augenblick aufhalte.

In seiner Uniform wirkte er so wichtig und eindrucksvoll, daß sie sofort antwortete, ohne ihre üblichen Ausflüchte Fremden gegenüber, besonders solchen aus den unteren

Schichten wie Polizisten, Schornsteinfegern und dergleichen.

»Im Servierraum, Sir.«

»Danke sehr!« Er fuhr auf dem Absatz herum und machte sich an den anderen kleinen Räumen vorbei auf den Weg zum Servierraum, das man ehemals zur Herstellung von Likören und Parfums benutzt hatte und das jetzt hauptsächlich der Zubereitung von Tee und Kaffee und der Lagerung von Bonbons vorbehalten war.

Lettie legte gerade einen großen Früchtekuchen in eine Blechdose, und beim Geräusch seiner schweren Schritte drehte sie sich um. Sie war noch hübscher als beim letzten Mal. Ihm war noch gar nicht aufgefallen, wie ihr das Haar in die Stirn fiel oder wie zart ihre Ohren waren.

»Guten Morgen, Mr. Stripe«, sagte sie mit einem leisen Schnauben. »Falls Sie gekommen sind, sich den Kaffee anzusehen, sind Sie dazu herzlich eingeladen, aber es hat keinen Sinn. Es ist alles neu in...«

Stripe brachte seine Gedanken wieder zusammen. »Nein, bin ich nicht«, sagte er entschlossener als er es für möglich gehalten hätte. »Wir haben ein paar neue Beweise gefunden.«

Unwillkürlich war sie neugierig und besorgt. Sie sagte sich gern, sie sei unabhängig, aber in Wahrheit empfand sie eine tiefe Loyalität gegenüber dem Haus, besonders gegenüber Tassie, und sie hätte viel dafür gegeben, wenn sich verhindern ließe, daß ihnen Schmerz zugefügt wurde, besonders von Fremden. Sie stand still, blickte starr zu Stripe auf, und in Gedanken ging sie eilig durch, was er sagen mochte und wie sie antworten sollte.

Sie schluckte. »Haben Sie?«

Er wünschte, er hätte sie trösten, sie beruhigen können, aber er wagte es nicht. Noch nicht.

»Ich werde weg müssen, um es mir genauer anzusehen.«

»Oh!« Sie sah bestürzt aus, dann enttäuscht. Dann, als sie die Freude auf seinem Gesicht sah und merkte, daß sie sich verraten hatte, richtete sie sich auf, bis ihr Rücken steif wie ein Stock und ihr Kinn so hoch war, daß ihr der Hals schmerzte. »Ach wirklich? Ich nehme an, das ist Ihre Pflicht, Mr. Stripe.« Sie wagte nicht, weiterzusprechen. Es war albern, sich ausgerechnet über einen Polizisten aufzuregen!

»Es könnte eine ganze Weile dauern«, fuhr er fort. »Vielleicht finde ich sogar die Lösung und komme nicht wieder.«

»Hoffen wir das Beste. Wie schrecklich wäre es, wenn so furchtbare Dinge geschehen und niemand gefaßt würde.« Sie machte eine Bewegung, als wollte sie sich wieder ihrer Kuchendose und den Reihen von Teebüchsen zuwenden, aber sie änderte ihre Absicht. Sie war unsicher, ob sie ihm böse sein sollte oder nicht.

Pitts Ermahnung klang noch in seinen Ohren. Die Zeit lief ab. Er mußte alles auf eine Karte setzen. Er sammelte seinen ganzen Mut zusammen und stürzte sich hinein, starrte auf das chinesische Blumenmuster auf der Kanne hinter ihr. »Also bin ich gekommen, um Ihnen zu sagen, daß ich mich freuen würde, wenn ich Ihnen meine Aufwartung machen dürfte, privat, vielleicht.«

Hastig atmete sie ein, aber da er sie nicht ansah, konnte sie nicht wissen, wie er es meinte.

»Würden Sie vielleicht mit mir im Park spazierengehen, wenn die Kapelle spielt? Es könnte...« Wieder zögerte er und sah ihr endlich in die Augen, »äußerst kurzweilig sein«, endete er mit erhitzten Wangen.

»Danke schön, Mr. Stripe«, sagte sie eilig. Eine Hälfte in ihr sagte, sie sei verrückt, mit einem Polizisten spazierenzugehen! Was hätte ihr Vater wohl dazu gesagt? Die andere Hälfte wurde ganz unruhig vor Freude. Es war das, was sie sich seit drei Tagen am meisten gewünscht hatte. Sie schluckte angestrengt. »Das klingt sehr amüsant.«

Er strahlte vor Erleichterung. Dann sammelte er sich, erinnerte sich seiner Würde und stand in Grundstellung.

»Ich danke Ihnen, Miß Taylor. Sollten mich meine Pflichten an einen anderen Ort führen, werde ich Ihnen einen Brief schreiben und«, auf einer Woge des Triumphes, »Sie am Sonntagnachmittag um drei Uhr abholen.« Und er ging, bevor sie Einspruch erheben konnte.

Sie wartete nur solange, bis seine Schritte verhallt waren.

Dann schüttete sie den Rest des Tees, den sie sortiert hatte, in eine Büchse und rannte nach oben, um Tassie davon zu erzählen, von deren Geheimnissen sie selbst eine beachtliche Menge kannte.

Charlotte saß auf dem Rand ihres Bettes und kämpfte mit ihrem wachsenden Verlangen, dem Abendessen gänzlich fernzubleiben. Pitt war mit dem Adreßbuch gegangen, um die Namen darin zu überprüfen, und ohne ihn verlor sie den Mut. Eustace am Tisch gegenüber zu sitzen, mußte entsetzlich sein. Fraglos würde er wissen, daß sie Pitt das Tagebuch gezeigt hatte und daß Pitt sich fragte, ob er es bekannt machen sollte.

Und was war mit William? Sein eigener Vater, der ihn so offensichtlich verachtete, mit der Frau, der er solche Liebesbriefe geschrieben hatte! Es wäre unerträglich. Dies war der Grund, warum sich in ihren Gedanken die ohnehin längst halbwegs getroffene Entscheidung verfestigte, Emily nichts davon zu erzählen. Es sollte niemand wissen, der es nicht wissen mußte. Es war sicher kaum im Bereich des Vorstellbaren, daß Eustace George in einem Anfall von Eifersucht ermordet hatte. Schließlich konnte er keinen Anspruch auf Sybilla erheben. Falls ihn die Eifersucht getrieben hatte, war dies nur denkbar, weil sie ihn zu Georges Gunsten zurückgewiesen hatte.

Dann durchfuhr sie ein Frösteln. Natürlich. Sybilla wagte nicht, sich an William zu wenden, weil sie nicht wollte, daß er jemals von ihrer Schwäche erfuhr, ihrem Wahnsinn, wie sie es genannt hatte. Und weil sie Angst um ihn hatte, falls er und Eustace sich streiten sollten. Eustace konnte aus purer Gehässigkeit dafür sorgen, daß alle anderen erfuhren, wie er seinem eigenen Sohn Hörner aufgesetzt hatte. Sie konnte sich das Gesicht der alten Frau vorstellen, wenn sie davon hörte, und Tassie, die William mit soviel Feingefühl liebte.

Weit besser, weit klüger war es für Sybilla gewesen, Schutz bei George zu suchen, der zuweilen so erstaunlich zuvorkommend sein konnte, wenn er die Verletzung erkannte. Er war loyal, ohne zu verurteilen. Er hätte ihr geholfen und geschwiegen.

Nur hatte er das Unvorhergesehene getan und sich selbst von ihr verzaubern lassen, und von da an war der ganze Plan durcheinander geraten.

Und dann Jack. Jack hatte sie verstanden und ihr ebenfalls geholfen. Aber wieviel hatte er verstanden?

Sie würde Emily nichts davon sagen. Noch nicht.

Aber, Gott im Himmel, sie wollte diesem Abendessen entgehen! Wie konnte sie sich entschuldigen? Den Anwesenden gegenüber wäre es einfach. Sie hätte Kopfschmerzen, sie fühlte sich unwohl. Es gäbe keinen Grund, dies zu erklären. Frauen bekamen ständig Kopfschmerzen, und sie hatte sicher ausreichend Grund, dies zu rechtfertigen.

Tante Vespasia würde sich Sorgen um sie machen und Digby mit Medizin und Ratschlägen schicken. Emily würde sie am Tisch vermissen, aber welche Entschuldigung mochte Thomas zufriedenstellen? Kopfschmerzen würde er nicht akzeptieren. Er würde von ihr erwarten, daß sie hinunterging, aufpaßte und zuhörte. Das war schließlich der Grund, den sie ihm für ihr Bleiben genannt hatte. Damen mit Personal mochten bei Schwermut das Bett hüten, von arbeitenden Frauen erwartete man, daß sie selbst bei Fieber oder Schwindsucht weitermachten. Er würde darin einen Anfall von Feigheit sehen, was es auch war. Alles in allem war Eustace das kleinere Übel.

Zumindest glaubte sie dies, bis sie sich an den Tisch setzte, entschlossen, ihn nicht anzusehen, und ausgerechnet als sie sich seiner Gegenwart am meisten bewußt war, hob sie den Blick und sah ihm, da er sie anstarrte, direkt in die Augen. Augenblicklich wandte sie sich ab, aber es war zu spät. Das Hühnchen in ihrem Mund schmeckte wie feuchtes Sägemehl, ihre Hände waren klamm, und beinah ließ sie ihre Gabel fallen. Sicher starrten auch all die anderen sie an und fragten sich, was um alles in der Welt in sie gefahren war. Es konnte nur die reine Höflichkeit sein, die sie daran hinderte, zu fragen. Sie starrte auf die weiße Fläche des Tischtuchs, heller als die blendenden Facetten des Kronleuchters und das

Licht im geschliffenen Glas auf den Menagen, aber in Gedanken sah sie nur Eustace vor sich.

»Ich glaube, das Wetter wird umschlagen«, sagte die alte Mrs. March freudlos. »Ich hasse feuchte Sommer. Im Winter kann man wenigstens an einem ordentlichen Feuer sitzen, ohne sich dabei lächerlich vorzukommen.«

»Du hast doch ohnehin das ganze Jahr über ein Feuer an«, erwiderte Vespasia. »In deinem Boudoir würde jede Katze ersticken!«

»Ich halte keine Katzen«, gab Mrs. March umgehend zurück. »Ich mag sie nicht. Anmaßende Kreaturen, kümmern sich nur um sich selbst, und es gibt ohnehin schon genug Egoismus auf der Welt, auch ohne Katzen. Aber einen Hund habe ich gehabt...« Sie warf Emily einen abgrundtief haßerfüllten Blick zu. »...bis jemand ihn vergiftet hat.«

»Wenn er nicht George dir vorgezogen hätte, wäre es nicht passiert.« Angewidert schob Vespasia ihren Teller von sich. »Armes, kleines Ding.«

»Und wenn George Sybilla nicht Emily vorgezogen hätte, wäre nichts von alledem geschehen.« Mrs. March durfte nicht übertroffen werden, besonders nicht an ihrem eigenen Tisch vor Fremden, die sie verachtete, und nicht von Vespasia, über die sie sich seit vierzig Jahren ärgerte.

»Bisher hatten Sie gesagt, es wäre geschehen, weil Emily Mr. Radley vorzog«, unterbrach Charlotte und betrachtete die alte Dame mit hochgezogenen Augenbrauen. »Haben Sie etwas herausgefunden, aufgrund dessen Sie Ihre Meinung revidiert haben?«

»Ich glaube, je weniger Sie zu sagen haben, desto besser wäre es, junge Frau!« Mrs. March ließ ihren Blick verächtlich auf ihr ruhen, dann aß sie weiter.

»Ich dachte, Sie hätten vielleicht etwas Neues in Erfahrung gebracht«, murmelte Charlotte. Dann sah sie, von einem inneren Impuls getrieben, seitwärts zu Eustace.

Ein ungewöhnlicher Ausdruck lag auf seinem Gesicht, nicht eigentlich Furcht, sondern etwas, das diese überdeckte, fast Neugier. Er war der absolute Heuchler, eingebildet und gefühllos, besessen von seinem Traum einer Dynastie, ach-

tete nicht darauf, ob er dabei zarte und intime Gefühle nie-
dertrampelte. Aber mit unbehaglichem Staunen merkte sie,
daß er nicht ohne Courage war. Er begann, sie auf eine Art
und Weise zu betrachten, die sich von der uninteressierten
Gönnerhaftigkeit, die er ihr bisher entgegengebracht hatte,
erheblich unterschied. In diesem einen Blick las sie, daß sie
für ihn nicht nur zum Widersacher, sondern gleichzeitig zur
Frau geworden war. Ein Satz aus dem Tagebuch stand ihr so
plastisch vor Augen, als läge das Buch vor ihr auf dem Tisch.
*Er hat so ungeheure Manneskraft!* Und sie spürte, wie ihr
Gesicht aufflammte. Der Gedanke war so zutiefst abstoßend,
daß ihre Hände zitterten, die Gabel klappernd auf den Teller
fiel. Vielleicht hatte Sybilla noch andere Hinweise gegeben,
indirekt, vielleicht sogar detailliert! Ihr Gesicht schien zu
brennen. Sie fühlte sich, als hätte sich vor aller Augen, besonders vor Eustaces, ihr Kleid geöffnet. Vielleicht wußte er
sogar, was sie gelesen hatte, und mehr. Vielleicht wiederholte er die Worte in Gedanken und teilte sie mit ihr, stellte
sich ihre Reaktion vor. Sie schauerte. Dann sah sie auf, weil
die Höflichkeit es gebot, und stellte fest, daß Jack Radley, der
neben Emily saß, sie sorgenvoll beobachtete.

»Haben *Sie* denn etwas herausgefunden?« fügte Tassie
quälend scharfsinnig hinzu.

»Nein!« leugnete Charlotte vorschnell. »Ich weiß nicht,
wer es war. Ich weiß es wirklich nicht!«

»Dann sind Sie eine Närrin«, sagte Mrs. March boshaft.
»Oder eine Lügnerin. Oder beides.«

»Dann sind wir allesamt Narren oder Lügner.« William
legte seine Serviette neben den unbenutzten Teller. Während
andere das Essen vor sich herumgeschoben und ein oder
zwei Bissen gegessen hatten, war er nicht gewillt, Appetit
vorzutäuschen.

»Wir sind allesamt keine Narren.« Eustace sah Charlotte
keineswegs an, aber auch, wenn er es nicht tat, wußte sie,
daß er mit ihr sprach. »Zweifellos weiß einer von uns, wer
George und Sybilla ermordet hat, aber der Rest von uns
besitzt genug Verstand, nicht laut über jeden Gedanken zu
spekulieren, der ihm in den Sinn kommt. Das kann nur

unnötigen Schmerz bereiten. Wir sollten uns christlicher Nächstenliebe und rechtschaffener Empörung befleißigen.«

»Wovon in Gottes Namen redest du?« herrschte Vespasia ihn mit alarmierendem Zorn an. »Christliche Nächstenliebe wem gegenüber? Und warum? In deinem ganzen Leben hast du keinen Funken Nächstenliebe gezeigt. Woher die plötzliche Kehrtwendung? Stehst du ausnahmsweise einmal auf der anderen Seite?«

Eustace sah aus, als wäre er geohrfeigt worden. Er suchte nach einer Erwiderung, fand jedoch nichts, was ihn vor ihrer treffenden Vermutung geschützt hätte.

Nicht, weil sie sich viel aus Eustace machte, sondern weil sie William vor der Erniedrigung bewahren mußte, hauptsächlich vor Eustace selbst, ging Charlotte mit dem ersten, was ihr in den Sinn kam, dazwischen.

»Wir alle haben bestimmte Dinge zu verbergen«, sagte sie übermäßig laut. »Dummheit, wenn nicht sogar Schuld. Ich habe genug Ermittlungen gesehen, um es beurteilen zu können. Vielleicht fängt Mr. March gerade an zu lernen. Ich bin sicher, er würde seine Familie gern beschützen, ob er sich um den Rest von uns Gedanken macht oder nicht. Vielleicht meint er, Emily werde keine Vergeltung üben, egal was über sie gesagt wird, aber ich glaube kaum, daß er mich ebenso unterschätzt.«

Vespasia schwieg. Falls sie etwas dachte, zog sie es vor, es einstweilen für sich zu behalten.

William sah sie mit dem Anflug eines Lächelns an, so kraftlos, daß es schmerzte, und Jack Radley legte Emily eine Hand auf den Arm.

»Tatsächlich?« Mrs. March betrachtete Charlotte mit spitzen Lippen. »Und was um alles in der Welt könnten Sie wohl sagen, was meinen Sohn auch nur im geringsten kümmern würde?«

Charlotte zwang sich zu einem Lächeln. »Sie fordern mich zu eben dem auf, von dem wir uns gerade fernhalten wollten: mit Mutmaßungen unnötigen Kummer bereiten. Ist es nicht so, Mr. March?« Sie hob den Blick und sah Eustace in die Augen.

235

Er war überrascht, und eine Reihe von Gedanken blitzten so lebhaft in seinem Blick auf, daß sie diese wie Bilder sehen konnte: Bestürzung, zuweilen Sicherheit, aufkeimende Ironie, was eine ihm bis dato fremde Wahrnehmung war, und schließlich widerstrebende Bewunderung.

Sie hatte das schreckliche Gefühl, daß sie in diesem Augenblick, hätte sie es nur gewollt, den Platz der eben erst verstorbenen Sybilla hätte einnehmen können, aber diesmal hielt sie seinem Blick stand, und er war es, der seine Augen senkte.

Dennoch schlief sie schlecht. Sie hatte Tante Vespasia für ihre ungewöhnliche Auseinandersetzung mit Eustace keine Erklärung gegeben, und deshalb fühlte sie sich schuldig. Emily war nach wie vor zu sehr mit ihrer Trauer und der drückenden Angst beschäftigt, als daß sie etwas bemerkt hätte.

Weit nach Mitternacht hörte sie draußen Geräusche, ganz leise, als fielen Kieselsteine zu Boden. Dann wieder, und sie wurde sich ihrer Sache sicherer. Sie stieg aus dem Bett und ging zum Fenster, achtete darauf, daß sie die Vorhänge so wenig wie möglich berührte, und lugte hinaus. Sie sah nur den vertrauten Garten im diesigen Licht des halben Mondes.

Dann hörte sie wieder das Geräusch. Ein leise klirrendes *Plink*. Ein Kieselstein fiel von oben herab, berührte das Fensterbrett und hüpfte hinaus in die Dunkelheit. Sie hörte nicht, wie er landete. Immer noch konnte sie niemanden sehen. Er mußte so nah an einem der Zierbüsche stehen, daß er im Schatten verschwand.

Ein heimliches Rendezvous eines der Dienstmädchen? Sicher nicht! Ein Mädchen, das bei einer solchen Tat erwischt wurde, verlor nicht nur ihre Stellung und das Dach über dem Kopf, sondern außerdem ihr Zeugnis, was zukünftige Stellungen ebenfalls ausschloß. Ihr bliebe nur die bittere Wahl zwischen einer Fabrik und der Straße, wo sie vom Stehlen oder der Prostitution leben mußte. Selbst das heiße Aufwallen romantischer Gefühle provozierte nur selten eine derart gefahrvolle Hingabe. Es gab bessere Möglichkeiten.

Wessen Fenster lag über ihrem? Alle hatten ihre Schlafzimmer in diesem Stock, alle außer Tassie! Tassie hatte ihr altes Zimmer im Kindertrakt des oberen Stockwerks behalten, damit genügend Gästezimmer frei blieben.

Charlotte faßte ihren Entschluß augenblicklich. Ließ sie sich Zeit zum Nachdenken, würde sie der Mut verlassen. Sie nahm ihr wärmstes, schlichtestes, dunkles Kleid, stieg hinein und zog ihre Stiefel an, schnürte sie in der Dunkelheit eilig zu. Sie wagte nicht, eine der Lampen anzuzünden. Selbst bei zugezogenen Vorhängen würde man sie von außen vielleicht sehen können. Ihr blieb gerade genug Zeit, ihr Haar nach hinten zu binden. Dann, als sie ihren Mantel gefunden hatte, wartete sie hinter der Tür, strengte ihre Ohren an, bis sie kaum hörbare Schritte auf dem Treppenabsatz vernahm.

Sie wartete noch einen Augenblick, dann öffnete sie die Tür und trat leise hinaus, schloß sie hinter sich. Sie erreichte die oberste Stufe der Treppe gerade noch rechtzeitig, um zu sehen, wie unten ein Schatten um die Ecke bog und verschwand, nicht zur Vorderseite des Hauses hin, sondern zu der lederbezogenen Tür und den Küchen. Natürlich, die Haustür hatte Schlösser, die sich von außen nicht verriegeln ließen. In der Spülküche würde man jemandem vom Personal die Schuld geben.

So schnell sie konnte, lief sie hinunter, hielt ihre Röcke fest. Sie mußte aufpassen, daß sie kein Geräusch machte oder so nah kam, daß Tassie sich umdrehte und sie sah.

Schlafwandelte sie? Oder war sie von zeitweiligem Wahn befallen? Oder sehr wohl zurechnungsfähig, aber mit einem grausigen Vorhaben beschäftigt, das sie mit Blut besudelte?

Einen Moment lang zögerte Charlotte. Es war ein Irrtum zu glauben, es könne sich nicht um etwas Bizarres handeln. Greueltaten waren real, sie wußte es nur allzu gut. Vor Georges Tod war Pitt zu einem Mordfall gerufen worden, der so grauenhaft war, daß selbst er mit bleichen Lippen und krank vor Übelkeit nach Haus gekommen war: eine Frau, die jemand zerteilt und in Päckchen über Bloomsbury und St. Giles verteilt hatte.

Sie stand regungslos, allein im Korridor. Die bespannte

Tür von ihr hatte fast aufgehört zu schwingen. Tassie mußte schon in der Spülküche sein. Es blieb keine Zeit zum überlegen. Entweder folgte sie ihr und erfuhr die Wahrheit oder sie ging zurück in ihr Bett.

Die Tür stand völlig still. Wenn sie sich nicht beeilte, würde sie Tassie aus den Augen verlieren. Sie gestattete sich keinen weiteren Gedanken, brachte die letzten Schritte durch den Korridor hinter sich und schob sich durch die Tür in den Personaltrakt. Die Küchen lagen verlassen da, rochen sauber und warm. Gerüche von geschrubbtem Holz, Mehl und, als sie an den Öfen vorüberkam, Kohlenstaub. Sie konnte den schwachen Schein der Straßenlaternen auf den Luken sehen. In der Spülküche stapelte sich das Gemüse, standen Eimer und Scheuerbesen herum. Ihr Rock verfing sich am Griff eines Kübels, und sie blieb gerade noch rechtzeitig stehen, bevor er umkippte und scheppernd auf den Steinboden schlug. Die Außentür vor ihr war geschlossen. Tassie war fort. Charlotte drehte am Türknauf und stellte fest, daß er sich leicht bewegen ließ.

Draußen war die Nacht nur wenig kühler als drinnen. In dem von hohen Mauern umgebenen Hof regte sich kein Windhauch. Der Himmel war von langgestreckten Federwolken in Fetzen gerissen, aber im milchigen Licht des Mondes konnte sie die hinteren Fenster sehen, die Nische für den Schacht in die Kohlenkeller, mehrere Behälter für Abfall, dann auf der gegenüberliegenden Seite das Tor zum Lichthof und der Allee und oben an der Wand die gelbe Kugel einer Lampe. Tassie war irgendwo draußen auf der Straße.

Vorsichtig hob Charlotte den Riegel mit beiden Händen an, damit er nicht herunterfiel, dann zog sie das Tor auf und lugte hinaus. Zu ihrer Linken sah sie nur Kopfsteinpflaster, zu ihrer Rechten schritt Tassies schlanke Gestalt eilig die Crecent hinunter.

Charlotte folgte ihr, schloß das Tor und eilte ein Dutzend Meter weit hinterher, bis Tassie um eine Ecke zur Allee hin verschwand. Jetzt konnte Charlotte laufen, ohne fürchten zu müssen, daß sie ihre Aufmerksamkeit erregte. Es war niemand zu sehen, und wenn sie zögerte, war Tassie vielleicht verschwunden, wenn Charlotte die Allee erreichte. Dann würde sie niemals erfahren, welches grausige Geheimnis eine neunzehnjährige Erbin in den frühen Morgenstunden hinausführte und sie, nach Blut riechend nach Haus kommen ließ.

Aber als sie an die Ecke kam und abrupt stehen blieb, für den Fall, daß ihre Schuhe auf den Kieselsteinen zu laut wären und Tassie herumfahren ließen, sah sie auf der ganzen Breite der baumumsäumten Straße keinen einzigen Menschen. Charlotte stand da, Enttäuschung stieg in ihr auf, und dann sah sie Tassie in fünfzig Metern Entfernung mit schnellem Schritt aus dem Schatten eines Ahornbaumes hervortreten.

Charlotte war zu langsam gewesen. Derartige Eile hatte sie nicht für nötig erachtet, und jetzt mußte sie rennen, wenn sie Tassie in Sichtweite behalten wollte, so behende wie es ging und so weit wie möglich in den Schatten. Falls Tassie merken sollte, daß sie verfolgt wurde, wäre im günstigsten Fall jede Chance verloren, ihr Geheimnis zu enthüllen, und an den ungünstigsten Fall wagte sie kaum zu denken; ein Kampf mit einer Wahnsinnigen, allein auf mitternächtlicher Straße.

Wenn Pitt davon erführe, wäre er außer sich. Wahrscheinlich würde er es ihr niemals verzeihen. Der bloße Gedanke an die Worte, die er dabei verwenden mochte, ließ sie zusammenfahren. Aber es war schließlich nicht seine Schwester, auf die ein Prozeß und, wenn dieser fehlschlug, der Galgen wartete. Selbst als vernünftiger und gerechter Mensch würde man zugeben müssen, daß Emily wie jede andere Frau in ihrer Situation ein echtes Motiv hatte, ihren Mann umzubringen.

Tassie eilte noch immer die Allee hinunter, und Charlotte war jetzt nur noch zehn Meter hinter ihr. Aber als sie ohne Vorwarnung in eine Seitenstraße einbog, schmaler und ärmlicher, wurde Charlotte davon überrascht. Sie war ganz in Gedanken gewesen, und es kam ihr auf unangenehme Weise zu Bewußtsein, wie nah sie daran gewesen war, Tassie aus den Augen zu verlieren und daß diese dann Gott weiß wohin verschwunden wäre.

Diese neue Straße gehörte ebenfalls zu einem Wohngebiet, aber die Häuser waren schäbiger, standen enger zusammen.

Sie waren am Ende der Straße angekommen, und immer noch ging Tassie zügig, als wüßte sie genau, wohin sie wollte. Sie befanden sich jetzt in einer Straße, die kaum mehr als eine Gasse war, schmutzig und mit eng zusammenstehenden Mauern, mit durchsackenden Häusern, die sich aneinander lehnten, dunklen, bedrohlichen Durchgängen auf Höfe und Schatten wie unergründliche, stehende Gewässer. Außer einem mageren Knirps, der mit seiner riesenhaften Mütze auf dem Kopf ein paar Meter vor Tassie in dieselbe Richtung lief, war niemand zu sehen. Charlotte schauerte, obwohl sie sich beim Laufen aufgewärmt hatte und die Nacht mild war. Sie wagte nicht daran zu denken, wie sehr sie sich fürchtete, sonst würde sie den Mut verlieren und kehrt machen, so schnell ihre Beine sie trugen, zurück auf die breite, saubere, vertraute Allee.

Aber Tassie schien gänzlich ohne Furcht zu sein. Ihre Schritte waren schnell, und den Kopf trug sie hoch. Sie wußte, wohin sie ging, und freute sich, dorthin zu gelangen. Außer dem Knirps, Tassie und Charlotte selbst war niemand zu sehen, aber Gott allein wußte, was in den Eingängen lauern mochte. Wohin um alles in der Welt konnte Tassie in diesem übelriechenden Labyrinth von Mietshäusern und schmutzigen Krämerläden wollen? Sie konnte hier doch nicht allen Ernstes jemanden kennen. Oder doch?

Charlottes Herz wollte stehenbleiben, und ein kalter Lufthauch durchfuhr sie. War George ebenfalls eines Nachts aufgewacht oder vielleicht aus Sybillas Zimmer zurückgekommen, hatte Tassie gesehen und war ihr gefolgt? Tat Charlotte genau das, was auch er getan hatte? Hatte George ihr abscheuliches Geheimnis entdeckt? Und war dafür gestorben?

Unbegreiflicherweise wollten ihre Beine nicht anhalten. Ein anderer Teil ihres Verstandes schien sie zu beherrschen, und wie automatisch liefen sie weiter, hasteten beinah lautlos die naßkalte Straße hinab. In den Hauseingängen nahm sie zusammengesunkene Gestalten wahr, Bewegungen zwischen Haufen von Abfällen in den schwarzen Durchgängen. Ratten oder Menschen? Beides. In Gassen wie diesen hatten

Pitts Leute vor weniger als einem Monat die zerstückelten Teile des Mädchens gefunden.

Charlotte wurde übel, aber der Gedanke ließ sich nicht verdrängen. Es war diese Gestalt, die auf Zehenspitzen die Stufen hinaufschlich, das Blut und diese entsetzliche Gelassenheit.

Wie weit waren sie von Cardington Crescent entfernt? Wie oft waren sie abgebogen? Tassie lief immer noch vor ihr, nur zehn oder zwölf Meter entfernt. Sie wagte nicht, den Abstand größer werden zu lassen, falls Tassie plötzlich abbog und Charlotte sie aus den Augen verlor. Sie war von schlanker Statur, beinah so dürr wie der Knirps vor ihr und die anderen abgerissenen Schatten, die sie nur aus den Augenwinkeln wahrnahm.

Es war zu spät, zurückzugehen. Wohin Tassie auch gehen mochte, Charlotte würde auf sie warten müssen. Allein konnte sie den Weg aus diesem Elendsviertel heraus nicht finden.

Eine große Gestalt nahm Formen an, löste sich von den hervorspringenden, ungleichmäßigen Mauern. Ein Mann mit breiten Schultern. Weit entfernt davon, Angst zu zeigen, ging Tassie mit einem leisen, erfreuten Murmeln zu ihm hin und hob ihre Arme, empfing seine Umarmung so natürlich wie einen süßen und vertrauten Segen. Der KUß war innig, so unbefangen, wie Leute einander gegenüber sind, die sich mit bedingungslosem Vertrauen lieben, aber er war auch flüchtig, und im nächsten Augenblick verschwand Tassie im nächstgelegenen Eingang, und der Mann folgte ihr. Sie ließen Charlotte allein auf dem dunklen, abbröckelnden und schmierigen Pflaster stehen. Der Knirps war anscheinend verschwunden.

Jetzt fürchtete sie sich wirklich. Sie spürte, wie die Dunkelheit näherkam, Gestalten sich mit schlurfenden Füßen fortbewegten, ein Huschen in den Gassen, undeutlicher Lichter und das Tropfen von Wasser, das aus verborgenen Rinnen lief. Wenn sie hier beraubt und umgebracht wurde, konnte nicht einmal Pitt sie finden.

Was war dies für ein Ort? Es sah aus wie ein ganz gewöhnliches, schäbiges Haus. Was barg es in seinem Inneren, das Tassie anlockte, und das um Mitternacht? Charlotte würde hier warten müssen, bis sie herauskam, ihr dann wieder folgen, bis...

Sie spürte eine Hand auf ihrer Schulter, und ihr Herz tat einen solchen Satz, daß ihr spitzer Schrei in einem schrillen Heulen sprachlosen Entsetzens erstickte.

»Was woll'n Sie'n hier, Frollein?« knurrte eine Stimme an ihrem Ohr. Heißer, ranzig riechender Atem. Sie versuchte zu sprechen, aber ihre Kehle war so zugeschnürt, daß die Worte erstarben. Die Hände vor ihrem Mund waren grob, und die Haut hatte den beißenden Geruch von Schmutz an sich. »Na, Zwerg Naseweis?« Die Stimme war so nah, daß der Atem ihr durch das Haar fuhr. »Was woll'n Sie denn? Wohl spionier'n, wa'? Damit Sie was zu erzählen ham, wa'? Zu Papa rennen und alles erzähl'n, ja? Dann werd' ich ma' dafür sorgen, daß Sie auch was zu erzählen ham!« Und er zerrte wie wild an ihr herum, riß ihren Kopf zurück und brachte sie aus dem Gleichgewicht.

Noch immer zitterte sie vor Angst, aber auch Wut kochte in ihr hoch, und sie stieß ihren Ellbogen heftig zurück und trat gleichzeitig mit dem Absatz zu, legte ihr ganzes Gewicht hinein. Sie traf den Mann am Spann, und vor Wut und Schmerz heulte er auf.

Gerade wollte die Auseinandersetzung eine noch häßlichere Entwicklung nehmen, als eine Frauenstimme ihnen wütend Einhalt gebot.

»Hören Sie auf! Mr. Hodgekiss, lassen Sie sie augenblicklich in Ruhe!« Eine Laterne leuchtete grell, ließ Charlotte zusammenzucken und die Augen schließen. Der Mann stotterte etwas und ließ sie los, knurrte wortlos tief in seiner Kehle.

»Mrs. Pitt!« Es war Tassies Stimme, hell und überrascht. »Was machen Sie denn hier? Geht es Ihnen gut? Sind Sie verletzt? Sie sehen schrecklich blaß aus.«

Es gab außer der Wahrheit keine glaubwürdige Erklärung. Tassies Gesicht wirkte so unschuldig wie eine Flasche Milch, als sie die Laterne senkte, die Augen weit aufgerissen, von Sorge verdüstert.

242

»Ich bin dir gefolgt«, sagte Charlotte zögernd. Es klang lächerlich. Und gefährlich.

Aber Tassies Miene zeigte keine Wut. »Dann sollten Sie besser hereinkommen.« Sie wartete nicht auf Antwort, sondern wandte sich dem Haus zu und ließ die Tür offen stehen.

Charlotte stand auf dem Straßenpflaster, kämpfte mit ihrer Unentschlossenheit. Einerseits wollte sie fliehen, so schnell davonlaufen, wie ihre Beine sie trugen, fort aus diesen engen, übelriechenden Straßen, dem gähnenden Hauseingang, vor dem sie stand, dem Blut und dem Wahnsinn, der sich dahinter verbergen mochte. Andererseits wußte sie, daß sie es nicht tun konnte. Sie hatte keine Ahnung, wo sie war, und konnte ebensogut immer weiter in das Elendsviertel geraten.

Sie konnte nicht länger warten. Es war weniger der Entschluß, hineinzugehen, als der fehlende Mut, davonzulaufen. Sie folgte Tassie durch die Tür, einen so engen Flur hinunter, daß sie bei ausgestreckten Ellbogen beide Wände berühren konnte, dann eine steile Treppe hinauf, die unter ihrem Gewicht knarrte. Ihr Weg ins Ungewisse war nicht von Gas beleuchtet, sondern vom flackernden Licht einer Kerze, die man vor ihr trug. Sie wagte sich nicht vorzustellen, wohin sie ging.

Das Schlafzimmer war jedoch ausgesprochen gewöhnlich. Dünne Vorhänge, die am Boden auf den Teppich durchhingen, ein kahler Holztisch mit einem Krug und einer Schüssel, ein großes Ehebett, das man für den Anlaß zurechtgemacht hatte. Darin lag ein Mädchen von kaum vierzehn oder fünfzehn Jahren, das Gesicht blaß und angespannt vor Angst, das Haar war ihr aus der Stirn gekämmt und fiel in dunklem Gewirr auf ihre Schultern herab. Sie lag ganz offensichtlich in den Wehen und hatte furchtbare Schmerzen.

Auf der anderen Seite des Bettes stand ein Mädchen, das wohl ein oder zwei Jahre älter war und ihr so ähnlich sah, daß es sich um Schwestern handeln mußte. Neben ihr, mit aufgekrempelten Ärmeln und bereit zu assistieren, wenn die Zeit kam, stand Mr. Beamishs Hilfspfarrer Mungo Hare und hielt dem Mädchen die Hand.

Die Erkenntnis traf Charlotte wie ein Blitz. Es war alles so offensichtlich, daß keine Frage offen blieb. Auf die eine oder andere Weise war Tassie damit beschäftigt, bei der Geburt von Kindern der Armen oder Alleinstehenden zu helfen. Wahrscheinlich war es Mungo Hare, der ihr diese Notlage nahegebracht hatte. Die Vorstellung, daß der rosige und fromme Mr. Beamish eine solche Sache organisierte, war absurd.

Und dieser kurze, herzliche Kuß stand für sich selbst und erklärte außerdem Tassies unterwürfigen Gehorsam gegenüber der Order ihrer Großmutter, sie möge sich mit guten Taten beschäftigen. Ein ungeheures Glücksgefühl stieg in Charlotte auf. Sie war so erleichtert, daß sie laut auflachen wollte.

Aber Tassie hatte keine Zeit für solche Empfindungen. Das Mädchen auf dem Bett bekam den nächsten Wehenkrampf und quälte sich vor Furcht und Schmerzen. Tassie war damit beschäftigt, einem weißgesichtigen Jungen mit einer Stoffmütze, wahrscheinlich dem Knirps, der sie mit dem Stein gegen ihr Fenster benachrichtigt hatte, Anweisungen zu geben, und schickte ihn fort, Wasser und soviel sauberen Stoff zu holen, wie er bekommen konnte, vielleicht nur, um ihn aus dem Zimmer zu schicken. Hätte sich das Mädchen nicht so sehr gefürchtet und wäre es nicht um Leben oder Tod gegangen, hätte auch Mungo Hare das Zimmer verlassen müssen. Geburt war Frauensache.

Charlotte erinnerte sich an ihre eigenen beiden Niederkünfte, besonders an die erste. Die Ehrfurcht und der Stolz, schwanger zu sein, waren nackter Angst gewichen, die einem den Mund austrocknete, wenn die Schmerzen einsetzten und der Körper seinen gnadenlosen Zyklus begann, der erst mit der Geburt endete. Oder mit dem Tod. Und sie war eine erwachsene Frau gewesen, die ihren Mann liebte und ihr Kind wollte, und hatte eine Mutter und eine Schwester gehabt, die sie gepflegt hatten, als der Arzt seinem Beruf genüge tat. Das Mädchen hier war selbst kaum mehr als ein Kind. In ihrem Alter war Charlotte noch zur Schule gegangen, und hier gab es nur Tassie und einen jungen Hilfspfarrer aus den Highlands, die ihr helfen konnten.

Sie trat vor und setzte sich auf das Bett, nahm die Hand des Mädchens.

»Halt dich an mir fest«, sagte sie lächelnd. »Es tut nur noch mehr weh, wenn du dich dagegen sträubst. Und schrei, wenn du willst. Dazu hast du allen Grund, und niemand wird sich daran stören. Im Nachhinein wird es die Sache wert sein, das verspreche ich dir.« Es war ein etwas vorschnelles Versprechen, und sobald die Worte heraus waren, bereute sie diese beinah. Zu viele Kinder wurden tot geboren, und selbst wenn alles gut ging... Wie sollte sich das Mädchen um das Baby kümmern?

»Sie sind sehr nett, Miß«, sagte das Mädchen unter schwerem Keuchen. »Ich weiß nicht, warum Sie sich die Mühe machen, wirklich nicht.«

»Ich habe auch zwei bekommen«, erwiderte Charlotte, hielt die dürre, kleine Hand fester und spürte, wie sie sich bei einer weiteren Wehe verspannte. »Ich weiß genau, wie du dich fühlst. Aber warte, bist du dein Baby im Arm hältst, dann wirst du all das vergessen.« Und wieder verfluchte sie ihr voreiliges Mundwerk. Was war, wenn das Mädchen es nicht behalten konnte, was, wenn es adoptiert wurde oder in ein anonymes Waisenhaus kam, der Gemeinde zur Last fiel und in einem Armenhaus aufwuchs, hungrig und ungeliebt?

»Ich und meine Schwester«, beantwortete das Mädchen ihre unausgesprochene Frage, »wir wollen es aufziehen! Annie hat eine richtig gute Stelle, putzen und so. Mr. Hare hat sie ihr besorgt.« Sie warf Mungo Hare einen Blick von so unendlichem Vertrauen zu, daß es fast beängstigend war.

Dann verhinderten regelmäßigere Wehen jedes Gespräch, und es wurde Zeit, daß Tassie ihre Arbeit mit Anweisungen und Ermutigungen, vielen Handtüchern und schließlich Wasser aufnahm. Charlotte half, ohne eigentlich den Entschluß dazu gefaßt zu haben. Und um halb vier ging in dem engen, schäbigen Zimmer das alte Wunder in Erfüllung, und ein gesundes Kind wurde geboren. Das Mädchen, in einem sauberen Nachthemd, erschöpft, mit nassem Haar, aber mit roten Wangen vor Freude, hielt ihren Sohn in den Armen und fragte Charlotte schüchtern, ob es ihr etwas ausmachen würde, wenn das Baby Charlie getauft würde, nach ihr. Ganz ehrlich sagte sie, daß sie es als große Ehre betrachten würde.

Um Viertel nach vier, als der Sommermorgen den Himmel über dem Irrgarten schräger, schmutz- und rußgrauer Dächer perlfarben erglänzen ließ, verließen Charlotte und Tassie das Haus und wurden von dem Knirps, der dabei einen kleinen Tanz aufführte, an die Allee zurückgeführt, von der aus sie den Weg zurück nach Cardington Crescent finden konnten. Mungo Hare kam nicht mit ihnen. Er hatte sich an der Ecke zur Allee von Tassie verabschiedet. Für ihn gab es noch andere Aufgaben zu erledigen, bevor er sich bei Mr. Beamish zur Morgenandacht meldete.

Auch Charlotte war nach Tanzen zumute, nur wollten ihre Beine einer derart hektischen Aufforderung nach all den außergewöhnlichen Beanspruchungen, die man ihnen bereits zugemutet hatte, nicht mehr Folge leisten. Aber aus purer Freude sang sie ein Stück aus dem Varieté, und einen Augenblick später fiel Tassie in das Lied mit ein. Seite an Seite marschierten sie die Allee hinunter, dem schimmernden Morgengrauen entgegen, blutbespritzt, das Haar verworren, als die Vögel in den Platanen längst den Tag begrüßten.

In Cardington Crescent stellten sie fest, daß die Tür zur Spülküche noch immer unverschlossen war, und schlichen an den Haufen von Gemüse und den Reihen von Pfannen an den Wänden vorüber, die Steinstufen hinauf in die Küche. In einer halben Stunde würden die ersten Mädchen herunterkommen, um den Ofen zu fegen, die Schwärze zu erneuern, die Feuer zu entzünden, damit die Öfen für das Frühstück bereit waren, wenn die Köchin kam. Kurz darauf standen auch die Dienstmädchen auf und würden das Eßzimmer vorbereiten und mit ihrer täglichen Runde beginnen.

»Hast du noch nie jemanden getroffen?« flüsterte Charlotte.

»Nein. Ein- oder zweimal mußte ich mich in der Vorrats-
kammer verstecken.« Ängstlich sah Tassie sie an. »Sie werden doch niemandem von Mungo erzählen, oder? *Bitte.*«

»Natürlich nicht!« Charlotte war entsetzt, daß der
Gedanke Tassie überhaupt durch den Kopf ging. »Was hältst
du von mir, daß du meinst, mich fragen zu müssen? Willst du
ihn heiraten?«

Tassies Kinn hob sich. »Ja! Papa wird außer sich sein, aber
wenn er mir sein Einverständnis nicht gibt, werde ich eben
ohne ihn auskommen müssen. Ich liebe Mungo mehr als
irgend jemand sonst auf der Welt – abgesehen von Großmama Vespasia und William. Aber das ist etwas anderes.«

»Gut!« Charlotte umfaßte ihren Arm mit einer Geste der
Zusammengehörigkeit. »Wenn ich helfen kann, werde ich es
tun.«

»Danke.« Tassie meinte es ehrlich, aber sie hatte jetzt keine
Zeit für Konversation. Sie konnten es sich nicht erlauben, zu
bleiben. Sie waren später dran, als gut für sie war. Auf
Zehenspitzen folgte Charlotte ihr über den Flur, am Wohnzimmer der Wirtschafterin und dem Butlerzimmer vorbei zu
der lederbezogenen Tür und zur Eingangshalle hinüber.

Sie befanden sich am Fuß der breiten Treppe, als sie die Tür
zum Morgenzimmer und Eustaces Stimme hinter sich hörten.

»Mrs. Pitt, Ihr Betragen ist unzumutbar. Sie werden Ihre
Habseligkeiten packen und mein Haus noch heute morgen
verlassen.«

Einen Augenblick lang erstarrten Charlotte und Tassie,
bebten vor Entsetzen. Dann drehten sie sich gleichzeitig
langsam um. Er stand drei oder vier Meter entfernt, gleich an
der Tür zum Morgenzimmer, eine Kerze in der Hand, von
der heißes Wachs in den Halter tropfte. Er trug sein Nachthemd mit einem Mantel darüber, der an der Taille gebunden
war, dazu eine Nachtmütze auf dem Kopf. Draußen ging die
Sonne auf, hier drinnen jedoch waren die Samtvorhänge
noch zugezogen, und man brauchte die Flamme der hochge-
haltenen Kerze, um ihre Gesichter und die dunklen Flecken
der Nachgeburt auf ihren Röcken zu sehen. Obwohl dieser

247

Moment schrecklich war, konnte Charlotte die unendlich viel größere Freude in sich nicht unterdrücken, das triumphale Erschaffen neuen, unbefleckten Lebens, das sie miterlebt hatte.

Eustaces Gesicht erbleichte im gelben Kerzenlicht, und seine Augen wurden immer größer. »Oh, mein Gott!« keuchte er entsetzt. »Was hast du getan?«

»Ein Baby zur Welt gebracht«, sagte Tassie mit demselben Lächeln, das Charlotte in jener ersten Nacht auf der Treppe an ihr gesehen hatte.

»Du – d-du was?« Eustace war entgeistert.

»Ein Baby zur Welt gebracht«, wiederholte Tassie.

»Sei nicht albern! Was für ein Baby? Wessen Baby?« stotterte er. »Kind, du hast den Verstand verloren!«

»Ihr Name tut nichts zur Sache«, antwortete Tassie.

»Er tut sehr wohl etwas zur Sache!« Eustaces Stimme wurde höher und lauter. »Sie hatte kein Recht, dich um diese nachtschlafende Zeit zu rufen! Eigentlich hatte sie überhaupt kein Recht, dich zu rufen. Wo ist ihr Sinn für Anstand? Es gibt keinen – keinen Grund für eine unverheiratete Frau, etwas von diesen Dingen zu wissen. Das ist einfach unschicklich! Wie soll ich dich jetzt angemessen verheiraten... jetzt, wo du... Wer ist es, Anastasia? Ich verlange eine Erklärung! Ich werde sie ernstlich rügen und außerdem ein paar sehr unangenehme Worte mit ihrem Mann wechseln müssen. Es ist vollkommen unverantwortlich...« Der Satz erstarb, als ihm ein neuer Gedanke kam. »Ich habe keine Kutsche gehört.«

»Es war keine da«, erwiderte Tassie. »Wir sind gelaufen. Außerdem gibt es keinen Ehemann, und ihr Name ist Poppy Brown, falls es dir etwas nützt.«

»Ich habe noch nie von ihr gehört. Was soll das heißen, ihr seid gelaufen? Es gibt keine Browns in Cardington Crescent!«

»Gibt es nicht?« Tassie klang absolut gleichgültig. Mit Zartgefühl ließ sich nichts retten, und sie war zu euphorisch, zu erschöpft und zu müde, um sich auf eine Verteidigung einzulassen.

»Nein, gibt es nicht«, sagte er mit wachsendem Zorn. »Ich

kenne jeden, zumindest dem Leumund nach. Es ist meine Aufgabe, sie zu kennen. Wie heißt diese Frau, Anastasia? Und diesmal sagst du mir besser die Wahrheit, sonst sehe ich mich gezwungen, dich zu disziplinieren.«

»Soweit ich weiß, ist ihr Name Poppy Brown«, wiederholte Tassie. »Und ich habe nie behauptet, daß sie in Cardington Crescent lebt. Sie wohnt mindestens drei Meilen von hier, vielleicht mehr, in einem der Elendsviertel. Ihr Bruder hat mich geholt, und ich hätte den Weg dorthin nicht allein gefunden, selbst wenn ich es gewollt hätte.«

Er schwieg bestürzt. Sie standen im Licht der tropfenden Kerze am Fuße der Treppe wie Figuren in einem Maskenspiel. Irgendwo weit oben hörte man, wie sich etwas rührte. Ein junges Dienstmädchen hatte unachtsam eine Tür zufallen lassen. Überall sonst war es so still, daß dieses Geräusch durch das ganze, weite Haus hallte.

»Je eher du Jack Radley heiratest, desto besser«, sagte Eustace schließlich. »Wenn er dich haben will, wovon ich ausgehe. Schließlich braucht er das Geld. Laß ihn sich mit dir befassen. Dir deine eigenen Kinder schenken, mit denen du dich dann amüsieren kannst!«

Tassies Miene wurde steinern, und ihre Hand spannte sich um das Treppengeländer. »Das kannst du nicht tun, Papa. Vielleicht hat er George ermordet. Du willst doch keinen Mörder in der Familie haben. Denk an den Skandal.«

Das Rot auf Eustaces Wangen verdunkelte sich, und die Kerze zitterte in seiner Hand. »Unsinn!« sagte er vorschnell. »Emily hat George vergiftet. Jeder Dummkopf kann sehen, daß es in ihrer Familie eine Neigung zum Wahnsinn gibt.« Er warf Charlotte einen verächtlichen Blick zu, dann widmete er sich wieder seiner Tochter. »Du wirst Jack Radley so bald heiraten, wie es sich einrichten läßt. Jetzt geh hinauf in dein Zimmer!«

»Wenn du das tust, werden die Leute sagen, daß ich ihn heiraten mußte, weil ich ein Kind von ihm erwarte«, hielt sie dagegen. »Es ist unschicklich, übereilt zu heiraten. Besonders einen Mann mit Jacks Ruf!«

»Du verdienst es, dein Ansehen zu verlieren!« sagte er

249

wütend. »Du würdest weit mehr davon verlieren, wenn die Leute erführen, wo du heute nacht gewesen bist!«

Sie wollte nicht nachgeben. »Aber ich bin deine Tochter. Mein Ruf wird auf dich abfärben. Und außerdem, wenn Emily George getötet hat, ist Jack mit Sicherheit darin verwikkelt. Zumindest werden die Leute es behaupten.«

»Welche Leute?« Das war der entscheidende Punkt, und er wußte es. »Außer der Familie weiß niemand von diesem Flirt, und wir werden es mit Sicherheit niemandem erzählen. Jetzt tu, was ich dir gesagt habe, und geh auf dein Zimmer.«

Aber sie rührte sich nicht, abgesehen vom Zittern ihrer Hand, mit der sie sich am Geländer festhielt.

»Vielleicht will er mich gar nicht heiraten. Emily hat viel mehr Geld, und sie hat es jetzt schon. Ich werde meines erst bekommen, wenn meine Großmütter sterben.«

»Ich werde dafür sorgen, daß .du angemessen versorgt bist«, gab er zurück. »Du und dein Mann. Emily zählt nicht. Sie wird in aller Stille irgendwo untergebracht, in einer Privatklinik für Geisteskranke, wo sie niemandem schaden kann.«

Ihr Kinn hob sich, und ihr Gesicht war angespannt und ängstlich. »Ich werde Mungo Hare heiraten, egal, was du dazu sagst!«

Einen eisigen Moment lang war er sprachlos. Dann brach der Sturzbach los.

»Das wirst du nicht, mein Kind! Du wirst denjenigen heiraten, den ich dir aussuche! Und ich sage, du wirst Jack Radley heiraten. Und wenn er sich als unpassend herausstellt, dann werde ich einen anderen finden. Aber du wirst mit absoluter Sicherheit nicht diesen mittellosen jungen Mann ohne Familie heiraten. Was in Gottes Namen glaubst du eigentlich, Mädchen? Meine Tochter heiratet keinen Hilfspfarrer! Einen stellvertretenden Bischof vielleicht, aber keinen Hilfspfarrer! Und dieser hat nicht einmal irgendwelche Perspektiven. Ich verbiete dir, dich noch einmal mit ihm zu treffen oder mit ihm zu sprechen! Ich werde mit Beamish reden und dafür sorgen, daß dieser Hare in Zukunft unser Haus nicht mehr betritt, und du wirst keine weitere Gelegenheit bekommen, in der

Kirche mit ihm zu sprechen. Und wenn du mir nicht dein Wort darauf gibst, werde ich Beamish erzählen, daß Hare dir Avancen gemacht hat, und dann wird ihm sein geistliches Amt entzogen. Hörst du, was ich sage, Anastasia?«

Tassie war so überwältigt, daß sie zu schwanken schien.

»Geh jetzt auf dein Zimmer und bleib dort, bis ich dir sage, daß du herunterkommen sollst!« fügte Eustace hinzu. Er fuhr zu Charlotte herum. »Und Sie, Mrs. Pitt, dürfen Abschied nehmen, sobald Sie gepackt haben, was Ihnen gehören mag.«

»Aber vorher würde ich gern mit Ihnen sprechen, Mr. March.« Charlotte hatte noch einen Trumpf, den sie ausspielen konnte, und ohne zu zögern faßte sie den Entschluß. Gelassen begegnete sie seinem Blick. »Wir haben etwas zu besprechen.«

»Ich...« Er war kurz davor, sich ihr zu widersetzen, sein Mund ein schmaler Strich, die Wangen puterrot. Aber es fehlte ihm der Mut. »Geh auf dein Zimmer, Anastasia!« bellte er wütend.

Mit einem kurzen Lächeln wandte sich Charlotte ihr zu. »Ich komme in ein paar Minuten zu dir«, sagte sie leise. »Mach dir keine Sorgen.«

Tassie wartete einen Moment mit weit aufgerissenen Augen. Dann entdeckte sie etwas in Charlottes Gesicht, ließ das Geländer los, drehte sich langsam um, stieg die Stufen hinauf und verschwand auf dem Treppenabsatz.

»Also?« drängte Eustace, aber seine Stimme bebte, und die Streitlust auf seinem Gesicht war gespielt. Charlotte fragte sich einen Augenblick lang, ob sie es geschickt anstellen oder so direkt sein sollte, daß er sie unmöglich mißverstehen konnte. Sie wußte um ihre Schwächen und entschied sich für das letztere.

»Ich finde, Sie sollten Tassie erlauben, ihre Arbeit für die Armen fortzuführen«, sagte sie so ruhig wie sie konnte. »Und Sie sollten erlauben, daß sie Mr. Hare heiratet, sobald es sich einrichten läßt, ohne daß es überhastet wirkt und unfreundliche Bemerkungen provoziert.«

»Kommt nicht in Frage.« Er schüttelte den Kopf. »Das

251

kommt überhaupt nicht in Frage. Er hat kein Geld, keine Familie und keine Perspektiven.«

Sie machte sich nicht die Mühe, Mungo Hares Tugenden aufzuzählen. Sie würden bei Eustace nur wenig bewirken. Sie traf ihn, wo er am verwundbarsten war.

»Falls Sie es nicht tun«, sagte sie langsam und deutlich mit ruhigem Blick in seine Augen, »werde ich dafür sorgen, daß Ihre Affäre mit der Frau Ihres Sohnes öffentlich bekannt wird. Bisher weiß nur die Polizei davon, und auch wenn es widerwärtig sein mag, ist es dennoch kein Verbrechen. Aber falls die Gesellschaft davon erführe, wäre Ihre Stellung nicht zu halten. Beinah jeder würde von einer diskreten Tändelei beide Augen verschließen, aber in Ihrem eigenen Haus die Frau Ihres Sohnes zu verführen – an Weihnachten! Und sie dann weiterhin zu zwingen...«

»Hören Sie auf!« Ein Aufschrei entfuhr ihm. »Hören Sie auf!«

»Die Queen dürfte es kaum billigen«, fuhr sie gnadenlos fort. »Sie ist eine eher prüde, alte Dame, besessen von der Tugend, besonders der ehelichen Tugend und dem Familienleben. Sie hätten keine Aussicht auf einen Adelstitel, wenn sie davon wüßte. Tatsächlich würde man Sie von sämtlichen Gästelisten Londons streichen.«

»Also gut!« Beinah erstickte die Kapitulation in seiner Kehle. Er flehte sie an. »Also gut! Sie kann den verfluchten Hilfspfarrer heiraten! Um Gottes willen erzählen Sie nur niemandem von Sybilla! Ich habe sie nicht ermordet, auch George nicht. Ich schwöre es!«

»Möglich.« Sie wollte ihm gegenüber kein Zugeständnis machen. »Die Polizei ist im Besitz des Tagebuchs, und solange Sie sich keines Verstoßes gegen ein Gesetz schuldig gemacht haben, gibt es keinen Grund, warum man es bekannt machen sollte. Ich werde meinen Mann bitten, es zu zerstören, wenn der Mord aufgeklärt ist. Um Williams willen, nicht um Ihretwegen.«

Er schluckte trocken, und das Sprechen fiel ihm schwer. Er haßte jede Silbe. »Geben Sie mir Ihr Wort darauf?«

»Das habe ich gerade getan. Wenn Sie mich jetzt entschuldigen würden, ich möchte gern zu Bett gehen. Es war eine sehr lange und anstrengende Nacht. Und ich möchte Tassie gern die gute Nachricht bringen. Sie wird sehr glücklich sein. Ich glaube, sie liebt Mr. Hare von ganzem Herzen. Eine ausgezeichnete Wahl. Wir werden uns beim Frühstück nicht sehen. Ich glaube, ich werde meines im Bett einnehmen, wenn Sie so freundlich wären, die Anweisung dafür zugeben. Aber wir sehen uns beim Lunch und beim Abendessen.«

Er gab ein ersticktes Geräusch von sich, das sie als Einverständnis nahm.

»Gute Nacht, Mr. March.«

»Ah... aaah!« stöhnte er.

# 11

Während sich Charlotte über ihr Frühstück im Bett freute und Emily von den Ereignissen der letzten Nacht erzählte, untersuchte Pitt ein weiteres Mal das Adreßbuch aus Sybillas Kosmetikkoffer. Am späten Vormittag hatten er und Stripe für sämtliche Einträge, bis auf einen, Erklärungen gefunden. Es waren Adressen, wie man sie bei einer Dame der Gesellschaft erwarten würde: Verwandte, meist ältere, eine Reihe von Cousins, Freunde, von denen einige geheiratet hatten und in andere Teile des Landes gezogen waren, anderen, bei denen es sich nur um gesellschaftliche Bekanntschaften handelte, mit denen ein Umgang von Vorteil sein konnte, und dann die üblichen Geschäftsleute: zwei Damenschneider, ein Kräuterhändler, eine Hutmacherin, eine Korsettmacherin, ein Florist, ein Parfümeur und ähnliche Gewerbe.

Die Adresse, die er nicht zuordnen konnte, war die einer gewissen Clarabelle Mapes in No. 3 Tortoise Lane. Die einzige Tortoise Lane, die er kannte, war eine schmuddelige, kleine Straße in St. Giles, kaum eine Gegend, der Sybilla March einen Besuch abstatten würde. Möglicherweise war es eine Art Stiftung, die sie unterstützte, ein Waisen- oder Arbeitshaus. Die Überprüfung war eine Frage der Gewissenhaftigkeit, übermäßig pedantisch und wahrscheinlich pure Zeitverschwendung. Sein Vorgesetzter war ganz sicher dieser Meinung und sagte es in vernichtendem Ton, aber Pitt beschloß, der Tortoise Lane No. 3 dennoch einen Besuch abzustatten. Es war immerhin möglich, daß Mrs. Clarabelle Mapes irgend etwas wußte, das zu dem geschlossenen und dennoch undeutlichen Bild, welches er von den Marches hatte, beitrug.

Ein Großteil von St. Giles war zu eng, um hindurchzufahren, und er ließ seine Droschke etwa eine halbe Meile von der Tortoise Lane entfernt stehen und lief. Die Gebäude waren schäbig und grau, die oberen Stockwerke ragten auf die Straße hinaus, und es stank nach heißer Luft und alten Abwässern. Spindeldürre Sekretäre mit Zylindern und glänzenden Hosen hasteten vorüber, Zeitungen unter den Armen. Ein Pflastermaler mit einer Drahtbrille auf der Nase trat schlurfend beiseite, um Pitt passieren zu lassen. Die Sonne brannte vom glanzlosen, windlosen Himmel, und Rauch hing in der Luft.

Ein einbeiniger Mann mit einer Krücke verkaufte Streichhölzer, ein Junge hielt ein Tablett mit Schnürsenkeln, ein Mädchen bot winzige, selbstgenähte Kinderkleider feil. Pitt kaufte ihr etwas ab. Es war zu klein für seine eigenen Kinder, aber er konnte es nicht über sich bringen, an ihr vorbeizugehen, auch wenn er wußte, daß Dutzende anderer es taten und daß es nichts gab, was man daran ändern konnte.

Ein Straßenhändler schob seinen Karren mit Gemüse die Straße hinunter, und die Räder rüttelten lärmend über die Steine. Das Mädchen lief eilig zu ihm hinüber, gab alle Münzen aus, die Pitt ihr gegeben hatte und verschwand mit dem Gemüse in ihrer Schürze.

Hatte Eustace March George tatsächlich umgebracht, um die Affäre mit seiner Schwiegertochter geheimzuhalten, und diese dann ermordet, als sie seine Tat erkannte? Gern hätte er es geglaubt. Fast alles an Eustace stieß ihn ab. Seine Selbstgefälligkeit, die vorsätzliche Blindheit der Not und dem Leid anderer gegenüber, seine schmierige, anmaßende Art, seine Virilität und sein dynastischer Hochmut. Aber vielleicht war er nicht eigentlich untypisch für viele gesellschaftlich ambitionierte Patriarchen, die von Körperkraft und Geld besessen waren. Er war egozentrisch, eher gefühllos und absichtlich böswillig. Die meiste Zeit über war er überzeugt davon, in allen wichtigen Fragen und auch in vielen unwichtigen, vollkommen im Recht zu sein. Pitt sah in ihm weder das Ungestüm noch die Furcht, die ihn zu einem Doppelmord treiben würden, am allerwenigsten in seinem eigenen Haus.

Dann war da noch Charlottes schauerliche Geschichte von Tassie, die blutbespritzt die Treppe heraufgeschlichen kam. Und trotz ihres Protestes war er nach wie vor nicht völlig

255

sicher, daß sie nicht einen Alptraum gehabt hatte. Die ganze Vorstellung war einfach absurd. Vielleicht mochte im trüben Schein der Nachtlichter gewöhnliches Wasser oder sogar Wein auf einem Kleid für eine verängstigte Fantasie wie Blut ausgesehen haben. Außerdem natürlich dem grauenhaften Mord in Bloomsbury, aber es gab keinen Grund zu der Annahme, daß eine Verbindung zu Cardington Crescent bestünde.

Der andere Gedanke, der ihm kam, als er durch die elenden Straßen zur Tortoise Lane lief, war die Möglichkeit, daß diese Clarabelle Mapes eine Abtreiberin war und Sybilla die Adresse für Tassie besorgt hatte, daß Charlotte Tassies Heimkehr nach einer übereilten, verpfuschten Operation beobachtet hatte. Und was sie als den Ausdruck reinster Freude mißverstanden hatte, war in Wahrheit eine schmerzverzerrte Miene gewesen, vermischt mit äußerster Erleichterung, in Sicherheit zu sein, wieder daheim und von unerträglicher Schande erlöst.

Es war ein unangenehmer Gedanke, und er hoffte mit überraschender Intensität, daß es nicht wahr wäre. Aber er war mit den menschlichen Schwächen vertraut genug, um davon auszugehen, daß nichts unmöglich war.

Die andere Antwort fußte auf Georges Affäre mit Sybilla: William als verletzter Ehemann, trotz Eustaces Behauptung, daß er sich von Sybilla hatte scheiden lassen wollen, bis er von dem Kind erfuhr. Aber Pitt glaubte nicht, daß William March sein ungeborenes Kind getötet hätte, egal, wie aufgebracht er über die Treulosigkeit seiner Frau gewesen sein mochte. Und noch wußte Pitt nicht, wie weit diese Affäre gegangen war. Möglicherweise war es nur Eitelkeit und eine alberne Demonstration der Macht gewesen.

Oder stammte das Kind von Eustace und nicht von William?

Nein. Wäre es so gewesen und hätte William davon gewußt, hätte er Eustace ermordet, nicht George, und vielleicht wäre er überzeugt gewesen, im Recht zu sein. Sicher würde es viele geben, die ihm im stillen zustimmten, egal wie sie sich in öffentlichen Erklärungen äußern mochten.

Aber die Schwangerschaft ging Georges Ankunft in Cardington Crescent voran, daher konnte ihm niemand einen Vorwurf machen.

Blieben also Emily und Jack Radley. Sie mochten gemeinsam oder getrennt gehandelt haben, aus Liebe oder Habgier oder beidem. An Emily zu denken weigerte er sich, bis es keine andere Möglichkeit mehr gab und er sich dazu gezwungen sah. Und falls dies geschah, dann gebe Gott, daß Charlotte es von allein erfuhr und er nicht derjenige sein würde, der es ihr sagte.

Er bog um die letzte Ecke und war in der Tortoise Lane. Sie war ebenso schäbig und verkommen wie die anderen, nur für jene auszumachen, die mit dem Labyrinth vertraut waren und die in der schweren Luft ihre eigenen Reihen verrottender Molen und windschiefer Dächer am Gestank erkannten. Zwei schmutzige Kinder von etwa vier oder fünf Jahren spielten vor der Hausnummer drei mit Steinen. Pitt blieb stehen und beobachtete sie einen Moment lang. Sie hatten ein Muster aus Rechtecken auf das Pflaster gekratzt, das etwa zehn Platten umfaßte, und warfen den Markierungsstein auf ein bestimmtes Feld, dann vollführten sie einen einstudierten kleinen Tanz in den Rechtecken und darum herum, bückten sich ungelenk auf einem Bein, um den Stein aufzusammeln, wenn sie fertig waren.

»Kennt ihr die Dame da drinnen?« Pitt deutete auf die Tür von Nummer drei.

Verwirrt sahen sie ihn an. »Welche Dame?« fragte das größere Kind.

»Sind da viele Damen?«

»Ja.«

»Kennt ihr Mrs. Mapes?«

»Mrs. Mapes«, sagte das Kind ernsthaft. »Klar kennen wir die!«

»Wohnt ihr hier?« Pitt war überrascht. Er war schon halbwegs davon überzeugt, daß sie eine Abtreiberin war, und Kinder paßten nicht zu seiner vorgefaßten Meinung.

»Ja.« Das ältere Kind antwortete. Das kleinere Kind zog verängstigt am Ärmel des anderen, und Pitt wollte sie wegen der wenigen Informationen, die sie ihm vielleicht geben konnte, nicht in Schwierigkeiten bringen.

»Danke sehr.« Er lächelte, strich dem Kind über das verfilzte Haar und trat an die Tür. Er klopfte vorsichtig, fürchtete, ein gebieterisches Klopfen würde nach Obrigkeit klingen und möglicherweise eine Antwort verhindern oder die Frau günstigstenfalls auf der Hut sein lassen.

Nur wenige Augenblicke später wurde die Tür von einem kleinen, mageren Mädchen geöffnet, das zwischen zwölf und zwanzig jeden Alters sein konnte. Sie trug ein braunes Wollkleid, das um einiges abgenäht worden war, eine Morgenhaube, die kaum die Hälfte ihres Haars zurückhielt, dazu eine übergroße Schürze. Ihre Hände waren naß, und sie trug ein Küchenmesser bei sich. Offenbar hatte Pitt sie bei ihrer Hausarbeit gestört.

»Ja?« sagte sie überrascht, die Augen müde, blau wie verwaschenes Porzellan.

»Ist Mrs. Mapes zu Hause?« erkundigte sich Pitt.

»Ja!« Das Mädchen schluckte, steckte das Messer in die Tasche und wischte sich die Hände an der Schürze. »Kommen Sie rein.« Sie drehte sich um und ging durch einen dunklen, mit Binsenmatten ausgelegten Korridor voraus, an einer schmalen Treppe vorüber, auf der ein Kind von etwa sieben Jahren saß, das einen Säugling im Arm hatte und ein Kleinkind an der Hand hielt, das gerade alt genug war, um stehen zu können. Große Familien waren gang und gäbe, aber die Kindersterblichkeit war immens hoch.

Das Mädchen klopfte an der letzten Tür am Ende des Ganges, bevor dieser um eine Biegung zu den riesigen Küchen führte, die er in etwa zehn Metern Entfernung ausmachen konnte.

»Herein!« rief eine kehlige Stimme von drinnen.

»Danke.« Pitt ließ das Mädchen gehen und zog an der Tür. Sie ließ sich leicht und geräuschlos öffnen und führte in ein Wohnzimmer, das beinah eine Parodie des Boudoirs der alten Mrs. March war. Es überraschte in doppelter Hinsicht: einmal, wenn man den Kontrast zu der schäbigen Umgebung und den anderen Zimmern bedachte, in die Pitt beim

258

Vorübergehen einen Blick hatte werfen können, und zum zweiten durch das Vorgaukeln einer familiären Atmosphäre.

Die Fenster blickten auf die nackten Wände einer Gasse hinaus, nicht auf den geschmackvollen Garten der Marches, aber die Vorhänge waren im selben hektischen Rosa gehalten und wirkten im dämmrigen, von Schmutz gefilterten Licht umso matter. Wahrscheinlich hatte man die Vorhänge seit Jahren nicht bewegt. Der Kaminsims war ebenfalls verhüllt. In eleganteren Häusern hatte die Mode feine Hölzer oder Steine längst von solchem Schmuck und destruktiver Prüderie befreit hatte. Ein Klavier war auf die gleiche Weise zugedeckt, und auf sämtlichen Tischen drängten sich Fotografien. Lampenschirme waren gefranst und geknüpft und mit Sinnsprüchen übersät. ›Home Sweet Home‹, ›Gott sieht alles‹ und ›Mutter, ich liebe Dich‹.

Auf dem größten der rosafarbenen Sessel thronte eine Frau mit üppigem, gewaltsam eingeschnürtem Busen und enormen Hüften, in ein Kleid gehüllt, das einer Frau von der Hälfte ihres Umfanges besser gestanden hätte. Sie besaß fette, stummelige Hände mit kräftigen Fingern, und als sie Pitt sah, legte sie diese mit einer Geste der überraschung an den Mund. Ihr schwarzes Haar war dick, die dunklen Augen groß und glänzend, Nase und Mund wie die eines Raubtieres.

»Mrs. Mapes?« fragte Pitt höflich.

Sie deutete auf das rosafarbene Sofa ihr gegenüber, dessen Sitzfläche dort abgewetzt war, wo schon zahllose andere gesessen hatten.

»Die bin ich«, erklärte sie. »Und wer sind Sie, Sir?«

»Thomas Pitt, Ma'am.« Er hatte nicht die Absicht, ihr seinen Beruf preiszugeben. In Vierteln wie St. Giles waren Polizisten nicht willkommen, und wenn sie einem illegalen Gewerbe nachging, würde sie alles tun, dieses zu verbergen, wahrscheinlich mit Erfolg. Er befand sich auf feindlichem Gelände, und er wußte es.

Sie betrachtete ihn mit erfahrenem Blick, erkannte sofort, daß er nur wenig Geld besaß. Sein Hemd war gewöhnlich und keineswegs neu, die Stiefel geflickt. Aber sein Jackett war, trotz der abgewetzten Ellbogen und Manschetten, ursprünglich von teurem Schnitt, und seine Sprache war makellos. Er hatte seinen Unterricht gemeinsam mit dem Sohn des Gutsbesitzers bekommen, bei dem sein Vater angestellt gewesen war, und diesen Tonfall und die Ausdrucksweise hatte er nie verlernt. Sie sah in ihm einen Gentleman in schlechten Zeiten, allerdings immer noch besser gestellt als sie selbst und möglicherweise mit Aussicht auf Besserung.

»Also, Mr. Pitt? Was sollte ich wohl für Sie tun können? Sie wohnen nicht in dieser Gegend. Was wollen Sie also?«

»Ich habe Ihre Adresse von einer gewissen Mrs. Sybilla March.«

Ihre schwarzen Augen wurden schmal. »Ach, haben Sie? Nun, Mr. Pitt, meine Geschäfte sind streng vertraulich. Ich bin sicher, Sie verstehen das.«

»Davon bin ich ausgegangen, Mrs. Mapes.« Er hoffte, wenn er fortführe, würde er etwas von ihr erfahren, dem er nachgehen konnte, wie dürftig die Spur auch sein mochte. Selbst aus einem Hinweis auf Mrs. Mapes' Gewerbe mochte sich etwas über Sybilla ergeben, das er noch nicht wußte. Zumindest hatte sie die Bekanntschaft mit ihr noch nicht abgestritten.

»Klar tun Sie das!« pflichtete sie ihm von ganzem Herzen bei. »Sonst wären Sie ja wohl kaum hier, mh?« Sie lachte, ein tiefes Gurgeln in ihrer Kehle, dann sah sie ihn schelmisch an.

Pitt konnte sich nicht erinnern, wann er jemals so angewidert gewesen wäre. Er zwang sich zu einem bestätigenden Lächeln, das kraftlos wirken mußte.

»Tasse Tee mit 'nem kleinen Schuß Gin?« bot sie an. »Natürlich!« Sie griff nach einem schmuddeligen Klingelzug. »Ich könnte auch einen gebrauchen. Und ist ja nur höflich, wenn ich Ihnen dabei Gesellschaft leiste.«

Pitt blieb keine Zeit, abzulehnen, denn die Tür öffnete sich und ein weiteres Mädchen lugte um die Ecke, mit großen Augen und ausgemergeltem Gesicht. Es mochte gerade fünfzehn sein.

»Ja, Mrs. Mapes, Ma'am?«

»Bring Tee, Dora«, orderte Mrs. Mapes. »Und paß auf, daß Florrie die Kartoffeln zum Abendbrot macht.«

»Ja, Mrs. Mapes, Ma'am.«

»Und bring die gute Kanne!« rief ihr Mrs. Mapes hinterher, dann wandte sie sich wieder lächelnd Pitt zu. »Also, was haben Sie auf dem Herzen, Mr. Pitt? Sie können mir vertrauen. Ich kann schweigen wie ein Grab.« Sie hielt sich einen Finger an die Nase. »Clarabelle Mapes hört alles und sieht nichts.«

Er hatte schon bemerkt, daß sein Vorhaben von vornherein zum Scheitern verurteilt war, wenn er hoffte, sie überlisten oder einschüchtern zu können. Sie hatte gelernt, in dieser Welt zu überleben, eine Hasardeuse, keineswegs ein leichtes Opfer. Hinter all dem Fleisch, den Locken und dem Lächeln war sie so vorsichtig wie ein Geizkragen und mißtrauisch wie ein Hund auf fremdem Territorium. Er beschloß, ihre Habgier anzusprechen und zu warten, welche Wirkung eine Überraschung auf sie haben mochte. Schuldgefühle konnte er sich bei ihr nicht vorstellen, sah jedoch ein gewisses Maß an Furcht, die ihr sicher etwas bedeutete und weit tiefer ging als bloße Vorsicht.

»Ich fürchte, Mrs. March ist tot«, sagte er und beobachtete sie dabei genau.

Aber ihre Miene änderte sich um keinen Deut. Sie zeigte nicht die leiseste Regung. »Wie schade«, sagte sie ausdruckslos, und ihre schwarzen Augen blickten ihn offen an. »Hoffe, sie hatte keine Schmerzen, das arme Ding.«

»Sie ist nicht leicht von uns gegangen«, hielt er dagegen.

Aber ihre Stimme zeigte keine Rührung. »Wie die meisten von uns.« Sie schüttelte den Kopf, und sie schwarzen Locken tanzten. »Sehr freundlich von Ihnen, mir das alles zu erzählen, Mr. Pitt.«

Er drängte weiter. »Es wird eine Obduktion geben.«

»Wird es? Und was ist das?«

»Die Ärzte werden ihre Leiche untersuchen, um herauszufinden, woran genau sie gestorben ist. Sie aufschneiden, wenn nötig.« Er sah ihr in die Augen, versuchte, in sie hin-

einzublicken, hinter das derbe, joviale Äußere zu sehen, aber
es mißlang.

»Wie schrecklich«, sagte sie, ohne mit der Wimper zu zuk-
ken. Ihre scharfe, gebogene Nase kräuselte sich ein wenig,
aber ihre Abscheu war gespielt. Sie hatte schon unendlich
viel Schlimmeres gesehen. Wie alle, die in St. Giles wohnten.
»Sollte man nicht meinen, Ärzte hätten Besseres zu tun, als
jemanden aufzuschneiden, der schon tot ist? Die können ihr
nicht mehr helfen, armes Ding. Sollten besser die verarzten,
die noch leben, nicht daß es viel nützen würde, meistens
jedenfalls.«

Pitt spürte, daß er rapide an Boden verlor.

»Sie müssen es«, drängte er weiter. »Die Umstände ihres
Todes liegen noch im dunklen.« Das war buchstäblich die
Wahrheit, auch wenn die Folgerung daraus es nicht war.

»Ist oft so.« Wieder nickte sie, und es war ein Klopfen an
der Tür zu hören, dem ein weiteres Mädchen von etwa zehn
Jahren folgte, das auf einem bemalten, an mehreren Stellen
angeschlagenen Lacktablett den erwarteten Tee brachte. Den
Ehrenplatz jedoch hatte eine silberne Teekanne, die Pitt nach
seinen Erfahrungen in bezug auf Raubdelikte als echt geor-
gianisch einschätzte. Das Mädchen wankte unter dem
Gewicht unbeholfen, mit zitternden Armen. Sogar als es wieder ging, waren die Augen ohne Hoffnung auf die Korin-
thenkekse auf dem Porzellanteller gerichtet.

»Einen Tropfen zur Erfrischung?« bot Mrs. Mapes an, als
die Tür wieder verschlossen war, und angelte in einem
Schrank neben sich herum, wälzte ihren feisten Wanst auf
dem Sessel, bis er knarrte. Sie brachte eine nicht gekenn-
zeichnete grüne Flasche hervor, aus der sie etwas ein-
schenkte, was dem Geruch nach nur Gin sein konnte.

Pitt lehnte hastig ab. »Nein, danke. Zu früh. Ich nehme nur
Tee.«

»Bleibt oft ein Geheimnis, der Tod«, sagte sie, um ihren
vorangegangenen Gedankengang zu beenden. »Bedienen
Sie sich, Mr. Pitt.« Und sie gab einen großzügigen Schuß in
ihre Tasse, bevor sie Tee, Milch und Zucker hinzufügte. Sie
reichte Pitt eine wertvolle Porzellantasse und forderte ihn

auf, sich zu bedienen, wie es ihm beliebte. »Aber nur die Reichen haben Ärzte, die sie hinterher aufschneiden. Blödsinn, würde ich sagen! Als ob man das Geheimnis von Leben und Tod ergründen könnte, wenn man Leichen aufschlitzt!«

Er gab die Obduktion auf. Offensichtlich ängstigte sie der Umstand keineswegs, und er verlor den Glauben, daß sie an einer Abtreibung beteiligt war, die sich bis zur Familie March zurückverfolgen ließ. Und dennoch hatte Sybilla ihre Adresse behalten, und es war unmöglich vorstellbar, daß es sich bei ihr um eine Bekannte aus der Gesellschaft handelte. Was tat diese gräßliche Frau, um sich ihren Lebensunterhalt zu verdienen?

Er sah sich im Zimmer um. Nach den Maßstäben, die in St. Giles galten, war es komfortabel, wenn nicht sogar luxuriös, und Mrs. Mapes war unübersehbar wohlgenährt. Aber die Kinder, die er gesehen hatte, sahen halb verhungert aus und trugen schäbige, abgelegte Kleider, die nicht paßten und noch weniger gepflegt waren.

»Sie führen eine gute Küche, Mrs. Mapes«, setzte er vorsichtig an. »Mr. Mapes ist ein glücklicher Mann.«

»Es gibt schon seit zehn Jahren keinen Mr. Mapes mehr.« Mit leuchtenden Augen sah sie ihn an. Dann entdeckte sie die ordentlichen Flicken an den Ärmeln seines Jacketts und holte tief Luft, wobei sie sich in die Nase zwickte. Es war das Werk einer Frau, nicht zu übersehen. »Ist an der Ruhr gestorben. Aber er hat mich gemocht, als er noch da war.«

»Mein Fehler«, sagte er gleich. »Ich dachte, bei all den Kindern...«

Ihre Augen wurden hart, und ihre Hand spannte sich ganz leicht auf ihrem fetten Schoß.

»Ich bin eine weichherzige Frau, Mr. Pitt«, sagte sie mit zurückhaltendem Lächeln. »Nehm sie haufenweise auf, wenn sie niemanden haben. Kümmer mich für Nachbarn und Verwandte um sie. Bin immer für andere da. Die ganze Tortoise Lane wird Ihnen das bestätigen, wenn es ehrliche Leute sind.«

»Wie lobenswert.« Pitt konnte nicht allen Sarkasmus aus seiner Stimme verbannen, auch wenn er es versuchte. Mit

Mrs. Mapes war er noch lange nicht fertig. Eine häßliche Idee begann sich in seinen Gedanken zu formen. »Mr. Mapes muß Sie wohlsituiert zurückgelassen haben, daß Sie die Mittel und die Zeit haben, so wohltätig zu sein.«

Ihr Kinn hob sich, und ihr Lächeln wurde breiter, zeigte harte, weißgelbe Zähne. »Das stimmt, Mr. Pitt«, sagte sie. »Ich war sein ein und alles, dem Mr. Mapes.«

Pitt setzte seine Tasse ab und schwieg einen Moment lang, unfähig, sich einen nächsten Schritt einfallen zu lassen. Sie hatte keine Angst mehr, und er sah es in jeder Rundung ihres kräftigen, wulstigen Körpers. Er konnte es in der heißen Luft riechen.

»Nett von Ihnen, daß Sie den ganzen Weg gekommen sind, um mir von Mrs. Marches Tod zu erzählen, Mr. Pitt.« Sie bereitete sich darauf vor, ihn zu entlassen. Es blieb nur wenig Zeit. Er hatte keinen Anlaß, die Räumlichkeiten zu durchsuchen, und wonach sollte er auch suchen, selbst wenn er mit Männern und einem Gerichtsbeschluß wiederkam?

Dann fiel ihm eine Lüge ein, die vielleicht ihre Wirkung tun konnte. Er mußte die Angst außer acht lassen und es mit ihrem allumfassenden Charakterzug versuchen: der Habgier.

»Es ist nur meine Pflicht«, erwiderte er, beinah ohne zu zögern. Gebe Gott, daß die Metropolitan Police die Schulden beglich, die er eingehen wollte. »Mrs. March hat Sie in Ihrem Testament bedacht, für – erwiesene Dienste. Sie sind doch Clarabelle Mapes, oder?«

Der Kampf ihres Mißtrauens mit der Habgier auf ihrem Gesicht war auf groteske Weise komisch, und er wartete, ohne sie zu unterbrechen, während sie versuchte, sich zu einem Kompromiß zu bewegen. Mit einem langen, ungestümen Seufzen stieß sie ihren Atem aus. Ihre Augen glänzten.

»Wirklich großzügig von ihr.«

»Sie sind doch die richtige Person?« beharrte er. »Sie haben ihr einen Dienst erwiesen?«

Aber so einfach ließ sie sich nicht überlisten. Sie hatte die Falle längst entdeckt. »Privat«, sagte sie und sah ihn dreist an. »Unter Damen, wie Sie sicher verstehen werden. Wäre indiskret, weiterzubohren.«

Ein Ausdruck des Zweifels fuhr über sein Gesicht. »Ich habe die Verantwortung...«

»Sie haben meine Adresse, sonst wären Sie nicht hier«, erklärte sie. »Außer mir gibt es keine andere Clarabelle Mapes. Da muß ich wohl die Richtige sein, oder? Und ich kann beweisen, wer ich bin, keine Sorge. Was ich für sie gemacht habe, geht Sie überhaupt nichts an. Vielleicht war es ein freundliches Wort, als sie es am nötigsten hatte.«

»In der Tortoise Lane?« Pitt lächelte übellaunig.

»Ich bin ja nicht immer in der Tortoise Lane gewesen«, sagte sie und bereute es im selben Augenblick. Sie wußte, daß sie einen Fehler gemacht hatte, und es zeigte sich in ihren plötzlich erschlafften Zügen, der veränderten Art und Weise, wie sie saß. »Ich geh' eben manchmal aus!« sagte sie und versuchte, den Schaden wieder gutzumachen.

»Bestimmt nicht nach Cardington Crescent.« Er wurde mutiger, selbst wenn er noch keine Vorstellung davon hatte, wohin es ihn führen mochte. »Und Sie sind schon eine ganze Weile hier.« Er sah sich um. »Bestimmt schon, seit sie Ihnen geschrieben hat. Wie Sie bereits erwähnt haben, stand dieses Haus in ihrem Adreßbuch.«

Diesmal wurde sie wirklich blaß. Die Farbe wich aus ihrem Raubtiergesicht und ließ nur das Rouge auf ihren Wangen zurück, wobei der Fleck auf ihrer linken Wange ein paar Zentimeter höher saß als der Fleck auf der rechten. Sie sagte kein Wort.

Pitt stand auf. »Ich werde mir den Rest des Hauses ansehen«, kündigte er an, und ging zur Tür, bevor sie ihn zurückhalten konnte. Er öffnete sie und trat in den gewundenen Durchgang, näherte sich zügig der Küche, fort von der Eingangstür. Eines der Mädchen, die er schon gesehen hatte, hockte mit einem Eimer Wasser und einer Bürste auf Händen und Knien am Boden. Es machte ihm Platz.

Die Küche selbst war für ein Haus dieser Art immens groß, zwei Räume waren zu einem geworden, entweder absichtlich oder durch eine verrottete Wand, die zusammengefallen

265

war und entfernt werden mußte. Der Boden war aus Holz und geschrubbt, bis die Bohlen wellig geworden waren. Nägel ragten wie kleine Inseln daraus hervor, und man hatte groben Sand in die Risse gestreut. Zwei riesige Herde standen voll großer Kochtöpfe, und ein Kessel spie Dampf aus, wohl um Mrs. Mapes Teekanne nachzufüllen. Neben den Feuerstellen befanden sich Luken für Kohlenstaub und Koksrückstände, nah genug, daß die Mädchen sie mit ihren spindeldürren Armen anheben und nachfüllen konnten. An der gegenüberliegenden Wand standen in sich zusammengesunkene Säcke mit Getreide und Kartoffeln, daneben ein Bündel mit verdrecktem Kohl. Auf der anderen Seite stand ein riesiger Geschirrschrank voller Teller und Pfannen und Becher, mit schiefen Schubladen, aus denen Papier hervorragte. Ein Knäuel Schnur lag teilweise abgewickelt am Boden. Ein zur Hälfte eingeschlagenes Paket lag auf dem Küchentisch, daneben eine Schere. Über allem, mit einer Winde an die Decke gehoben, hing eine Trockenstange, an der alle möglichen Lumpen und Laken hingen, in denen sich die Küchendünste fingen.

Drei weitere Mädchen waren mit verschiedenen Hausarbeiten beschäftigt. Eines schälte über der Spüle Kartoffeln, eines rührte in einem Topf mit Haferschleim, das dritte kniete mit einer Kehrichtschaufel am Boden. Keines von ihnen konnte älter als vierzehn sein. Das jüngste sah eher wie zehn oder elf aus. Offensichtlich war die Einrichtung dafür gedacht, regelmäßig eine beträchtliche Menge von Leuten zu versorgen.

»Wie viele von euch sind hier?« fragte er, bevor Mrs. Mapes ihn einholen konnte. Er hörte, wie ihr Rock hinter ihm rauschte und raschelte.

»Weiß nicht«, flüsterte ein bleichgesichtiges Mädchen. »Da sind die Kleinen alle, die Babys. Die kommen und gehen, ich weiß nicht.«

»Pscht!« warnte die Älteste scharf, mit Augen schwarz vor Angst.

. Pitt tat alles, was in seiner Macht stand, damit seine Miene ihn nicht verriet. Jetzt wußte er, was dieses Haus war, und er

266

konnte es nicht ändern. Und wenn er seinen Zorn zeigte, Mitleid oder Abscheu, würde er es nur noch schlimmer machen. Die Natur schürte das Bedürfnis, und Armut erzwang seine Befriedigung.

»Was wollen Sie hier drinnen, Mr. Pitt?« fragte Mrs. Mapes hinter ihm mit schriller Stimme. »Ich wüßte nicht, was Sie hier zu suchen hätten!«

»Nein, absolut nichts«, stimmte er ihr grimmig zu, ohne sich von der Stelle zu rühren. Es gab keinen Punkt, an dem er ansetzen, geschweige denn mit dem er etwas erreichen konnte. Er würde nur Schaden anrichten, und dennoch ging er nur sehr widerwillig.

»Wieviel?« fragte sie.

»Was?« Er hatte keine Ahnung, wovon sie redete. Sein Blick fuhr über die Kessel: Haferschleim, leicht zu machen und billig, für die Kinder, Kartoffeln, um das Fleisch im Eintopf zu sparen.

»Mit wieviel hat mich Mrs. March denn bedacht?« sagte sie ungeduldig. »Sie haben gesagt, sie hätte mir was hinterlassen!«

Er sah zu Boden, dann auf den großen Holztisch. Sie waren ungewöhnlich sauber. Das zumindest sprach für sie. »Ich weiß nicht. Ich nehme an, man wird es Ihnen zuschicken.« Es würde davon abhängen, wozu er seine Vorgesetzten überreden konnte. Vielleicht würde er es ohnehin vergessen.

»Sie haben es nicht dabei?«

Er antwortete nicht. Wenn er es täte, blieb kein Grund mehr zu bleiben, und irgend etwas in seinem Hinterkopf hielt ihn fest, eine Ahnung nur, daß es Sinn machte, den Grund zu finden.

Was hatte Sybilla March von dieser Frau wollen können? Hatte sie das Kind eines Dienstmädchens übernommen, als es in Schwierigkeiten war? Es schien die einzig vernünftige Erklärung zu sein. Lohnte es sich, die Sache bis zu Sybillas Haus zurückzuverfolgen, um nachzusehen, ob ein Mädchen aus unerklärlichem Grund gefehlt hatte, möglicherweise wegen einer Entbindung? War es wichtig? Das Leben war voll von solchen privaten Tragödien, von Mädchen, die ihren

Lebensunterhalt verdienen mußten und es sich nicht leisten konnten, ein uneheliches Kind zu behalten. Und Dienstboten heirateten nur selten, aus eben jenem Grunde. Sie lebten im Hause ihres Herrn, in dem Familien keinen Platz hatten.

Mrs. Mapes' Stimme krächzte hinter ihm. »Dann sollten Sie sich besser wieder um Ihre eigenen Angelegenheiten kümmern, und meine mir überlassen!«

Langsam drehte er sich um, ließ ein letztes Mal seinen Blick durch das Zimmer schweifen. Dann wurde ihm klar, was ihn hielt: das Paket. Das Paket in braunem Papier auf dem Küchentisch, halb verschnürt, neben der Schere. Er hatte das Papier, die seltsame, gelbe Schnur schon einmal gesehen, zweimal der Länge und Breite nach gewickelt, an jeder Verbindungsstelle geknotet und mit einer Schleife und zwei losen Enden zusammengebunden. Plötzlich wurde ihm eiskalt, als wehte ein Lufthauch aus dem Leichenschauhaus über seine Haut. Er dachte an das Blut und die Fliegen, die dicke Frau mit ihrer zerdrückten Tournüre und ihrem glupschäugigen Hund. Das konnte kein Zufall sein. Das Papier war weit verbreitet, aber die Schnur war ungewöhnlich, die Knoten ausgefallen, charakteristisch, die Kombination einzigartig. Sie waren mindestens anderthalb Meilen von Bloomsbury entfernt. Welche Reste waren in dieses kleine Paket gewickelt? Wo war das erste Paket, das größere? In der Küche konnte er es nirgendwo sehen.

»Ich gehe«, sagte er laut, selbst überrascht vom Klang seiner Stimme. »Ja, Mrs. Mapes, ich werde Ihnen das Geld persönlich bringen, nachdem ich jetzt weiß, daß es Ihnen gehört.«

»Wann?« Sie lächelte wieder, war sich des Paketes auf dem Tisch und dessen Knoten gar nicht bewußt. »Ich möchte nur sichergehen, daß ich auch da bin«, fügte sie erklärend hinzu, als könnte dies ihre Gier verbergen.

»Morgen«, erwiderte er. »Schon früher, wenn ich rechtzeitig in meinem Büro bin.« Er mußte eines dieser Kinder allein sprechen und zu den Paketen befragen. Wohin sie gingen, wie oft, und wer sie beförderte. Aber es mußte an einem anderen Ort geschehen, damit sie ihn nicht belauschen konnte, sonst wäre das Leben der Kinder in Gefahr. »Haben Sie jemanden Verläßliches, der eine Nachricht für mich über-bringen könnte? Jemanden, dem Sie vertrauen?« fragte er.

Sie überdachte die Vor- und Nachteile und entschied sich zu seinen Gunsten.

»Ich hab Nellie. Die macht das für Sie«, sagte sie widerwillig. »Worum geht's?«

»Vertraulich«, antwortete er. »Ich werde es ihr draußen sagen. Dann komme ich zurück, sobald ich kann. Dessen seien Sie versichert, Mrs. Mapes.«

»Nellie!« kreischte sie, so laut sie konnte. Ihr Schreien ließ das Porzellan auf dem Geschirrschrank erzittern.

Einen Moment lang war es still, dann hörte man das Weinen eines Säuglings, der irgendwo im oberen Stockwerk aufgewacht war, das Klappern von Schuhen, dann erschien Nellie in der Tür, mit struppigem Haar, schief sitzender Schürze und verängstigtem Blick. »Ja, Mrs. Mapes, Ma'am?«

»Geh mit diesem Gentleman und mach eine Besorgung für ihn«, orderte Mrs. Mapes. »Dann komm wieder her und mach deine Arbeit zu Ende. Es gibt im Leben nichts zu essen, wenn man nicht dafür arbeitet.«

»Nein, Mrs. Mapes, Ma'am.« Nellie machte einen kurzen Knicks und wandte sich Pitt zu. Sie mußte etwa fünfzehn sein, wenn sie auch so dünn und unterentwickelt war, daß man dessen schwerlich sicher sein konnte.

»Danke, Mrs. Mapes«, sagte Pitt und haßte sie, wie er nur wenige Menschen in seinem Leben gehaßt hatte, wobei er wußte, daß es wohl nur ein Ventil für seinen Zorn über die Armut selbst war. Sie war ein Geschöpf ihrer Zeit und dieses Viertels. Sollte er sie dafür hassen, daß sie überlebte? Diejenigen, die starben, taten es nur, weil sie nicht ihre Kraft besaßen. Und dennoch haßte er sie.

Er schob sich an ihr vorbei in den Korridor, den feuchten, mit Binsen ausgelegten Schlauch hinunter, an den Kindern vorüber, die noch immer auf den Stufen hockten, und durch das Vorderzimmer hinaus auf die Tortoise Lane. Nellie blieb einen Schritt hinter ihm. Er ging weiter, bis er um eine Ecke kam, außer Sichtweite der Hausnummer drei.

»Was für eine Besorgung soll ich machen, Mister?« fragte Nellie, als sie stehenblieben.

»Machst du oft Besorgungen für Mrs. Mapes?«

»Ja, Mister. Sie können mir vertrauen. Ich kenn' mich hier aus.«

»Gut. Lieferst du Pakete für sie aus?«

»Ja. Und ich hab' noch nie eins verloren. Sie können mir vertrauen, Mister.«

»Ich vertraue dir ja, Nellie«, sagte er mit sanfter Stimme und wünschte bei Gott, er hätte etwas für sie tun können, und wußte doch, daß er es nicht konnte. Wenn er es dennoch täte, würde es mißverstanden werden und sie wahrscheinlich ängstigen und verwirren. »Hast du das große Paket vom Küchentisch genommen?«

Ihre Augen wurden groß. »Mrs. Mapes hat es mir gesagt, ehrlich!«

»Das hat sie sicher«, sagte er schnell. »Hast du vor ungefähr drei Wochen mehrere Pakete für sie weggebracht?«

»Ich hab' nichts Unrechtes getan, Mister. Ich hab' sie bloß dahin gebracht, wohin ich sie bringen sollte!« Langsam begann sie sich zu fürchten. Seine Fragen ergaben für sie keinen Sinn.

»Ich weiß das, Nellie«, sagte er leise. »Wo war das? Hier in der Gegend und in Bloomsbury?«

Ihre Augen wurden immer größer. »Nein, Mister. Ich hab' sie zu Mr. Wigge gebracht. Wie immer.«

Langsam atmete er aus. »Dann bring mich zu Mr. Wigge, Nellie. Bring mich gleich zu ihm.«

# 12

Nellie führte Pitt durch ein Labyrinth von engen Gassen und Treppen, bis sie auf einen kleinen, verwahrlosten Hof kamen, auf dem sich alte Möbel stapelten, viele davon schimmlig und von Würmern zerfressen, dazwischen Scherben von Steingut und Fetzen von Stoffen, mit denen sich nicht einmal Lumpensammler befaßt hätten. An der gegenüberliegenden Seite, hinter den windschiefen Stapeln und Haufen, befand sich der Eingang zu einem großen Keller.

»Hierhin hab' ich sie gebracht«, sagte Nellie und sah ängstlich zu Pitt auf. »Ich schwör's Ihnen, Mister.«

»Wem hast du sie gegeben?« fragte er, blickte sich um und sah niemanden.

»Mr. Wigge.« Sie deutete die Stufen hinab in den düster klaffenden Kellereingang.

»Komm, zeig es mir«, bat er. »Bitte.«

Widerstrebend bahnte sie sich einen Weg durch das Gerümpel zum Rand der Treppe und stieg langsam hinunter. Unten drehte sie sich um und klopfte an die Holztür, die offen stand und an den Scharnieren festgerostet war. Ihre Hände machten kaum ein Geräusch.

»Mr. Wigge? Sir?«

Beinah im selben Augenblick erschien ein knochiger, alter Mann, bekleidet mit einer schmutzigen Jacke, deren Taschen vom Gewicht des Plunders, den er über die Jahre darin gesammelt haben mochte, eingerissen waren. Seine Hosen waren dreckverschmiert. Trotz des warmen Tages trug er fingerlose Handschuhe und auf seinem dünnen, zotteligen Haar einen glänzenden, schwarzen Zylinder. Wie neu. Als wäre er erst vor einer Stunde aus dem Laden des Hutmachers gekommen.

Das hohlwangige Gesicht verzog sich zu einem erwartungsvollen, höhnischen Grinsen, und er blinzelte zu Pitt auf.

»Mr. Wigge?« fragte Pitt.

Der alte Mann verbeugte sich ruckartig. Er heuchelte eine Vornehmheit, die ihm wohl gefiel. »Septimus Wigge zu Ihren Diensten, Sir. Womit kann ich Ihnen helfen? Ich habe ein wunderschönes Bettgestell aus Messing. Ich habe eine tanzende Dame aus echtem Porzellan.«

»Ich werde hereinkommen und mich umsehen.« Pitt ahnte, daß er enttäuscht sein würde. Falls Clarabelle Mapes nur Hausrat verkauft hatte, ihren eigenen oder den anderer, um ein bißchen Geld zusammenzubringen, lohnte es sich nicht, die Spur weiterzuverfolgen. Und dennoch waren die Knoten merkwürdig gewesen, identisch mit denen des gräßlichen Paketes auf dem Kirchhof und all den anderen.

Was sollte er mit Nellie machen? Wenn er sie in die Tortoise Lane zurückschickte, würde sie dann Mrs. Mapes erzählen, was er sie gefragt und wohin er sie gebracht hatte? Ihm blieb keine große Hoffnung, daß sie gegen Mrs. Mapes' Drängen bestehen konnte, falls diese mißtrauisch geworden war. Nellie lebte in einem Kokon aus Hunger und Angst.

Aber was sollte er mit ihr machen, wenn er sie bei sich behielt? Die Tortoise Lane war ihr Zuhause, wahrscheinlich alles, was sie kannte. Er hatte sie mit hineingezogen. Sie wußte von den Paketen, und falls Clarabelle Mapes die furchtbaren, blutigen Bündel ebenso verschnürt hatte wie die harmlosen, war Nellies Leben in Gefahr, wenn sie zurücklief und erzählte, wie sie Pitt zu Septimus Wigge geführt hatte. Er mußte sie mitnehmen.

»Nellie, komm mit hinein und hilf mir suchen.«

»Ich trau' mich nicht, Mister.« Sie schüttelte den Kopf. »Ich muß an die Arbeit. Ich krieg' Ärger, wenn ich zu spät komm. Mrs. Mapes wird böse.«

»Nicht, wenn du mit dem Geld von Mrs. March wiederkommst«, hielt er dagegen. »Damit hat sie es sehr eilig.«

Nellie sah ihn zweifelnd an. Sie fürchtete das Unmittelbare mehr als das Fragwürdige. Ihre Vorstellungskraft reichte nicht weit genug.

Pitt hatte keine Zeit für Diskussionen. Sie war daran gewöhnt zu gehorchen.

»Das ist ein Befehl, Nellie«, sagte er schroff. »Du bleibst bei mir. Mrs. Mapes wird wütend sein, wenn ihr Geld zu spät kommt.« Er wandte sich dem wartenden Mann zu. »Nun, Mr. Wigge, werde ich mir Ihre Messingbetten ansehen.«

»Sehr vernünftig, Sir, sehr vernünftig.« Wigge drehte sich um und trat ins Innere des Kellers. Dieser war größer als Pitt erwartet hatte. Er reichte weiter in die Tiefe des Kellers, und die Decke war wesentlich höher. An einer Wand gab es einen großen Ofen, dessen Eisentür offen stand und Hitze in die steinigen Räume hinausschickte. Trotz des milden Tages war seine Wärme unter der Erde angenehm, da es hier kein Sonnenlicht gab.

Der alte Mann zeigte ihm mehrere ansehnliche Bettgestelle, ein paar Stücke annehmbaren Porzellans und verschiedene wertlose Gegenstände, an denen Pitt Interesse vortäuschte, während er sich die ganze Zeit über umsah und suchte, jedoch nichts weiter fand als Dinge, die vielleicht oder vielleicht auch nicht gestohlen sein mochten. Während er jedoch mit ihm um eine kleine grüne Vase feilschte, die er schließlich für Charlotte kaufte, sah er sich Mr. Septimus Wigge selbst sehr genau an. Als er, gefolgt von Nellie, ging, hätte er Mr. Wigge so genau beschreiben können, daß ein Maler ihn von den schauderhaften Stiefeln bis zu seinem makellosen Hut hätte zeichnen können, sogar jeden Zug seines höhnisch grinsenden Gesichtes.

Pitt verabschiedete sich, hielt die Vase in der Hand, nahm Nellie mit. Er hatte keine Wahl. Er mußte Sybilla vergessen, deren Verbindung zu Clarabelle Mapes er nicht verstehen konnte, da sie höchstwahrscheinlich zufällig war und nichts mit ihrer Ermordung zu tun hatte. Er mußte zurück zum Kirchhof von Bloomsbury, jetzt, da er wußte, nach wem er suchen sollte, und er mußte alle Anlieger und regelmäßigen Besucher fragen, ob sich vielleicht einer von ihnen erinnerte, Septimus Wigge vor drei Wochen gesehen zu haben. Das konnte eine langwierige Aufgabe werden.

Zuerst mußte er einen sicheren Ort für Nellie finden, an dem Mrs. Mapes sie nicht finden konnte. Es war nach zwei, und sie hatten noch nichts gegessen.

»Hast du Hunger, Nellie?« Er fragte nur aus Höflichkeit. An den tiefliegenden Augen und ihren eingefallenen Wangen sah er, daß sie ständig Hunger hatte.

»Ja, Mister.«

»Ich auch. Gehen wir essen.«

»Ich hab' nichts.« Diesmal sah sie ihn ängstlich an.

»Du bist mir eine große Hilfe gewesen, Nellie. Ich glaube, du hast dir ein Mittagessen verdient.« Sie war fünfzehn, alt genug, herablassendes Benehmen zu erkennen, und das hatte sie nicht verdient. Ihr war ohnehin nur wenig Würde geblieben, und er war entschlossen, ihr diese nicht noch zu nehmen. Ebensowenig wollte er sie zu dem Haus in der Tortoise Lane befragen. Er wußte, was es war. Er mußte sie nicht dazu verführen, es zu verraten. »Ich kenne ein sehr gutes Wirtshaus, wo wir frisches Brot, kaltes Fleisch, saure Pickles und Pudding bekommen.«

Sie konnte es noch nicht fassen. »Danke, Mister«, sagte sie, aber ihre Miene änderte sich nicht.

Der Pub, den er im Sinn hatte, war nur eine Meile entfernt, und sie gingen schweigend dorthin, was ihm nicht unlieb war. Der Wirt erkannte Pitt sofort, als er eintrat. Er war ein einigermaßen gesetzestreuer Bürger, zumindest die meiste Zeit über, und den fragwürdigen Teil seiner Geschäfte ließ Pitt in Ruhe. Dieser Teil hatte mit gewilderten Tieren zu tun, der gelegentlichen Umgehung von Gewerbesteuern auf Tabak und ähnlichen Waren, außerdem eine ganze Menge mit wohlüberlegter Blindheit. Was Pitt beschäftigte, war Mord.

»Guten Tag, Mr. Tibbs«, sagte er leutselig.

»Guten Tag, Mr. Pitt, Sir.« Tibbs kam ihm eilig entgegen, wischte die Hände an den Hosen ab, eifrig bemüht, sich auf der rechten Seite des Gesetzes zu halten. »Mittagessen für Sie, Mr. Pitt, Sir? Ich hab' ein schönes Stück Hammel oder guten Chester oder einen Double Gloucester? Und meine besten Pickles, hab' ich letzten Sommer angesetzt, schmekken jetzt genau richtig. Was soll's sein?«

»Hammel, Mr. Tibbs«, erwiderte Pitt. »Für mich und die Lady. Und für jeden einen Krug Ale. Und dann Pudding.

Und Tibbs, es gibt ein paar sehr unangenehme Leute, die vielleicht nach der Lady suchen könnten, um ihr etwas anzutun. Ich möchte, daß Sie sie eine Weile bei sich aufnehmen. Sie ist eine gute, kleine Arbeiterin, wenn man sie füttert. Finden Sie einen Ort, an dem man sie nicht sieht, irgendwo in der Küche. Sie kann am Herd schlafen. Es wird nicht lange dauern, es sei denn, Sie würden sich entschließen, sie zu behalten. Sie wird sich schon nützlich machen.«

Tibbs sah sich zweifelnd Nellies mageren, kleinen Körper und das schmale Gesicht an. »Was hat sie gemacht?« fragte er und sah Pitt aus zusammengekniffenen Augen an.

»Sie hat etwas gesehen, was sie nicht sehen sollte«, erklärte Pitt.

»Also gut«, sagte Tibbs widerwillig. »Aber Sie bürgen für alles, was sie einsteckt, Mr. Pitt.«

»*Sie* füttern sie anständig und schlagen sie nicht«, gab Pitt zurück, »und ich bürge für ihre Ehrlichkeit. Und falls ich sie hier nicht finde, wenn ich komme, um sie wieder abzuholen, bürgen Sie mir mit weit mehr als nur Geld. Haben wir uns verstanden?«

»Ich tue Ihnen damit einen Gefallen, Mr. Pitt.« Tibbs wollte darauf hinweisen, daß er sich in Zukunft auf eine Gegenleistung einstellte.

»Das tun Sie«, räumte Pitt ein. »Ich vergesse kaum etwas, Mr. Tibbs. Gutes wie Schlechtes.«

»Ich hole Ihnen den Hammel.« Tibbs verschwand zufrieden.

Pitt und Nellie setzten sich an einen der kleinen Tische, er erleichtert, sie behutsam, noch immer ungläubig.

»Was reden Sie mit dem da über mich?« fragte sie, verzog das Gesicht und starrte ihn mit furchtsamem Blick an.

»Weil ich dich hier lassen werde, damit du in seiner Küche arbeitest«, antwortete er. »Du bist in der Tortoise Lane nicht mehr sicher, bis ich in Erfahrung gebracht habe, was ich wissen muß.«

»Mrs. Mapes wird mich rauswerfen!« Jetzt hatte sie entsetzliche Angst. »Dann weiß ich nicht, wohin ich soll!«

»Du kannst hierbleiben.« Er beugte sich vor. »Nellie, du

weißt etwas, das du nicht wissen solltest. Ich bin Polizist, ein Kriminaler. Weißt du, was mit Leuten passiert, wenn sie Geheimnisse kennen, die sie nicht kennen sollten?«

Sie nickte schweigend. Sie wußte es. Die verschwanden. Seit fünfzehn Jahren lebte sie in St. Giles. Sie kannte die Überlebensregeln sehr genau.

»Sie sind Kriminaler, wirklich? Sie haben kein Cape, keinen Helm und keine von diesen kleinen Lampen.«

»Die habe ich früher gehabt. Jetzt kümmere ich mich nur noch um schwere, ernste Verbrechen, und ich habe ein paar Bobbies mit Helmen, die für mich arbeiten.«

Tibbs brachte das Essen selbst. Knuspriges Brot, dicke Scheiben Hammelrücken und würzige, dunkle Pickles, zwei Krüge Ale und zwei Portionen scheckigen Dick, dampfenden Pudding mit Rosinen. Nellie war sprachlos, als die Hälfte davon vor ihr abgestellt wurde. Pitt hoffte nur, ihr würde bei der ungewohnten Menge nicht schlecht werden. Vielleicht wäre es klüger gewesen, ihrem geschrumpften Magen vorerst nur wenig zu geben, aber er hatte keine Zeit, und außerdem hatte er Hunger.

»Iß soviel, wie du magst«, sagte er wohlwollend. »Aber denk nicht, daß du alles aufessen mußt. Heute abend bekommst du mehr und morgen auch.«

Nellie starrte ihn nur an.

Er holte sich einen Constable vom örtlichen Revier und ging mit ihm ein weiteres Mal von Tür zu Tür. Den ganzen Nachmittag arbeiteten sie sich durch das Areal fünfhundert Meter um die Fundorte der gräßlichen Pakete herum. Zuerst näherten sie sich dem Kirchhof von Bloomsbury, dann den Außenbezirken von St. Giles, in denen man die späteren Entdeckungen gemacht hatte. Er hatte dem Constable eine präzise Beschreibung von Septimus Wigge gegeben, sowohl von seiner Person als auch der Kleidung, die er in seinem unterirdischen Lagerhaus getragen hatte.

Um sechs Uhr abends trafen sie sich am Kirchtor wieder.

»Und?« fragte Pitt, auch wenn ihm die Antwort nur wenig bedeutete. Er hatte bereits gefunden, was er brauchte. Er war zu ungeduldig, zu wütend gewesen, um feinsinnig vorzugehen. Aber trotz seiner ungewohnten Taktlosigkeit hatte er einen Diener gefunden, der frühmorgens von einem verbotenen Rendezvous heimgekehrt war und hundert Meter vor der Kirche einen knochigen, hohlwangigen, alten Mann mit einem Zylinder gesehen hatte, der sehr in Eile gewesen war und einen kleinen Handkarren mit einem ziemlich großen Paket vor sich hergeschoben hatte. Er hatte dies nicht erwähnt, als die Leichenteile gefunden wurden, weil er nicht zugeben wollte, daß er außer Haus gewesen war. Es würde mit einiger Sicherheit seine Entlassung bedeuten, und er hatte den alten Mann für einen Hausierer gehalten, wahrscheinlich mit Diebesgut, da er um diese Uhrzeit unterwegs war. Selbst für die Straßenhändler war es zu früh, die mit Gemüse aus den Außenbezirken oder mit Meeresschnecken, Aalen und anderen Delikatessen von den Docks oder vom Fluß heraufkamen.

Aber Pitt hatte ihn soweit eingeschüchtert, daß er glaubte, das Zurückhalten solcher Informationen würde ihn zum Mordkomplizen machen, und dies wäre unendlich viel schlimmer, als seine Stellung wegen eines kurzen Flirts mit einem Hausmädchen zu verlieren.

Außerdem war er zufällig auf eine Prostituierte gestoßen, weiter nach St. Giles hin, wo man eines der grauenhaften Pakete, ein Bein, gefunden hatte. Jetzt, da er Septimus Wigge so genau beschreiben konnte, daß er wußte, was er fragen mußte, und nachdem er es bei mehreren Mädchen versucht hatte, fand er eine, die ihn und seinen Handkarren gesehen hatte. Sie erinnerte sich an den feinen Zylinder, dessen Glanz im Mondlicht schimmerte, als er um die Ecke bog. Er war ihr aufgefallen, aber die drei in Papier gewickelten Pakete in seinem Karren hatte sie nicht beachtet.

Und es hatte noch andere gegeben, Männer, die er nicht in den Zeugenstand rufen wollte, die ihm aber nichtsdestoweniger allesamt halfen, seiner Sache sicher zu werden: ein schielender kleiner Hehler, der nach Lieferanten Ausschau gehalten hatte, ein Zuhälter in einer Messerstecherei um

277

eine seiner Huren, und ein Einbrecher, der sich ein Fenster
angesehen hatte, um in ein Haus einzubrechen.

»Zwei«, antwortete der Constable. Er machte seinen Job
gut, und mit Verbrechen kannte er sich aus, aber er war nicht
so wütend wie Pitt und daher mit seinen Drohungen vorsich-
tiger gewesen. Er sah enttäuscht aus, glaubte, seinen Vorgesetzten im Stich gelassen zu haben. »Werden vor Gericht
nicht viel nützen. Ein rattengesichtiger kleiner Bauernfänger,
der die Nacht über beim Kartenspiel betrogen hatte, und ein
zwölfjähriger Klettermaxe, der durch ein Hinterfenster einsteigen wollte, um seinen Herrn hereinzulassen. Ich weiß,
wo ich die beiden wiederfinden kann.«

»Was haben sie gesehen?« Pitt war keineswegs aus der Fassung gebracht. Kein Bürger würde um diese nachtschlafende
Zeit in St. Giles einer ehrbaren Beschäftigung nachgehen,
außer vielleicht ein Priester oder eine Hebamme, und ersterer
war eher unerwünscht und letztere konnten sich nur wenige
leisten. Gott allein wußte, wie viele Kinder durch Schmutz
und Unwissenheit im Augenblick ihrer Geburt starben und
die Mütter mit ihnen.

»Ein spindeldürrer, alter Mann mit speckigen Haaren
unter einem schimmernden Zylinderhut, der einen Handkarren schob und es eilig hatte«, antwortete der Constable.
»Der Klettermaxe hat ihn ganz sicher aus der Gasse kommen
sehen, in der man den Kopf gefunden hat.«

»Gut. Dann gehen wir jetzt zu Septimus Wigge und verhaften ihn«, erwiderte Pitt entschlossen.

»Aber wir können sie nicht als Zeugen vor Gericht holen!«
protestierte der Constable. »Kein Richter in London würde
ihre Aussagen beachten.«

»Braucht er auch nicht«, gab Pitt zurück. »Ich glaube nicht,
daß Wigge die Frau getötet hat. Er hat nur die Pakete weggeschafft. Wenn wir ihn verhaften und ihm ordentlich Angst
machen, wird er uns sagen, wer es getan hat, auch wenn ich
ziemlich sicher bin, wer es war. Aber ich will, daß er es
beschwört.«

Der Constable verstand nur wenig von dem, was Pitt
erzählte, aber er war zufrieden, wenn Pitt es war. Sie liefen

durch die engen, verdreckten Straßen, vorüber an Fabriken, Mietskasernen und einem Gewirr aus baufälligen Häusern. Bettler standen müßig herum oder hockten in Eingängen. Kinder mühten sich mit endlos trübsinnigen Arbeiten ab, sammelten Lumpen, machten Besorgungen, stahlen aus Taschen oder von Wagen. Frauen bettelten, plagten sich, tranken.

Pitt bog nur einmal falsch ab, dann fand er Septimus Wigges Keller mit seinen Stapeln von Gerümpel und dem Ofen wieder. Er wies den Constable an, im Verborgenen zu warten, während er sicherstellte, daß der alte Mann da war und ihm kein Hinterausgang blieb, durch den er flüchten konnte, womöglich ein Labyrinth von Gängen, das Gott weiß wohin führen mochte.

Forsch schritt er über den Hof und die Stufen hinab, so leise er konnte. Er fand den Mann beim Durchstöbern einer Kiste mit Löffeln, über die er sich beugte, die er eingehend untersuchte, ein breites Grinsen auf dem Gesicht.

»Gut, daß Sie da sind, Mr. Wigge«, sagte Pitt sanft, als er kaum noch einen Meter von ihm entfernt war.

Wigge fuhr auf, erschrocken und verblüfft, bis er sah, daß es ein Kunde war. Sein Gesicht glättete sich, und er lächelte mit braunen, unregelmäßigen Zähnen, von denen mehr fehlten als übrig waren.

»Nun, Sir, und was kann ich diesmal für Sie tun? Ich hätte da ein paar wunderschöne Silberlöffel.«

»Das glaube ich wohl, aber im Augenblick habe ich kein Interesse.« Er stellte sich zwischen Wigge und der Rückseite des Ladens. Der Constable sollte oben an der Treppe stehen und die Flucht durch den Vordereingang verhindern.

»Was wollen Sie dann? Ich hab' alles Mögliche da.«

»Hätten Sie vielleicht braune Pakete mit Teilen einer weiblichen Leiche?«

Wigges Gesicht erstarrte, so blutleer vor Entsetzen, daß der graue Schmutz darauf noch deutlicher wurde. Er versuchte zu sprechen, aber seine Stimme versagte. Seine Kehle schnürte sich zusammen, der Adamsapfel hüpfte auf und ab. Er schluckte, hustete und schluckte wieder. Der Geruch von Schweiß hing in der drückenden, heißen Luft.

»Das ist n-nicht komisch!« sagte er heiser, mühte sich verzweifelt, die Panik zu beherrschen, die sein Innerstes durchbohrte. »Das ist überhaupt n-nicht komisch!«

»Ich weiß«, stimmte Pitt ihm zu. »Ich habe eines davon gefunden. Die obere Hälfte des Rumpfes, um genau zu sein. Blutgetränkt. Haben Sie eine Mutter gehabt, Mr. Wigge?«

Wigge wollte gekränkt sein, aber die Absicht drang nicht bis an seine Lippen vor.

»Natürlich habe ich eine gehabt!« jammerte er. »Kein Grund zu – ich...« Er sackte in sich zusammen, starrte Pitt wie hypnotisiert vor Entsetzen an.

»Sie erwartete ein Kind«, antwortete Pitt und packte ihn an seiner knochigen Schulter. »Diese Frau, deren Leiche Sie in Stücke gehauen und verteilt haben.«

»Hab' ich nicht!« Wigge wand sich unter Pitts Griff, und seine Stimme klang so hoch und schrill, daß es schmerzte. »So wahr mir Gott helfe, ich hab' es nicht getan! Sie müssen mir glauben, ich hab' sie nicht umgebracht!«

»Ich glaube Ihnen nicht«, log Pitt ungeschickt. »Wenn Sie es nicht gewesen wären, hätten Sie sie nicht zerhacken und über halb London verteilen müssen.«

»Ich hab' sie nicht umgebracht! Sie war schon tot, ich schwöre es!« Wigge war so entsetzt, daß Pitt fürchtete, er könne einen Herzanfall bekommen und das Bewußtsein verlieren, sogar sterben.

»Kommen Sie, Wigge. Wenn sie tot war und Sie sie nicht umgebracht haben, warum sollten Sie sie dann in Stücke hauen und die Pakete mitten in der Nacht verteilen? Und versuchen Sie nicht, es abzustreiten. Wir haben mindestens sieben Leute, die Sie gesehen haben und es beschwören würden. Wir haben eine Weile dafür gebraucht, aber jetzt haben wir Sie. Ich kann Sie noch in dieser Sekunde verhaften und nach Newgate bringen lassen oder nach Coldbath Fields.«

»Nein!« Der kleine Mann kreischte und krümmte sich, stierte mit einer Mischung aus Wut und Machtlosigkeit zu Pitt auf. »Ich bin ein alter Mann! Das würde mich umbringen!

Da gibt es nichts zu essen, und ich würde an Flecktyphus sterben, würde ich bestimmt.«

»Möglich«, sagte Pitt kühl. »Aber wahrscheinlich würde man Sie vorher köpfen. Flecktyphus bekommt man nicht immer sofort. Es sind nur noch ein paar Wochen bis zur nächsten Hinrichtung.«

»Gott steh mir bei, ich hab' sie nicht umgebracht!«

»Und warum haben Sie die Leiche dann zerhackt und versteckt?« drängte Pitt.

»Hab' ich nicht!« wimmerte er. »Ich hab' sie nicht zerhackt! Sie ist so hier angekommen, ich schwöre es bei Gott!«

»Warum haben Sie sie über Bloomsbury und St. Giles verteilt?« Pitt betrachtete den Ofen. »Warum haben Sie sie nicht verbrannt? Sie müssen doch gewußt haben, daß wir sie finden würden. Auf einem Kirchhof! Wirklich, Wigge. Nicht besonders clever.«

»Natürlich hab' ich gewußt, daß Sie sie finden, Sie Simpel!« Ein Anflug seiner alten Verachtung kehrte zurück, wurde jedoch sogleich von dem Grausen getilgt, das ihm im Magen rumorte. »Aber Knochen von Erwachsenen verbrennen nicht, schon gar nicht in einem Ofen wie dem da.«

Pitt wurde übel. »Aber Kinderknochen tun es«, sagte er ganz leise. Er packte Wigges Schulter, bis er spürte, wie er das magere Fleisch unter seiner Hand zerquetschte und die dünnen, alten Knochen knirschten, aber Wigge brachte vor Entsetzen keinen Ton heraus.

Wigge nickte. »Ich hab' nie Lebendige genommen, ich schwör's bei Gott! Ich hab' nur die weggeschafft, die tot waren, die armen, kleinen Dinger.«

»Erstickt. Oder verhungert.« Pitt sah ihn an, als betrachtete er einen Bazillus.

»Keine Ahnung, ich hab' nur jemandem einen Gefallen getan. Ich bin unschuldig!«

»Das Wort aus Ihrem Mund ist Blasphemie.« Pitt schüttelte ihn, bis seine Füße abhoben und die Stiefel am Boden zappelten. »Sie wußten, daß es diesmal kein Kind war! Haben Sie die Pakete geöffnet, um nachzusehen?«

»Nein! Hören Sie auf, mir weh zu tun! Sie brechen mir die

Knochen! Zwei von den Paketen waren voller Blut, als ich sie ins Feuer legen wollte. Da hab' ich einen schönen Schrecken bekommen! Hat mich fast umgebracht, ehrlich! Da hab' ich gewußt, daß ich sie loswerden muß. So was kann ich nicht ertragen, und damit will ich nichts zu tun haben. Kann ich ja nicht hier im Ofen behalten, bis die Bullen es finden, wenn sie mich wegen Hehlerei schnappen. Manchmal hab' ich nämlich ein paar wirklich gute Sachen hier!« Es war ein absurder Augenblick für seinen perversen Stolz. »Echtes Gold und Silber, manchmal!«

»Sie wollten die Knochen also nicht in Ihrem Ofen behalten«, sagte Pitt bissig. »Sehr klug. Wir Polizisten können bei solchen Sachen sehr unangenehm werden.« Sein Griff wurde so hart, daß Wigge keine Gegenwehr leistete. »Woher sind sie gekommen?«

»Ich – ich, äh...«

»Ich werde irgend jemanden dafür hängen lassen«, sagte Pitt mit zusammengebissenen Zähnen. »Wenn es nicht derjenige ist, der Ihnen diese Pakete geschickt hat, dann kommen Sie mir gerade recht.«

»Ich hab' sie nicht umgebracht! Es war Clarabelle Mapes! Ich schwöre bei Gott! Tortoise Lane Nummer drei. Sie nimmt gewerbsmäßig Kinder in Pflege. Zieht fremde Kinder auf, uneheliche und so. Sagt, sie zieht sie groß wie ihre eigenen, wenn man sie bezahlt. Aber manchmal sterben sie. Sind ziemlich schwach, die Kinder. Ich schaff' ihr bloß die Leichen weg. Sie kann sich keine Beerdigung leisten. Wir sind arm hier in St. Giles, das wissen Sie doch!«

»Beschwören Sie das vor einem Richter? Clarabelle Mapes hat Ihnen die Pakete geschickt?«

»Ja! Ja! Ich schwöre. Es ist die Wahrheit, bei allem, was mir heilig ist!«

»Gut. Ich glaube Ihnen. Allerdings möchte ich nicht, daß Sie verschwunden sind, wenn ich Sie brauche. Und es ist ein Verbrechen, einen Menschen zu beseitigen, selbst wenn er tot ist. Also werde ich Sie in Gewahrsam nehmen. Constable!«

Der Constable kam die Treppe herunter. Mit blassem

Gesicht rieb er den Schweiß seiner Hände an den Hosen ab.

»Ja, Mr. Pitt, Sir?«

»Bringen Sie Mr. Septimus Wigge zum Revier und zeigen Sie ihn der illegalen Beseitigung einer Leiche an und passen Sie auf, daß Sie ihn gut festhalten. Er wird gegen eine Mörderin aussagen, wahrscheinlich die Mörderin einer ganzen Anzahl von Kindern, selbst wenn wir es niemals beweisen können. Sehen Sie sich vor, Constable, er ist ein zappeliger, kleiner Strolch. Am besten setzen Sie ihn fest.«

»Bestimmt, Sir, ganz bestimmt.« Der Constable holte seine Handschellen unter dem Mantel hervor und schloß sie um Wigges knochige Handgelenke. »Kommen Sie, und wenn Sie Ärger machen, muß ich grob werden, und das wollen wir doch nicht, oder wollen wir, Mr. Wigge?«

Wigge gab ein entsetztes Kreischen von sich. Der Constable hievte ihn mit merklich mangelndem Zartgefühl die Treppe hinauf und ließ Pitt allein im Keller zurück. Plötzlich schien die Luft schwer zu werden, beißend vom Geruch ungezählter, winziger Körper, die im heißen, grauen Ofen brannten. Ihm würde übel.

Er holte sich vom nächstgelegenen Revier zwei weitere Constables für den Fall, daß Mrs. Mapes nicht allein und Widerstand leisten sollte. Sie war eine große Frau und nach Pitts Einschätzung eine Kämpfernatur. Es wäre dumm, allein in die Tortoise Lane zu gehen und das große Haus ganz allein zu durchsuchen, in dem es männliche Gehilfen oder Hörige geben mochte, wie auch mindestens ein halbes Dutzend Mädchen, von dem er wußte, dazu eine ungeklärte Anzahl von Kleinkindern.

Es war nach sieben Uhr abends, als er wieder auf dem abfallenden Straßenpflaster stand und an die schwere Tür klopfte. Ein Constable stand halb verborgen in einer Gasse, gut zehn Meter entfernt, der andere in der Straße, die parallel verlief und in der Pitt den Hintereingang vermutete.

Er hob die Hand und klopfte einmal, dann noch einmal. Es dauerte einige Minuten, bis die Tür sich öffnete, zuerst nur einen Spalt breit. Aber als das Kind sah, wer er war und ihn vom Morgen her wiedererkannte, öffnete sie sich weit. Es war das Mädchen, das er auf der Treppe mit den Säuglingen gesehen hatte.

»Kann ich Mrs. Mapes sprechen?« Er trat ein, dann blieb er stehen, erinnerte sich daran, daß er seinen Zorn nicht zeigen durfte, sonst würde er sich verraten, und sie würde ihm vielleicht entkommen. »Bitte?«

»Ja, Sir. Hier entlang, Sir.« Sie drehte sich um und lief den Korridor hinunter, schmutzig und mit nackten Füßen. »Wir haben Sie schon erwartet.« Sie sah sich nicht um und bemerkte nicht, daß der andere Constable Pitt ins Haus gefolgt war und die Tür geschlossen hatte. Am Ende des Ganges kam sie zu dem überladenen Wohnzimmer, in dem Pitt am Morgen gewesen war, und klopfte zaghaft.

»Herein!« hörte man Mrs. Mapes' Stimme deutlich. »Was ist?«

»Mrs. Mapes, Ma'am, der Herr mit dem Geld möchte zu Ihnen, Ma'am.«

»Schick ihn rein!« Ihre Stimme wurde merklich sanfter. »Schick ihn rein, Kindchen.«

»Danke.« Pitt schob sich an dem Mädchen vorbei ins Wohnzimmer und schloß die Tür, damit Mrs. Mapes nicht sehen konnte, wie der Constable auf seinem Weg zur Küche und weiter zur Hintertür vorüberging, um seinen Kollegen hereinzulassen. Sie hatten Anweisung, das Haus zu durchsuchen.

Mrs. Mapes trug ein braunrotes Kleid, das sich stramm über ihren mächtigen Busen spannte, und ihre ausladenden Röcke füllten den ganzen Sessel mit Taft, der jedesmal raschelte, wenn sie atmete. Der Umstand, daß sie ihr Fleisch derart gnadenlos zu einer weiblichen Figur zusammenschnürte, war ein Ausdruck ihrer Eitelkeit und ihrer Fähigkeit, akute und andauernde Unbequemlichkeiten erdulden zu können. An ihren feisten Fingern glänzten Ringe, und an ihren Ohren baumelte unter schwarzen Ringellöckchen Gold.

Ihr Gesicht leuchtete vor Freude, als sie Pitt sah. Er bemerkte, daß an einem speziell dafür geräumten Platz auf

284

der Anrichte ein Tablett stand, eine Karaffe Wein, der Farbe nach zu urteilen Madeira, daneben zwei Gläser, deren Preis, falls sie so gut waren, wie sie aussahen, den gesamten Haushalt vierzehn Tage lang mit weit Besserem als dem Haferschleim ernährt hätte, den sie jetzt bekamen.

»Na, Mr. Pitt, Sir, Sie haben sich ja höllisch beeilt«, sagte sie mit breitem Grinsen. »Man könnte fast glauben, Sie wollten unbedingt wiederkommen. Mein Geld haben Sie doch dabei, oder?«

Sie war so normal, so arglos gierig, daß er mit Gewalt die Erinnerung an die blutigen Pakete wachrufen mußte, an die Tatsache, daß sie regelmäßig Leichen von Kindern, die in ihre Obhut gegeben waren, in Packpapier wickelte und an Septimus Wigge schickte, damit er sie in seinem Ofen beseitigte. Wie viele von ihnen waren eines natürlichen Todes gestorben, wie viele an Unterernährung und Krankheiten, die durch die Verwahrlosung entstanden waren? Wie viele hatte sie eigenhändig ermordet? Er würde es nie herausfinden, geschweige denn beweisen können.

»Ich habe gerade einen Freund von Ihnen besucht«, antwortete er, um der Frage auszuweichen. »Oder sollte ich vielleicht sagen: einen Compagnon. Geschäftlicherseits.«

»Ich hab' keine Compagnons«, sagte sie vorsichtig, und etwas vom Glanz auf ihrem Gesicht verschwand. »Auch wenn's ein paar gibt, die's gern wären.«

»Der, den ich meine, tut Ihnen hin und wieder einen Gefallen. Und zweifellos belohnen Sie ihn dafür.«

»Ich zahl' immer«, stimmte sie ihm mißtrauisch zu. »Kein Grund, es nicht zu tun. So läuft das Leben.«

»Ein gewisser Mr. Septimus Wigge.«

Einen Augenblick lang war sie starr wie ein Stein. Dann fuhr sie fort, als wäre nichts gewesen. »Nun, falls ich was von ihm hab', was gestohlen ist: Ich hab's ehrlich gekauft. Ich wußte nicht, daß der kleine Gauner ein Betrüger ist.«

»Ich dachte weniger an Waren, Mrs. Mapes, als an Dienstleistungen«, sagte Pitt vernehmlich.

»Der ist keinem zu Diensten!« Ihre Mundwinkel sanken verächtlich herab.

»Er ist Ihnen sehr wohl zu Diensten«, berichtigte er sie, wobei er stehenblieb und sich sorgsam zwischen ihr und der Tür hielt. »Er hat Sie nur einmal im Stich gelassen.«

Ihre feisten Hände neben dem monströsen Rock waren geballt, aber ihr Blick war noch immer herausfordernd. Mit plumpen Zügen starrte sie zu ihm auf.

»Er hat die Leiche der Frau nicht verbrannt, die Sie ihm in den üblichen Paketen geschickt haben und von denen er glaubte, es wären Säuglinge, die unter Ihrer Obhut gestorben waren. Als er die Pakete in seinen Ofen schieben wollte, war das Blut durchgesickert, und er hat eines davon ausgewickelt und entdeckt, was es wirklich war. Knochen von Erwachsenen brennen nicht so leicht, Mrs. Mapes, nicht wie die von kleinen Kindern. Man braucht ungeheure Hitze, um einen menschlichen Schenkelknochen zu zerstören oder einen Schädel. Wigge wußte das, und er wollte es nicht in seinem Ofen haben, also hat er die Pakete so weit weg abgeladen, wie er sie in einer Nacht allein transportieren konnte. Er meinte, er wäre in Sicherheit, und beinah wäre er es auch gewesen.«

Unter ihrem Rouge wurde sie blaß, aber sie hatte noch nicht gemerkt, wieviel er eigentlich wußte. Ihr Körper war gespannt, hart unter dem strammen Taft, und ihre Hände zitterten ein wenig, so wenig, daß er es kaum sehen konnte.

»Wenn der eine Frau umgebracht hat, hab' ich doch nichts damit zu tun. Und wenn er das sagt, ist er ein Lügner! Verhaften Sie ihn, aber kommen Sie nicht zu mir, wenn Sie jemanden schikanieren wollen! Sie sehen für mich nicht wie ein Kriminaler aus. Normalerweise erkenn' ich die am Geruch. Von hier hat er keinen ermordet, also kümmern Sie sich um Ihre Sachen und lassen Sie mich in Ruh. Abgesehen von Mrs. March's Geld. Ich nehm' kaum an, daß Sie es bei sich haben, was?«

»Es gibt kein Geld.«

»Sie verlogener Saukerl!« Ihre Stimme wurde schrill. Ruckartig kam sie aus ihrem Sessel hoch und stand ihm mit funkelnden Augen gegenüber. »Verlogener Hundsfott! Gottverfluchter Lump!« Ihre Hände kamen hoch, als wollte sie ihn schlagen, aber sie faßte sich rechtzeitig. Sie war eine massige Frau, ungeheuer schwer, aber klein. Pitt war ein ganzes Stück größer als sie und kräftig. Es war das Risiko nicht wert.

»Sie haben mich angelogen!« wiederholte sie ungläubig.

»Das stimmt«, gab er zu. »Zuerst wollte ich nur herausfinden, was Sie über Mrs. March wußten. Dann habe ich die Pakete auf dem Küchentisch gesehen und das Papier und die Knoten wiedererkannt. Sie haben die Pakete eingewickelt, in denen die Leichenteile gefunden wurden, nicht Septimus Wigge. Er sagt, er hätte sie von Ihnen, und wir glauben ihm. Clarabelle Mapes, ich verhafte Sie wegen Mordes an der Frau, deren Leiche auf dem Kirchhof von St. Mary in Bloomsbury gefunden wurde. Und machen Sie nicht den Fehler, mich anzugreifen. Ich habe zwei Constables bei mir im Haus.«

Sie starrte ihn an, und eine ganze Folge von Empfindungen waren auf ihrem Gesicht zu sehen: Furcht, Entsetzen, Zweifel und schließlich Entschlossenheit. Sie gab sich keineswegs geschlagen.

»Sie haben recht«, räumte sie widerwillig ein. »Sie ist hier gestorben. Aber es war kein Mord. Es war Notwehr, und daraus kann man mir keinen Strick drehen! Eine Frau muß sich doch verteidigen dürfen.« Ihre Stimme wurde immer selbstsicherer. »Ich will Ihre Beschuldigungen überhört haben, gegen mich und meine Arbeit für die Kinder, die ihre Mütter nicht bei sich behalten können, weil sie nicht verheiratet sind oder schon mehr als genug durchbringen müssen. Das ist eine bösartige Beschuldigung, die außer acht läßt, was ich alles für sie tu'.« Sie sah den Ausdruck auf Pitts Gesicht und fuhr hastig fort. »Aber ich hatte keine Wahl, sonst hätte ich tot am Boden gelegen, so wahr mir Gott helfe. Ist wie eine Wahnsinnige auf mich losgegangen, diese Frau!« Sie sah zu Pitt auf, erst durch ihre Wimpern hindurch, dann offener.

Pitt wartete.

»Sie wollte eins von den Babys. Manche Frauen sind so. Hat eins von ihren eigenen verloren und kommt her, um sich ein neues zu holen, als wären es Kleider oder so was. Ich konnte ihr natürlich keins geben.«

»Warum nicht?« fragte Pitt eisig. »Ich dachte, Sie wären nur zu glücklich, wenn Sie ein nettes Zuhause für ein Waisenkind finden könnten. Sie müßten sich nicht mehr so abarbeiten und vor lauter Sorge einschränken!«

Sie ignorierte seinen Sarkasmus. Sie konnte sich keine Erwiderung leisten, aber er sah die Wut in ihren Augen, schwarz und glühend.

»Diese Kinder stehen unter meiner Obhut, Mr. Pitt! Und sie wollte nicht irgendeins. Oh, nein. Sie wollte ein bestimmtes, eins, dessen Mutter zeitweise mittellos war und mir das kleine Mädchen überlassen mußte, bis es ihr wieder besser ging. Und als diese Frau den Verstand verloren hatte und darauf bestand, daß sie das eine Baby und kein anderes wollte, mußte ich es ihr verweigern. Na, und dann ist sie wie eine Wahnsinnige auf mich losgegangen! Ich mußte mich verteidigen, sonst hätte sie mir die Kehle durchgeschnitten!«

»Ach ja? Womit?«

»Mit einem Messer natürlich. Wir waren in der Küche, und sie hat ein Tranchiermesser vom Tisch genommen und mich angegriffen. Na, und dann mußte ich um mein Leben kämpfen, und das hab' ich auch getan! Es war so was wie ein Unfall, daß sie dabei umgekommen ist. Ich wollte mich nur retten wie jeder andere auch!«

»Also haben Sie sie zerteilt und in Paketen verpackt, die sie Septimus Wigge gebracht haben, damit er sie verbrennt«, sagte Pitt bissig. »Warum das? Scheint mir eine Menge unnötiger Aufwand zu sein.«

»Sie haben eine böse Zunge, Mr. Pitt.« Sie hatte ihr Selbstvertrauen wiedergefunden. »Und eine gemeine Fantasie. Weil ich nicht das Risiko eingehen wollte, daß verfluchte Schnüffler wie Sie mir nicht glauben. Als wenn Sie das nicht wüßten. Beweist doch irgendwie, daß ich recht hatte, oder?«

»Absolut, Mrs. Mapes. Ich glaube Ihnen kein Wort, abgesehen davon, daß Sie wohl wirklich mit dem Messer zugestochen und sie getötet haben. Und dann haben Sie mit dem Messer weitergemacht, vielleicht auch mit einem Hackbeil.«

»Sie mögen mir vielleicht nicht glauben, Mr. Pitt.« Sie legte die Hände an die Hüften. »Aber nichts davon können Sie beweisen. Mein Wort steht gegen Ihres, und kein Gericht in London wird eine Frau hängen, weil einer wie Sie ihr nicht glaubt, und das ist eine Tatsache.«

Sie hatte recht, und das war eine bittere Einsicht.

»Ich werde Sie trotzdem für das Beseitigen der Leiche anzeigen«, sagte er tonlos. »Und dafür sitzen Sie eine hübsche Zeit ein.«

Sie stieß einen heiseren Fluch aus. »Halb St. Giles rennt nicht gleich zur Schmiere, wenn einer stirbt. Andauernd sterben Leute.«

»Warum haben Sie sie dann nicht einfach begraben, wie all die anderen, von denen Sie reden?«

»Weil sie erstochen wurde natürlich, Dummkopf! Welcher Priester würde wohl eine Frau begraben, die erstochen wurde? Und sie war nicht aus St. Giles. Sie war fremd hier. Es hätte Fragen gegeben. Aber das Gesetz gilt für alle gleich. Wenn Sie mich anzeigen, müssen Sie auch alle anderen anzeigen. Ich nehme an, wenn der Richter hört, wie sie auf mich losgegangen ist und wie furchtbar leid es mir getan hat, als sie aus Versehen im Streit selbst in das Messer gefallen ist, wird er verstehen, warum ich den Kopf verloren und sie weggeschafft habe.«

»Na, wir werden es erfahren, Mrs. Mapes. Ich verspreche es Ihnen«, sagte er verbittert. »Denn Sie werden Gelegenheit bekommen, es ihm zu erzählen.« Seine Stimme wurde laut. »Constable!«

Augenblicklich öffnete sich die Tür, und der stämmigere der beiden Constables kam herein.

»Ja, Sir?«

»Bleiben Sie bei Mrs. Mapes und sorgen Sie dafür, daß sie das Zimmer nicht verläßt. Sie hat eine seltene Gabe, was Messer betrifft. Ihr passieren Unfälle, bei denen Leute, die sie bedrohen, am Ende in kleine Stücke geschnitten und in Päckchen über halb London verteilt werden. Also passen Sie auf sich auf!«

»Ja, Sir.« Seine Miene wurde hart. Er kannte St. Giles, und ihn konnte nicht mehr viel überraschen. »Ich werde gut auf sie achtgeben, Sir.«

289

»Gut.« Pitt ging auf den Korridor hinaus und in die Küche hinüber. Fünf Mädchen saßen dort, der andere Constable in ihrer Mitte. Er stand auf, als Pitt hereinkam, und auch die Mädchen taten es, aus Gewohnheit gegenüber Erwachsenen, nicht aus Respekt, sondern aus Angst.

Pitt trat ein und setzte sich auf den Rand des großen Holztisches in der Mitte. Die Mädchen nahmen eins nach dem anderen wieder ihre Plätze ein, kauerten sich aneinander.

»Mrs. Mapes hat mir erzählt, daß vor ungefähr drei Wochen eine junge Frau hier war, um ein kleines Mädchen abzuholen und daß sie sehr wütend geworden ist, als sie ein bestimmtes nicht bekommen konnte. Erinnert sich jemand daran?«

Ihre Gesichter waren leer, die Augen groß.

»Sie war hübsch«, fuhr er fort und bemühte sich, den Zorn in seiner Stimme zu verbergen, den schneidenden Unterton der Verzweiflung. Niemals hatte er jemanden dringender überführen wollen als Clarabelle Mapes, und sie würde ihm entkommen, wenn er ihr den Mord nicht nachweisen konnte. Die Geschichte mit der Notwehr war sicher frei erfunden, wenn auch nicht unmöglich. Die Geschworenen würden ihr vielleicht glauben. Seine Vorgesetzten wußten dies ebenso genau wie Clarabelle selbst. Vielleicht würde sie nicht einmal angeklagt. Nur selten hatte er sich bei seiner Arbeit persönlichem Haß hingegeben, aber diesmal konnte er ihn nicht unterdrücken. Und wenn er sich selbst gegenüber ehrlich war, versuchte er es auch nicht mehr.

»Bitte überlegt genau«, drängte er. »Sie war jung und ziemlich groß, mit blondem Haar und schöner Haut. Sie war nicht aus dieser Gegend.«

Eines der Mädchen stieß seine Nachbarin an und wich Pitts Blick aus.

»Fanny...« flüsterte sie zögernd.

Fanny sah zu Boden.

Pitt wußte, was ihr Sorgen machte. Wäre er ein Kind in Mrs. Mapes Obhut gewesen, hätte er es auch nicht gewagt, ihren Zorn zu riskieren.

»Mrs. Mapes hat mir erzählt, daß sie hier war«, sagte er

sanft. »Ich glaube ihr. Aber es würde helfen, wenn sich noch jemand daran erinnern könnte.«

Fanny drehte ihre Finger ineinander und atmete tief. Jemand hustete.

»Ich erinnere mich an sie, Mister«, sagte Fanny schließlich. »Sie war an der Tür, und ich hab' sie reingelassen.« Sie schüttelte den Kopf. »Sie war nicht von hier. Sie war schön und sauber. Wurde aber furchtbar böse, als sie das kleine Mädchen nicht haben durfte. Hat gesagt, es gehöre ihr, und Mrs. Mapes hat gesagt, sie sei verrückt, die Ärmste.«

»Welches kleine Mädchen?« fragte Pitt. »Weißt du, welches?«

»Ja, Mister. Ich weiß es noch, weil es wirklich hübsch war, blondes Haar und so ein Lächeln. Alle haben Faith zu ihr gesagt.«

Pitt atmete tief durch. »Was ist mit ihr passiert?« sagte er so leise, daß er es wiederholen mußte.

»Sie ist adoptiert worden, Mister. Eine Lady ohne Kinder war da und hat sie mitgenommen.«

»Ich verstehe. Und war diese junge Frau, die nach Faith gefragt hat, immer noch böse, als sie ging?«

»Weiß nicht, Mister. Keine von uns hat gesehen, wie sie gegangen ist.«

Pitt gab sich Mühe, seiner Stimme einen beiläufigen, warmen Klang zu geben, damit er sie nicht ängstigte, aber er wußte, daß der schneidende Unterton noch da war. »Hat sie dir ihren Namen gesagt, Fanny?«

Fannys Miene blieb ungerührt, die Augen blickten glasig.

Pitt sah zu Boden, wollte, daß sie sich erinnerte, ballte seine Fäuste in den Taschen, um sie vor ihr zu verbergen.

»Prudence«, sagte Fanny deutlich. »Sie hat gesagt, ihr Name sei Prudence Wilson. Ich habe sie reingelassen und Mrs. Mapes gesagt, daß sie da sei. Mrs. Mapes hat mich zurückgeschickt, um zu fragen, was sie wollte.«

»Und was wollte sie?« Pitt spürte, wie neuer Mut in ihm aufkeimte, doch gleichzeitig wurde der Mord, wenn man den Namen der gräßlich entstellten Toten erst kannte, von ihren Liebschaften und Hoffnungen erfuhr, nur zu einem noch scheußlicheren Verbrechen.

Fanny schüttelte den Kopf. »Weiß nicht, Mister«, wollte sie nicht sagen, nur zu Mrs. Mapes.«

»Und Mrs. Mapes hat es dir nicht erzählt?«

»Nein.«

Pitt stand auf. »Schön. Danke, Fanny. Bleib hier und paß auf die Kleinen auf. Der Constable bleibt auch hier.«

»Wer sind Sie denn, Mister, und was ist eigentlich los?« fragte das älteste Mädchen mit verkniffenem Gesicht. Sie fürchtete die Veränderung. Gewöhnlich bedeutete so etwas einen Verlust, den Anfang eines neuen Kampfes.

Pitt hätte gern geglaubt, es würde diesmal anders werden, aber er konnte sich nichts vormachen. Sie waren zu jung, um sich durch eine Beschäftigung zu ernähren, von denen es für Frauen ohnehin nicht viele gab, abgesehen von Anstellungen als Dienstboten, für die sie keinerlei Empfehlungen hatten. Fabriken ermöglichten kaum das Überleben. Und wenn Clarabelle Mapes nicht monatlich Geld von verzweifelten Frauen veruntreute und erschwindelte, unter dem Vorwand, sich um Kinder zu kümmern, für die sie selbst nicht sorgen konnten, gab es keine Möglichkeit, diesen kleinen Trupp von Kindern in der Tortoise Lane zu ernähren. Wahrscheinlich wartete auf die meisten von ihnen das Armenhaus.

Er wußte nicht, ob er sie belügen und ihnen die Angst noch ein wenig ersparen sollte oder ob auch das wiederum nur herablassendes Benehmen war, eine Mißachtung ihrer Würde. Am Ende siegte die Feigheit. Seine Gefühle hatten sich einfach abgenutzt.

»Ich bin Polizist, und bevor ich nicht noch mit ein paar Leuten gesprochen habe, bin ich auch nicht sicher, was los ist. Ich muß mehr über Prudence Wilson herausfinden. Fanny, hat sie gesagt, woher sie gekommen ist?«

Fanny schüttelte den Kopf. »Nein.«

»Nicht so schlimm, ich werde es schon in Erfahrung bringen.« Er ging an die Tür, gab dem Constable Anweisung, dort zu bleiben, bis er zurückkäme oder eine Ablösung schickte.

Draußen in der Tortoise Lane machte er sich eilig auf den Weg nach Bloomsbury. Es lag nah, dort anzufangen, und es war denkbar, daß Prudence Wilson zum nächstgelegenen Kinderhort dieser Art gegangen war. Sicher hatte sie auch in dem Haus gewohnt, in dem sie als Dienst- und Stubenmädchen arbeitete, wie es der Leichenbeschauer vermutet hatte.

Daher lief Pitt zum Polizeirevier von Bloomsbury, und gegen zehn nach acht stand er einem müden und leicht aufbrausenden Sergeant gegenüber, der den ganzen Tag über auf den Beinen gewesen und so durstig auf einen großen Krug Ale war, daß er schon einen staubigen Geschmack im Mund hatte.

»Ja, Sir?« sagte er, ohne die Augen von dem gewaltigen Ordner zu nehmen, der vor ihm lag.

»Inspector Pitt, Metropolitan Police«, sagte Pitt förmlich, um dem Mann Zeit zu lassen, seine Haltung entsprechend zu korrigieren.

»Nicht hier, Sir. Gehört nicht zu diesem Revier. Ich hab' schon von ihm gehört. Kümmert sich um Mord und so was. Versuchen Sie es an der Bow Street, Sir. Wenn er da nicht ist, wissen die vielleicht, wo.«

Pitt lächelte abgespannt. Dieses Mißverständnis drückte einen derart gesunden Menschenverstand aus, daß Pitt diesen als beinah beruhigend empfand. »Ich bin Inspector Pitt, Sergeant«, erwiderte er. »Und ich bin wegen eines Mordes hier. Ich wäre dankbar für Ihre Aufmerksamkeit.«

Der Sergeant wurde puterrot und sprang auf und zuckte nicht einmal zusammen, als er mit der Stiefelspitze gegen das Stuhlbein stieß. Mit großen Augen stand er Pitt gegenüber, brachte keine Entschuldigung zustande.

»Ich suche nach der Akte einer gewissen Miß Prudence Wilson, wahrscheinlich eine Hausangestellte, vielleicht aus dieser Gegend. Ich hoffe, sie ist als vermißt gemeldet worden, vor etwa drei oder vier Wochen. Kommt Ihnen der Name bekannt vor?«

»Die Leute melden Hausangestellte normalerweise nicht

als vermißt, Mr. Pitt, Sir.« Der Sergeant schüttelte den Kopf. »Kommt den Leuten eher verdächtig vor. Und normalerweise haben sie damit auch recht. Die glauben dann, sie ist mit einem Mann durchgebrannt, und meistens sind sie das auch und...« Er ließ seine Meinung unausgesprochen. Es war allzu indiskret. Er persönlich wünschte ihnen alles Gute. Seine eigene Ehe war glücklich, und er konnte es sich nicht vorstellen, wie jemand an ein Leben in Diensten eines Fremden gebunden war, anstatt seine eigene Familie zu gründen. »Könnte aber sein.« Er zeigte seine Bereitschaft, indem er nach dem Ordner griff, in dem solche Dinge notiert wurden. Pflichtschuldig blätterte er vier Wochen zurück und begann, vorwärts zu lesen. Nach sechs Seiten hielt er an und deutete mit dem Finger auf eine Eintragung. Er sah zu Pitt auf, überrascht und mit traurigem Blick.

»Ja, Sir. Hier ist es. Ein junger Mann namens Harry Croft war da und hat gesagt, sie wär seine Verlobte und wär irgendwohin gegangen, um ihre kleine Tochter von jemandem abzuholen, der sie bei sich aufgenommen hätte, um sich um sie zu kümmern, und von da wär sie nie zurückgekommen. War furchtbar aufgebracht und überzeugt davon, daß ihr was zugestoßen war, denn sie wollten heiraten, und sie freute sich sehr darauf. Natürlich haben wir nichts gefunden. Wir können keine jungen Frauen suchen, die von einem Mann vermißt werden, der nicht ihr Mann, ihr Vater oder ihr Arbeitgeber ist, selbst wenn wir es wollten. Und wir wußten ja nicht, ob sie nicht vielleicht allein mit dem kleinen Mädchen weggelaufen war.«

»Nein«, stimmte Pitt zu. Das war so üblich, und selbst wenn sie es gewußt hätten, wäre es inzwischen schon zu spät gewesen. »Nein, natürlich konnten Sie das nicht.«

Der Sergeant schluckte. »Ist sie tot, Sir?«

»Ja.«

Der Sergeant löste seinen Blick nicht von Pitt. »War sie – war sie, was wir in den – in den Paketen gefunden haben, Sir?«

»Ja, Sergeant.«

Der Sergeant schluckte wieder. »Haben Sie den Mann, der es getan hat, Mr. Pitt?«

»Es war eine Frau, und, ja, wir haben sie. Ich will sie in Gewahrsam nehmen.«

»Mein Dienst ist jeden Augenblick zu Ende, Sir. Ich wäre Ihnen sehr dankbar, wenn ich mitkommen könnte, Sir. Bitte.«

»Sicher. Ich könnte Verstärkung brauchen. Sie ist kräftig, und da ist ein ganzer Haufen Kinder, die irgendwohin müssen. Ins Armenhaus, nehme ich an.«

»Ja, Sir.«

Als sie wieder in der Tortoise Lane ankamen, war es Viertel vor neun. Noch immer war die Luft klar, und um diese hochsommerliche Zeit blieb es noch etwa eine Stunde und zwanzig Minuten hell, bis die Dämmerung hereinbrach.

Vor der Hausnummer drei blieben sie stehen, und Pitt trat ein, ohne zu klopfen. Es wollte sich bei ihm kein Gefühl des Triumphes einstellen. Er spürte nur eine Rachsucht, die er von sich nicht kannte. Er ging durch den Korridor zu Mrs. Mapes Wohnzimmer und riß die Tür auf. Der Constable stand noch ebenso unbequem, wie er ihn zurückgelassen hatte, und Mrs. Mapes saß auf ihrem Stuhl, den Taftrock um sich ausgebreitet. Ihre schwarzen Löckchen schimmerten, und sie zeigte ein zufriedenes Lächeln.

»Nun, Mr. Pitt?« sagte sie barsch. »Was jetzt, eh? Wollen Sie da die ganze Nacht rumstehen?«

»Nein, keiner von uns wird die ganze Nacht hier verbringen«, erwiderte er. »Ehrlich gesagt bezweifle ich, daß wir jemals wieder hierher zurückkommen werden. Clarabelle Mapes, ich verhafte Sie wegen Mordes an Prudence Wilson, als Sie zu Ihnen kam, um Ihr Kind abzuholen, das Sie inzwischen verkauft hatten.«

Einen Augenblick lang wollte sie sich noch mit Unverfrorenheit retten.

»Warum? Warum sollte ich sie vorsätzlich umbringen? Macht doch keinen Sinn!«

»Weil sie gedroht hat, Ihren Handel öffentlich zu machen!« sagte er verbittert. »Sie haben zu viele Babys ermordet, die man Ihnen anvertraut hatte, anstatt sie zu füttern. Sie hätten Ihr Geschäft aufgeben müssen, wenn es bekannt geworden wäre.«

Diesmal war ihr Selbstvertrauen erschüttert. Schweiß trat ihr auf Oberlippe und Stirn. Alle Röte wich aus ihrem Gesicht.

»Gut, Constable«, sagte Pitt. »Nehmen Sie sie mit.« Er drehte sich um und ging abermals durch die Tür und den Gang in die Küche. »Constable Wyman! Ich schicke Ihnen eine Ablösung. Sorgen Sie dafür, daß diese Kinder für heute nacht versorgt sind. Morgen werden wir die Behörden der Gemeinde informieren müssen.«

»Sperren Sie sie ein, Sir?«

»Ja, wegen Mordes. Sie wird erst...«

Plötzlich hörte man einen Aufschrei aus dem vorderen Teil des Hauses, den dumpfen Aufschlag eines menschlichen Körpers, dann wütende Schreie. Pitt fuhr auf dem Absatz herum und stürmte hinaus.

Im Durchgang kam der Constable gerade wieder auf die Beine, staubig und voller Binsen, den Helm in der Hand, und an der offenen Tür sah man die Rockschöße des Sergeants verschwinden.

»Sie ist weg!« rief der Constable wütend. »Sie hat mich niedergeschlagen!« Er rannte hinaus. Pitt blieb ihm auf den Fersen und überholte ihn schließlich.

Clarabelle Mapes rannte bereits in zwanzig Metern Entfernung mit einer überraschenden Leichtfüßigkeit die Tortoise Lane hinunter. Pitt achtete nicht auf den Sergeant und hastete so schnell er konnte hinterher, scheuchte eine alte Frau mit einem Bündel Lumpen und einen heimkehrenden Straßenhändler in den Rinnstein. Wenn er sie jetzt aus den Augen verlor, würde er sie vielleicht niemals wiederfinden. Im Labyrinth der engen Straßen Londoner Elendsviertel konnten sich Flüchtige jahrelang verstecken, wenn sie schlau waren und bei einer Festnahme genug zu verlieren hatten.

Es hatte keinen Sinn zu schreien. Es wäre nur eine Vergeudung von Atemluft. Niemand in St. Giles hielt einen Dieb auf. Von tödlichem Entsetzen getrieben, hetzte sie voran, und er sah gerade noch, wie sie scharf abbog und in einem offenen Eingang verschwand. Wäre er zehn Meter weiter zurück gewesen, hätte er nicht mehr sagen können, welcher Eingang es gewesen war. Er stürmte hinter ihr hinein, stieß mit einem alten Mann zusammen und nahm noch wahr, wie dieser mit einem Schwall von Beschimpfungen zu Boden ging, aber Pitt hatte nur noch Augen für die plumpe, schwarzgelockte Gestalt von Clarabelle Mapes, deren Taftröcke glitzerten, als wären sie aufgeblähte Segel. Er folgte ihr durch einen Raum, in dem er verschwommen wahrnahm, daß etliche Menschen über einen Tisch gebeugt saßen, lief einen dunklen Korridor hinunter, in dem seine Schritte hallten, dann hinaus in die säuerlich riechende Halle einer mit Sägemehl ausgestreuten Schankstube.

Sie fuhr herum, starrte ihn mit giftsprühenden Augen an, stieß eine Kellnerin zur Seite, daß diese der Länge nach auf dem Boden landete, durchnäßt vom Bier, das sie getragen hatte. Pitt mußte warten, damit er nicht über sie fiel, denn seine Füße hatten sich schon in ihren strampelnden Beinen verfangen. Dann stolperte er über einen Stuhl und stürzte beinah hin, bekam gerade noch rechtzeitig den Türrahmen zu fassen, um sich daran festzuhalten. Hinter sich hörte er brüllendes Gelächter und ein Poltern, als der Sergeant auftauchte, die Jacke aufgeknöpft, den Helm schief auf dem Kopf.

Als Pitt durch die Eingangstür kam, vorbei an einer Bande von Tagedieben, sah er, daß sie eilig zu einer Gasse auf der gegenüberliegenden Straßenseite hetzte, kaum mehr als ein Spalt im grauen Gemäuer zwischen zwei Häusern. Sie lief tiefer in den Irrgarten aus kleinen Fabriken, Kneipen und Miethäusern, und wenn er sie nicht bald faßte, würde sie Hunderte Verbündeter finden, und er könnte froh sein, wenn er überhaupt zurückkehrte, geschweige denn sie gefangennahm.

Am Ende der Gasse führte eine Stiege in einen breiten, schlecht beleuchteten Raum, in dem Frauen beim Licht von Öllampen nähten. Clarabelle kümmerte es nicht, wen sie zu Boden warf, wessen Hemden sie zerriß oder in den Staub schleuderte, und auch Pitt konnte es sich nicht erlauben hinzusehen. Wütendes Geschrei klang ihm in den Ohren.

Am hinteren Ende des Raumes bekam er die Tür vor die Brust, und er wurde einen Augenblick lang aufgehalten, denn der Schlag raubte ihm den Atem. Aber er war ihr zu dicht auf den Fersen, um sich vor Schmerz bremsen zu lassen. Seine Gedanken galten nur einem, und er war besessen davon, sie zu fassen, sie physisch in der Hand zu haben und zu zwingen, vorauszugehen, die Hände hinter dem Rücken gefesselt, durchdrungen von der Gewißheit, daß sie sich auf dem letzten Abschnitt ihrer unabänderlichen Reise an den Galgen befand.

Im Kellervorhof teilten sich drei alte Frauen eine Flasche Gin, und ein Kind spielte mit zwei Steinen.

»Hilfe!« kreischte Clarabelle Mapes. »Haltet ihn auf! Er ist hinter mir her!«

Aber die alten Frauen waren zu wacklig auf den Beinen und zu verschlafen, um zu reagieren, und Pitt sprang über sie hinweg, ohne daß sie ernstlich Widerstand leisteten. Er holte auf. Noch ein paar Meter in dem Tempo, und er hätte sie eingeholt. Seine Beine waren weit länger, und er trug keine Röcke, die ihn hemmten.

Aber sie war jetzt unter ihresgleichen, und sie kannte den Weg. Die nächste Tür wurde ihm ins Gesicht geschlagen und ließ sich nicht öffnen, als er es versuchte. Er war gezwungen, sich mit seinem ganzen Gewicht dagegen zu werfen und prellte sich die Schulter. Erst als der Sergeant ihn einholte, schafften sie es, die Tür gemeinsam aufzubrechen.

Der Raum dahinter lag in trübem Licht und war voller Menschen jeden Alters und beiderlei Geschlechts. Der Gestank von Schweiß, verdorbenem Essen und Tierkot nahm ihm den Atem.

Sie rannten hindurch, stießen und traten gegen am Boden liegende Körper, dann durch die Tür am anderen Ende auf eine verfallene Straße hinaus, die so eng war, daß die oberen Stockwerke beinah aneinanderstießen. Die offene Abflußrinne in der Mitte war von getrockneten Abwässern verkrustet. Eine Unmenge geduckter Eingänge – in jedem davon konnte sie verschwunden sein. Sämtliche Türen waren verschlossen. Hier und da lehnten Gruppen von Leuten, halb schlafend oder besoffen. Keiner nahm auch nur im geringsten Notiz von ihm oder dem Sergeant, abgesehen von einem alten Mann, der die Situation beobachtete und Pitt anfeuerte, da er ihn für den Flüchtigen hielt. Er warf eine leere Flasche nach dem Sergeant, die ihn verfehlte, an der Mauer zerschellte und deren Splitter meterweit flogen.

»Wohin ist sie gelaufen?« rief Pitt zornig. »Einen Sixpence für jeden, der mir hilft, sie zu fassen.«

Zwei oder drei rührten sich, aber niemand antwortete.

Er war so wütend über seinen Mißerfolg, daß er sie trotz ihrer Benommenheit angegriffen hätte, wenn es für ihn von irgendeinem Vorteil gewesen wäre.

Dann kam ihm ein anderer, weitaus klügerer Gedanke. Er war nur ein paar Meter hinter Clarabelle gewesen, als sie in den großen Schlafsaal gelaufen war. Selbst wenn es einige Zeit gedauert hatte, die Tür aufzubrechen, hätte er sehen müssen, wie die Tür am anderen Ende zufiel und wie ihr fuchsienrotes Kleid über die schmutzige Straße huschte.

Er fuhr herum und stürmte in den großen Raum zurück, packte den erstbesten, den er finden konnte, zerrte ihn am Revers hoch und sah ihn düster an. »Wohin ist sie gelaufen?« knirschte er durch die Zähne hindurch. »Wenn sie noch hier ist, zeig ich euch allesamt wegen Beihilfe zum Mord an, hörst du, was ich sage?«

»Die ist nicht hier!« quiekte der Mann. »Laß mich los, verdammt! Die ist weg, Gott schütze sie! Hat euch reingelegt, ihr Schweine!«

Pitt ließ ihn fallen und taumelte zu der aufgebrochenen Tür zurück. Der Sergeant war noch immer direkt hinter ihm. Draußen in der Gasse war nichts von ihr zu sehen, und die Möglichkeit, daß sie entkommen war, trieb ihm den Schweiß vor Wut und Ohnmacht auf die Stirn. Er konnte verstehen, warum Kinder über ihre eigene Hilflosigkeit weinten.

Er mußte sich zwingen, klarer zu denken. Sein Zorn änderte nichts. Sie hatte ein blühendes Geschäft und einige Besitztümer in der Tortoise Lane. Was würde er an ihrer

Stelle tun? Angreifen! Den einzigen Mann loswerden, der von ihrem Verbrechen wußte. Würde Clarabelle Mapes soweit denken? Oder wäre die Flucht alles, was jetzt zählte? War die Panik größer als ihre Gerissenheit?

Er erinnerte sich an ihre funkelnden, schwarzen Augen und konnte es sich nicht vorstellen. Wenn er sich angreifbar machte, sich als Köder anbot, würde sie zurückkommen, um ihn umzubringen. Ihr Instinkt ließ sie angreifen, töten.

»Warten Sie!« sagte er schroff.

»Aber sie ist nicht da!« zischte der Sergeant zurück. »Sie kann nicht weit gekommen sein, Sir! Wir dürfen so eine nicht entkommen lassen! Eine abgrundtief böse Frau.«

»Finde ich auch, Sergeant, finde ich auch.« Pitt sah auf, suchte die verschmierten Fenster an den glatten Mauern über sich ab. Es wurde immer dunkler, die Dämmerung setzte ein. Ihm blieb nicht mehr lang. Dann sah er es, das blasse Leuchten eines Gesichtes hinter einer Scheibe, und schon war es wieder verschwunden.

»Warten Sie hier!« sagte er knapp. »Falls ich mich täusche.« Er drehte sich um und lief in die nächste Tür, an den Bewohnern vorüber, eine wacklige Treppe hinauf und über einen düsteren Flur. Er hörte, wie sich dort am Ende etwas bewegte, dann das Rascheln von Taft. Ein feister Körper zwängte sich durch einen schmalen Gang. Er wußte, daß sie es war, als könnte er sie wittern. Sie wartete, nur wenige Meter von ihm entfernt. Was würde sie bei sich haben? Prudence Wilson hatte sie mit einem Messer ermordet und dann ihre Leiche zerschnitten, als wäre sie nur ein Stück Fleisch.

Leise schlich er ihr nach, lief auf Zehenspitzen. Aber die Dielen waren morsch und verrieten ihn. Er hörte sie vor sich. Oder war er es selbst? Hockte sie hinter einer halb verborgenen Tür, wartete sie, das ganze Gewicht ihres fetten Körpers so im Gleichgewicht, daß sie ihm das Messer tief ins Herz stoßen konnte?

Ohne es zu merken, war er stehengeblieben. Angst brannte in ihm, seine Kehle war zu, die Zunge trocken. Hier konnte er nicht bleiben. Er hörte jemanden, der sich weiter und immer weiter von ihm entfernte, nach oben.

Widerwillig, mit rasendem Herzen schlich er vorwärts, eine Hand ausgestreckt, um die Wand zu fühlen und ihre feste Oberfläche zu ertasten. Er kam zu einer weiteren Stiege, noch schmaler als die letzte, und er wußte, daß sie ganz nah über ihm war. Wie ein Prickeln auf der Haut konnte er spüren, daß sie da war. Er meinte sogar, hören zu können, wie sie irgendwo in der Dunkelheit schnaufte.

Dann plötzlich folgte ein Schlag, ein wütender Aufschrei und ihre Schritte am oberen Ende der Trittleiter über ihm. Er fuhr auf und sah einen Moment lang, wie sich ihr Wanst über das Rechteck aus gelblichem Licht beugte, wo das Dachgeschoß begann. Sie war halb im Schatten, aber dennoch konnte er ihre funkelnden Augen sehen, die Locken lose wie Bettfedern, der glänzende Schweiß auf ihrer Haut. Beinah hatte er sie. Er war vorgewarnt, erwartete ein Messer. Sie zog sich zurück, als fürchtete sie sich vor ihm, erschrocken, ihn so nah zu wissen.

Er konnte die letzten vier Stufen mit zwei Schritten leicht überwinden und bei ihr sein, bevor sie Zeit hatte, zuzuschlagen. Wenn er zu einer Seite sprang, sobald er sich durch das Rechteck geschoben hatte...

Dann war er buchstäblich gelähmt vor Entsetzen, stand wie erstarrt auf der Stufe und erinnerte sich an das Geheimnis dieser alten Häuser. Absichtlich ließ er das Geländer los und stürzte rückwärts zu Boden, stieß und verletzte sich, kurz bevor die Falltür mit ihren scharfen, fest verankerten Speerspitzen herabfiel und durch die Luft schnitt, wo er noch einen Augenblick zuvor gestanden war, gefolgt vom schrillen Kreischen ihres Gelächters.

Er kämpfte sich auf die Beine, sein Blut kochte, der Schmerz war vergessen. Er kletterte die Stufen hinauf, schlug mit der Hand zwischen die Spitzen und stieß die Klappe auf. Er sprang durch die Öffnung und landete auf dem Dachboden, nur einen Meter von der Stelle entfernt, an der sie hockte. Bevor sie vor Schreck merkte, was geschah, hatte er mit geballter Faust und allem aufgestauten Haß fest zugeschlagen, und sie rollte zur Seite und verlor das Bewußtsein. Es interessierte ihn wenig, ob es schwierig wurde, sie

301

hinunterzuschaffen oder ob seine Vorgesetzten ihn zur Verantwortung ziehen würden, falls er ihr den Unterkiefer gebrochen hatte. Er hatte Clarabelle Mapes gefaßt, und er war zufrieden.

# 13

Am späten Vormittag des folgenden Tages kehrte Pitt nach Cardington Crescent zurück. Die Euphorie, Clarabelle Mapes gefaßt zu haben, hatte sich verflüchtigt, und im warmen, glanzlosen Licht des Tages erinnerte er sich daran, daß er in der Tortoise Lane gewesen war, um herauszufinden, was Sybilla dort gewollt hatte. Und er hatte nichts in Erfahrung gebracht, und keines der Kinder hatte je eine Dame wie Sybilla gesehen.

Der Butler ließ ihn ein, und er bat, man möge Charlotte rufen. Man gestattete ihm, im Morgenzimmer zu warten. Es war bedrückend, die Vorhänge halb zugezogen, Bilder schwarz behängt. An den unmöglichsten Stellen hingen schwarze Trauerflore wie verrußte Spinnweben.

Charlotte kam herein, gewandet in höchst modisches Lavendel. Der Gedanke kam ihm kurz, daß es ein Kleid von Tante Vespasia sein mußte, am Busen etwas abgenäht, damit es Charlotte paßte. Vespasia trug niemals schwarz, auch nicht, wenn sie trauerte.

Charlotte war blaß. Dunkle Schatten lagen unter ihren Augen. Aber ihr Gesicht leuchtete vor Freude, als sie ihn sah, und er fand sie außerordentlich hübsch. In gewisser Hinsicht würde er sich, ungeachtet der Umgebung oder etwaiger Besitztümer, überall heimisch fühlen, wo sie war.

»Oh, Thomas, ich bin so froh, daß du da bist«, sagte sie gleich. »Es wird alles immer schlimmer. Wir beobachten einander mit den entsetzlichsten Hintergedanken und sagen Worte, die wir meinen wollen, aber nicht können.« Sie drehte sich um, schloß die Tür hinter sich, sah ihn an, biß sich auf die Lippen, die Hände fest geballt. »Tassie ist es nicht. Ich hab' herausgefunden, was sie nachts treibt, wohin sie geht und warum sie blutbespritzt wiederkommt.«

Ungeheure Wut wallte in ihm auf, denn er hatte in erster Linie Angst, nicht nur um sie, auch um sich selbst, Angst, alles zu verlieren, was ihm lieb und teuer war, die tiefe, warme Geborgenheit, die all seinen Mut und seine Träume stützte.

»Du hast was?« rief er unwillkürlich.

Angespannt schloß sie die Augen. »Schrei mich nicht an, Thomas.«

Er trat einen Schritt vor und nahm sie beim Arm, zog sie von der Tür fort und zu sich, so daß sie ihm in der Mitte des Zimmers gegenüberstand. Er tat ihr weh, und er wußte es.

»Du hast was?« wiederholte er schneidend. Der bloße Umstand, daß sie an der Tür geblieben war, anstatt zu ihm zu kommen und ihm einen Kuß zu geben, daß sie nicht mit gerechtem Zorn geantwortet hatte, zeigte, daß sie sich ihrer Schuld bewußt war. »Du bist ihr gefolgt!« sagte er ihr auf den Kopf zu.

Ihre Augen weiteten sich, aber er sah keine Entschuldigung in ihnen.

»Ich mußte wissen, wohin sie ging«, erklärte sie. »Und es war vollkommen in Ordnung. Sie hilft dabei, Babys auf die Welt zu bringen! Eine Menge armer oder unverheirateter Frauen können sich keine Hebamme leisten. Deshalb sterben so viele. Thomas, es ist eine wundervolle Sache, was sie da tut, und die Menschen lieben sie.«

Er war zu wütend über das idiotische Risiko, das sie auf sich genommen hatte, als erleichtert darüber sein zu können, daß Tassie unschuldig war, obwohl er Entsetzliches befürchtet hatte. Ohne es zu merken, schüttelte er Charlotte.

»Du bist ihr in das Haus irgendeiner fremden Frau gefolgt, allein, bei Nacht?« Noch immer schrie er sie an. »Du – du Kindskopf! Dumme Gans! Sie hätte dich sonstwohin führen können! Was, wenn sie für den Tod dieser Frau verantwortlich gewesen wäre, deren Leiche in blutige Stücke zerhauen über Bloomsbury verteilt war? Du hättest die nächste sein können!« Er war so wütend, daß er den Wunsch verspürte, sie zu schlagen, wie man es mit einem geliebten Kind tut, das gerade dem Tod unter einer Kutsche entkommen ist. In der plötzlichen Erleichterung stellt man sich sämtliche Gefahren vor, die gedroht haben könnten. Die Erinnerung an Clara-

304

belle Mapes und das entsetzliche Labyrinth, das er gerade erst hinter sich gelassen hatte, war ihm deutlicher als dieses komfortable, kultivierte Haus. »Du dumme, unverantwortliche Gans! Muß ich dich einsperren, wenn ich das Haus verlassen will, damit ich sicher sein kann, daß du dich wie eine erwachsene Frau benimmst?«

Was als Schuld begonnen hatte, wich bei Charlotte einem Gefühl der Kränkung. Er war ungerecht, und sie wurde entsprechend böse. »Du tust mir weh«, sagte sie kalt.

»Du hättest es verdient, Prügel zu beziehen!« gab er zurück, ohne seinen Griff im mindesten zu lockern.

Sie antwortete, indem sie ihm mit der Schuhspitze heftig gegen das Schienbein trat. Er war so überrascht, daß er nach Luft schnappte und sie losließ. Sofort machte sie einen Schritt zurück.

»Wag es nicht, mich wie ein Kind zu behandeln, Thomas Pitt!« sagte sie wütend. »Ich bin nicht eine von deinen verwöhnten Damen, die den ganzen Tag über nichts tun und sich auf ihre Zimmer schicken lassen, wenn dir nicht gefällt, was sie sagen. Emily ist meine Schwester, und wenn ich es irgendwie verhindern kann, wird sie für den Mord an George nicht hängen. Tassie liebt Mungo Hare, Beamishs Hilfspfarrer. Er hilft ihr bei den Geburten, und sie wird ihn heiraten.«

Er klammerte sich an das einzige weitere Beispiel männlicher Herrschaft und Vernunft, das ihm einfallen wollte.

»Ihr Vater wird es nicht zulassen. Er wird es niemals erlauben.«

»Oh doch, das wird er!« gab sie zurück. »Ich habe ihm versprochen, daß du niemandem von Sybilla erzählst, wenn er zustimmt, und wenn er es nicht tut, werde ich gründlich dafür sorgen, daß die feine Gesellschaft en detail davon erfährt. Er wird Tassie seinen Segen geben, sei versichert.«

»Ach ja?« Er war empört. »Du nimmst eine ganze Menge als gegeben an. Und was wäre, wenn ich keineswegs die Absicht hätte, dieses Versprechen einzulösen, das du ihm so freizügig in meinem Namen gegeben hast?«

Sie zögerte, schluckte, dann sah sie ihm in die Augen. »Dann wird Tassie den Mann, den sie liebt, nicht heiraten können, weil er nicht die passende, gesellschaftliche Stellung einnimmt und kein Geld hat«, sagte sie schroff. »Sie wird allein bleiben und an diese selbstsüchtige, alte Frau gefesselt sein, ihr Gesellschaft leisten, bis sie stirbt, und dasselbe für ihren Vater tun. Entweder das, oder sie wird jemanden heiraten, den sie nicht liebt.«

Sie brauchte nicht hinzuzufügen, daß ihr selbst eben das hätte passieren können, wenn ihr Vater nicht ein zugänglicherer Mensch als Eustace gewesen wäre und sich ihre Mutter nicht mit aller Macht für sie eingesetzt hätte. Pitt war sich dessen bewußt, und das Wissen darum nahm ihm die Rechtfertigung für seinen Zorn. Sie hatte genau das getan, was er gewollt hätte. Es war die Tatsache, daß man ihm zuvorgekommen war, die ihn ärgerte, allein das. Aber es laut herauszuposaunen, wäre lächerlich. Eigentlich war die ganze Klage lächerlich.

Er zog es vor, das Thema zu wechseln und seine beste Karte auszuspielen. »Ich habe den Mord an der Frau vom Kirchhof von Bloomsbury gelöst«, sagte er statt dessen. »Und die Mörderin nach einer Verfolgungsjagd gefaßt. Mit ausreichend Beweisen, sie zu hängen.«

Charlotte war beeindruckt. Staunen und Bewunderung zeigten sich auf ihrem Gesicht. »Wie hast du das geschafft?«

Er setzte sich auf die Lehne einer der Ledersessel. Nach der Prellung, die er sich bei der Jagd auf Clarabelle Mapes zugezogen hatte, fühlte er sich steif und hatte unerwartet Schmerzen.

»Es war eine Frau, die ein Säuglingsheim hatte.«

Sie sah ihn fragend an. »Ein was?«

»Ein Säuglingsheim.« Er haßte es, ihr von solchen Dingen zu erzählen, aber sie hatte danach gefragt. »Eine Frau macht diskret bekannt, daß sie Kinder liebt und sich freuen würde, sich um alle Kinder zu kümmern, deren Mütter sich wegen Krankheit oder anderweitiger Verpflichtungen außerstande sehen, sich selbst darum zu kümmern. Oft fügen sie hinzu, daß besonders kränkliche Kinder willkommen sind und gepflegt würden, als wären es die eigenen.

Natürlich ist für anfallende Erfordernisse eine kleine finanzielle Rücklage nötig.«

Charlotte war verblüfft. »Es muß viele Frauen geben, die nur allzu glücklich sind, sich eines solchen Angebotes zu bedienen. Klingt wie ein wohltätiges Unternehmen. Warum sagst du es so abfällig? Viel zuviele Frauen müssen arbeiten und können sich nicht um ihre Kinder kümmern, besonders wenn sie als Dienstboten arbeiten und das Kind unehelich ist...« Ihre Stimme erstarb. »Warum?«

»Weil die meisten von ihnen, wie Clarabelle Mapes, die Gebühr von den Müttern kassieren und dann die Kränklichen eher verhungern lassen oder sie buchstäblich umbringen, als das Geld aufzubringen, sie zu versorgen. Die Kräftigen und Hübschen verkaufen sie.« Er sah ihr Gesicht. »Tut mir leid. Du hast gefragt.«

»Warum der Mord in Bloomsbury?« fragte sie nach kurzem Schweigen. »War sie die Mutter eines der Kinder, das ermordet worden ist oder hat sie die Wahrheit herausgefunden?«

»Ihr Kind war verkauft worden.«

»Oh.« Sie setzte sich, rührte sich einige Minuten lang nicht, und er faßte sie nicht an. Dann endlich streckte er sanft eine Hand nach ihr aus. »Warum bist du dort gewesen?« fragte sie schließlich.

»Die Adresse stand in Sybillas Buch.«

Sie war bestürzt. »Das Säuglingsheim? Aber das ist lächerlich. Warum?«

»Ich weiß es nicht. Ich habe es nicht herausgebracht. Ich nehme an, Sybilla hat sie für ein Dienstmädchen besorgt, ihr eigenes oder eines ihrer Freundinnen. Ich kann mir nicht vorstellen, daß sich jemand aus ihrem eigenen Kreis einer solchen Hilfe bedienen würde. Selbst wenn sie ein uneheliches Kind hätten, würden sie andere Vorkehrungen treffen. Eine Verwandte auf dem Lande, ein Gefolgsmann der Familie mit einer Tochter.«

»Ich schätze, es war ein Dienstmädchen«, stimmte Charlotte ihm zu. »Oder sie kannte die Frau aus einem ganz anderen Grund. Arme Sybilla.«

»Das hilft mir bei der Suche nach ihrem Mörder oder dem Motiv nicht weiter.«

»Die Frau hast du gefragt?«

Er stieß ein scharfes, kehliges Lachen aus. »Du hast Clarabelle Mapes nicht gesehen, sonst würdest du nicht fragen.«

»Hast du keine Idee, wer George ermordet haben könnte?« Sie sah ihn an, die Augen düster vor Besorgnis. Wieder merkte er, wie erschöpft sie war, wie beunruhigt.

Sanft und zögernd strich er ihr über die Wange. »Nein, Liebste, keine richtige Idee. Es bleiben nur William, Eustace, Jack Radley und Emily. Es sei denn, die alte Frau wäre es gewesen, was ich gern glauben würde. Aber mir will kein Grund einfallen, warum sie es hätte tun sollen. Keinen einzigen kann ich mir vorstellen, und glaub mir, ich habe es versucht.«

»Du rechnest Emily dazu!«

Er schloß die Augen, öffnete sie langsam, unglücklich. »Ich muß.«

Es hatte keinen Sinn zu streiten. Sie wußte, daß es so war. Ein Klopfen an der Tür bewahrte sie davor, etwas erwidern zu müssen.

»Herein«, sagte Pitt unwirsch.

Es war Stripe, der kleinlaut wirkte und eine Nachricht in der Hand hielt.

»Tut mir leid, Mr. Pitt, Sir. Der Leichenbeschauer schickt Ihnen das hier. Es macht keinen Sinn.«

»Geben Sie es mir.« Pitt streckte die Hand aus und nahm es entgegen, öffnete das einzelne Blatt und las.

»Was ist es?« wollte Charlotte wissen. »Was steht da?«

»Sie wurde erdrosselt«, antwortete er, und seine Stimme wurde immer leiser. »Mit ihrem Haar, kurz und heftig. Sehr wirkungsvoll.« Er merkte, daß Charlotte erschauerte, und im Augenwinkel sah er, wie Stripe sich auf die Lippe biß. »Aber sie hat kein Kind erwartet«, endete er.

Charlotte war verblüfft. »Bist du sicher?«

»Natürlich bin ich sicher!« sagte er gereizt. »Sei nicht dumm. Das ist von dem Arzt, der die Obduktion vorgenommen hat. So etwas kann man kaum falsch verstehen!«

Charlotte verzog das Gesicht, als hätte man ihr physischen Schmerz zugefügt, und legte den Kopf in die Hände. »Arme Sybilla. Sie muß eine Fehlgeburt gehabt haben und hat nicht gewagt, es jemandem zu erzählen. Wie sie es gehaßt haben muß, daß Eustace immer und immer wieder davon anfing, wie großartig es wäre, daß sie William nach all der Zeit endlich einen Erben schenken wollte. Kein Wunder, daß sie ihn so haßerfüllt angesehen hat. Und diese furchtbare, alte Frau mit ihren flammenden Reden über die Familie! Oh Gott, was für Wunden Menschen einander zufügen!«

Pitt sah Stripe an, der von einem derart persönlichen Thema offensichtlich peinlich berührt war und den das Mitleid schmerzte, das er fühlte, jedoch nur halb verstand. Er merkte, daß der Kummer zu groß war, ihn zu erfassen.

»Danke.« Pitt nickte. »Ich glaube nicht, daß es uns weiterhilft, und ich sehe keinen Grund, warum wir es der Familie sagen sollten. Es wäre nur eine unnötige Belastung. Lassen wir ihr das Geheimnis.«

»Ja, Sir.« Erleichtert zog sich Stripe zurück.

Charlotte sah auf und lächelte. Sie mußte ihn nicht loben. Er wußte, daß ihr Zuspruch in all den ungesagten Worten zwischen ihnen lag.


Das Mittagessen war so schrecklich wie das Frühstück, und Emily saß eher aus Trotz am Eßzimmertisch, obwohl es erträglicher gewesen wäre, allein auf ihrem Zimmer zu essen. Ein weiterer Antrieb war die wachsende Überzeugung, daß sich der Ring um sie schloß und sie des Mordes angeklagt würde, wenn sie ihre Rettung nicht selbst in die Hand nähme.

Charlotte hatte ihr erzählt, daß sie Tassie gefolgt war und das Geheimnis ihrer mitternächtlichen Ausflüge und des Blutes auf ihrem Kleid ergründet hatte. Kein Wunder, daß Tassie diesen Ausdruck seligen Entzückens gehabt hatte! Sie war Zeugin der Entstehung neuen Lebens geworden. Konnte irgend etwas weiter von dem Wahnsinn entfernt sein, dessen man sie verdächtigt hatte?

Thomas war am Morgen dagewesen, hatte mit Charlotte

gesprochen und war wieder gegangen, ohne eine Erklärung und offenbar ohne irgendwelche Ermittlungen vorzunehmen. Allerdings wollten Emily, das mußte sie fairerweise zugeben, keine weiteren Fragen einfallen, die er hätte stellen können.

Damit niemand es bemerkte, sah sie sich unter ihren Wimpern hindurch am Tisch um. Sie schob ein Stück gekochten Huhns auf ihrem Teller herum. Tassie war unscheinbar, aber aus ihrem Inneren leuchtete eine Glückseligkeit, die der Kummer anderer nicht zum Erlöschen bringen konnte. Emily merkte, daß sie sich zum größten Teil für sie freute. Nur ein winziger Kern, den sie liebend gern entfernt hätte, brannte vor Neid. Dann spürte sie ein ungetrübtes Gefühl der Erleichterung, daß es keinen Grund auf der Welt gab, Tassie irgendeiner Schuld zu verdächtigen, weder an Georges Tod noch an Sybillas. Niemals hatte Emily etwas Derartiges glauben wollen. Die Annahme war durch Charlottes außergewöhnlichen Bericht über die Vorkommnisse auf der Treppe zwingend geworden. Nun hatte sich dafür eine bessere Erklärung gefunden, als sie sich je hätte träumen lassen.

Am unteren Ende des Tisches, auf dessen schneeweißem Tuch feines, georgianisches Silber, jedoch trotz der Farbenpracht im Garten keinerlei Blumen standen, saß die alte Frau, mit gestrenger Miene, in Schwarz. Ihre fischblauen Augen stierten geradeaus. Es war anzunehmen, daß man ihr weder von Tassies Absicht, den Hilfspfarrer zu heiraten, noch von Eustaces Kapitulation in dieser Frage, geschweige denn seinen Gründen dafür, erzählt hatte. Und ganz sicher hatte sie nichts von Tassies mitternächtlichen Exkursionen erfahren. Dann hätte sich ihre momentane Laune durch weit mehr als nur kalte Verachtung gezeigt. Schließlich war es jemand aus diesem Haus gewesen, der zweimal gemordet hatte. Selbst Lavinia March konnte sich nicht weismachen, daß es eine fremde Macht war, die in ihr Heim eingedrungen war. Es war etwas innerhalb der Mauern dieses Hauses, ein Teil von ihnen.

Sie schien jedoch mit ihren Gefühlen allein zu sein. Ihr

310

Herz hatte sich nicht erweichen lassen, zeigte kein Verständnis für die Ängste anderer. Irgendwo in ihrem Hinterkopf wußte Emily, daß dies vielleicht die größte Tragödie von allem war, schlimmer noch, als kein Mitgefühl nötig zu haben: die Unfähigkeit, solches zu empfinden. Und dennoch brachte sie kein Erbarmen für jene auf, die selbst keines übrig hatten.

Sie hätte liebend gern geglaubt, daß die alte Frau des Mordes schuldig war, aber ihr wollte kein Grund dafür einfallen, ganz zu schweigen von irgendwelchen Beweisen, die dies nahelegten. Mrs. March war die einzige im ganzen Haus, deren Schuld Emily keineswegs betrübt hätte. Sie marterte ihr Hirn, um irgend etwas zu finden, den Wunsch zu untermauern, aber sie scheiterte.

Und als wüßte sie um Emilys Gedanken, sah die alte Frau von ihrem Teller auf und starrte sie eisig an. »Ich denke, nach der Beerdigung morgen werden Sie nach Hause zurückkehren, Emily«, sagte sie mit hochgezogenen Augenbrauen. »Die Polizei dürfte Sie dort ebenso leicht finden wie hier... wenn auch alles andere über ihren Horizont zu gehen scheint!«

»Ja, das werde ich sicher«, antwortete Emily scharf. »Ich bin ausschließlich zur Erleichterung der polizeilichen Ermittlungen so lang geblieben und um etwas Familiensolidarität zu zeigen. Aber es gibt keinen Grund, dem Rest der Gesellschaft zu zeigen, wie wenig wir den Umgang miteinander zu schätzen wissen und wie wenig Trost wir einander spenden können.« Sie nahm einen kleinen Schluck Wein. »Obwohl ich nicht weiß, warum Sie glauben, die Polizei wäre unfähig, die Morde aufzuklären.« Absichtlich sagte sie das häßliche Wort und freute sich zu sehen, daß die alte Frau angewidert zusammenzuckte. »Zweifellos wissen sie eine ganze Menge, was sie uns lieber nicht mitgeteilt haben. Sie dürften uns kaum ins Vertrauen ziehen. Schließlich ist es einer von uns, den sie verhaften werden.«

»Wirklich!« sagte Eustace böse. »Besinnen Sie sich, Emily! Solche Bemerkungen sind höchst unnötig.«

»Natürlich ist es einer von uns, Dummkopf!« herrschte die

alte Frau ihn an, und ihre Hand zitterte so sehr, daß der Wein über den Rand des Glases auf das Tischtuch schwappte. »Emily selbst ist es, und wenn du es nicht weißt, bist du sicher der einzige hier!«

»Du redest Unsinn, Großmama.« William sprach zum ersten Mal, seitdem sie ins Eßzimmer gekommen waren. Tatsächlich konnten sich weder Emily noch Charlotte daran erinnern, daß er beim Frühstück etwas gesagt hätte. Er sah aus wie ein Geist, als hätte Sybillas Tod ihm all seine Lebenskraft geraubt. Charlotte hatte es schon früher bemerkt: Er wirkte dermaßen ausgezehrt, daß sie fürchtete, er könne bei der Beerdigung einen Zusammenbruch erleiden.

Die alte Frau fuhr zu ihm herum, öffnete ihren Mund, aber dann sah sie den Ausdruck auf seinem Gesicht und schloß ihn wieder.

»Ich für meinen Teil weiß, daß Emily es nicht war«, fuhr er fort. »Das Motiv der Eifersucht, das man ihr nachsagt, könnte ebenso für mich gelten, auch wenn es tatsächlich nicht zutrifft. Die Affäre war bestenfalls belanglos und ohnehin zu Ende, was sowohl Emily als auch ich wußten. Ihr wußtet es vielleicht nicht, aber es war auch nicht eure Angelegenheit.« Er nahm einen Schluck aus seinem Glas Wasser. Seine Stimme war rauh, als täte ihm der Hals weh. »Und das andere Motiv, das ihr euch für sie denkt, besagt, sie wäre in Jack vernarrt – wobei sie keineswegs seine erste Eroberung wäre...«

»William!« rief Eustace und schlug mit der Hand flach auf den Tisch, um soviel Lärm wie möglich zu machen. Silber und Geschirr zitterten. »Dieses Gespräch zeugt von denkbar schlechtem Geschmack. Wir alle sind bereit, deiner Trauer ihren Spielraum zu gewähren, aber das ist unerträglich!«

Mit leuchtenden Augen und voll brennenden Hasses sah William zu ihm hinüber, verkniff den Mund zu einem Ausdruck roher Gewalt, die er schon viel zu lang zurückgehalten hatte.

»Geschmack ist eine sehr persönliche Sache, Vater. Ich finde viele deiner Gespräche so geschmacklos wie alles, was ich je in meinem Leben gesagt habe. Oft finde ich deine Scheinheiligkeit so obszön wie diese vulgären Bildpostkarten von nackten Frauen. Die sind zumindest ehrlich.«

Eustace atmete schwer, war aber nicht schnell genug, die sich aufbäumende Wut einzudämmen. Er war daran erinnert worden, daß Charlotte neben ihm saß, weil sie ihren Fuß unter dem Tisch ausgestreckt hatte, um ihn fest an den Knöchel zu treten. Die lächerliche Szene unter Sybillas Bett durfte keinen Augenblick lang aus seiner Erinnerung weichen. Er biß die Zähne zusammen und schwieg.

»Aber als Motiv wäre es wohl kaum einen Mord wert«, fuhr William fort. »Sie hätte Jack ohne weiteres bekommen können, wenn sie ihn gewollt hätte – und es gibt keinen Beweis dafür, daß sie ihn wollte. Wohingegen er, wenn er sie beziehungsweise Georges Geld gewollt hätte, dann wäre dies für ihn ein ausgezeichneter Grund, George zu ermorden.«

Emily saß stocksteif, spürte, daß sich Jack Radley neben ihr aufgerichtet hatte. War es sein Schuldgefühl oder pure Angst? Manchmal wurden auch unschuldige Leute gehängt. Emily hatte selbst Angst, warum nicht auch er?

William jedoch war noch nicht fertig. »Ich persönlich«, fuhr er fort, »favorisiere Vater. Er hat ausgezeichnete Gründe, die ich für den Fall, daß er unschuldig sein sollte, hier nicht diskutieren möchte.«

Es folgte absolute Stille am Tisch. Vespasia legte Messer und Gabel beiseite, tupfte sich leicht mit der Serviette den Mund und legte sie neben ihren Teller. Sie sah zu William hinüber, dann auf das Tischtuch, aber sie sagte nichts.

Eustace war aschfahl geworden, und Charlotte konnte sehen, daß er die Fäuste auf dem Schoß geballt hatte. Die Adern an seinem Hals traten hervor, bis sie fürchtete, sein Kragen würde ihn erdrosseln, doch auch er sagte kein Wort.

Tassie verbarg ihr Gesicht. Mrs. March war puterrot, fürchtete jedoch aus irgendeinem Grunde, das Schweigen zu brechen. Vielleicht war nichts von dem, was sie zu sagen wagte, ihrer Wut angemessen.

Jack Radley wirkte elend und zutiefst verlegen. Es war das

erste Mal, daß Charlotte sah, wie er vollkommen die Fassung verlor. Selbst wenn sie wußte, wie wahrscheinlich es war, daß er sich schuldig gemacht hatte, und zwar nicht nur eines Doppelmordes, sondern auch des höchst gefühllosen Mißbrauchs der Gefühle einer Frau, und daß er zweifellos beabsichtigt hatte, diese auch weiterhin zu mißbrauchen, konnte sie ihn besser leiden, wenn sie ihn in Verlegenheit sah. Er wurde dadurch etwas realer hinter seinem charmanten Lächeln und diesen erstaunlichen Augen.

Emily starrte vor sich hin.

Schließlich war es der Diener mit dem nächsten Gang, der die Stille durchbrach, und die Mahlzeit ging mit einem Hammelrücken, den niemand kostete, und einem Gespräch weiter, an das sich schon einen Augenblick später niemand mehr erinnern konnte.

Nach dem Dessert entschuldigte sich Emily und zog sich auf die schlichte Bank im Garten zurück, nicht weil es ein so schöner Tag gewesen wäre, denn tatsächlich war es bedeckt und würde wahrscheinlich regnen, sondern weil sie meinte, hier am ehesten allein sein zu können, und es gab niemanden, dessen Gesellschaft sie sich wünschte.

Am nächsten Tag sollte Sybillas Beerdigung sein. Emily blieb, weil sie daran teilnehmen wollte. Seit Sybillas Tod war ihr Haß auf sie verflogen. Die alberne Affäre mit George hatte erheblich an Bedeutung verloren. Er hatte es bereut. Er war der Gelegenheit beraubt worden, es ungeschehen zu machen, also würde sie es an seiner Stelle tilgen und die guten Erinnerungen pflegen. Sie hatten eine ganze Menge gemeinsam gehabt. Wenn sie zuließ, daß Sybilla ihr all diese Dinge nahm, dann war sie dumm und verdiente, sie zu verlieren.

Seit Pitts Besuch am Morgen hatte sie nicht mit Charlotte gesprochen, abgesehen von einem kurzen Moment, als sie über den Korridor zum Eßzimmer gegangen waren. Es hatte jedoch genügt, um zu wissen, daß er noch immer nicht einmal im Ansatz wußte, wer George vergiftet hatte oder warum. Es war anzunehmen, daß es sich um dieselbe Person handelte, die daraufhin Sybilla ermordet hatte. Sie mußte etwas gewußt haben, von dem der Mörder nicht riskieren konnte, daß sie es jemals weitergab.

Das schloß niemanden aus. Sybilla war eine intelligente und aufmerksame Frau gewesen. Vielleicht hatte sie ein Wort oder eine Handlung bemerkt, die allen anderen entgangen war, oder vielleicht hatte sogar George ihr etwas erzählt.

Was konnte George gewußt haben? Emily saß zusammengekauert im feuchten, aufkommenden Wind, zog ihren Schal um sich und überdachte jede Möglichkeit, die ihr einfallen wollte, vom Absurden bis zum Grausigen. Am Ende blieben Jack Radley und ihre eigene, unbeholfene Mitschuld, ansonsten nur Williams wirrer Versuch, Eustace zu beschuldigen, und sie mußte zugeben, daß dieser ihrer Ansicht nach eher dem Haß als der Vernunft entsprang.

Sie hörte Jack Radley nicht kommen, und erst als er beinah neben ihr war, bemerkte sie ihn. Er war der letzte Mensch, mit dem sie reden, geschweige denn, mit dem sie allein sein wollte. Sie zog ihren Schal noch fester um sich und erschauerte.

»Ich wollte gerade wieder hineingehen«, sagte sie eilig. »Es ist nicht besonders schön. Es würde mich nicht überraschen, wenn es anfinge zu regnen.«

»So bald wird es nicht regnen.« Er setzte sich neben sie, wollte sich nicht fortschicken lassen. »Aber es ist kalt.« Er zog seine Jacke aus und legte sie um ihre Schultern. Sie war noch warm von seinem Körper. Seine Hand schien einen Augenblick länger als nötig zu verweilen.

Sie machte den Mund auf und wollte protestieren, ließ es jedoch, da sie fürchtete, sich lächerlich zu machen. Schließlich waren sie vom Haus aus gut zu sehen, und sie hatte keinen Grund, sich dorthin zu wünschen. Das Mittagessen war schauderhaft gewesen, und niemand würde glauben, sie wollte diese Gespräche fortsetzen. Und er hatte ihr die Ausrede genommen, daß ihr kalt wäre.

Er unterbrach ihren Gedankengang. »Emily, hat die Polizei tatsächlich eine Ahnung, wer George ermordet hat? Oder wollten Sie nur der alten Frau die Stirn bieten?«

Warum fragte er? Sie wollte ihm so gern Vertrauen schenken können. Sie verspürte in seiner Gesellschaft ein Glücksgefühl wie beim Anblick des Sonnenlichtes, das durch eine Gartentür am Ende eines langen Ganges fiel. Dennoch quälte sie die entsetzliche Befürchtung, es wäre trügerisch.

»Ich weiß nicht«, sagte sie ehrlich. »Ich habe Thomas heute morgen nicht getroffen und nur kurz mit Charlotte gesprochen, als wir zum Mittagessen gingen. Ich habe keine Ahnung.« Sie zwang sich, ihn anzusehen.

Sein Gesicht war voller Sorge. Um sie oder um sich selbst?

»Was hat Eustace gemeint?« drängte er. »Emily, um Himmels willen, denken Sie nach! Ich weiß, daß ich es nicht war, und ich weigere mich anzunehmen, daß Sie es waren. Es muß einer von den anderen sein! Lassen Sie mich Ihnen helfen, bitte. Versuchen Sie, nachzusehen. Erklären Sie mir, was Eustace gemeint hat.«

Emily saß wie versteinert. Er wirkte so ernsthaft, aber er zehrte schon seit Jahren von seinem Charme. Er war ein hervorragender Schauspieler, wenn es um seine eigenen Interessen ging. Falls er George ermordet hatte, würde man ihn hängen. Die Tatsache, daß sie ihn mochte, konnte ihre Vernunft nicht trüben. Manche ausgesprochen tugendhaften Menschen konnten ebenso ausgesprochen langweilig sein, und mochte man sie noch so sehr bewundern, schrak man doch vor ihrer Gesellschaft zurück. Und die grausamsten Menschen konnten überaus lustig sein – bis ihre eigentliche Schändlichkeit zu Tage trat.

Noch immer redete er, sah ihr ins Gesicht. Konnte sie ihn ansehen und ihm gleichzeitig keinen Glauben schenken? Schon immer hatte sie Verstand gehabt, weit mehr als Charlotte. Und sie war auch die bessere Schauspielerin, geübter darin, ihre Gefühle zu verbergen.

Offen begegnete sie seinem Blick. »Ich weiß nicht. Ich glaube, William haßt Eustace nur und hätte gern, daß er es wäre.«

»Dann bleibt nur die alte Mrs. March«, sagte er ganz leise. »Es sei denn, Sie glauben, Tassie wäre es gewesen oder Großtante Vespasia. Aber das tun Sie nicht.«

Sie wußte, was er jetzt dachte. Man mußte nur einen Schritt weiterdenken, einen unausweichlichen Schritt. Es mußte Jack sein oder sie selbst. Sie wußte, daß sie George und Sybilla nicht ermordet hatte, aber sie fürchtete zunehmend, er hätte es getan. Schlimmer noch, sie fürchtete, er hätte nach wie vor die Absicht, ihr den Hof zu machen.

Er nahm ihre Hände. Er war nicht groß, aber weit kräftiger als sie, und er war nicht gewillt, sie loszulassen.

»Emily, um Himmels willen, denken Sie nach! Es gibt irgend etwas in der Familie March, von dem wir nichts wissen, etwas, das gefährlich oder niederträchtig genug ist, dafür einen Mord zu begehen, und wenn wir nicht herausfinden, was es ist, könnten Sie oder ich dafür gehängt werden!«

Sie wollte schreien, er solle still sein, aber sie wußte, daß es stimmte, was er sagte. Jetzt in Panik zu verfallen wäre dumm und schädlich, vielleicht sogar tödlich. Charlotte hatte nichts erreicht, abgesehen von Tassies Geheimnis, das sich als unwesentlich herausgestellt hatte. Emily würde sich selbst retten müssen. Falls Jack Radley unschuldig war, mochten sie vielleicht gemeinsam etwas herausfinden. Falls er schuldig war und sie mitspielte, konnte sie ihn vielleicht dazu verleiten, etwas zu verraten, und wäre es noch so gering. Es konnte ihr Überleben bedeuten.

»Sie haben ganz recht«, sagte sie ernst. »Wir müssen nachdenken. Ich werde Ihnen alles erzählen, was ich weiß, und dann Sie mir. Unter uns könnten wir am Ende tatsächlich die Wahrheit herausbringen.«

Sie gab sich Mühe, ihre Furcht zu verleugnen, nicht nur die große, alles überschattende Gefahr, die ihr durch das Gesetz und das bleibende Urteil der Gesellschaft drohte, sondern ebenso die innere Einsamkeit und die trügerische Wärme, die er ihr entgegenbrachte und die so leicht anzunehmen wäre. Wenn sich nur das zersetzende Mißtrauen in ihren Gedanken zerstreuen ließe. Sie mußte sich zwingen, daran zu denken, daß er nach wie vor der wahrscheinlichste Mörder war. Der Gedanke schmerzte mehr, als sie erwartet hatte.

»Tassie geht nachts allein aus und bringt in den Slums Babys zur Welt«, sagte sie etwas abrupt.

Wenn sie gehofft hatte, ihn zu verblüffen, so war ihr dies großartig gelungen. Er starrte sie an, und seine Empfindungen standen ihm ins Gesicht geschrieben: Skepsis, Furcht, Bewunderung und letztlich reine Freude.

»Das ist wundervoll! Aber woher in Gottes Namen wissen Sie davon?«

»Charlotte ist ihr gefolgt.«

Er beugte sich vor, stieß Luft zwischen den Zähnen hindurch und schloß die Augen.

»Ich weiß«, sagte sie leise. »Ich nehme an, Thomas war sehr ungehalten.«

»Ungehalten!« Seine Stimme wurde laut. »Ist das nicht eher eine Untertreibung?«

Sofort ging sie in die Defensive. »Nun, wenn sie es nicht getan hätte, würden wir immer noch glauben, Tassie hätte die Morde begangen! Charlotte hat gesehen, wie sie mitten in der Nacht mit Blut an ihren Händen und ihrem Kleid die Treppe heraufkam! Was sollte Charlotte sonst tun? Es ein Geheimnis bleiben lassen? Sie weiß, daß ich niemanden ermordet habe...«

»Emily!« Er nahm ihre Hände.

»...und wenn wir nicht herausfinden, wer es war, könnte ich verhaftet und eingesperrt werden...«

»Emily! Hören Sie auf!«

»...und verurteilt und gehängt!« endete sie barsch. Trotz seiner Nähe und der kräftigen Hände, die sie hielten, zitterte sie. »Es sind schon Leute fälschlicherweise gehängt worden.« Erinnerungen, Schilderungen drängten sich in ihren Gedanken. »Charlotte weiß es, und ich weiß es auch!« Sie war erleichtert, es in Worte zu fassen, das abgrundtiefe Entsetzen aus dem Dunkel in ihrem Hinterkopf hervorzuholen und mit ihm zu teilen.

»Ich weiß«, sagte er ruhig. »Aber Ihnen wird nichts geschehen. Charlotte wird es nicht zulassen – ebensowenig wie ich. Es muß irgend jemand aus diesem Haus sein. Vespasia hätte den Mut, wenn sie eine solche Tat für nötig halten würde. Aber sie hätte sie niemals ermordet, und ich glaube kaum, daß sie körperlich die Kraft besäße, Sybilla zu töten, nicht so, wie es geschehen ist. Sybilla war eine junge, gesunde Frau...« Er zögerte, dachte an sie.

»Ich weiß«, sagte sie, ohne ihre Hände von ihm zu nehmen. »Und Tante Vespasia ist nicht jung und nicht mehr kräftig.«

Er lächelte freudlos. »Ich wünschte, mir würde ein Grund einfallen, aus dem die alte Mrs. March es hätte tun können«, sagte er lebhaft. »Sie ist doppelt so schwer wie Vespasia. Sie hätte die Kraft.«

Emily betrachtete ihre ineinander verschlungenen Hände. »Aber warum sollte sie?« sagte sie ohne Hoffnung, und Wut und Enttäuschung stiegen in ihr auf. »Es müßte einen Grund geben.«

»Ich weiß nicht«, räumte er ein. »Es sei denn, jemand wußte etwas über sie.«

»Was zum Beispiel?«

Er schüttelte den Kopf. »Irgend etwas über die Marches? Sie erstickt beinah vor Familienstolz. Ich möchte nur wissen, warum. Sie haben viel Geld, aber absolut keine Kinderstube. Alles beruht auf dem Handel.« Dann lachte er über sich selbst. »Nicht, daß ich nicht froh wäre, selbst ein bißchen davon zu besitzen! Meine Mutter war eine de Bohun. Ihre Familie läßt sich bis zur normannischen Eroberung zurückverfolgen. Aber damit kann man nicht einmal eine vernünftige Mahlzeit kaufen, geschweige denn ein Haus führen.«

Eine Reihe hitziger Überlegungen prallten in ihrem Kopf aufeinander. Hatte er Georg ermordet, um über sie an das Geld der Ashworths zu kommen? Aber was war mit Tassie? Jeder Mann mit etwas Verstand hätte sich auf die Heirat eingelassen. Es war unendlich viel sicherer und für ihn mühelos zu bekommen, oder zumindest mußte er das angenommen haben. Er wußte nichts von Mungo Hare. Oder doch? War er über die Nachricht von Tassies mitternächtlichen Ausflügen wirklich so erstaunt, wie er vorgab? Wenn Charlotte ihr gefolgt war, dann hatte auch er es tun können, zumindest so weit, bis er den jungen Hilfspfarrer sah und erkannte, daß Tassie niemals einen anderen heiraten würde. Oder vielleicht hatte Tassie es ihm sogar selbst gesagt? Ehrlich genug war sie. Sie mochte es vorgezogen haben, ihn nicht zu falschen Hoffnungen zu verleiten, nicht was die Liebe betraf, sondern das Geld.

Emily erschauerte. Sie wollte ihn ansehen. Sicher hatte sie sich noch etwas Urteilsfähigkeit bewahrt. Und doch fürchtete sie, was sie sehen und was sie von sich preisgeben würde. Aber solange es ungetan blieb, würde es sämtliche anderen Gedanken aus ihren Überlegungen verdrängen. Es war wie ein Schwindelanfall, wenn man am Rande eines hohen Balkons stand, unweigerlich hinabsehen mußte und diese Leere in sich spürte.

Schnell blickte sie auf und sah, daß seine Augen besorgt und ernst wirkten. Eine Hinterlist war in ihnen nicht zu entdecken. Es änderte nichts. Dort etwas Häßliches zu finden, hätte vielleicht befreiend gewirkt, sie das Schlimmste von ihm annehmen lassen und die Hoffnung erstickt, daß – das was?

Sie weigerte sich, es in Worte zu fassen. Es war zu früh. Aber der Gedanke blieb, etwas, auf das sie hinarbeiten konnte, das sie lockte wie ein warmes Zimmer am Ende einer Winterreise.

»Emily?«

Sie sammelte sich. Sie hatten von der alten Frau gesprochen. »Vielleicht hat sie in ihrer Jugend irgend etwas Skandalöses getan«, sagte sie zögernd. »Oder möglicherweise ihr Mann. Vielleicht sollten wir mehr darüber in Erfahrung bringen, wie die Marches zu all dem Geld gekommen sind. Es könnte etwas sein, das jedem Gedanken an einen Adelstitel ein Ende bereitet. Vielleicht wußte George davon. Schließlich war es ihre...« Sie schluckte. »Ihre Medizin, mit der er vergiftet wurde.«

Scharf und kalt kehrte die Erinnerung an den Tod zurück, verbunden mit körperlichen Qualen, und Tränen brannten in ihren Augen. Sie merkte, daß sie sich so fest an seine Hand klammerte, daß sie ihm weh tun mußte, aber er zog sich nicht zurück. Statt dessen legte er seinen Arm um sie und hielt sie fest, berührte ihr Haar mit seinen Lippen, flüsterte Worte, die ohne Bedeutung waren, deren Güte sie jedoch mit einem solchen Wohlgefühl in sich aufnahm, daß es sie nicht schmerzte, zu weinen, sondern ihr eine Erleichterung von den Qualen war und die harten, furchtsamen Knoten in ihrem Inneren löste.

Sie merkte, daß sie sich die Aufklärung des Verbrechens in seinem Interesse beinah so sehr wünschte wie in ihrem eigenen. Sie sehnte sich nach der Gewißheit, er möge unbelastet, unschuldig sein.

Auch Charlotte war froh, allein zu sein und etwas Zeit in der Ankleidekammer zu verbringen, die ihr Schlafzimmer war. In Gedanken wiederholte sie alles, was sie herausgefunden hatte, von dem Zeitpunkt an, als sie von Georges Tod erfahren hatte bis zu Pitts Abschied am Morgen.

Es war halb vier, als sie nach unten ging, im Kopf die eine Idee, die sie nicht wahrhaben wollte. Der Gedanke war häßlich und traurig, und doch beantwortete er sämtliche Widersprüche.

Sie war im Salon, beinah an den Vorhängen, welche die Glastüren zum Wintergarten halb verdeckten, als sie die Stimmen hörte.

»Wie kannst du es wagen, so etwas vor allen anderen zu sagen!« Es war Eustace, laut und wütend. Sein breiter Rücken war den Türen zugewandt, und hinter ihm konnte sie das Sonnenlicht auf Williams flammend rotem Haar sehen. »Ich kann dir in deiner Trauer eine Menge verzeihen«, fuhr Eustace fort. »Aber diese Anspielung war widerlich! Du hast so gut wie gesagt, ich wäre des Mordes schuldig!«

»Du warst froh und glücklich, daß man Emily oder Jack beschuldigte«, erklärte William.

»Das ist etwas vollkommen anderes. Sie gehören nicht zu uns.«

»Um Himmels willen, was hat das damit zu tun?« rief William erbittert.

»Es hat alles damit zu tun!« Eustace wurde immer zorniger, und ein häßlicher Unterton lag in seiner Stimme, als warteten eine Menge düsterer und gänzlich unkultivierter Gedanken allzu nah unter der zerbrechlichen Oberfläche seiner

Umgangsformen. »Du hast in Gegenwart von Fremden die Familie verraten! Du hast angedeutet, es gäbe etwas Geheimnisvolles und Verwerfliches, von dem du wüßtest und die anderen nicht. Machst du dir denn gar keinen Begriff davon, was für eine aufdringliche und neugierige Frau dieses Pitt-Weib ist? Dieses dumme Ding mit ihren schmutzigen Gedanken wird nicht eher ruhen, bis sie etwas findet oder erfindet, das zu deinem wüsten Gerede paßt. Gott weiß, was für einen Skandal sie auslösen kann!«

William trat einen Schritt zurück. Sein Gesicht war von Haß und Gram verzerrt. »Sie muß allerdings sehr schmutzige Gedanken haben, um in die Tiefen deiner Seele vorzudringen, wenn das kein allzu großes Wort dafür ist. Vielleicht wäre *Unterleib* angemessener?«

»Es gibt nichts daran auszusetzen, wenn ein Mann Appetit hat«, sagte Eustace höhnisch. »Manchmal denke ich, wenn du mehr Appetit und weniger überspannte Ideen hättest, wärst du eher ein Mann! Du tänzelst mit dem Pinsel in der Hand um deine Klecksereien herum und träumst wie ein liebeskrankes Mädchen von Sonnenuntergängen! Wo ist deine Courage? Wo ist dein Schneid, deine Männlichkeit?«

William antwortete nicht. Jenseits von Eustace, der mit dem Rücken zu ihr stand, konnte Charlotte den fahlen, beinah totenähnlichen Ausdruck auf Williams Gesicht sehen, und sie fühlte den Schmerz in der Luft wie das Kondenswasser auf den Blättern der Lilien und Reben.

»Großer Gott!« rief Eustace mit unaussprechlichem Ekel. »Kein Wunder, daß Sybilla angefangen hat, mit George Ashworth zu flirten! Der hatte wenigstens außer seinen Beinen noch was in der Hose!«

William zuckte so angewidert zusammen, daß Charlotte einen Augenblick lang dachte, er wäre geschlagen worden. Sie war so empört, daß ihr ganz übel wurde. Ihre Hände waren klamm und schmerzten unter der Kraft ihrer geballten Fäuste. Dennoch stand sie noch immer wie angewurzelt, lauschte, ahnte Entsetzliches.

Williams Antwort kam leise, mit beißender Ironie.

»Und du erwartest von mir, daß ich Mrs. Pitt gegenüber

diskret bleibe? Vater, du hast keinen Sinn für das Lächerliche, geschweige denn das Groteske.«

»Ist es grotesk, ein bißchen Verantwortungsgefühl von dir
zu erwarten?« rief Eustace. »Loyalität der Familie gegenüber?
Das bist du uns schuldig, William.«

»Ich schulde dir nichts weiter als meine Existenz!« sagte
William mit zusammengebissenen Zähnen. »Und das auch
nur, weil du für deine eigene Eitelkeit einen Sohn brauchtest.
Das hatte nichts mit mir zu tun. Du willst, daß dein Name
weiterbesteht. Bis in alle Ewigkeit eine endlose Reihe von
kleinen Eustace Marches. Das ist deine Vorstellung von
Unsterblichkeit. Für dich sollte sie fleischlich sein! Kein Ideal,
keine Schöpfung, sondern eine endlose Reproduktion von
Körpern!«

»Ha!« sagte Eustace aufbrausend, mit herrlichem Spott.
»Na, mit dir habe ich meine Chance wohl vertan, was? In
zwölf Jahren Ehe konntest du bis jetzt kein Kind zeugen. Und
jetzt ist es zu spät! Wenn du weniger mit Farben und mehr im
Schlafzimmer herumgespielt hättest, wärst du vielleicht eher
ein Mann geworden, und diese ganze verfluchte Tragödie
wäre nicht geschehen. George und Sybilla wären am Leben,
und wir hätten nicht die Polizei im Haus.«

Nichts rührte sich im Wintergarten. Selbst das Wasser
schien nicht mehr zu tropfen.

Charlotte erkannte die traurige Wahrheit. Die Worte
waren klar wie das harte, weiße Tageslicht des frühen Morgens, das jede Schwäche, jeden Makel und Kummer offen-
barte. Ohne sich die Zeit zum Nachdenken zu nehmen oder
die Konsequenzen abzuwägen, packte sie eine Porzellanvase
vom nächstgelegenen Tischchen und zerschlug sie auf dem
Parkett, so daß die Scherben laut über den weitläufigen
Boden splitterten. Dann drehte sie sich um und durchquerte
den Salon, rannte durch das Eßzimmer und auf den Korridor
hinaus, wo der Telefonapparat installiert war.

Sie nahm ihn und ruckte hastig an der Gabel herum. Sie
war nicht daran gewöhnt, den Apparat zu benutzen, und
wußte nicht genau, wie er funktionierte. Sie lauschte, ob
Eustaces Schritte ihr folgten.

Die Stimme einer Frau drang durch den Hörer an ihr Ohr.

»Ja!« sagte sie eilig. »Ich möchte das Polizeirevier, ich möchte mit Inspector Pitt sprechen. Bitte!«

»Wollen Sie das örtliche Polizeirevier, Ma'am?« fragte die Stimme gelassen.

»Ja! Ja, bitte!«

»Bleiben Sie bitte in der Leitung.«

Es schien ewig zu klicken und zu summen, während sie die Tür zum Eßzimmer hinter sich spürte. Jedes winzige Knarren der Dielen nahm sie wahr, sogar das Flüstern, das von einer Tür stammen mochte oder auch das Geräusch weicher Schuhe auf dem Teppich sein konnte. Schließlich hörte sie eine männliche Stimme am anderen Ende der Leitung.

»Ja, Ma'am. Tut mir leid, Inspector Pitt ist nicht hier. Soll ich ihm eine Nachricht übermitteln, wenn er kommt? Oder kann Ihnen sonst jemand helfen?«

Der Gedanke, daß er vielleicht nicht da sein konnte, war ihr gar nicht gekommen. Sie fühlte sich hilflos, abgeschnitten.

»Sind Sie noch da, Miß?« Die Stimme klang besorgt.

»Wo ist er?« Sie begann in Panik zu verfallen. Es war dumm von ihr, und dennoch schien sie sich nicht selbst helfen zu können.

»Das kann ich Ihnen nicht genau sagen, Miß, aber er ist vor etwa zehn Minuten in einer Droschke abgefahren. Kann ich Ihnen helfen?«

»Nein.« Sie war so sicher gewesen, daß sie ihn erreichen würde, daß der Gedanke, jetzt allein damit fertig werden zu müssen, um so bedrückender war. »Nein, danke.« Und mit steifen, zitternden Fingern hängte sie das Gerät wieder an seinen Haken.

Sie hatte ohnehin keinen Beweis, nur ihre eigene Gewißheit. Aber jetzt, da sie Bescheid wußte, würden sich Möglichkeiten finden. Der Leichenbeschauer... Deshalb war Sybilla zu Clarabelle Mapes gegangen. Nicht, um ein Baby loszuwerden, sondern um eines zu kaufen, das William ihr nicht schenken konnte, um das Bohren, die bösen Zungen der Familie, die gönnerhafte Art und den Anspruch auf Befriedigung der rücksichtslosen, unersättlichen, dynastischen Eitelkeit zu befriedigen.

Charlotte wurde übel, aus Trauer um Sybilla, ihre Verlassenheit, ihre Not, dieses hoffnungslose Gefühl der Ablehnung. Kein Wunder, daß sie Affären hatte, daß sie sich zu George hingezogen fühlte. War dies der Grund, warum George sterben mußte? Nicht, weil er sie geliebt oder ihre Zuneigung gewonnen hatte, sondern weil sie dem großzügigen, indiskreten George gegenüber in einem unüberlegten Augenblick, aus einer Notwendigkeit sich zu rechtfertigen heraus, jenes Geheimnis verraten hatte, das zu quälend war, als daß man auch nur einen Gedanken daran verwenden durfte, geschweige denn, es vor anderen laut zu äußern, damit sie ihn bemitleideten, damit sie obszöne und erniedrigende Witze darüber machten? Immer würde es Sticheleien und höhnische Bemerkungen geben. Die schamlose Männlichkeit wäre dem Gelächter preisgegeben. Für Männer wie Eustace war die Zeugungskraft mehr als ein physischer Akt. Sie war Beweis seiner Existenz, seiner Potenz und seines Wertes in allen Zusammenhängen des Lebens.

Und William hatte Sybilla geliebt. Charlotte wußte es nicht nur aus den Worten seiner Briefe in dem Kosmetikkoffer. Er hatte sie mit einer weit wertvolleren Liebe verehrt als Eustaces enge, physische Gedankenwelt erfassen konnte. Aber in diesem einen Moment der Schwäche hatte sie Williams Glauben an sich selbst herausgefordert, den Respekt, den jeder Mann zum Überleben braucht. Nicht innerlich, denn er hatte gelernt, es zu ertragen, aber vor der Gesellschaft, und was das Schlimmste war, vor seiner Familie. Eustace war der Wahrheit schon so nah gekommen, grausam und bohrend, eingedrungen, als wollte er die Seele seines Sohnes vergewaltigen. Was würde er tun, wenn er es wirklich wußte? Sich auf ewig einmischen, bis keine Würde mehr übrig war, nichts mehr, das von seinen ständigen Bemerkungen unberührt blieb, von diesen lüsternen, spöttischen Augen, diesem Bewußtsein der Überlegenheit.

Und so war auch Sybilla gestorben, erdrosselt mit ihrem

eigenen, schönen Haar, bevor sie ihn ein weiteres Mal betrügen konnte, womöglich mit Jack.

Das gekaufte Kind hätte William vermutlich akzeptiert, sogar verstanden, möglicherweise leichter, als man es von einem anderen Mann erwarten würde. Aber niemals hätte er die Schande akzeptiert.

Charlotte stand noch im Korridor und fragte sich, was sie tun sollte. Sowohl Eustace als auch William mußten sie gesehen haben. Sie hatte die Vase gerade deshalb zerschlagen, damit sie wissen sollten, daß sie da war, und damit sie mit diesen entsetzlichen Kränkungen aufhörten. Wußten sie, wieviel sie gehört hatte? Oder waren sie so sehr damit beschäftigt, einander zu verletzen, daß sie die kurze Unterbrechung für nebensächlich hielten und Charlotte vergessen hatten, sobald sie gegangen war?

Ohne zu wissen, ob sie noch etwas anderes beabsichtigt hatte als Eustace zum Schweigen zu bringen, lief sie abermals ins Eßzimmer, am leuchtenden, sonnenbeschienenen Tisch vorüber, durch die Doppeltüren in den Salon, in dem das helle Grün und blasse Satin im Licht erstrahlte, dann zurück zum Eingang des Wintergartens. Alles war still, keine Spur von Eustace oder William. Die Glastüren standen weit offen, und der Geruch von feuchter Erde drang in den Salon.

Eilig trat sie ein und stand auf dem kleinen Weg zwischen den Weinreben. Sie hätte nicht hierher kommen müssen. Es gab nichts weiter für sie zu tun als zu warten, bis sie Pitt finden und es ihm erzählen konnte. Ginge es nicht um Emily und die Angst, die auf ewig drohend über ihr schweben würde, wäre sie versucht gewesen, nichts von alledem zu erzählen. Sie verspürte keineswegs den Wunsch, ein Werkzeug der Gerechtigkeit zu sein, kein Gefühl der Befriedigung oder befreiten Zornes wollte sich einstellen.

Der Kamelienbusch war voll makelloser Blüten, perfekten Rosetten. Sie mochte ihn nicht. Das indische Blumenrohr war ihr lieber, unregelmäßig, asymmetrisch. Das Kondenswasser tropfte laut in den Teich. Jemand hätte die Fenster öffnen sollen, auch wenn es ein trüber Tag war.

Sie kam zu der Stelle, die man am hinteren Ende freigeräumt hatte, wo William sein Atelier hatte, und blieb abrupt stehen. Sie wollte weinen, aber sie war zu müde, und in ihrem Inneren wurde ihr eisig kalt.

Zwei Staffeleien waren aufgebaut. Auf einer stand das fertige Bild des Frühlingsgartens voll feinsinniger Schönheit, voller Träume und unerwarteter Grausamkeit. Das andere war ein Portrait von Sybilla, realistisch, ohne Schmeichelei und doch angefüllt von einem Zartgefühl, das eine Schönheit offenlegte, die zu Lebzeiten nur wenige an ihr so deutlich wahrgenommen hatten.

Am Boden davor lag William, seltsam zusammengekrümmt. Das Palettenmesser war ihm aus der Hand geglitten, die Klinge blutrot, nur wenige Zentimeter neben der Wunde an seinem Hals. Mit dem anatomischen Wissen eines Malers hatte er sich mit einer kurzen Bewegung die Halsschlagader aufgeschnitten. Er hatte die Bedeutung der zerschlagenen Vase verstanden und sich die letzte gräßliche Konfrontation erspart.

Sie stand da und starrte ihn an, wollte sich bücken und ihn ausstrecken, als machte es jetzt noch einen Unterschied, aber sie wußte, daß sie nichts anrühren durfte. Sie blieb, schwieg, hörte, wie Wasser auf die Blätter tropfte, dann das Geräusch einer herabfallenden Blüte, deren Blätter welk waren.

Schließlich drehte sie sich um, schritt langsam unter den Reben hindurch, passierte die Glastüren und sah Eustace aus dem Eßzimmer kommen. Mit erschreckender Deutlichkeit zeichnete sich die Entwicklung dieser Tragödie vor ihren Augen ab. Die Jahre der Forderungen, der Erwartungen, der subtilen Grausamkeiten. Ihre Wut explodierte.

»William ist tot«, sagte sie schroff. »Es tut mir leid. Es tut mir wirklich leid. Ich mochte ihn, wahrscheinlich weit mehr als Sie ihn je gemocht haben.« Sie sah sein erschrockenes Gesicht, den offenen Mund und die bleiche Haut ohne jede Milde. »Er hat sich umgebracht«, fuhr sie fort. »Er hatte nichts mehr zu erwarten, nur noch seine Verhaftung und den Galgen.« Sie merkte, wie ihre Stimme erstickte, als sie es sagte. All ihre überschäumenden Gefühle ergossen sich über Eustace.

»Ich, ich weiß nicht, was Sie meinen?« sagte er hilflos.
»Tot? Warum? Was ist passiert?« Er kam näher, begann ein
wenig zu haspeln. »Stehen Sie nicht so da, tun Sie was! Helfen Sie ihm! Er kann doch nicht tot sein!«

Sie versperrte ihm den Weg. »Er ist es«, wiederholte sie.
»Verstehen Sie immer noch nicht, Sie dummer, blinder
Mann?« Sie spürte, wie sich ihr die Kehle zuschnürte. Sie
wollte, daß er wußte, wie er seinen Sohn zum Krüppel
gemacht hatte, daß er es in sich aufnahm und eins damit
wurde.

Er starrte sie an, als hätte sie ihn geschlagen. »Sich umgebracht!« wiederholte er verständnislos. »Sie sind hysterisch.
Das kann nicht sein!«

»Das kann es sehr wohl. Wissen Sie nicht, warum?« Sie
bebte.

»Ich! Wie sollte ich das wissen?« Sein Gesicht war aschfahl.
In seinen Augen begann sich ein erster Schmerz der Gewißheit zu zeigen.

»Weil Sie es waren, der ihn dazu getrieben hat.« Sie sprach
jetzt leiser, als wäre er ein starrköpfiges Kind. »Indem Sie
versucht haben, aus ihm etwas zu machen, was er nicht war,
nicht sein konnte, und alles ignoriert haben, was er war. Sie
mit Ihrer Familienbesessenheit, Ihrem Hochmut, Ihrer
Schamlosigkeit. Ihrer...« Sie hielt inne, wollte William nicht
seiner Verachtung preisgeben, nicht einmal jetzt.

Er war verwundert. »Ich verstehe nicht...«

Sie schloß die Augen, fühlte sich hilflos.

»Nein. Nein, ich nehme an, daß Sie es nicht verstehen.
Aber eines Tages vielleicht.«

Er setzte sich auf den nächsten greifbaren Stuhl, zusammengekauert, als hätten seine Beine unter ihm nachgegeben,
blickte noch immer zu ihr auf.

»William?« wiederholte er ganz leise. »William hat George
ermordet? Und Sybilla... Er hat Sybilla ermordet?«

Jetzt brannten ihr die Tränen in den Augen. Sie sah Vespasia in der Tür zum Eßzimmer stehen, weiß wie die Wand in
ihrem Rücken, und hinter ihr, liebenswert und unordentlich,
wartete Pitt.

Sie faßte ihren Entschluß. »Er glaubte, sie hatte eine Affäre«, sagte sie langsam an alle gewandt. Die Worte fielen ihr schwer. Die Lüge kam ihr kaum über die Lippen. »Er hatte sich getäuscht – aber da war es schon zu spät.«

Eustace starrte die Umstehenden an, begann langsam zu begreifen, ahnte, was sie vorhatte, und sogar warum. Es war eine Welt, die er sich nicht hatte vorstellen können, und er fürchtete sich vor seiner eigenen Grobheit.

In der Tür legte Pitt seinen Arm um Vespasia, stützte sie, blickte jedoch über seine Schulter zu Charlotte. Er lächelte, und seine Miene zeigte Mitgefühl.

»Das stimmt«, sagte er bedachtsam. »Für uns gibt es jetzt nichts mehr zu tun.«

»Danke«, flüsterte Charlotte. »Ich danke dir, Thomas.«

# Mary Higgins Clark

»Mary Higgins Clark gehört zum kleinen Kreis der großen Namen in der Spannungsliteratur.« *The New York Times*

Als Heyne-Taschenbuch:

**Schrei in der Nacht**
01/6826

**Das Haus am Potomac**
01/7602

**Wintersturm**
01/7649

**Die Gnadenfrist**
01/7734

**Schlangen im Paradies**
01/7969

**Doppelschatten**
*Vier Erzählungen*
01/8053

**Das Anastasia-Syndrom**
01/8141

**Wo waren Sie, Dr. Highley?**
01/8391

**Schlaf wohl, mein süßes Kind**
01/8434

Mary Higgins Clark (Hrsg.)
**Tödliche Fesseln**
*Vierzehn mörderische Geschichten*
01/8622

**Träum süß, kleine Schwester**
*Fünf Erzählungen*
01/8738

**Schrei in der Nacht / Schlangen im Paradies**
*Zwei Psychothriller in einem Band*
01/8827

**Schwesterlein, komm tanz mit mir**
01/8869

**Daß du ewig denkst an mich**
01/9096

**Fürchte dich nicht**
01/9406

Als Hardcover:

**Das fremde Gesicht**
43/1

**Das Haus auf den Klippen**
43/15

Wilhelm Heyne Verlag
München

# Anne Perry

Ihre spannenden Kriminalromane lassen das viktorianische Zeitalter wieder lebendig werden. Ein Muß für jeden Liebhaber der englischen Krimi-Tradition!

Als Heyne-Taschenbuch:

**Frühstück nach Mitternacht**
01/8618

**Die Frau in Kirschrot**
01/8743

**Die dunkelgraue Pelerine**
01/8864

**Die roten Stiefeletten**
01/9081

**Ein Mann aus bestem Hause**
01/9378

**Der weiße Seidenschal**
01/9574

Als Hardcover:

**Belgrave Square**
43/20

Wilhelm Heyne Verlag
München

# Marion Zimmer Bradley

Die großen Romane der Autorin, die mit "Die Nebel von Avalon" weltberühmt wurde.

01/7712

Als Heyne-Taschenbuch:

**Der Bronzedrache**
01/6359

**Trapez**
01/7630

**Die geheimnisvollen Frauen**
01/7870

Als Hardcover:

Marion Zimmer Bradley/
Julian May/Andre Norton
**Die Zauberin von Ruwenda**
43/7

Wilhelm Heyne Verlag
München

# Tariq Ali

Ein lebendiger, ungemein fesselnder historischer Roman voller Wunder, Romantik und Abenteuer.

»Das farbige Porträt der ersten multikulturellen Gesellschaft in Europa.«
*ZEITmagazin*

01/9405

Wilhelm Heyne Verlag
München

# Erzähler der Weltliteratur

**Literarische Entdeckungsreisen durch Länder und Kontinente**

50/52

Außerdem erschienen:

**Lateinamerikanische Erzähler des 20. Jahrhunderts**
50/73

**Österreichische Erzähler des 20. Jahrhunderts**
50/82

**Deutsche Erzähler des 20. Jahrhunderts**
01/8707

**Europäische Erzähler des 20. Jahrhunderts**
01/8708

**Russische Erzähler des 20. Jahrhunderts**
01/8711

**Italienische Erzähler des 20. Jahrhunderts**
01/8713

Wilhelm Heyne Verlag
München

# Tania Blixen

Tania Blixen, die große dänische Erzählerin, hat eines der lebendigsten und poetischsten Bücher verfaßt, das je über Afrika geschrieben wurde. »... ein sehr konzentriertes Buch, wie ein Mythos.« Doris Lessing

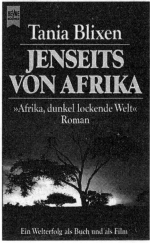

01/8390

Wilhelm Heyne Verlag
München

# Ellis Peters

Spannende und unterhaltsame Mittelalter-Krimis mit Bruder Cadfael, dem Detektiv in der Mönchskutte.
»Ellis Peters bietet Krimi pur.«   NEUE ZÜRICHER ZEITUNG

**Im Namen der Heiligen**
01/6475

**Ein Leichnam zuviel**
01/6523

**Die Jungfrau im Eis**
01/6629

**Das Mönchskraut**
01/6702

**Der Aufstand auf dem Jahrmarkt**
01/6820

**Der Hochzeitsmord**
01/6908

**Zuflucht im Kloster**
01/7617

**Des Teufels Novize**
01/7710

**Lösegeld für einen Toten**
01/7823

**Ein ganz besonderer Fall**
01/8004

**Mörderische Weihnacht**
01/8103

**Der Rosenmord**
01/8188

**Der geheimnisvolle Eremit**
01/8230

**Pilger des Hasses**
01/8382

**Bruder Cadfael und das fremde Mädchen**
01/8669

**Bruder Cadfael und der Ketzerlehrling**
01/8803

**Bruder Cadfael und das Geheimnis der schönen Toten**
01/9442

Wilhelm Heyne Verlag
München